Marie Cristen

DER BLUTFLUCH

Roman

Besuchen Sie uns im Internet:
www.knaur.de

Originalausgabe August 2014
Knaur Taschenbuch
© Gaby Schuster, vertreten durch Medienbüro München
© 2014 Knaur Taschenbuch Verlag
Ein Unternehmen der Droemerschen Verlagsanstalt
Th. Knaur Nachf. GmbH & Co. KG, München
Umschlaggestaltung: ZERO Werbeagentur, München
Umschlagabbildung: akg-images /
© Bonhams, London, UK / The Bridgeman Art Library
Satz: Adobe InDesign im Verlag
Druck und Bindung: CPI books GmbH, Leck
ISBN 978-3-426-50749-0

2   4   5   3   1

Der Weise vermag mehr als der Starke,
und der Einsichtige mehr als der Kraftvolle.
Bibel – Das Buch der Sprüche

Inhalt

Prolog

Besançon, im April 1139

W*as fehlt dir, Leena? Dein Stolz, den Tibo mit Füßen getreten hat? Schau der Wahrheit ins Gesicht! Danitza erwartet sein Kind!*

Das Rauschen des Wassers bekam einen anderen Klang. Nicht länger verführerisch und einladend, sondern wütend und aufbrausend. Leena straffte die Schultern. Wie lange hockte sie schon hier am Ufer des Doubs, bis zum Scheitel in Selbstmitleid versunken? Was suchte sie hier? Einen Ausweg? Im Wasser? Weil ein Lügner, Schurke und Heuchler sie hintergangen hatte?

Oh, nein! Sie wollte ihm und der Sippe die Stirn bieten. Rache war das Gebot der Stunde, nicht Verzicht.

Leena erhob sich steif, taumelte, bis sie am Stamm einer verkrüppelten Weide Halt fand. Sie hatte nicht einmal bemerkt, dass es Nacht geworden war. Fröstelnd versuchte sie sich zu orientieren. Ihr Gewand, fadenscheinig und mit Flitter besetzt, bot kaum Schutz vor dem Eishauch des Flusses. Das Schmelzwasser aus den Bergen des Jura nährte seine Fluten. Völlig durchgefroren schlang sie auf der Suche nach etwas Wärme die Arme um den Oberkörper. Der Frühling in Burgund hatte den Winter noch längst nicht besiegt.

Schwarz gegen das Dunkel der Nacht erhob sich rechter Hand der Steinbogen jener Brücke, die als einzige weit und breit den Doubs überspannte. Bis zum heutigen Tag bezeugte sie die Meisterschaft römischer Baumeister, die sich weder von steilen Ufern noch von tief eingegrabenen Flussläufen hatten beeindrucken lassen.

Eine Bewegung auf der Brücke erregte ihr Misstrauen. Die Augen eng zusammengekniffen, versuchte sie Einzelheiten zu entdecken, während sie hastig die Böschung emporkletterte.

Am Scheitelpunkt der Wölbung des Bauwerks, genau zwischen Nachthimmel und Fluss, beugte sich eine Gestalt, gleich einem Schattenriss, gefährlich weit über die Brüstung. Herzbewegendes Säuglingsgeschrei übertönte das Wasserrauschen.

Noch eine Unglückliche, die ihrem Leben ein Ende setzen wollte? Leenas Gespür, das sie sogar befähigte, im Linienverlauf einer Handfläche Schicksal und Zukunft der Menschen zu erkennen, warnte eindringlich davor zu säumen.

Sie flog geradezu den Hang zur Straße hinauf. Kaum spürte sie unter ihren bloßen Sohlen den Übergang von Gras zu Stein. Keuchend rannte sie auf die Brücke, die Hände nach der Unbekannten ausgestreckt.

»Tu es nicht!«

Gemeinsam stürzten sie auf die Pflastersteine, so heftig war der Ruck, mit dem sie Mutter und Kind vom Abgrund zurückriss. Das Kleine verstummte jäh. Ob vor Schreck oder weil es zu Schaden gekommen war, konnte Leena nicht sagen. Sie rappelte sich hoch, wollte der Frau ebenfalls beim Aufstehen helfen und erntete nur Undank.

»Bist du von Sinnen? Was willst du? Fass mich nicht an!«

Der bestimmte Ton verriet die Person von Stand, auch wenn die Worte geschluchzt wurden.

Leena gab die Gewandfalten frei, die sie immer noch umklammert hielt. Stattdessen berührte sie angstvoll das stille Bündel, ohne dass ihr die Geste zu Bewusstsein kam. Nicht nur Tibo sehnte sich schmerzlich nach Kindern. Hatte er sich deswegen einer anderen zugewandt?

»Was tust du?«, fragte sie vorwurfsvoll, sobald sie eine Regung von Leben unter dem Tuch erspürte und leises Wimmern vernahm. »Der Tod löst keine Probleme. Ich weiß, wovon ich spreche.«

»Nichts weißt du. Du hast keine Ahnung, was mir das Schicksal angetan hat.«

»Kein Leid rechtfertigt es, sein Leben wegzuwerfen. Schon gar nicht das eines unschuldigen Kindes«, widersprach Leena heftig. »Kinder sind das kostbarste Geschenk des Himmels.«

»Dieses nicht. Es hätte nie zur Welt kommen dürfen.«

Ein Windstoß zerriss das Wolkenband vor dem Mond, so dass ein Lichtstrahl auf die Verzweifelte fiel. Sie war selbst noch ein Kind, kaum älter als fünfzehn Jahre, aber sichtlich von den Strapazen der Geburt gezeichnet. Feucht klebte ihr das Haar an den Schläfen. Das Kleid, obwohl aus Wolle und bestickt, war voller Schmutzflecken. Entweder hatte sie ihr Kind auf der Straße geboren, oder man hatte sie kurz nach der Geburt auf die Gasse gejagt. Woher sie die Kraft nahm, sich aufrecht zu halten, war Leena ein Rätsel.

»Du brauchst Hilfe«, stellte sie fest. »Wärme und Nahrung. Auch dein Kind hat Hunger. Hat dir niemand gezeigt, wie du es anlegen musst? Wann hast du es geboren?«

»Heute.«

»Und in aller Heimlichkeit, nehme ich an.«

»Ich hatte keine Wahl. Es ist ein Teufelsbalg, die Strafe für meine Sünden. Sieh her, es trägt ein Blutmal. Es ist verflucht.

Ein solches Mal bringt Tod und Verderben für alle, die mit dem Kind in Berührung kommen.«

Sie riss die Tücher auseinander, und das Wimmern wurde prompt zum Kreischen. Mit Händen und Füßen wild fuchtelnd, schrie das Neugeborene aus voller Brust.

Leena konnte kein Mal entdecken, das den Kindskörper entstellte. Im Gegenteil: Die Haut des Kindes schimmerte wie die Blüte einer Christrose. Den Kopf bedeckte silbriger Flaum, die Augen blickten klar. Es war ein Mädchen, zart, aber hungrig und mit kräftiger Stimme.

»Ich sehe kein Mal. Was ich sehe, ist lediglich, dass deine Tochter friert und vor Durst weint«, antwortete sie ruhig. »Halte sie warm und gib ihr zu trinken. Ich versichere dir, danach wird es auch dir bessergehen. Ihr müsst jetzt füreinander da sein.«

»Und was ist das?«

Die Mutter ergriff ihr Kind um die Körpermitte und zog die Decke von seinem bloßen Rücken. Haltlos sank das Köpfchen gegen ihre Schulter. Im Nacken, am Ende der zerbrechlichen Wirbelsäule, wies die Haut eine deutlich sichtbare Verfärbung auf.

Leena trat neugierig näher. Der Mond enthüllte die fremdartigen Zeichen auf ihren Wangenknochen. Erschrocken wich die junge Mutter zurück.

»Du gehörst zu den Ägyptern, die vor dem Stadttor lagern. Zu den Zauberern«, stammelte sie. »Du willst mein Kind. Man erzählt sich hinter vorgehaltener Hand von euren heidnischen Ritualen und Opfern.«

Ausgerechnet einer Selbstmörderin, die ihr Kind mit in den Tod nehmen wollte, den Aberglauben ausreden zu wollen war fast zu viel für Leena.

»Ich will dir nur helfen. Es ist Unsinn, was sie über uns erzählen. Wir sind weder Ägypter noch Zauberer. Unsere Sippe
gehört zum Volk der Tamara, und wir tun keinem Menschen
etwas zuleide. Schon gar nicht unschuldigen Kindern. Im Gegenteil, unsere Heilerin kann ...«
»Lass mich! Ich glaube dir kein Wort.«
Obwohl sie die ablehnende Reaktion nicht überraschte, hätte Leena die Verzweifelte am liebsten geschüttelt, um sie zur
Vernunft zu bringen. Welches Argument konnte sie nur überzeugen?
»Denk an deine Mutter. Hat sie dich nicht mit Liebe umsorgt
und dich vor Bösem bewahrt? Nimm dir ein Beispiel an ihr.«
»Und wie schlecht habe ich meiner Mutter diese Liebe gedankt!«
Leena hatte ins Schwarze getroffen. An der Brückenmauer
brach die Verzweifelte in Ströme von Tränen aus. »Ich habe
meine Familie entehrt und meiner Mutter das Herz gebrochen. Onkel Eléazar hat mir die Tür gewiesen. Er sagt, er
duldet keine Hure unter seinem Dach.«
»Erzähl mir davon«, ging Leena auf die Fremde ein. »Auch
die ärgste Last wird leichter, wenn man sie teilt.«
»Das wirst du nicht mehr sagen, wenn du die Wahrheit
kennst ...«
Nicht alles, was das Mädchen überstürzt und unzusammen-
hängend hervorsprudelte, verstand Leena. Teils, weil sie die
Sprache der Gegend nicht gut genug beherrschte, teils, weil
ihr Schluchzen manche Sätze verstümmelte. Dennoch konnte sie sich die Tragödie schnell zusammenreimen. Adeliza
war die Tochter eines angesehenen Magistrats in Besançon.
Sie hatte den Liebesschwüren eines jungen Ritters vertraut,
der sie umworben und danach verlassen hatte. Entehrt und

schwanger war sie zurückgeblieben, der Schande und der allgemeinen Verachtung preisgegeben. Weder die kranke Mutter noch der strenge Onkel, der die Vaterstelle an ihr vertrat, fanden sich bereit, die Sünde zu verzeihen. In ihrer Bedrängnis sah sie nur einen Ausweg. Den Fluss.

»Sie allein ist an allem schuld!« Adeliza streckte das winzige Kind mit solchem Abscheu von sich, dass Leena fürchtete, sie würde es fallen lassen. »Der Teufel hat die Saat in meinen Schoß gepflanzt, um mich für meine Sündhaftigkeit zu bestrafen. Das Mal im Nacken beweist es. Ihr Blut ist verflucht!«

»Wer hat dir so etwas eingeredet? Viele Kinder kommen mit einem solchen Mal zur Welt. Es hat nichts zu besagen, es verblasst im Laufe der ersten Lebensjahre.«

»Du lügst.« Adelizas Stimme überschlug sich in Hysterie. »Wir sind verflucht, mein Kind und ich. Die Hölle wartet auf uns.«

Alles geschah zur selben Zeit.

Leena erfasste sofort, was Adeliza im Sinn hatte. Tollkühn warf sie sich halb über die Mauer, um zu verhindern, dass das Kind mit der Mutter in die Tiefe stürzte. Im letzten Moment erhaschte sie ein Füßchen, aber sie verlor das Tuch dabei, das das Neugeborene notdürftig vor der Nachtkälte geschützt hatte. Fahl segelte der Stoff in die Tiefe. Auf keinen Fall durfte sie dieses erbärmlich dünne Bein loslassen, es hätte den sicheren Tod des Kindes bedeutet. Rote Kreise tanzten ihr vor Augen, ihr Herz raste vor Angst. Tief unten toste der Fluss.

Die Mauerkante presste sich ihr hart in den Magen, ihre bloßen Sohlen rutschten auf den Steinen. Das Entsetzen raubte ihr den Atem, und erst nach und nach gewann ein anderes Gefühl die Oberhand. Erleichterung. Adeliza mochte das eigene Leben geringgeschätzt haben, aber sie hatte ihre

Tochter vor ihrem Sturz im letzten Augenblick freigegeben. Das Mädchen zappelte erbärmlich, und Leena beugte sich noch tiefer, um es sicher zu halten.

»Tu es nicht!«

Nach einer kurzen Verschnaufpause wurde Leena so unerwartet rücklings an den Oberarmen gepackt, dass sie vor Schreck das Kind fast wieder verloren hätte. Wütend trat sie mit dem Fuß nach hinten und barg das zappelnde, eiskalte Neugeborene schützend an ihrer Brust. Erst dann drehte sie sich um: Tibo!

Sie maß ihn mit einem Blick purer Verachtung, weil sie ihm ansah, was er dachte. Aber sie war weder so verzweifelt noch so schwach wie Adeliza, die nur einen einzigen Ausweg gesehen hatte: den Tod.

»Was soll ich nicht tun? Denkst du, ich stürze mich in den Fluss wie dieses arme, irregeleitete Mädchen? Nehme mir deinetwegen das Leben? Das bist du nicht wert, Tibo. Danitza kann dich behalten. Ich will dich nicht mehr. Geh zu deiner Dirne und mach ihr die Söhne, die du so dringend haben willst.«

Wie es seine Art war, überhörte er die Anklage einfach und deutete auf das Kind.

»Und was soll das hier sein?«

Seine Stimme verriet sowohl Zorn wie ein schlechtes Gewissen und eine Spur von Unsicherheit. Seine Zornesausbrüche waren ihr vertraut, die beiden anderen Gefühlsregungen waren ihr fremd an ihm. Gemeinhin strotzte Tibo vor Selbstsicherheit und Kraft, Skrupel oder Schwäche schienen ihm fern. Was hatte ihn durcheinandergebracht? Die Sorge um eine Frau, die er ohnehin betrog? Kaum vorstellbar. Leena bot ihm unerschrocken die Stirn.

»Es ist mein Kind.« Sie hüllte das Neugeborene schützend in die Falten ihres Rockes.

Die Bewegung sollte Tibo zeigen, wie sehr sie sich als Mutter dieses Kindes fühlte. In ihrem Volk konnte man die Brüste entblößen, ohne Anstoß zu erregen, aber keine Tamara enthüllte ohne äußerste Not ihre Schenkel.

»Kinder fallen nicht vom Himmel. Und du kannst keine zur Welt bringen«, erwiderte Tibo.

Es war gefühllos, sie daran zu erinnern, aber Tibo war ein Freund klarer Worte.

»Kümmere dich um deine eigenen Angelegenheiten«, erhielt er zur Antwort.

»Du bist wütend, ich weiß. Ich war ein Trottel, mich auf Danitza einzulassen. Sie ist eine Schlange. Verzeih mir. Ich will es wiedergutmachen. Du musst nicht einer anderen Frau das Kind nehmen, damit ich zu dir zurückkomme. Wir werden auch ohne eigene Kinder glücklich …«

»Sei still.«

Leena war es endlich gelungen, den Herzschlag des Mädchens zu ertasten. Eilig, wie der eines verletzten Vogels, drängte er sie zu handeln. Das Schicksal schenkte ihr eine Tochter, aber wenn sie sich nicht sputete, würde sie sie noch in dieser Nacht wieder verlieren.

»Das Kleine braucht Wärme, Milch und Liebe. Dieses Kind wird mir niemand nehmen. Im Notfall werde ich gegen Tod und Stammesgesetz zugleich kämpfen, das schwöre ich dir, Tibo. Wenn dir wirklich an meiner Vergebung liegt, wirst du mir helfen und ihm ein guter Vater sein.«

»Und was ist mit der Mutter? Womit hast du sie überredet, dir das Kind zu überlassen? Hast du ihr Schicksal aus den Handlinien gelesen und sie in Ängste versetzt, bis sie nicht mehr wusste, worauf sie sich einlässt? Wenn du deine Talente auf solche Weise einsetzt, musst du dich vor dem Stammesrat verantworten. Unsere Regeln erlauben keinen Missbrauch, das solltest du wissen.«

Leena schnaubte verächtlich. Sie kannte die Gesetze des Stammes besser als Tibo. Von Generation zu Generation mündlich überliefert, bildeten sie die Basis ihres Lebens. Von Mutter zu Tochter wurden sie weitergegeben.

»Die Mutter dieses Würmchens hat sich vor meinen Augen in den Fluss gestürzt. Gott hat ein Wunder bewirkt und mir erlaubt, das Kleine zu retten, ehe sie es mit in den Tod reißen konnte. Wenn der Fluss ihre Leiche freigibt, werden alle denken, dass der Strom ihr Kind auf Nimmerwiedersehen verschlungen hat. Niemand wird je davon erfahren, dass es als unsere Tochter weiterlebt.«

Tibo beugte sich über das Geländer und sah in die Tiefe, wo der Fluss um die Brückenpfeiler tobte. Wer dort hinuntersprang, wählte den sicheren Tod.

»Du machst es dir zu einfach, Frau. Du bringst die Sippe in Gefahr. Wir können kein Christenkind bei uns aufwachsen lassen. Ohnehin ist unser Leben schwierig genug. Nirgendwo dürfen wir länger bleiben. Überall haben die Dummköpfe Angst vor uns, da können ihre Frauen noch so oft heimlich in unser Lager schleichen und dich bitten, ihnen die Zukunft vorauszusagen. Man schimpft uns Gauner und Landstreicher und sieht uns am liebsten, wenn wir wieder abziehen. Das weißt du doch.«

Seine Einwände fanden kein Gehör bei Leena. Für sie zählte allein das Kind. Aliza würde sie es nennen, im Andenken an seine verzweifelte Mutter. Wenigstens diese Erinnerung schuldete sie ihr.

»Aliza ist mein Kind. Du musst dich auch für sie entscheiden, Tibo, wenn dir daran liegt, mit mir in Frieden zu leben.«

Nie zuvor hatte Leena gewagt, ihm Befehle zu erteilen.

Erschrocken über die eigene Kühnheit, nahm sie dennoch kein Wort zurück. Sie wandte sich zum Gehen.

Wenn er ihr folgte, hatte sie gewonnen – eine Tochter und die künftige Oberhand über den Ehemann und Stammesführer der Tamara.

Würde er ihr folgen?

Erstes Buch

✦

HOFTAGE

Erstes Kapitel

✦

HOCHZEITEN

Aliza
Würzburg, 12. Juni 1156

Alizas Augen suchten den Kaiser. Inmitten des Gedränges, das den Festzug begleitete, war er kaum auszumachen. Sizma, ihre jüngere Schwester, hatte sie vorgewarnt. Er sei von mittlerer Größe und beileibe nicht das Idealbild eines Ritters, das jeder erwarte. Aliza reckte sich auf die Zehenspitzen. Ihre Blicke kreuzten sich mit denen Fremder, flogen gleichgültig weiter und kehrten jäh zurück. Welcher Blick hatte sich mit dem ihren getroffen? Sie verspürte ein unbekanntes Gefühl.

Beunruhigt und neugierig zugleich, begegnete sie den Augen von neuem. Augen von einem glänzenden Blau, das die Farbe des Himmels in den Schatten stellte. Um sie herum drückte das Stimmengewirr Erstaunen aus. Das Deutsche war ihr inzwischen so geläufig, dass sie die Worte verstand.

»Die Königin. Beatrix von Burgund.«

»Lieber Himmel, wie klein sie ist. Kaum größer als meine Jüngste. Ein Kind noch.«

»Eine Jungfrau von dreizehn Lenzen, sagt man.«

»Und der Kaiser ist mehr als doppelt so alt. Warum heiratet er ein Kind?«

»Weil das Kind die reichste Erbin des Abendlandes ist. Weil es ihm die Herrschaft über Burgund einbringt. Weil er damit freien Weg nach Süden in seine lombardischen Städte bekommt.«

Ein Wort gab das andere, aber Aliza schenkte den politischen Einzelheiten keine Beachtung.

Das also war die Königin? Sie konnte die Augen nicht von ihr abwenden, obwohl der Zug seinen Weg fortsetzte und sie schließlich nur noch den Schleier sehen konnte, der, von einem goldenen Reif gehalten, über Schultern und Rücken der Braut wallte. Die Begegnung verwirrte sie, ohne dass sie gewusst hätte, weshalb. Ihre Neugier hatte dem Kaiser gegolten, aber ihn hatte sie über dem Blickwechsel mit Beatrix völlig vergessen. Auf eine rätselhafte Weise fühlte sie sich von ihr angezogen. Zu gerne hätte sie sie kennengelernt, mit ihr gesprochen. Alles in ihr drängte sich danach, über Rang und Standesgrenzen hinweg.

»Hier steckst du. Ich habe dich überall gesucht. Wie oft muss ich dir noch sagen, dass du das Lager nicht alleine verlassen sollst. Es ist gefährlich.«

Obwohl ihre Mutter einen Kopf kleiner als sie war, besaß deren harter Griff Autorität und Kraft. Aliza wagte keinen Widerspruch. Bedauernd, aber gehorsam folgte sie. Je größer ihr Abstand zum Hochzeitszug wurde, desto schneller kamen sie vorwärts.

»Denkst du, wir sind zum Vergnügen nach Würzburg gekommen?«, wurde sie unterwegs scharf gescholten. »Wir müssen die Feiern und den Hoftag nützen, um unsere Beutel zu füllen. Du weißt selbst, wie hart der vergangene Winter uns zugesetzt hat, wie oft wir hungern mussten. Es geht nicht an, dass du den Tag untätig vertrödelst.«

»Du bist ungerecht«, wehrte sich Aliza gegen den Vorwurf. »Ich drücke mich nicht vor der Arbeit. Ich wollte nur den Festzug sehen.«

»Und die Gewänder der Königin und ihrer Damen bewundern. Denkst du, ich weiß nicht, wie sehr du dich nach feinen Stoffen, Schleiern und Juwelen sehnst? Wach auf, Aliza, du machst dich unglücklich mit solchen Träumen.«

Hitze stieg Aliza in die Wangen, ihr Nacken versteifte sich. War sie so leicht zu durchschauen?

»Ach, Kind!«

Der vertraute Stoßseufzer ließ ihren Widerspruch verstummen. Sie wollte ihrer Mutter keinen Kummer machen, sie liebte sie. Mehr als den Vater oder die Schwester. Dennoch fand sie, dass sie ein Recht auf ihre Träume hatte, egal, ob sie nun vernünftig waren oder nicht.

»Beatrix ist eine wunderschöne Braut«, verteidigte sie ihre Bewunderung für die Königin. »Etwas Besonderes geht von ihr aus. Kein Wunder, dass der Kaiser sie der Nichte des Basileus von Konstantinopel vorgezogen hat.«

»Er zieht die fünftausend Kriegsknechte vor, die zu ihrer Mitgift gehören. Das ist der wahre Grund für die Heirat«, erhielt sie trocken zur Antwort. »Und jetzt komm, wenn im Königshof auf der linken Mainseite die Fanfaren zum Bankett blasen, strömt das Volk auf die Festwiese. Dort werden wir gebraucht.«

Ihre Mutter hatte recht. Aliza, Sizma und den anderen jungen Frauen des Stammes blieb keine Zeit zur Muße. Milosh und Tal strichen die Fideln, die Mädchen tanzten und schlugen im Tanz das Tamburin dazu. Je schneller und peitschender der Rhythmus wurde, umso aufreizender flogen ihre Rocksäume, die Fransenschals und das offene Haar.

Das Spektakel der »Ägypter« lockte reihenweise Neugierige an. Würzburger, Hochzeitsgäste und Mitglieder des kaiserlichen Hofes bildeten mit Kriegsknechten, Rittern, Reisenden und Mönchen einen dichten Kordon um die Handvoll Tänzerinnen. Ihre Flitterkleider und die fremdartige Musik stachen sogar Wurfbuden, Wunderheiler, Bärenführer und Akrobaten aus. Immer dichter wurde das Gedränge. Münzen flogen zwischen die bloßen Füße der Mädchen. Die Kleinsten des Stammes lasen sie geschickt aus dem Staub auf, ohne den Wirbel der Frauen ein einziges Mal zu behindern.

Obwohl ihre Sohlen mittlerweile brannten und das Gewand ihr verschwitzt am Körper klebte, ging Alizas Atem gleichmäßig. Die Lider halb gesenkt, beobachtete sie das Getümmel. Das Wanderleben hatte die Menschenkenntnis der Siebzehnjährigen geschärft, sie vermochte Menschen erstaunlich treffend einzuordnen.

Den meisten Männern war die Begierde ins Gesicht geschrieben. Die Frauen des Stammes waren Freiwild für ihresgleichen. Fahrende Dirnen, die außerhalb von Recht und Gesetz standen. Sie ängstigten sie. Sie hoffte, die Stadtbüttel würden auch die Festwiese im Auge behalten. Nicht überall kümmerte man sich um die Sicherheit des fahrenden Volkes, aber zum Schutz der kaiserlichen Hochzeit würden die Ordnungshüter sicher umfassende Aufsicht üben, beruhigte sie sich.

Ehrbare Frauen, Mägde und Bürgerinnen machten jedoch trotzdem einen Bogen um diesen Bereich des Festplatzes. Wenn sie sich den Fahrenden überhaupt näherten, so taten sie es verstohlen, um die Dienste von Alizas Mutter und der älteren Frauen zu suchen. Hinter Zeltwänden oder im Schatten der Wagen ließen sie sich für ein paar Kupfermünzen die Zukunft aus zögernd ausgestreckten Händen lesen oder sich aus den Karten Rat holen. Meist verdienten die Wahrsagerinnen mehr als die Kesselflicker und Korbflechter der Tamara. Sogar mehr als die Tänzerinnen. Gerne hätte auch Aliza das Handlesen gelernt, aber die Mutter weigerte sich, sie in die Geheimnisse einzuweihen.

»Dir fehlt die Gabe dafür, Herzchen. Es geht nicht darum, einer unglücklichen Jungfer Hoffnung auf einen reichen Freier zu machen. Jede Vorhersage lädt auch die Verantwortung dafür auf dein Gewissen. Sei froh, wenn du nichts damit zu tun hast. Es ist gefährlich, zu viel zu wissen.«

Aliza sah es ein, so verhasst es ihr auch war, vor fremden Menschen zu tanzen. Das Johlen und die zweideutigen Scherze konnte sie überhören, aber die Blicke brannten wie Feuer auf der Haut. Im Gegensatz zu Sizma, die sich ganz der Musik hingab und vom Beifall angestachelt die Rocksäume wirbeln ließ, während sie sich wie eine Schlange um die eigene Achse drehte, widerstrebte es ihr zutiefst, Aufmerksamkeit auf sich zu ziehen. Sizma verlor sich mit Leib und Seele im Tanz. Aliza hätte sich am liebsten in Nebel gehüllt und unsichtbar gemacht.

Sie ahnte nicht, dass gerade diese Befangenheit sie im Wirbel der Tänzerinnen zu etwas Besonderem machte. Von hellerer Haut als alle anderen, das Haar unter einem Tuch verborgen, umgab sie ein Geheimnis, das die Zuschauer in Bann schlug. Kein Mann war unter ihnen, der nicht gerne gewusst hätte, weshalb sie ihr Haar verbarg und warum ihr Tanz, obwohl weniger aufreizend als der der anderen, doch die Sinne ansprach. Die Fideln endeten mit einem Vogeltriller, die Schellen an den Tamburinen verstummten. Für einen Moment herrschte völliges Schweigen. Sizma und die anderen stemmten die Arme in die Hüften, so dass ihre Brüste fast die weit ausgeschnittenen Blusen sprengten. Aliza schlug befangen die Augen nieder und hielt sich im Hintergrund.

Milosh und Tal wischten sich mit dem Handrücken den Schweiß von der Stirn. Wie üblich schoben sie sich unmerklich, mit ein paar anderen Männern des Stammes, als lebende Barriere zwischen die Mädchen und die Menge.

Berauscht vom Fest, dem Wein und dem Bier – an allen

Straßenecken wurde frei ausgeschenkt – reagierten die Schaulustigen enttäuscht auf das Ende der Vorstellung. Aus Beifall wurde übergangslos Protest, aus Jubel Zorn. Eingekreist und bedrängt, rückten die Tänzerinnen immer enger zusammen. Sogar Sizma zog die Bluse züchtig höher und versteckte sich ängstlich hinter der größeren Schwester. Vergeblich.

Ein Kriegsknecht mit einem Gesicht, das rot war wie ein Bischofshut, packte sie um die Taille und wollte sie küssen. Sizma kreischte aus vollem Hals, und Aliza kam ihr zu Hilfe. Sie stieß dem Kerl mit aller Kraft den Ellbogen zwischen die Rippen, so dass er die Schwester zunächst japsend freigab. Er rieb sich kurz den Brustkorb, rülpste und grapschte ohne Zögern gierig nach ihr. Eine Wolke säuerlichen Weindunstes verschlug ihr den Atem.

Noch während er sie an sich riss, erkannte er seinen Fehler. Tretend, kratzend, spuckend und fauchend ging Aliza so wütend auf ihn los, dass die Nähte ihres Kleides zu reißen drohten, das Kopftuch verlorenging und die Haarnadeln flogen. Das Haar, ohnehin schwer zu bändigen, löste sich binnen kürzester Zeit aus dem ordentlich geflochtenen Zopf. Es flog wild um sie herum, während sie den Rotgesichtigen derart attackierte, dass er die Hände schützend vor das Gesicht halten musste.

So schnell das Gerangel auch entstanden war, der ungewohnte Anblick brachte es noch schneller zum Erliegen. Alizas rotblonde Mähne wehte wie eine Flagge, als der Mann sie endlich packen und zornig schütteln konnte. Gemurmel setzte ein.

»Donnerwetter, eine rothaarige Ägypterin! Wer hätte gedacht, dass es so etwas gibt. Tanz für uns, Mädchen«, grölte er berauscht. »Dann will ich dir nachsehen, dass du reizbarer bist als eine Viper.«

Die Menge ließ sich von ihm anstecken. Immer lauter und fordernder wurden die Rufe nach Alizas Tanz.

Milosh wechselte einen Blick mit Tal und den anderen Männern der Sippe. Sie alle wussten, dass die Stimmung auf der Kippe stand. Streitsucht und Trunkenheit gingen Hand in Hand. Wenn es zur Rauferei kam, würden nur die Ägypter bestraft und aus der Stadt getrieben werden.

Aliza erahnte den Befehl, ehe Tal ihn gab.

»Tanz!«, forderte er knapp in ihrer Sprache. Er setzte die Fidel zwischen Kinn und Schulter an und nickte ihr zu. »Worauf wartest du?«

Münzen flogen durch die Luft und fielen klimpernd zu Boden.

»Aber ich …«

»Wir haben keine Wahl«, raunte Milosh an ihrer Seite. »Tanze. Tu dein Bestes, sonst machen sie uns die Hölle heiß. He, macht Platz!«, wandte er sich an die Menge. »Aliza wird für euch tanzen. Aber nur, wenn ihr Raum dafür lasst und euch erkenntlich zeigt.«

Obwohl Aliza lieber in der Erde versunken wäre, sah sie ein, dass es keinen anderen Ausweg gab. Zornig und stolz warf sie die Haarflut nach hinten, hob mit der Rechten das Tamburin über den Kopf und tat mit dem linken Handballen den ersten Schlag.

Sie konzentrierte sich allein auf Miloshs Fidel und untermalte ihre Schritte mit dem Tamburin, indem sie es jetzt fast beiläufig am Oberschenkel aufschlug. Dankbar erkannte sie in der Melodie ein Liebeslied, dessen melancholischer Klang die Gemüter hoffentlich ein wenig besänftigen würde. Schon wurde es ruhiger.

Milosh war ein Meister seines Instruments. Er bot all sein Können auf, um Aliza zu unterstützen. Da er um ihre Scheu vor Menschenmassen wusste, hüllte er sie schützend in seine Musik. Dankbar nickte sie ihm zu, ehe sie die Lider senkte und die Schlagzahl der runden Schellentrommel langsam erhöhte. Dem Rhythmus folgend, versuchte sie zu vergessen, wo sie sich befand und wer ihrem Tanz zusah.

Der Versuch misslang trotz aller Mühen.

Die Ausdünstungen der dicht an dicht schwitzenden Menschenmenge auf der Festwiese hatten längst die Wohlgerüche des Festmahls und des Rauchwerks überlagert, die den Hochzeitszug umweht hatten.

Da sich alle Welt ungeniert hinter Buden und Zelten erleichterte, trocknete die Sonne zudem den menschlichen Unrat in die Erde. Der beißende Gestank mischte sich mittlerweile ätzend bei, jeder Atemzug kratzte in der Kehle, und Wein und Bier flossen reichlicher, als für ein friedliches Miteinander ratsam sein konnte.

Da übertönte Trompetenschall Miloshs Fidel. Ehe Aliza den fremden Ton einordnen konnte, spürte sie schon, dass die Aufmerksamkeit mit einem Schlag von ihr wich. Allen voran die Waffenträger, wussten die Männer, was der Ruf bedeutete. Aufgeregt tauschten sie sich aus.

»Das Hochzeitsturnier. Man gibt die Reihenfolge der Kämpfe für morgen bekannt!«

»Lasst uns hören, wer für die Welfen und wer für die Staufer in die Schranken reitet.«

»Ein Schlachtross aus kaiserlichem Stall und eine Rüstung aus der Werkstatt eines Meisterschmiedes warten auf den Sieger! Vielleicht küsst ihn sogar unsere schöne neue Königin.«

Die Stimmen entfernten sich. Alles drängte unvermittelt zur westlichen Stadtmauer, wo das Turnierfeld schon vor Tagen ausgesteckt und vorbereitet worden war. Eine Tribüne mit Baldachin, errichtet am Rande der Absperrung, erwartete das Brautpaar und seinen Hofstaat. In angenehmem Schatten würden sie von dort die Wettkämpfe verfolgen und den Siegern Beifall spenden.

Aliza ließ das Tamburin sinken, ihre Knie zitterten. Erleichtert schlossen sich die übrigen Mitglieder ihrer Sippe um sie. Die Gefahr war abgewendet.

Sizma zeigte keine Dankbarkeit dafür, dass Aliza ihr beigestanden hatte gegen den Rüpel, der zunächst ja sie bedrängt hatte. Sie nörgelte wie üblich. »Du hättest dich ruhig mehr anstrengen können. Nur Kupfermünzen, Kreuzer und Pfennige haben sie aus dem Staub gekratzt. Kein einziges Silberstück.«

»Dass du den Hals nie voll bekommst, ist mir klar«, murmelte Aliza und drehte ihr den Rücken zu.

Das Tamburin unter den Arm geklemmt, fasste sie ihr Haar zusammen und flocht es wieder zum Zopf. Staub und Feuchtigkeit hatten es verfärbt. Es klebte ihr an den Schläfen, das auffällige Rotblond erschien glanzlos. Sie befestigte das Tuch darüber. Das Gefühl, beobachtet zu werden, zwang sie plötzlich zum Innehalten und Aufsehen.

Wenige Schritte entfernt, an der Bretterwand einer Garküche lehnend, beobachtete sie einer der Ritter. Wappenrock, Waffengürtel und pelzverbrämte Kappe wiesen ihn als Edelmann aus. Das schwarzgelbe Wappen auf der Brust kam ihr bekannt vor, aber sie konnte es dem richtigen Haus nicht zuordnen. Die Gäste des Kaisers kamen aus allen Himmelsrichtungen. Sein Blick begegnete ihrem, ohne auszuweichen.

Sie errötete verlegen und drehte sich hastig um. Dennoch hatte sie Einzelheiten registriert. Die athletische Gestalt, das helmkurze braune Haar. Das Gesicht, schmal und bartlos, wurde von einer Adlernase und hellen Augen beherrscht. Den Augen einer Wildkatze, schillernd und golden. Oder war das eine Täuschung, vom Sonnenlicht bewirkt?

»Lass uns zurück in die Stadt gehen.« Milosh umfasste besitzergreifend Alizas Handgelenk und zog sie mit sich. »In den Schänken und auf den Plätzen rund um den Königshof wird ebenfalls gefeiert. Dort sind wir mit unserer Musik und unseren Tänzen bestimmt gern gesehen.«

Aliza befreite sich stumm. Milosh würde wohl nie begreifen, dass er keinen Anspruch auf sie hatte. Warum wandte er sich nicht Sizma zu, die sie beide aus schmalen Augen beobachtete? Sie verzehrte sich nach seiner Aufmerksamkeit, auf die Aliza keinen Wert legte.

»Lass mich bitte. Ich gehe meiner eigenen Wege.«

»Das geht nicht.« Sizma ergriff die Gelegenheit, sich einzumischen.

»Wer sollte mich daran hindern? Du vielleicht, Schwester?«

»Nein. Unser Vater. Du kennst ihn. Tibo tobt, wenn er hört, dass du dich wieder von uns abgesetzt hast. Beim letzten Mal hat er dich so verprügelt, dass du tagelang nicht sitzen konntest.«

Obwohl Aliza die väterlichen Wutausbrüche fürchtete, blieb sie bei ihrer Weigerung. Sie war die Ältere. Sizma hatte ihr keine Befehle zu erteilen, auch wenn sie es immer wieder versuchte. Erst lange nach Einbruch der Dunkelheit kam sie zurück zum bunt bemalten Holzhaus auf Rädern, das ihr Zuhause war.

Nur der Stammesführer und seine Familie sowie Rupa, ihre

Großmutter, lebten in einem Wagen mit einem Holzdach, das Regen und Wind abhielt. Alle anderen mussten sich mit Karren begnügen, die kaum genug Platz für Mensch und Habe boten. Stoffplanen, an Weidenruten befestigt, schützten sie nur notdürftig. Im Sommer lebten die Tamara ohnehin unter freiem Himmel. Nur im Herbst und Winter drängte man sich, auf der Flucht vor Kälte und Nässe, in den undichten Behausungen zusammen.

Jetzt im Juni waren die Nächte im Deutschen Reich warm und kurz. Es lohnte der Mühe nicht, auch nur ein Zelt aufzubauen. Das hatte zudem den Vorteil, dass sie, sollten sie Hals über Kopf aufbrechen müssen, im Handumdrehen verschwinden konnten.

An das Weiterziehen dachte Aliza ohnehin nicht gerne. In der Stadt sprach man davon, dass die Feiern mindestens eine Woche dauern würden. Danach würde es bestimmt noch weitere Zeit in Anspruch nehmen, bis alle Festgäste endgültig abgereist waren. Erst dann würden sich die Ratsherren wieder auf den Alltag in ihren Mauern besinnen.

Als Erstes verwies man dann wie üblich das fahrende Volk der Stadt. Danach folgten die Spielleute und Gaukler, dann die zwielichtigen Wanderhändler und Quacksalber, manchmal auch ein Teil der jüdischen Bevölkerung. Keiner dieser Ausgewiesenen konnte auf einen Fürsprecher unter den ansässigen Bürgern hoffen.

»Warum können wir nirgends bleiben?«

Immer wieder hatte sie als Kind ihrer Mutter diese Frage gestellt und stets die gleiche Antwort erhalten.

»Weil nirgends unser Zuhause ist.«

Inzwischen hatte sie sich damit abgefunden. Was sie jedoch nicht begriff, war die stoische Gelassenheit, mit der alle

Frauen und Männer des Stammes es hinnahmen. Die Zufriedenheit, mit der sie sich trotz allem auf den Weg machten, zum nächsten Jahrmarkt, zum nächsten Mysterienspiel, zum nächsten Kirchsprengel, wo man von den dunkelhäutigen Fremden wieder nichts wissen wollte, war ihr unverständlich. Anfangs hatte sie dieser Gleichmut erstaunt, danach verwundert. Inzwischen begehrte sie leidenschaftlich dagegen auf.

Wer gab den Menschen das Recht, sie immer und immer fortzujagen? Waren nicht auch die Tamara Kinder des einen, großen Gottes? Weshalb verweigerte er ihnen eine Heimat? Was hatten sie verbrochen, um so gestraft zu werden?

Tibos Stimme ließ sie unweit des Wagens verharren. Brummig drang sie durch die Holzwand. Alles Zögern hatte nichts genutzt. Die Eltern erwarteten sie, und wie es sich anhörte, lagen sie miteinander im Streit. In letzter Zeit schienen sie sich über gar nichts mehr einig zu sein. Aliza zog sich in den Schatten zurück und lauschte ängstlich. Solange Leena und Tibo sich anbrüllten, hielt sie sich besser im Verborgenen. Die Auseinandersetzung wurde lauter, mühelos verstand sie jedes Wort.

»Schluss mit diesem Gejammer, Leena. Lange genug habe ich mich von dir beschwatzen lassen. Milosh wird deiner Tochter ein guter Mann sein und ihr die Launen austreiben. Ich verlange Frieden in der Sippe. Wir können uns diese ständige Rivalität unter den jungen Männern nicht länger leisten. Am Ende kommt es noch zu einer Fehde, die unsere Sippe schwächt.«

Eine Heirat? Zwischen Milosh und Sizma?

Aliza wusste, dass die Schwester den Fiedler um jeden Preis zum Mann haben wollte. Milosh tat ihr heute schon leid.

Sizma würde dem sanftmütigen und hilfsbereiten Jungen auf der Nase herumtanzen. Sah der Vater denn nicht, dass die Schwester eine feste Hand benötigte? Lehnte sich die Mutter deswegen gegen seinen Befehl auf?

»Du willst bloß Frieden, weil Sizma dir ununterbrochen in den Ohren liegt. Ihr heißes Blut verlangt nach Leidenschaft. Sie ist vom gleichen Schlag wie ihre mannstolle Mutter. Auch Danitza hat sich jedem Kerl an den Hals geworfen und sich nie um die Folgen gekümmert.«

»Musst du die alten Geschichten aufwärmen? Danitza ist tot. Hab ich dich, seit wir Sizma zu uns genommen haben, jemals betrogen? Im Gegenteil, eine zweite Tochter hab ich dir geschenkt. Dankbar solltest du sein, nicht nachtragend wie ein Esel.«

Aliza stockte der Atem. Verstand sie das richtig? War Sizma nur ihre Halbschwester? Empfand sie deshalb so wenig geschwisterliche Liebe für sie? Ohne Gewissensbisse schlich sie näher zum Wagen. Kein Wort des Streits wollte sie mehr versäumen. Was hatten sie ihr noch alles verschwiegen?

»Du weißt, dass deine Mutter den Tod in den Karten gesehen hat«, warnte Leena soeben. »Zwing Aliza nicht zur Heirat mit einem Tamara. Nur wenn sie frei unter uns lebt, ist die Sippe in Sicherheit. Nichts wird so sein wie früher, wenn du das Schicksal gewaltsam veränderst.«

»Weibergeschwätz.«

»Besinne dich, Tibo. Du stürzt uns ins Unglück!«

Je mehr Aliza hörte, desto weniger verstand sie. Fast konnte sie Tibos Ärger nachvollziehen. Dass Großmutter oft in Rätseln sprach, hielt sie ihrem Alter zugute, dass die Mutter ebenfalls damit anfing, jagte ihr jedoch Angst ein. Jedes Kind der Sippe kannte die Bedeutung der Karte des Todes: Altes muss sterben, damit Neues geboren werden kann. Ein Abschied steht bevor.

»Schweig, Frau! Ehe wir weiterziehen, wird es verkündet. Sizma bekommt Tal, Aliza Milosh. Ich habe mit beiden Vätern gesprochen, wir sind uns einig. Die Kinder, die sie bekommen werden, werden die Sippe stärken.«

»Auch wenn du der Anführer unseres Stammes bist, Tibo, dies darfst du nicht bestimmen, ohne den Ältestenrat zu befragen. Du gefährdest unser aller Leben mit dieser Entscheidung.«

»Du gefährdest *dein* Leben mit diesem Ungehorsam, Weib!«

Aliza wusste nicht, was sie mehr erschreckte, sein Gebrüll, oder das, was er sagte. Eines wusste sie jedoch, nie und nimmer würde der Vater einlenken. Ein Aufschrei, Faustschläge und das Bersten von Holz bestätigten ihre Befürchtung.

Die Tür des Wagens wurde aufgerissen, wutentbrannt und wüst fluchend stürmte ihr Vater in die Nacht hinaus. Er sah weder sie noch die Gestalt, die sich hinter einen Weidenbusch am Mainufer duckte.

Sobald sie sicher sein konnte, dass er nicht sofort zurückkehren würde, betrat Aliza zögernd den Wagen. Die Mutter kauerte auf dem Boden, den Kopf gesenkt, die Hand auf den Magen gepresst. Auf dem Jochbogen unter ihrem rechten Auge rötete sich die Haut. Um sie herum lagen die Trümmer eines Hockers.

»Er hat dich geschlagen.« Betroffen sank Aliza neben ihr in die Knie und berührte sanft die unverletzte Wange. »Er hat kein Recht dazu.«

Leena zuckte zurück.

»Wo warst du? Woher kommst du?«

»Ich habe euren Streit gehört. Ich verstehe nicht, was das

alles zu bedeuten hat. Sind Sizma und ich keine Schwestern? Wollt ihr uns zur Heirat zwingen? Ich will nicht heiraten, Mutter, weder Milosh noch einen anderen. Ich will keinen Mann, der mich behandelt wie Vater dich.«

»Still. Dazu wird es nicht kommen.«

»Was hat Großmutter in den Karten gesehen, Mutter? Du musst es mir sagen, bitte! Ich will niemanden ins Unglück stürzen.«

»Nichts.« Leena wich ihrem Blick aus.

»Du sagst nicht die Wahrheit.«

Aliza sammelte die Reste des Hockers auf. Einer der Männer würde ihn wieder zusammensetzen.

Sie hatte schon jede Hoffnung auf eine Antwort aufgegeben, als die Mutter sich ächzend erhob und doch noch zu sprechen begann.

»Ich schulde dir die Wahrheit, ich weiß es längst. Es fällt mir schwer, es dir zu sagen, aber du hast ein Recht darauf. Ich bin nicht deine leibliche Mutter. In deinen Adern fließt kein Tamarablut. Du bist die Tochter einer Burgunderin, die dich mit in den Tod nehmen wollte, kaum dass du das Licht der Welt erblickt hattest. Ich konnte nicht tatenlos danebenstehen und es geschehen lassen. Jahrelang hatte ich mich vergeblich nach einem Kind gesehnt, und sie wollte das ihre nicht haben. Ich habe dich gerettet, denn du warst die Erfüllung aller meiner Wünsche. Der erste Blick aus deinen Augen traf mich ins Herz.«

»Und Sizma?«

»Sie ist eine Tamara. Tibos Tochter, nicht meine. Er hat mich mit Danitza betrogen. Als sie starb, brachte er die Kleine zu mir, und ich fand, sie sollte ebenso wenig für die Fehler ihrer Eltern büßen wie du, Aliza.«

Und liebst du sie mehr als mich?, lag Aliza auf der Zunge, aber sie unterdrückte die Frage. Die Angst vor einem Ja hieß sie schweigen.

»Warum tragen Sizma und ich keine Zeichen wie die anderen Frauen alle?«, erkundigte sie sich stattdessen.

Schon immer hatte sie sich gewundert, weshalb man ihr den Schmuck der Stammeszeichen verweigerte, den jedes Mädchen erhielt, wenn es vom Kind zur Frau wurde. Und nur sie und Sizma trugen keine Ornamente auf den Wangen. Bisher hatte sie nie eine befriedigende Antwort auf diese Frage erhalten. Heute antwortete Leena bedrückt.

»Einmal in die Haut geätzt, bleiben die Symbole ein Leben lang erhalten. Ich habe nicht das Recht, dich auf diese Weise zu zeichnen. Großmutter hat uns jedoch geraten, auch Sizma nicht zu tätowieren. Es hätte nur Fragen und Anlass zu weiterer Eifersucht zwischen euch gegeben. Seit ihr zusammen seid, schwelt Rivalität zwischen euch.«

Aliza konnte es nicht leugnen. Immer war da eine Spannung zwischen ihr und Sizma. Stets neidete Sizma ihr etwas oder versuchte ihr den eigenen Willen aufzuzwingen. Zuneigung empfand sie eigentlich nur in Form einer unliebsamen Verantwortung für die Jüngere. Erleichtert stellte sie die nächste Frage.

»Was weißt du von meiner Mutter?«

»Nichts, Kind. Sie war dem Wahnsinn nahe vor Verzweiflung. In diesem Zustand konnte sie nichts mehr erklären.«

»Du *musst* es wissen.«

Leena schüttelte wie unter Zwang den Kopf.

»Ich habe dich als meine Tochter angenommen«, sagte sie müde, aber doch laut genug für die an der Holzwand lauschende Sizma. »Aliza, dein Platz ist bei uns. Du wirst woanders keinen besseren finden. Du bist keine Tamara, aber du bist und bleibst ausgestoßen wie wir.«

Das neue Wissen brach wie eine Sturmflut über Aliza herein. Sie wusste nicht, was sie damit anfangen sollte.

»Vielleicht hättest du mich besser sterben lassen, Leena«, antwortete sie schließlich heiser.

Sizma entlockte sie mit dieser Antwort ein grimmiges Schnauben.

Leena presste die Hand auf ihr stolperndes Herz. Aliza hatte sie nicht mehr Mutter genannt.

Beatrix von Burgund
Der Königshof zu Würzburg, 13. Juni 1156

Das Bett war Zuflucht und Insel zugleich. Schleiervorhänge trennten es vom übrigen Gemach und verschafften Beatrix die Illusion von Abgeschiedenheit. Endlich musste sie nicht länger die Augen niederschlagen, sich sittsam, schweigsam und fromm in ihre neue Rolle fügen.

Die Stirn nachdenklich gefurcht, die Augen auf das Webmuster der Bettdecke gerichtet, ohne es tatsächlich zu sehen, überdachte sie die vergangenen Tage.

Dem Lärm des Festes lauschend, das unter den Gewölben der großen Halle ohne sie seinen Fortgang fand, wurde ihr klar, dass niemand sie vermisste. Schon gar nicht der Kaiser, ihr Mann. Barbarossa nannten Friedrich von Hohenstaufen die, die bei der Kaiserkrönung in Rom dabei gewesen waren und nun seinen engsten Rat bildeten, weil das Blond von Haar und Bart zum Rot tendierte. Sie feierten seinen Triumph.

Sosehr Beatrix sich auch bemüht hatte, die Anstrengung zu verbergen, ihre zunehmende Blässe war dem Kaiser nicht entgangen. Er hatte ihr erlaubt, sich zurückzuziehen. Hochzeit, Hoftag, Bankette und Empfänge verwirrten und überanstrengten sie. Keiner konnte sich vorstellen, was es für sie bedeutete, nach dem ruhigen Klosterleben unvermutet solchem Trubel ausgeliefert zu sein. Friedrich hielt ihre Schwäche einfach für ein Zeichen von Empfindsamkeit, die er ihr als Frau und ihrem zierlichen Wuchs zuschrieb.

»Wie klein sie ist«, war auch seine erste Reaktion, als er sie zum ersten Mal sah. Es klang enttäuscht.

Sicher, sie war klein, aber keine Zwergin. Außerdem rühmte man ihre Schönheit, ihre Wohlerzogenheit und ihre Frömmigkeit. Er hatte keinen Grund, enttäuscht zu klingen.

Aber weder der Erzbischof von Besançon noch Dietrich von Mömpelgard, die sie beide nach Würzburg begleitet hatten, fanden es der Mühe wert, dem Kaiser zu erwidern. Er sprach schließlich von der Erbin von Burgund, von seiner Braut, der künftigen Mutter seiner Kinder. Gerne hätte sie ihm selbst geantwortet, aber im letzten Augenblick erinnerte sie sich an die Ermahnungen der Mutter Äbtissin und schwieg.

Seit dem Tod ihres Onkels und Vormunds, Wilhelm von Mâcon, waren der Erzbischof und Mömpelgard ihre engsten Verwandten. Ihre Familie. Sie hatten diese Eheschließung gefördert, die Onkel Wilhelm bis zu seinem Dahinscheiden so vehement bekämpft hatte. Ihm war nicht daran gelegen gewesen, dass Burgund in Stauferhände fiel. Nach Friedrichs Besuch in Burgund vor drei Jahren war ihre Abgeschiedenheit im Kloster von Dôle zu einer Art Gefangenschaft geworden. Am liebsten hätte der Onkel gesehen, dass sie für immer den

Schleier genommen hätte. Als Braut Christi wollte er sie segnen, nicht als die eines weltlichen Herrschers, der ihm die Regierung über die burgundischen Gebiete entzieht, die zu ihrer Mitgift gehörten.

Es war anders gekommen. Nach Wilhelms Tod im vergangenen Herbst hatten sich die Dinge förmlich überstürzt. Schon im Januar war zu Straßburg der Heiratsvertrag mit Friedrich von Hohenstaufen aufgesetzt worden, energisch befürwortet von Matthäus von Oberlothringen, der mit einer Schwester des Kaisers verheiratet und zudem der Bruder von Beatrix' verstorbener Mutter war. Ihm lag eine Menge daran, der Familie ihr Erbe zu sichern. Man hatte sie in Dôle vor vollendete Tatsachen gestellt und sie auf den Weg zu ihrem künftigen Ehemann gebracht.

Um ihre Meinung hatte niemand sie gebeten.

Am 9. Juni hatte sie zunächst Erzbischof Hillin von Trier in Worms empfangen und sie zur deutschen Königin gekrönt. Erst anschließend war sie nach Würzburg zu ihrer Hochzeit mit Friedrich von Hohenstaufen gereist. Einen besonderen Vertrauensbeweis des Kaisers nannten ihre Verwandten die vorgezogene Königskrönung. Mit Gehorsam und Demut sollte sie Friedrich dafür danken.

Gehorsam war ihr aus dem Klosterleben vertraut, doch wofür sollte sie dankbar sein? Sollte nicht umgekehrt der Kaiser ihr für den Machtzuwachs dankbar sein, der ihm durch die Ehe mit ihr zuwuchs?

Ein aufrührerischer Gedanke?

Beatrix war in Dôle nach dem Tod ihrer Eltern umfassend erzogen und unterrichtet worden. Sie beherrschte Französisch, Lateinisch, Italienisch und Deutsch in Wort und Schrift, konnte reiten, die Laute spielen, und ihre Nadelarbeiten entzückten die Nonnen. Von den Mönchen war sie zudem in den wichtigsten freien Wissenschaften unterrichtet worden. In Rhetorik, Grammatik und Dialektik geschult, las sie die Schriften der Kirchenväter im Original und wusste über Arithmetik, Geometrie und Astronomie Bescheid. Dass Musik und Poesie ihr von allem das größte Vergnügen bereiteten, blieb ihr Geheimnis.

Zu ihrer Mitgift zählten neben erheblichen Vermögenswerten fünftausend Bewaffnete, die Stadt Besançon und andere Rechtstitel im Burgundischen sowie die Grafschaft Mâcon.

Dass es Friedrich bislang an den nötigen Mitteln gefehlt hatte, um seine Herrschaft über das Kaiserreich zu festigen, war Beatrix nicht verborgen geblieben.

Nicht ihr Liebreiz hatte ihn in diese Ehe gelockt, sondern ihr Vermögen.

Die Ländereien ermöglichten es ihm, gefahrlos die Alpen in Richtung der reichsitalischen Gebiete zu überqueren, um seine Ansprüche auf die Städte und Domänen des Südens geltend zu machen.

Ihre Erziehung hatte Beatrix darauf vorbereitet, Fürstin oder Äbtissin zu werden. Sie durchschaute Friedrichs Motive, ohne gekränkt zu sein, aber es hätte ihr dennoch gefallen, wenigstens ein paar Worte des Wohlwollens zu hören, und nicht dieses enttäuschte »Wie klein sie ist …«. Das Schlagen eines Truhendeckels erinnerte sie daran, dass sie trotz aller Abgeschiedenheit hinter den Schleiern des Bettes nicht allein war. Ihre Ehrendamen legten die Gewänder für den nächsten Tag bereit.

In den Truhen befand sich eine solche Überfülle von Kleidern, Hemden, Strümpfen, Schuhen, Gürteln und Tand, dass Beatrix' Wahrnehmung die einzelnen Dinge gar nicht mehr zugänglich waren. Sie wertete die Ereignisse in der Regel kritisch, und zog darüber in Gedanken den Vergleich mit dem Goldenen Kalb. Würzburgs neugieriger Menge zum Tanz ausgestellt, war sie das Symbol, dass Friedrich mit dem Segen der Kirche und des Adels regierte.

Mit Macht unterdrückte Beatrix ein aufsteigendes Heimweh. Würde sie Burgund je wiedersehen?

Friedrich hatte bisher kein Wort darüber verloren, wo sie mit ihm wohnen würde. Würzburg war nur für die Spanne der Heirat und des Hoftages seine Residenz. Welche Pfalz sollte ihre neue Heimat werden? Mussten sie wirklich ununterbrochen das Reich bereisen, um seine kaiserliche Macht zu demonstrieren, wie man ihr in Dôle versichert hatte? Beim nächsten Wiedersehen wollte sie ihn fragen.

Würde er sie heute noch aufsuchen?

Seit der peinlichen Zeremonie am kaiserlichen Hochzeitsbett hatte er ihre Schlafkammer kein zweites Mal betreten. Mit Schaudern erinnerte sie sich daran, wie sich der Hochadel um ihr Bett gedrängt hatte, während der Bischof die Laken mit geweihtem Wasser segnete. Sie war sich der Wärme des riesigen Männerkörpers ebenso bewusst gewesen wie der neugierigen Blicke. Was würden sie alle wohl gesagt haben, wenn sie erfahren hätten, dass nach ihrem Abgang nichts geschehen war?

»Ich wünschte, sie hätten mir nicht verschwiegen, dass du fast noch ein Kind bist. Ich will dir nicht weh tun. Es scheint, als müsste noch einige Zeit vergehen, ehe du im Stande sein wirst, meine Kinder auszutragen«, hatte Friedrich seine Zurückhaltung begründet.

Beatrix hatte nicht gewusst, was sie darauf hätte antworten sollen. Im ersten Moment war sie einfach erleichtert gewesen, dass ihr zumindest in dieser Nacht erspart blieb, was die Mutter Äbtissin als eine heilige Pflicht bezeichnet hatte. Es war bei einem Kuss auf die Stirn geblieben und bei ihrem Erstaunen darüber, dass er Rücksicht auf sie nahm. Niemand hatte je Rücksicht auf sie und ihre Gefühle genommen.

Inzwischen hatte sie erkannt, dass Friedrich Söhne und Erben brauchte. Ihre Pflicht war es, sie zur Welt zu bringen. Sie zupfte gedankenverloren an ihrer Nasenspitze, eine Angewohnheit, die die Mutter Äbtissin stets streng getadelt hatte.

»Gott befohlen, Majestät. Angenehme Nachtruhe.«

Die Ehrendamen und Mägde knicksten ehrfurchtsvoll und verließen das Gemach. Beatrix blieb allein zurück. Die plötzliche Stille bedrückte sie.

Alles hätte sie in diesem Moment gegeben für eine vertraute Person, die sie anhörte und ihr Rat gab. Allein, an wen sollte sie sich wenden? Der Hofstaat war ihr fremd. Seit sie das Kloster verlassen hatte, war sie von Menschen umgeben, die ihre Dienste taten. Man erwies ihr Respekt, und ihre Ehrendamen stammten aus den ersten Familien des Reiches, waren teilweise sogar mit dem Kaiser verwandt, aber das machte ihr niemanden zur Freundin. Beatrix mochte jung und unerfahren sein, aber ihr Verstand ließ sie vorsichtig sein. Ehe sie jemandem Vertrauen schenkte, musste sie ihn kennenlernen.

Es hielt sie nicht länger im Bett. Sie warf die Decke zurück und rutschte von der Matratze des Alkovens. Der Raum lag im Dunkeln, nur die Nachtkerze gab ein kleines flackerndes Licht. Zwischen den halbrunden Steinbögen des Fensters schimmerte der Nachthimmel. Die dünne Mondsichel spiegelte sich im Main und zeichnete silbrig die Konturen der Stadt nach. Sie stützte sich am Sims auf die Arme, streckte neugierig den Kopf ins Freie und versuchte Einzelheiten zu erkennen.

Die Lage Würzburgs am Fluss erinnerte sie unwillkürlich an Besançon, wo sie die wenigen glücklichen Jahre unbeschwerter Kindheit verbracht hatte. Es erschienen ihr keine klaren Bilder mehr, aber ein Gefühl von Sicherheit und Geborgenheit stellte sich ein, wenn sie an diese Zeit dachte. Städte an einem Fluss schienen auf Anhieb ihr Herz zu gewinnen. Leise gab sie einen Seufzer frei.

Sie hatte weder das Öffnen der Tür noch Friedrichs Schritte gehört.

»Die Nachtluft ist kühl. Du musst besser auf dich achten, Beatrix. Ich dachte, du schläfst schon. Du hast müde ausgesehen in der Halle.«

Wie lautlos er sich bewegen konnte, dachte sie, während sie sich umwandte nach Friedrich, der ohne anzuklopfen eingetreten war.

»Ich habe auf dich gewartet«, flüsterte sie leise und kreuzte die Arme vor der Brust. Sie trug nur ein Hemd.

»Vor dem offenen Fenster?«

Seine Stimme klang sanft, ruhig, nicht so bestimmend wie bei öffentlichen Gelegenheiten. Sie nahm es als ein gutes Omen und nutzte unverzüglich die Möglichkeit, die sich ihr bot. Er machte den Eindruck, als würde er ihr ernsthaft zuhören wollen.

»Es tut mir leid, dass ich deinen Erwartungen wohl nicht entspreche, aber du solltest wissen, dass ich schon lange kein Kind mehr bin. Ich kann meine Pflicht tun, als Königin und als deine Frau. Ich habe dir Treue und Gehorsam geschworen, und ich bin bereit, deine Söhne zu empfangen. Willst du heute das Bett mit mir teilen?«

Sie hatte einladend und herzlich klingen wollen, aber in ihren Ohren hörte sie sich eher steif und kühl an. Niemand hatte ihr beigebracht, sich einem Mann angenehm zu machen. Zaghaft sah sie auf und musste den Kopf weit in den Nacken legen, um seinem Blick zu begegnen. Erstaunen lag darin.

»Wenn es dein Wille ist, ganz meine Frau zu sein, so macht mich das glücklich«, sagte er lächelnd und ergriff ihre Hände, die in seinen einfach verschwanden. »Ich wollte dir nur Zeit lassen, nicht etwa dich abweisen.«

Sollte sie lächeln? Nicken? Ehe Beatrix sich entscheiden konnte, führte er sie zum Bett. Schweigend legte er seine Kleider ab.

Er nahm ihre Einladung an.

Erleichtert hob sie die Schleiervorhänge. Die Augen geschlossen, wartete sie auf dem Bett, dass er ihr zeigte, wie es weitergehen sollte. Solange sie ihm nicht ins Gesicht sehen musste, fiel es ihr leichter, ihre Beklommenheit zu verbergen. Sie spürte seinen Blick und unterdrückte mit aller Macht ein Zittern. Gerne hätte sie gewusst, was er dachte. Was er in diesem Augenblick empfand.

Eine von der Kirche annullierte Ehe und die üblichen Liebschaften eines lebenslustigen Mannes lagen hinter Friedrich, das hatte sie dem Klatsch entnommen. Seine Manneskraft und seine Erfahrung standen danach wohl außer Frage. Was ihm fehlte, war lediglich ein legitimer Erbe.

Nur mit dem Hemd bekleidet, das mehr enthüllte als verbarg, lag die Frau vor ihm, von der sich Friedrich den Sohn erhoffte. Fast nackt wirkte sie noch feingliedriger, geradezu zerbrechlich. Doch auch weiblich – weiblicher, als er vermutet hatte. Die steifen Gewänder, die sie trug, hatten ihre Reize gründlich verborgen. Ihr Anblick trieb ihm das Blut heißer durch die Adern.

»Ich will mich bemühen, dir nicht weh zu tun, meine Liebe«, versprach er mit plötzlich belegter Stimme. Geschickt streifte er ihr das Hemd ab.

Die Nachtluft berührte ihren Leib. Streichelnd lösten Friedrichs Hände ihr die ängstlich verkrampften Muskeln.

Erleichtert wagte sie ein Blinzeln, und als er sich über sie beugte, um sie zu küssen, erwiderte sie zaghaft sein liebkosendes Streicheln.

Zuversichtlicher als zuvor tat sie, was seine Berührung an ihren Schenkeln forderte: Obwohl es ihr schwerfiel, sich auszuliefern, klammerte sie sich an sein Versprechen, er wolle ihr nicht weh tun.

Kein Laut drang aus ihrem Mund, als er es brach.

Die Gemahlin des Kaisers weinte nicht.

**

Rupert von Urach
Würzburg, bischöfliche Residenz, 15. Juni 1156

In den Tiefen des bischöflichen Weinkellers lehnte Rupert von Urach, die Arme vor der Brust verschränkt, an einem Steinpfeiler. Moderhauch durchdrang das Gewölbe. Jeder Atemzug schmeckte in seiner Kehle nach Fäulnis. Ein grässlicher Ort. Nie wäre es ihm in den Sinn gekommen, seine engsten Vertrauten ausgerechnet hier zusammenzurufen. Zwar milderten die Weinfässer und die Pechfackeln den Eindruck, aber doch herrschte eine Kerkeratmosphäre, hier unter den

Steinmassen der bischöflichen Residenz von Würzburg, die sich über ihnen türmte.

Er hasste Keller, Kerker und Höhlen, je tiefer, umso mehr. Atemnot und irrationale Furcht überfielen ihn, sobald er in die Erde hinabsteigen musste. Nur mit allergrößter Beherrschung verbarg er seine Gefühle vor Berthold von Zähringen und den anderen Gefährten. Es hätte Berthold amüsiert zu wissen, dass er noch immer unter dem Streich litt, den er dem Knappen Rupert vor vielen Jahren gespielt hatte.

Wie lange sollte dieses verschwörerische Treffen andauern? Der Kellermeister seiner Eminenz hatte die Zecher längst verlassen, zuvor aber die Krüge noch großzügig gefüllt. Rupert beneidete ihn um die Freiheit, einfach gehen zu dürfen. Berthold erging sich seit Tagen in Selbstmitleid, weil seine Pläne gescheitert waren. Es langweilte Rupert, seinen immer gleichen Tiraden und denen der Gefährten zu lauschen, die ihm nach dem Mund redeten.

Noch vor vier Jahren hatte Berthold von Zähringen zusammen mit Friedrich dem Staufer, dem heutigen Kaiser, Heinrich dem Löwen und Welf VI. aus dem Welfengeschlecht das mächtigste Quartett des deutschen Reiches gebildet. Als König Konrad im Februar 1152 unerwartet starb und nur einen sechsjährigen Sohn hinterließ, durfte jeder von ihnen sich berechtigte Hoffnungen auf die Königskrone machen. Aber ehe noch die Wahl in Frankfurt stattfinden konnte, hatte Barbarossa mit einem kühnen Handstreich die Krone an sich gerissen.

Seine Behauptung, Konrad habe ihm auf dem Sterbebett die Reichsinsignien überreicht, kam für alle völlig überraschend. Auch gab es für diesen einmaligen Vorgang nur einen einzigen Zeugen: Barbarossa selbst.

Um den Unmut seiner von ihm ausgestochenen Konkurrenten zu besänftigen, entschädigte er sie mit Titeln und Ländereien. Auch der Vertrag mit dem Hause Zähringen wurde damals erneuert, und Berthold, zu dieser Zeit Herzog und Rektor von Burgund, sah sich für kurze Zeit als ein Gewinner. Er hatte die Abmachungen so oft gelesen, dass er die wichtigen Passagen der Urkunde bis heute im Gedächtnis bewahrte:

Der Herr König wird dem Herzog das Gebiet Burgunds und der Provence geben und wird mit ihm in diese Lande einrücken und ihm helfen, sie zu unterwerfen, in guter Treue, nach dem Rat der bei dieser Heerfahrt befindlichen Fürsten. Für das Gebiet, das zurzeit der Graf Wilhelm von Mâcon anstatt seiner Nichte hat, wird der König dem Herzog Recht schaffen.

Von wegen Recht schaffen. Barbarossas Heirat mit der Erbin von Burgund sprach allen Verträgen Hohn. Berthold war nicht länger Herzog von Burgund. Man hatte ihn mit der Reichsvogtei über Genf, Lausanne und Sitten abgespeist. Die Kanzlei des Kaisers nannte ihn in den entsprechenden Urkunden Herr von Zähringen, nicht länger Herzog und *Rector Burgundiae*, wie zuvor.

Berthold knallte den Becher, den er in der Hand hielt, auf den vor ihm stehenden Holztisch, so dass sein Inhalt hochspritzte. Missgelaunt starrte er ins Dunkel. Er wartete schon allzu lange auf Rupert.

»Rupert, wo steckst du? So lange kann es doch nicht dauern, den Wein wieder abzuschlagen!«

Rupert gab seinen Warteposten auf und schloss sich der Runde wieder an, zu der auch Kuno von Vohburg gestoßen war.

Kuno von Vohburg, von dem er beim besten Willen nicht sagen konnte, wie er Bertholds Vertrauen errungen hatte, grinste schief.

»Er verträgt nicht viel, der junge Uracher«, meinte er zu wissen. »Sieht schon ganz käsig um die Nase aus. Er wird uns wohl irgendwann den Würzburger Wein auf die Stiefel kotzen.«

»Mitternacht muss schon vorbei sein, und morgen ist das Turnier«, sagte Rupert beiläufig, an niemand Bestimmten gewandt. Kuno würdigte er ohnehin keiner Antwort.

»Und wenn schon«, knurrte Berthold mürrisch. »Mir ist danach, mich bis zur Besinnungslosigkeit zu besaufen. Nur so halt ich's aus, dass der Rotbart sich auf dem Thron spreizt, wie der Pfau bei der Balz.«

»Ruhig Blut. Lange wird ihm das nicht mehr vergönnt sein, Freund.« Kuno von Vohburg listete voller Häme die Probleme auf, denen Barbarossa sich nach seiner Kaiserkrönung in Rom inzwischen gegenübersah. »Viele seiner Parteigänger warten bis heute vergeblich darauf, dass er die Versprechungen erfüllt, mit denen er ihre Stimmen bei der Frankfurter Wahl erkauft hat. An ihrer Spitze sein eigener Vetter, Heinrich der Löwe. Zum Herzog von Bayern wollte er ihn machen, aber bisher hat er lediglich die bayrischen Großen dazu gebracht, Heinrich den Treueeid zu schwören.«

Dass Kuno Barbarossa nichts Gutes wünschte, wusste Rupert, und er kannte, wie jeder andere auch, den Grund dafür. Kunos Base Adela von Vohburg, die Erbin des Egerlandes, war sechs Jahre lang Barbarossas erste Frau gewesen. Erst im Jahre 1153 hatte die Kirche die kinderlose Ehe wegen zu naher Verwandtschaft – im sechsten Grad – annulliert. Dass die neue Frau an Friedrichs Seite ebenfalls über sechs Grade mit ihm verwandt war, ließ Kuno seit Tagen förmlich Gift und Galle speien.

Rupert verspürte den heftigen Wunsch, dem Vohburger übers Maul zu fahren, aber Wolf von Rheinau kam ihm zuvor. Er war als Bertholds Waffenbruder und geachteter Kreuzfahrer ein Freund klarer Worte.

»Lass ab von den Hetztiraden, Kuno. Wenn du meinst, deine Base verteidigen zu müssen, liegst du falsch. Sie selbst hat Barbarossa mit Dietho von Ravensburg Hörner aufgesetzt. Sie hat bekommen, was sie verdient.«

Kuno wollte aufbrausen, aber Wolf war noch nicht fertig.

»Klar und ohne Umschweife gesagt: Die Zähringer und alle, die ihnen dienen, stehen nicht grundlos bei Barbarossa in Ungunst. Er fühlt sich an die Abmachungen mit uns schon deshalb nicht gebunden, weil wir im Jahr 1153 unseren Teil des neu aufgesetzten Vertrages nicht erfüllt haben. Dass die Anzahl der Panzerreiter und Bogenschützen, die wir ihm damals stellen sollten, von vornherein so hoch angesetzt wurde, dass wir scheitern mussten, hätten wir wissen müssen.«

Dem konnte keiner widersprechen. Berthold hatte Barbarossa von Anfang an unterschätzt. Er war zu wenig gewitzt, um es mit ihm aufnehmen zu können. Barbarossa gab sich gerne verbindlich, aber hinter seiner Verbindlichkeit verbargen sich Härte und Kompromisslosigkeit. An beidem mangelte es dem Herrn des Hauses Zähringen.

»Rupert stimmt mir zu.« Wolf deutete Ruperts Kopfbewegung völlig richtig. »Statt unseren Ärger in Wein zu ertränken, sollten wir besser überlegen, wie wir wieder zu Einfluss kommen. Wir müssen unsere Ziele neu bestimmen. Das Wichtigste ist: Wir müssen entscheiden, wem unsere Loyalität in Zukunft gilt. Barbarossa oder seinen Widersachern?«

»Unsere Treue gilt Zähringen!«, brüllte Kuno, und die anderen stimmten mehr oder weniger laut mit ein.

Rupert misstraute Gelöbnissen, die unter dem Einfluss des Weines geleistet wurden, aber in einem hatte Kuno recht: Wenn die Zähringer jetzt klein beigaben, würden sie in Kürze, auf ihren Burgen dahindämmernd, in der Bedeutungslosigkeit versinken.

Dann wäre es auch um seine Hoffnung geschehen, angesehene Ehemänner für seine Schwestern zu finden und selbst an der Seite seines Lehnsherrn Ruhm und Ehren zu ernten. Solange er allein mit den Einkünften der bescheidenen Ländereien rund um seine Burg zurechtkommen musste, wurde jedes neue Schwert und jedes Schlachtross zum Problem. Ganz zu schweigen von der Mitgift für Katlin und Senta.

»Zähringen!«, schloss er sich deswegen dem Ruf der anderen an.

Von den Treuebekundungen angestachelt, ließ Berthold sich aus seiner Agonie reißen.

»So sei es. Ich habe geschworen, unsere Herrschaft zu stärken, als ich das Erbe meines Vaters antrat«, stimmte er zu. »Barbarossa mag uns in Würzburg um Burgund gebracht haben, aber es wird ein neues machtvolles Herzogtum Zähringen aus dem Sumpf seines Verrates erwachsen. Auf die glorreiche Zukunft des Hauses Zähringen, meine Freunde!«

In der allgemeinen Euphorie, die da ausbrach, floss der weiße Würzburger in Strömen, und es dauerte seine Zeit, bis sich die Runde so weit beruhigt hatte, dass konkrete Pläne geschmiedet werden konnten.

»Keinesfalls dürfen wir den Einfluss unterschätzen, den Barbarossas Frau auf ihn ausüben wird«, warnte Wolf, der im Gegensatz zu Berthold die Hochzeitsfeierlichkeiten genutzt hatte, sich ein Bild von ihr zu machen. »Beatrix ist nicht mit üblichen Maßstäben zu messen. Sie ist zwar fromm und anmutig, aber auch klug und hellwach. Sie spricht wenig, aber was sie sagt, hat Hand und Fuß. Früher oder später wird Barbarossa ihren Rat achten.«

»Dieses Kind? Du bist nicht bei Trost, Mann. Bisher teilt er nicht einmal das Lager mit ihr, sagt man«, lachte Kuno.

»Barbarossa versteht nur mehr von Frauen als du, Vohburg. Er übt sich in kluger Zurückhaltung. Da sie bisher das Leben einer Nonne geführt hat, lässt er ihr Zeit. Für deine Base Adela hat er nie solches Zartgefühl aufgebracht. Und hast du ihn mit ihr zusammen je lächeln sehen?«

»Er lächelt?« Berthold schüttete sich den nächsten Becher Wein durch die Kehle. »Sein Lächeln jagt einem eher Angst ein. Ein Raubtierlächeln ist das.«

»Beatrix schenkt er ein anderes«, widersprach Wolf.

»Es schmeichelt ihm, dass sie ihn so offensichtlich bewundert. Ihr wisst, wie viel ihm Körpergröße und Kraft gelten. Im Grunde beneidet er Männer wie Heinrich den Löwen oder unseren Rupert von Urach hier, um ihre hochgewachsene Gestalt und die breiten Schultern. Neben seiner zierlichen Königin hat er das erhebende Gefühl, ein Riese zu sein.«

»Sie tut ihm also schön. Na und? Wir alle wissen, wie wenig die Weiber ihm gelten. Er benützt sie und verlässt sie. Einfluss wird auch Beatrix nicht auf ihn bekommen.«

Rupert sah Berthold an, dass er eher zu Kunos Ansicht neigte. Auch ihm kam nicht in den Sinn, sich groß Gedanken zu machen um Barbarossas Ehefrau. Wolf versuchte dennoch ihn zu überzeugen.

»Ich sehe das anders. Beatrix ist die Tochter des Rainald von Burgund und der Agathe von Lothringen. Sie hat eine sorgfältige Erziehung genossen. In ihrer Familie sind Frauen, die sich in die Politik mischen, die Regel. Sie wird in jedem Fall die Interessen Burgunds wahren wollen, sobald sie die Gelegenheit erhält, Einfluss zu nehmen. Wir haben versäumt, eine Edeldame aus Zähringen in ihren Hofstaat einzuschleusen. Wir müssen das unverzüglich nachholen.«

»Meine Schwester Clementia kann uns dabei helfen«, warf Berthold ein.

Clementia von Zähringen war die Gemahlin Heinrichs des Löwen. Das Mädchen, das Rupert und Berthold auf Burg Zähringen Kinderstreiche gespielt hatte, war jetzt die Herzogin von Sachsen und somit sicher keine Freundin des Kaisers. Sie warf ihm unter Garantie sowohl die Entmachtung des Bruders wie die Verzögerungstaktik vor, mit der er ihrem Gemahl die Macht in Bayern vorenthielt.

»Was soll eine solche Spionin schon in Erfahrung bringen?« Kuno tat Wolfs Vorschlag verächtlich ab. »Dass die gehorsame Klosterschwester Barbarossa irgendwann langweilt? Das vorherzusagen ist nicht schwer. Er wird sich in Kürze anderweitig amüsieren. Weiber, die sich dem Kaiser anbiedern, gibt es bei Hof zuhauf.«

»Wir müssen jemanden finden, der uns auf dem Laufenden hält, unserer Sache dient«, beharrte Wolf eisern auf seiner Meinung. »Eine Frau mit den hervorragendsten Eigenschaften, die neben Beatrix bestehen kann. Zwischen Barbarossa und Beatrix lässt sich vorerst sicher kein Keil treiben, obwohl das durchaus in unserem Sinn sein könnte.«

Während er die Debatte verfolgte, setzte sich in Rupert eine Idee fest. Die Ägypterin mit der Schellentrommel fiel ihm ein. Fliegende Haare, in dem erstaunlichsten Rotgold. Augen, gleich dem Eiswasser eines Flusses im Frühling. Dazu der Blick, so leuchtend und tiefgründig wie der Dolch der Sarazenen. Ein Körper, der sich geschmeidig im Rhythmus der Musik bewegte. Mit einem unbewussten Schnalzen erregte er Bertholds Aufmerksamkeit.

»He, was geht denn in dir vor?«

»Der Hof ist nicht die Welt, sage ich euch«, antwortete Rupert ohne Zögern. »Wenn wir einem Mann, der für Vernunft und Nüchternheit bekannt ist, eine Laus in den Pelz setzen wollen, müssen wir mehr bieten, als die Intelligenz und den Scharfsinn einer Hofdame.«

»Und das wäre?« Interessiert beugte Kuno sich vor und provozierte Rupert mit einem spöttischen Grinsen. »Du siehst uns aufs höchste gespannt.«

Ein Blick in die übrigen Gesichter zeigte Rupert, dass der Spott ganz unangebracht war.

Obwohl es ihm plötzlich ein wenig widerstrebte, offenzulegen, was ihm durch den Kopf geschossen war, gab er es preis.

»Fremdartigkeit wäre ein Mehr. Rätselhaftigkeit und Sinnlichkeit, wie sie ehrbare Frauen um des guten Rufes willen nicht zeigen dürfen, könnten ihn reizen. Ein Mädchen aus dem fahrenden Volk, das auf der Festwiese seine Tänze aufführt, müssen wir einschleusen. Solche Mädchen schlagen jeden in ihren Bann, den Bogenschützen wie den Ritter.«

»Stimmt«, nickte Kuno und sein Grinsen wurde schmierig. »Eine unter ihnen, rothaarig und verführerisch, ist mir da aufgefallen. Bei der würde ich gerne nachsehen, ob ihre Haut überall so perlengleich und glatt ist, wie die ihrer Wangen.«

Rupert knirschte mit den Zähnen. Kunos wollüstiger Gesichtsausdruck war ekelerregend. Dass er sich an die Tänzerin heranmachen wollte, weckte solchen Abscheu in ihm, dass er an sich halten musste, ihm nicht eine übers Maul zu geben. Kunos Ruf war, was Frauen betraf, noch übler als die allgemeine

Einschätzung seines Charakters. Am liebsten hätte er seinen Vorschlag vergessen gemacht.

Zu spät. Berthold hatte Feuer gefangen.

»Eine Ägypterin. Rothaarig und sinnlich. Keine schlechte Sache. Auf dem Kreuzzug hat Barbarossa durchaus Gefallen an den heidnischen Hexen gezeigt. Sie könnte uns vielfältige Dienste leisten, indem sie ihm den Kopf verdreht und der Königin Anlass zur Eifersucht gibt.«

»Bist du von allen guten Geistern verlassen?« Wolf missfiel der Plan gänzlich. »Was soll der Kaiser mit einer Ägypterin? Sie sind Hexen – allesamt. Sie können nur die Brüste zur Schau stellen und einem Mann die Münzen aus der Tasche locken, bevor er die Hosenschnüre aufbinden kann. So eine ist als Spionin völlig ungeeignet.«

»Schafft das Weib her, damit ich mir selbst eine Meinung bilden kann«, machte Berthold allen Diskussionen ein Ende.

»Wir können es uns nicht leisten, Zeit zu versäumen. Das fahrende Volk ist nicht beliebt, wir laufen keine Gefahr, Ärger heraufzubeschwören, wenn wir uns eines seiner Weiber schnappen. Das passt doch. Vielleicht tritt das Frauenzimmer für ein Versprechen von Flitterkram und Kupfermünzen sogar freiwillig in unsere Dienste.«

Die nicht, schoss es Rupert durch den Kopf. Der Wein war ihm plötzlich sauer. Warum hatte er die schöne Fremde überhaupt erwähnt? Weil sie ihn seit Tagen im Traum verfolgte?

»Nimm dir in aller Frühe ein paar Berittene und bring mir die Ägypterin«, befahl ihm Berthold. »Ich meinerseits will morgen bei Clementia vorsprechen und sie für unsere Sache gewinnen. Je mehr Eisen wir im Feuer haben, desto besser sind unsere Erfolgsaussichten.«

Von Kindesbeinen an zum Gefolgsmann der Zähringer erzogen, steckte Rupert der Gehorsam im Blut, auch wenn Herz und Verstand sich dagegen aufbäumten. Die Uracher dienten dem Hause Zähringen, was immer es forderte.

Niedergedrücktes Gras, schwarze Feuerstellen, abgeschnittene Weidenbüsche und ein vergessenes Bündel Ruten, das in einer seichten Bucht wasserte, waren alles, was Rupert von den Ägyptern noch vorfand. Die Korbflechter hatten sich vor dem Aufbruch ausreichend mit Material versorgt, damit sie auf dem nächsten Markt ihre Waren anbieten konnten.

Rupert konnte ein Aufatmen nicht unterdrücken.

Wohin sie sich wohl gewandt hatten? Es gab niemanden, den er befragen konnte. Die reisenden Stämme liebten es, unter sich zu bleiben, und hatten von ihren Plänen keinem erzählt.

Er murmelte einen Fluch und wandte sein Pferd in Richtung Stadt.

Berthold würde toben.

Wenn schon. In diesen Zeiten tobte er fast täglich.

Zweites Kapitel

✦✦

SCHWÜRE

Aliza
Burg Donaustauf, 31. August 1156

Im Laufe der Nacht hatte es zu regnen aufgehört, aber Gräser und Blätter troffen am Morgen vor Feuchtigkeit. Alizas Kittel schlug ihr nach wenigen Schritten nass um die Knöchel. Morast quoll kalt und widerlich zwischen die Zehen. Das Donauufer war ein einziger Schlammpfuhl. Fröstelnd zog sie den Schal enger um die Schultern und vergewisserte sich, dass ihr Kopftuch fest saß. Seit den Ereignissen in Würzburg achtete sie mehr denn je darauf, das Haar zu verbergen.

Eine aufgestörte Ente stieg zeternd vor ihr aus dem Schilf auf und brachte sich so eilig über den Fluss hinweg in Sicherheit, dass es gar keinen Sinn gehabt hätte, nach der Schleuder zu greifen.

Neidvoll verfolgte Aliza ihren Flug, ehe sie sich wieder den Pflanzen zuwandte, die auf den Schilfinseln und unter den Weiden wuchsen. Leena bestand darauf, dass Pfefferminze und Wilder Majoran bei Sonnenaufgang gesammelt wurden, weil sie zu dieser Zeit im besten Saft standen. Außerdem hatte Aliza den Auftrag, alles an Früchten und Beeren zu sammeln, was sie entdeckte. Die Mutter hätte sie auch dafür gescholten, dass sie nicht schnell genug gewesen war, die Ente zu erlegen. Leena hielt es für Schwelgerei, Tiere zu beobachten. Für sie waren sie nur im Kessel von Nutzen.

Wie jedes Jahr gegen Ende des Sommers kannte sie nur ein Ziel – genügend Vorräte anlegen. Mit Hilfe ihrer Töchter trocknete, räucherte und legte sie ein, was ihnen an Essbarem in die Finger kam. Niemand konnte vorhersagen, wo sie ihr Winterquartier aufschlagen mussten. Welche Möglichkeiten es dort gab, die Sippe mit Nahrung zu versorgen. Wenn Schnee und Eis die Straßen blockierten, war es zu spät, sich zu kümmern.

Das Sammeln und Ernten liebte Aliza. Vor allem liebte sie es mehr als das Tanzen. Es gefiel ihr, für sich zu sein und den Korb mit all dem zu füllen, was die Natur für die Menschen bereithielt. Sie schätzte auch die Ungestörtheit, die es ihr ermöglichte, dabei den eigenen Gedanken nachzuhängen. Seit Leena ihr die Wahrheit über ihre Herkunft verraten hatte, war nichts mehr wie zuvor.

Zu wem gehörte sie? Woher kam sie? Wessen Blut floss in ihren Adern und wer war ihre Mutter? Leena verweigerte sich ihren Fragen.

Du bist meine Tochter, das ist alles, was zählt.

So viel einfacher es für Aliza gewesen wäre, das zu akzeptieren, so sehr sträubte sich alles in ihr dagegen. Sie fühlte sich nicht länger als Teil der Sippe und verbarg ihre Entfremdung hinter übereifrigem Gehorsam und übertriebener Pflichterfüllung. Ja, sie übernahm sogar oft Sizmas Arbeiten, die sich wie gewohnt gerne vor jedem Handstreich drückte.

Auch heute Morgen hatte Sizma Aliza den Rücken gekehrt, als sie sie wach rütteln wollte.

Sizma war im ganzen Stamm die Einzige, die ihr ununterbrochen vorhielt, dass sie keine Schwestern seien. Die anderen, die es längst gewusst oder anlässlich des lautstarken Krachs zwischen Tibo und Leena erfahren hatten, gaben keinen Kommentar dazu ab. Oberflächlich betrachtet, verlief das Leben des Stammes in gewohnten Bahnen. Sie zogen über die Landstraßen, boten in Dörfern und Städten ihre Dienste als Kesselflicker, Korbflechter oder Messerschleifer an und reisten weiter, wenn die eigene Unruhe sie dazu trieb oder die lokalen Büttel das Lager gewaltsam auflösten.

Wenn es etwas gab, über das der Stamm sich erregte, dann war dies die Entscheidung des Ältestenrates. Er hatte Milosh untersagt, Aliza zur Frau zu nehmen. Wie Großmutter Rupa und Leena diese Entscheidung durchgesetzt hatten, gab keine der beiden preis. Aber sie hatte zur Folge, dass Tibo voller Wut auch Sizmas Hochzeit abblies. Seitdem war er noch schwerer zu ertragen als je zuvor. Ohnehin reizbar und gewalttätig, brach er bei jeder Gelegenheit eine Prügelei vom Zaun, und auch die Töchter lernten seine Gewalttätigkeit mehr denn je fürchten.

Alizas Verbundenheit mit dem Mann, den sie nicht mehr Vater nennen wollte, hatte sich in Luft aufgelöst. Sie schuldete ihm nicht mehr als den Respekt gegenüber dem Stammesführer. Aber sogar den konnte sie in Anbetracht seines Verhaltens schwer aufbringen.

Nur Leena zuliebe wahrte Aliza den Schein. Sie hätte ihr den Kummer gerne erspart, der ihr Falten des Grams ins Gesicht schrieb, denn wenn sie auch nicht ihre leibliche Mutter war, so war sie doch der einzige Mensch, von dem Aliza wusste, dass er sie ohne Vorbehalt liebte.

Im Vorbeigehen zupfte Aliza die Hagebutten von einem Heckenrosenbusch und schlug einen Bogen um die Stelle, wo Tibo den Jungen des Stammes am seichten Flussufer zeigte, wie sie Fische mit bloßen Händen fangen konnten. Auch hier sparte er nicht mit Backenschlägen, wenn sich einer von ihnen zu dumm anstellte oder sich im Wasser bewegte und dabei die Fische verjagte.

Ob die Wachen auf den Zinnen der Burg Donaustauf dem Treiben unten am Fluss Aufmerksamkeit schenkten? Meist sahen es die Einheimischen nicht gerne, wenn die Fahrenden vor den Burgen lagerten und ihnen die Fische wegfingen oder die Wasservögel aufstörten.

Aliza legte den Kopf in den Nacken und schaute hinauf zum Hochplateau jenseits der Landstraße über dem Dorf. Wehranlagen, Tortürme und ein gewaltiges Wohnhaus schälten sich langsam aus dem Dunst.

Donaustauf übte eine besondere Anziehungskraft auf Aliza aus. Etwas an dem Felssteingemäuer hatte schon am Vortag ihre Vorstellungskraft angeregt.

Die Burg weckte den Wunsch in ihr, von Mauern und einem richtigen Dach behütet leben zu dürfen. Sie sehnte sich hier nach einer Tür, mit der sie Sizma aussperren konnte, nach einer Zugbrücke, die nicht einmal Tibo überwinden konnte.

Sie starrte zur Burg hinauf, bis ihr die Nackenmuskeln vor Anspannung schmerzten. Nur mit Mühe riss sie sich schließlich los und rief sich zur Ordnung. Niemals würde sie unter einem festen Dach leben. Kein Bürger, Bauer oder Händler nahm ein Mädchen aus dem fahrenden Volk unter sein Gesinde auf. Abgesehen davon würde auch keiner aus ihrem Stamm Verständnis für den Wunsch aufbringen, irgendwo sesshaft zu werden.

Sie kreuzte einen halb überwucherten Treidelpfad, der offensichtlich schon länger nicht mehr benutzt worden war, und hielt erst inne, als sich ihr Kittel verhakte. Dunkelblau leuchteten die Früchte eines Brombeerstrauches im Versteck der Ranken. Vorsichtig befreite sie ihr Kleid und zog zufrieden die Zweige auseinander.

Leena schätzte die Dornbeeren besonders. Getrocknet waren sie im Winter ein wirksames Heilmittel gegen Halsschmerzen und Heiserkeit. Am einfachsten erntete man sie mitsamt den

Zweigen, um sie in Bündeln unter dem Wagendach zum Trocknen aufhängen zu können.

Die fruchttragenden Triebe waren schwer vom Strauch zu trennen. Aliza verletzte sich immer wieder die Hände an den Dornen und steckte sich zum Trost die eine oder andere Beere in den Mund. Außer einem Becher verdünnten Weines hatte sie noch nichts im Magen. Die Früchte regten den Speichelfluss an und verstärkten das nagende Hungergefühl, anstatt es zu beseitigen.

Was es in der Burg wohl zur Morgenmahlzeit gab? Köstlichkeiten, wie sie anlässlich der Hochzeit in Würzburg aufgetischt worden waren? Von Eiersuppe mit Safran war dort die Rede gewesen. Von gebratenem Fleisch und Fisch aller Art sowie von einem Wunderwerk, das man Konfekt nannte und das angeblich in himmlischer Süße auf der Zunge zerging.

Was die Kaiserin wohl täglich serviert bekam?

Immer wieder erinnerte sich Aliza an die zierliche Person in den prächtigen Gewändern. Sie konnte sie nicht vergessen. Von ihr zu träumen lenkte sie auf angenehme Weise von den eigenen Problemen ab.

Hundegebell und Männerrufe näherten sich. Pferdehufe trommelten den Treidelpfad entlang, spritzten durch Wasser und Schlamm. Eine Jagdgesellschaft? Wer sonst war um diese Morgenstunde so ungestüm unterwegs?

Aliza duckte sich hastig tiefer hinter die Brombeerhecke, aber die Jagdhunde hatten sie bereits gewittert. Hechelnd brach ein Schweißhund durch das Gestrüpp und verstellte ihr bellend den Weg. Auf dem Fuße folgte sein Reiter.

»Wen haben wir denn da?« Der Reiter brachte den Hund mit einem Pfiff zum Schweigen. »Was suchst du auf Donaustaufer Land, Mädchen? Burg und Flussauen sind Besitz des Bischofs von Regensburg. Du siehst mir nicht so aus, als gehörtest du zu seinem Gesinde, das er gestern aus der Stadt mitgebracht hat.«

Aliza fixierte stumm die Beerenbüsche. Welch ein Pech, dass der Bischof ausgerechnet jetzt Wohnung in Donaustauf genommen hatte. Was trieb ihn aus der Stadt, so kurz vor dem Reichstag, zu dem der Kaiser und sein Hof in Kürze in Regensburg erwartet wurden?

Bedrängt von dem Ross, dessen Vorderhufe bedenklich nahe vor ihrem Kittelsaum tänzelten, hielt Aliza den Atem an und den Kopf krampfhaft gesenkt.

»Rupert, wo bleibst du?« Der ferne Ruf galt dem Reiter. »Lass den Hund, der folgt uns von allein. Er ist darauf abgerichtet, Wasservögel aufzustöbern. Er kennt das Flussufer besser als wir.«

»Ich komme gleich.«

Sattelleder knirschte, der Mann sprang zu Boden. Reiterstiefel aus geschmeidigem Leder mit kräftig genähten Sohlen gerieten in Alizas Blickfeld. Sie verrieten Wohlstand. Mit Daumen und Zeigefinger ergriff der Reiter ihr Kinn und hob es gegen ihren Widerstand leicht an, der Morgensonne entgegen. Aus schmalen Augen blickte Aliza ihn an.

Sie kannte diesen Mann!

Sein zweiter Daumen wischte nachlässig über ihren Mundwinkel.

»Lass dir einen guten Rat geben, Kleine. Sieh zu, dass du nach Hause in dein Dorf kommst, dies ist kein Tag zum Beerenernten. Auf der Burg erwarten sie heute den Kaiser und seine Begleitung, da wird es hoch hergehen. Der Platz für alle zusammen ist knapp bemessen, und die Vorräte in den Kellern sind nicht eben üppig. Trossknechte und Reisige werden sich herumtreiben, darunter auch Kerle, die ein Bauernmädchen nicht lange um Erlaubnis fragen, ehe sie es auf den nächsten Strohhaufen zerren.«

Der Ritter vom Festplatz in Würzburg!

Der Blickwechsel mit ihm nach dem erzwungenen Tanz. Seine Augen. Wildkatzengelb. Golden. Beunruhigend.

Da sie heute ein Kopftuch und einen Kittel von unauffälliger Farbe trug, nicht das Flittergewand der Tänzerinnen, blieb das Erkennen einseitig. Dennoch schlug ihr Herz wie eine Trommel. Ausgerechnet ihm in Donaustauf zu begegnen – war dies ein Wink des Schicksals?

»Tu nicht so verschreckt, ich reiß keinem Mädchen den Kopf ab.« Gutmütig ließ er sie endlich los. »Es bleibt unter uns, dass du die Brombeeren des Bischofs frühstückst. Gott behüte dich, Jungfer. Vergiss nicht, meinen Rat zu beherzigen.«

Mit einem Sprung saß er wieder im Sattel. Kraft und Geschmeidigkeit kennzeichneten seine Bewegungen. Er riss das Ross auf den Hinterhufen herum, drehte sich noch einmal nach ihr um und legte die Rechte in Höhe des Herzens grüßend aufs Wams.

Mit einem solchen Gruß hatte sie nicht gerechnet.

Aliza sah den Reiter aus großen Augen an, grün und kristallklar.

Erstaunen zeichnete sich auf seinem Gesicht ab. Sie nutzte den Augenblick seiner Verblüffung, duckte sich unter den Büschen hindurch und tauchte in das Ufergestrüpp ab. Weder Pferd noch Hund folgten ihr. Sie rannte, bis sie das Blut in den Ohren rauschen hörte.

»Bist du den Reitern begegnet?«

Tibo vertrat Aliza so unverhofft den Weg, dass sie ihm nicht ausweichen konnte. Es gefiel ihm, dass sie sich dabei weh tat.

Ihr Aufkeuchen entlockte ihm ein Knurren. Nur sein Griff um ihren Oberarm verhinderte, dass sie in den Schlamm stürzte.

»Jäger«, rief sie außer Atem. »Der Bischof von Regensburg ist in der Burg eingetroffen. Man erwartet für heute auch die Ankunft des Kaisers.«

»Woher willst du das wissen?«

»Ich ... ich hab es gehört, als sie vorbeigeritten sind ... Sie sind wohl knapp an Vorräten und sind deswegen zur Vogeljagd aufgebrochen.«

Tibo imitierte zweimal den Ruf einer Wasseramsel und befahl damit die Jungen aus den Uferverstecken. In ihren flachen Körben zappelten kleine Zander und Huchen, sogar einen ausgewachsenen Hecht entdeckte Aliza. Der Morgen war für die Männer erfolgreich gewesen.

»Zurück zum Lager«, befahl er knapp.

Sie verschluckte die Widerworte. Leena würde mit ihrer Ernte nicht zufrieden sein. Verstohlen rieb sie sich die schmerzende Hüfte und folgte den anderen.

Sizma stieg eben mit wiegendem Schritt aus dem bunten Wagen, als sie ankamen. Ihre halb offene Bluse steckte so nachlässig im Rockbund, dass das Schwanken ihrer Brüste sogar die Halbwüchsigen hinter Tibo zum Gaffen brachte. Tal, Milosh und die anderen Männer hatten die Jagdhörner ebenfalls vernommen. Sie umdrängten den Stammesführer und zogen sich auf der Stelle zur Beratung zurück. Wohl oder übel musste sich Sizma von Aliza über die Ereignisse in den Donauauen berichten lassen.

»Was war los am Fluss? Was planen die Männer? Werden wir weiterziehen?«

»Wärst du mit mir aufgestanden, wüsstest du es.«

Aliza konnte wieder einmal der Versuchung nicht widerstehen, Sizma zu reizen. So war es oft. Heute kam ihr jedoch zum ersten Mal der Gedanke, dass sie als die Ältere eigentlich klüger sein müsste. Es war auch ihre Schuld, dass sie wie Hund und Katz miteinander umgingen.

Ehe Sizma wie gewohnt aufbrausen konnte, berichtete Aliza. »Offensichtlich kreuzen wir auf diesem Donauufer den Weg des Kaisers nach Regensburg. Die Jäger sind im Auftrag des Bischofs unterwegs. Er ist nach Donaustauf gekommen, um den Kaiser zu empfangen. Vermutlich will er ihn persönlich in die Stadt geleiten.«

»Der Kaiser.« Die Augen glitzernd vor Aufregung, tanzte Sizma ein paar Schritte auf zerdrücktem Gras. »Vielleicht haben wir in Regensburg Gelegenheit, vor dem Kaiser aufzutreten. In Würzburg haben sie erzählt, er würde Goldstücke in die Menge werfen, wenn ihm eine Darbietung besonders gut gefällt.«

»Du träumst, Sizma. Dem Kaiser wird sicher Unterhaltsameres geboten als unser Tanz«, versuchte Aliza freundlich Sizmas Erwartungen zu dämpfen. Erfolglos.

»Für deinen gilt das sicher. Du stolperst dabei durch die Gegend wie ein Tanzbär an der Kette«, bekam Aliza nur zu hören.

»Wenn du dich nur nicht überschätzt, geliebte Schwester«, gab sie ihr spöttisch zurück.

Es ging wohl nicht anders.

Sizma wollte mit gespreizten Fingern auf Aliza losgehen, aber Leena fuhr erbost dazwischen.

»Auseinander. Was sollen diese Kindereien? Sizma, du putzt unverzüglich die Pilze, die wir gestern gesammelt haben. Blitzsauber fädelst du sie danach zum Trocknen auf. Aliza, du gehst der Großmutter beim Gerben der Hasenfelle zur Hand. Die Bottiche sind jetzt voll genug dafür.«

Die Befehle prasselten wie Hagelkorn herab. Beide Töchter zogen gemeinsam den Kopf ein. In dieser Stimmung war mit Leena nicht gut Kirschen essen. Sie wurde noch zorniger, als sie hörte, dass Tibo das Lager näher an die Wegkreuzung, direkt neben die Landstraße nach Regensburg, verlegen wollte. »Du wirst uns in des Teufels Küche bringen«, warf sie ihm unter vier Augen vor. »Warum können wir uns nicht einfach auf den Weg in die Stadt machen und uns dort unter die anderen Fahrenden mischen? In der Menge fallen wir nicht auf. Für die Marktaufseher und braven Bürger sehen wir alle gleich aus. Eine einzelne Gruppe hingegen erregt viel zu viel Aufmerksamkeit. Du weißt, wie leicht sie uns Wilderei, Hurerei und Diebstahl vorwerfen. Kaum fehlt eine Gans auf dem Dorfteich, schon sind wir es gewesen.«

Tibo blieb unbeeindruckt von ihrer Warnung und gab ihr stattdessen Order.

»Sieh du zu, dass sich die ansehnlichen unter den Frauen besonders herausputzen und die alten Weiber ihre Karten bereitlegen. Ein buntes Lager zu Füßen der Burg, aufreizende Trommelklänge und die Tänze unserer Mädchen werden die Männer in Scharen an unsere Feuer locken. Hier sind wir die Einzigen, während sich in Regensburg Gaukler und Nichtsnutze gegenseitig auf die Füße treten. Hier können wir besser verdienen. Und uns womöglich mit vollem Säckel noch vor dem ersten Schnee auf den Weg zum Rhein machen und von dort weiter nach Süden aufbrechen. Mir steht nicht der Sinn nach einem weiteren Winter in diesem kalten Land.«

Er schlug ihr kräftig aufs Hinterteil und ging, ehe Leena sich von ihrer Überraschung erholt hatte. Zum ersten Mal hatte

Tibo eben eingestanden, dass er es bereute, so weit nach Norden gezogen zu sein. Entgegen ihren Hoffnungen waren die Menschen im Königreich Deutschland weder reicher noch freigiebiger als in Burgund oder im Königreich Frankreich. Im Gegenteil, sie waren abweisender und misstrauischer als die Welschen. Sogar ihre Almosen gaben sie lieber den eigenen Bettlern vor der Kirchentür als einer Tamara-Mutter mit ihrem Kind.

Die Möglichkeit, dem nächsten Winter zu entkommen, beflügelte Leenas Tatendrang so, dass sie eilends die Bestrafung ihrer Töchter aussetzte. Sie hatte dringlichere Arbeit für sie. Um die Wagen mit den schwerfälligen hölzernen Scheibenrädern aus den Flussauen auf die Straße zurückzubringen, mussten die Zugpferde und Maultiere entlastet werden. Sie waren vom Wanderleben gezeichnet, ihre Knochen stachen scharf durch das Fell. Die drei kostbaren Reitpferde, die Tibo und seine Stellvertreter ritten, durften natürlich nicht für solche Kärrnerarbeit eingesetzt werden. Also mussten sich die Frauen gegen die Räder stemmen und mit hochroten Köpfen schieben.

Beschwerlich langsam setzte sich der Zug in Bewegung. Zum ersten Mal wurde sich Aliza der Armut ihrer Sippe in ihrem ganzen Ausmaß bewusst. Alles, was sie besaßen, war schäbig und gebraucht, geflickt und dürftig. Sogar ihre besten Kleider bestanden aus einem Sammelsurium von Lumpen. Die halbnackten Kinder, die die Ziegen vor sich hertrieben, zeigten alle denselben hungrigen Gesichtsausdruck. Die Alten und Schwachen hockten in sich zusammengesunken auf den Wagen oder humpelten gebückt, auf Stöcke gestützt, nebenher. Nicht einmal die Katzen, die sich unterwegs an Ratten und Mäusen satt essen konnten, wirkten gepflegt oder wohlgenährt. Kein Wunder, dass Leena sich sorgte, wenn sie an den bevorstehenden Winter dachte.

Aber welche Möglichkeit bot sich einer Tamara, dem Elend zu entkommen? Die Armenhäuser in den Städten und Dörfern verschlossen ihre Pforten vor den Fahrenden. Mit der Mildtätigkeit der Bürger konnten sie nirgends rechnen. Ein guter Teil der Diebstähle wurde aus reiner Verzweiflung begangen. Vor die Wahl gestellt, zu stehlen oder zu verhungern, hatte auch Aliza schon Feldfrüchte, Hühner oder Brot gestohlen.

Die rechte Hand in die Mähne des Maultiers vergraben, das den Karren mit Leenas Vorräten zog, verzog sie bitter den Mund. Die Ausweglosigkeit ihres Daseins bedrückte sie. Ihr Hass auf das fahrende Leben steigerte sich in einen Hass auf die Bürger, die Herrschenden und das Schicksal. Sie würde jede, auch die kleinste Möglichkeit ergreifen, diesem Elend zu entfliehen.

Unzufrieden wischte sie sich mit dem Handrücken über die Stirn. Staub und Schweiß hinterließen Schlieren auf der Haut. Die Kratzer der Brombeerranken waren zu juckenden Pusteln geworden. Statt des Schlammes vom Morgen drückten sich jetzt Kieselsteine und abgeknickte Halme zwischen ihre Zehen. Wie es sich wohl anfühlte, Lederschuhe zu tragen? Stiefel wie der Würzburger Ritter?

Herr im Himmel, ist es zu viel verlangt, sauber, satt und sicher leben zu wollen? Was muss ich tun, um das zu erreichen? Meine Seele verkaufen?

»Träum nicht.« Sizmas Rippenstoß traf sie unerwartet und schmerzhaft. »Hier, nimm das Joch mit den Eimern. Die Mutter hatte dir das Gerben aufgetragen.«

Die Arme um das Holzjoch gelegt, das ihre Schultern niederdrückte, hatte Aliza Mühe, das Gleichgewicht zu halten. Mit zusammengebissenen Zähnen suchte sie ihren Weg.

Niemand half ihr.

Rupert von Urach
Burg Donaustauf, 1. September 1156

In der großen Halle waren nach dem Essen die Schragentische wieder abgebaut und die Bänke an der Seite gestapelt worden. Ein Großteil der Männer schlief, in ihre Umhänge gewickelt, auf dem Stroh, das vor der Kälte des Steinbodens nur unzureichend schützte. Auch Rupert hatte kein anderes Lager gefunden. Die Kammer, die er in den letzten Tagen mit Wolf geteilt hatte, war von den Ehrendamen der Kaiserin belegt worden. Das Wohnhaus von Donaustauf platzte aus allen Nähten. Nur die allerhöchsten Herrschaften genossen den Luxus eines eigenen Bettes. Der Kaisertross übernachtete in hastig aufgestellten Zelten zu Füßen der Burg oder gleich in den Reisewagen. Binnen kürzester Zeit war dort ein quirliges Heerlager entstanden. Sogar ein paar Gaukler und Spielleute hatten sich zusammen mit fahrendem Volk eingefunden, wie Wolf kopfschüttelnd berichtete.

»Menschenansammlungen ziehen dieses Pack an wie das Licht der Fackeln die Nachtfalter. Der Bischof hat eine Wagenladung voller Weinfässer hinunterschaffen lassen, und an den Lagerfeuern braten ganze Ochsen. Seine Eminenz veranstaltet notgedrungen ein Festessen, damit kein böses Blut entsteht. Wir sollten uns das nicht entgehen lassen. Komm mit, sehen wir uns den Kirmestrubel an. Das ist

allemal besser, als den Kerlen hier beim Schnarchen zuzu-
hören.«

Rupert zögerte, entschied sich aber dann doch, dem Freund
zu folgen. Berthold tagte indessen mit dem Kaiser und seinen Ratgebern. Seit er sich nach Würzburg – unter dem Einfluss seiner Schwester – dazu entschieden hatte, Barbarossa als
Waffengefährte zur Seite zu stehen, spielte er den ergebenen
Reichsfürsten.

Nicht zum ersten Mal fragte sich Rupert, wie viele seiner
Ratgeber dem Kaiser wirklich treu dienten und wie viele, wie
Berthold, auf den richtigen Augenblick warteten, die eigenen
Pläne zu verwirklichen.

Berthold gab sich auch in Donaustauf perfekt den Anschein
des treuen Vasallen, dem jeder Wunsch seines Herrschers Befehl war. Egal ob es darum ging, auf dem Weg zum Reichstag
in Regensburg dafür zu sorgen, dass Barbarossa und Beatrix ein
angemessenes Nachtlager und volle Teller vorfanden, oder ob
es um die Aussendung kaiserlicher Kuriere ging – er nahm
sich der Sache an. Die praktische Arbeit blieb dabei zum
größten Teil an Rupert und Wolf hängen, was beide als selbstverständlich hinnahmen. Sie waren Bertholds Männer, egal
ob auf dem Schlachtfeld oder im Tross des Kaisers.

Von der Donau stiegen feuchte Nebelschwaden über die
Wehrmauern herauf, als sie ins Freie traten. Dankbar dafür,
dass er keinen Harnisch tragen musste, verschloss Rupert
seinen Umhang. Mistwetter wie dieses hinterließ Rostspuren
zwischen den Kettengliedern, die mit Sand nur mühsam entfernt werden konnten.

Sicher würde in Regensburg ein Turnier stattfinden. Er wollte
nicht erst seine Ausrüstung reinigen müssen, ehe er in die
Schranken reiten konnte. Da Turniere eine hervorragende

Gelegenheit für jeden Ritter waren, zu Wohlstand und Ansehen zu kommen, würde er sich, wenn auch mit Widerwillen, im Wettstreit mit den anderen Edelmännern messen. Bei jedem Turnier riskierte man Kopf und Kragen.

»Warte.« Wolf hielt ihn auf dem Weg zurück und nickte vielsagend in Richtung Torturm, wo soeben Kuno im Kreis anderer Ritter in den Burghof trat. »Mit denen möchte ich mich nicht gemein machen. Saufbrüder, Raufbolde und Maulhelden allesamt. Kuno sucht sich die Freunde, die zu ihm passen.«

»Dass Berthold ihn so nachhaltig schätzt, kann ich nicht verstehen.«

»Er schätzt ihn nicht, Rupert. Er benützt ihn. Kunos Hass auf Barbarossa macht ihn zum willigen Werkzeug für Berthold. Er kann ihm Aufträge erteilen, die er keinem Gefolgsmann von Ehre übertragen könnte.«

»Weißt du, was du da sagst?«

»Nur zu gut, mein Freund. Unser Herr bewegt sich auf schmalem Grat.«

Schweigend folgten sie in gutem Abstand der Gruppe, die offensichtlich ebenfalls das Lager am Fuß der Burg ansteuerte. Fröhlicher Lärm scholl ihnen schon auf halbem Weg entgegen. Lachen, Musik und Stimmengewirr stiegen, wie die Funken aus zahllosen Feuern, zum Nachthimmel auf. Das lebhafte Treiben hier bildete den denkbar krassesten Gegensatz zur höfischen Betriebsamkeit auf der Burg.

»Da geht es ja hoch her«, sagte Rupert und sprang zur Seite, um nicht mit einem Kriegsknecht zusammenzustoßen, der mit einer kichernden Magd im Schlepptau das Dunkel suchte.

»Seine Eminenz weiß, wie man das Volk bei Laune hält – gebt ihm Brot und Spiele.«

Ein torkelndes Paar rief ihm die Episode des vergangenen Morgens wieder in den Sinn. Hoffentlich hatte die Beerensammlerin seine Empfehlung beherzigt. Ein eigenartiges Geschöpf, das ihm der neue Tag da über den Weg geschickt hatte. Ärmlich, aber auch stolz und anmutig. Ein paar Herzschläge lang hatte er sie doch tatsächlich mit der Tänzerin der Kaiserhochzeit verwechselt. Im Nachhinein belächelte er den Irrtum.

Kaum zu glauben, wie diese Ägypterin seine Gedanken beherrschte. Die Erinnerung gaukelte ihm inzwischen Trugbilder vor, er glaubte sie schon fast in jedem Frauenzimmer zu entdecken.

Mach dich nicht lächerlich, mein Freund. Genügt es nicht, dass dich der Vohburger bis heute damit verspottet, dass du die Spur des Wunderwesens, das Barbarossa verführen sollte, verloren hast?, rief er sich selbst zur Ordnung.

Ungeachtet dessen weckte die Melodie einer Fidel, die irgendwo ganz in der Nähe ertönte, sein Interesse. Er schob Wolf in die Richtung, wohl wissend, dass diesem eigentlich nach Unterhaltung nicht der Sinn stand. Wolf hatte einen Sohn und seine Frau, die bei dessen Geburt im Kindbett verstarb, verloren und war danach, im Jahre 1147, mit dem Kaiser auf Kreuzfahrt gegangen. Rupert wusste von keiner Frau, die sein Interesse seit dieser Zeit geweckt hätte.

»Du solltest deine Vorliebe für tanzende Dirnen nicht ins Kraut schießen lassen«, warnte er Rupert denn auch. »Warum die Ägypterinnen sich derart verunstalten und ihre Schönheit hinter einer abstoßenden Wangenbemalung verbergen, wird mir im Übrigen immer ein Rätsel bleiben.«

Unvermittelt waren sie mit Ruperts Gedrängel in die erste Reihe der Schaulustigen geraten. Nur widerwillig machte man ihnen Platz.

Der Feuerschein färbte Flitterkleider und Schleiertücher rot, während die Tänzerinnen vor ihnen wie die Derwische um die eigene Achse wirbelten. Ihre Bewegungen zerflossen zu einem Strudel aus Haaren, braunen Armen und stampfenden Füßen. Dazwischen blitzten immer wieder die Schellentrommeln auf, lockte ein Mund mit halb offenen Lippen, eine Flatterbluse entblößte für die Dauer eines Lidschlags Brüste. Die Unruhe der Männer um Rupert und Wolf nahm stetig zu. Die Zurufe wurden schlüpfrig, die Gesten eindeutig.

Eine Sirene inmitten der Frauen zog dabei die meiste Aufmerksamkeit auf sich. Kein Stammeszeichen entstellte ihr Gesicht. Goldfarben schimmerte die straffe Haut von der Stirn bis zur Wölbung des Busens. Augen, schwärzer als Kohle, und Lippen in der Farbe von Mohnblüten entfachten Begierde.

»Es ist die Falsche«, brummte Rupert, der Wolfs plötzliche prüfende Blicke bemerkte.

»Immerhin kann ich jetzt nachvollziehen, was dich zu deinem abenteuerlichen Vorschlag geführt hat«, antwortete Wolf trocken. »Der Teufel soll mich holen! Wer diese Hexe nicht begehrt, muss scheintot sein.«

»Trotzdem hält sie keinem Vergleich mit der Tänzerin stand, die ich für die Mission im Auge habe. Diese hier ist …«, er suchte nach dem passenden Vergleich, »… schwerer Wein. Sie geht sofort ins Blut und du bist betrunken, ehe du begriffen hast, in welcher Gefahr du schwebst. Die Essenz meiner Ägypterin ist in den Kupfergefäßen eines Zauberers destilliert worden. Sie dringt dir unter die Haut, weckt den Wunsch, das Geheimnis zu lüften, das sie umgibt, lässt dich alles andere vergessen. Ihrer Herausforderung könnte auch der Kaiser nicht widerstehen, dessen bin ich sicher.«

Wolf drehte dem Feuer der Tänzerinnen den Rücken zu. »Schluss mit den Hirngespinsten und den poetischen Vergleichen. Was wir beide brauchen, sind keine Weiber, sondern ein volles Weinfass.«

Er hatte recht. Rupert schlenderte neben seinem Freund her. Er sollte auf ihn hören. Es war sinnlos, jede Sippe des fahrenden Volkes nach einem Phantom abzusuchen. Er hatte Wichtigeres zu tun.

Die Grenzen der Zeltstadt des Kaisers und die des Ägypterlagers gingen ineinander über. Die Fahrenden hatten sich die Tatsache zunutze gemacht, dass der Tross des Kaisers sein Lager in aller Hast hatte aufschlagen müssen. Sicher war bei dieser Gelegenheit auch das eine oder andere Weinfass des Bischofs im bemalten Karren gelandet. Die Männer der Stämme waren nicht nur bekannt für ihre Fingerfertigkeit als Korbflechter und Kupferschmiede, sie waren auch berüchtigt für ihre Fertigkeiten als Diebe und Messerwerfer.

Eine schemenhafte Bewegung hinter einem der Wagen erregte Ruperts Aufmerksamkeit. Ein Dieb? Wer in einer kühlen Nacht wie dieser nicht das wärmende Feuer suchte, führte nichts Gutes im Schilde. Er wollte nachsehen.

»Wo willst du hin?«

Wolf packte Rupert am Wappenrock. Der aber befreite sich und schlüpfte wortlos davon. Er hätte nicht gewusst, wie er dem anderen das drängende Gefühl erklären sollte, das ihn dazu trieb, sich in Dinge einzumischen, die ihn vermutlich nichts angingen. Er hörte Wolfs Fluchen hinter sich, ließ sich aber nicht aufhalten.

Außerhalb des Feuerscheins war die Nacht von undurchdringlicher Finsternis. Da Rupert den Himmel über sich wusste, wurde er nicht von den Ängsten geplagt, die ihn in abgeschlossenen Räumen heimsuchten. Er wählte seinen Weg mit Bedacht, konnte aber nicht verhindern, dass er immer wieder in Pfützen trat oder gegen Hindernisse stieß. Im Labyrinth der Zelte und Wagen stank es bestialisch. Er wollte die Richtung ändern und stieß dabei gegen einen Eimer, dessen Inhalt glucksend über seine Stiefel schwappte. Pisse. Scharfer Uringestank stieg in Schwaden auf.

Lästerlich fluchend, schüttelte er auf einem Bein stehend das andere halbwegs trocken. Ekelhaft und scharf reizte jeder Atemzug die Lungen.

»Was ist hier los?«

Eine junge Frau leuchtete mit einem Kienspan das Dunkel aus.

»Was suchst du bei den Eimern mit den Häuten?«, schimpfte sie aufgebracht. »Ich habe sie extra hinter dem Wagen verstaut. Hast sie wohl doch gefunden, Schlaumeier. Wie kann ein Mensch nur so ungeschickt und tölpelhaft herumstolpern? Pack dich, ehe Rupa dir Hammelbeine macht.«

Das *tölpelhaft* und das *pack dich* ließen Rupert aus der Haut fahren.

»Bist du von allen guten Geistern verlassen, Weib? Wie redest du mit mir?«

Er griff nach der Frau und bekam einen Arm unter grobem Leinen zu fassen. Harsch zog er sie zum nächsten Karren, hinter dessen Plane ein unruhiges Öllicht flackerte. Er wollte sie sehen, diese Kratzbürste. Dass sie jung war und sich geschmeidig bewegte, wurde ihm schnell bestätigt.

»Lass mich!«

Ein nackter Fuß trat gegen seinen Oberschenkel. Nur einer instinktiven Drehung verdankte er es, dass die Hitzköpfige das anvisierte Ziel zwischen seinen Beinen glücklich verfehlte.

»Das reicht!«

Rupert gebrauchte die Fäuste, weil er sich ihrer anders nicht erwehren konnte. Obwohl er nur mit halber Kraft gegen ihre Schulter stieß, warf sie der Hieb nach hinten in eine Pfütze. Augenblicklich schlug ihn das Gewissen. Wildkatze oder nicht, Gewalt gegen Frauen verbot seine Ehre. Besorgt warf er die Plane des Karrens zurück, damit er nach der Laterne greifen konnte. Ein kurzer Blick auf den Wagenboden zeigte ihm, dass die Frau dabei gewesen war, getrocknete Pilze zu sortieren.

Im Lichtschein rappelte sie sich blitzschnell wieder auf, die Röcke nass, die Hände schmutzig, die Wangen brennend vor Empörung. Sie schwang sich den armdicken Zopf über den Rücken, während sie sich gleichzeitig eine rote Strähne aus der Stirn blies. Grüne Flammen loderten ihr aus den Augen.

Das Öllicht in Ruperts Hand warf flackernde Schatten. Seine Pupillen weiteten sich ungläubig. Sein erster Eindruck am Fluss war der richtige gewesen. Nur das Kopftuch hatte ihn am Morgen in die Irre geführt. Die Haare machten sie unverwechselbar.

Langsam wanderten seine Blicke von oben nach unten. Ihre bloßen Füße starrten vor Schmutz, der Kittelsaum tropfte. Er hatte sie nicht so groß in Erinnerung gehabt. Dafür ängstlicher. Jetzt konnte er keine Spur von Furcht entdecken, obwohl sein Faustschlag sie hart getroffen haben musste. Woher nahm sie den Mut, ihm zu trotzen?

»Ihr schon wieder.«

Die Worte bezeugten, dass das Erkennen auf Gegenseitigkeit beruhte. Ihre Stimme klang heiser, als müsse sie sich jedes Wort erst abringen. Auch der Klang der Stimme war unverwechselbar. Er begriff, weshalb sie am Fluss keinen Laut von sich gegeben hatte.

»Danke, ich freue mich auch, dich wiederzusehen.«

Ruperts Sinn für Humor gewann unerwartet Oberhand. Die Situation schien ihm mit einem Mal dermaßen absurd, dass er mit einem Lachen kämpfte. Welch ein Glück, dass Wolf nicht Zeuge dieses Wiedersehens geworden war. Er hatte ihm ein tanzendes Wunderwesen geschildert. In Wirklichkeit war das Mädchen ein Hitzkopf erster Güte.

»Ich hab nicht gesagt, dass ich mich freue«, fauchte sie. »Was sucht Ihr eigentlich zwischen unseren Wagen? Bei uns gibt es keine Dirnen. Sucht lieber im Lager des Kaisers, da spazieren jede Menge Hübschlerinnen herum.«

Seit er mit sechs Jahren der Obhut seiner Kindermagd entkommen war, hatte keine Frau ihn mehr dermaßen zurechtgestutzt. Zwischen Unmut und Bewunderung für ihre Beherztheit schwankend, ging er nicht auf ihre Vorwürfe ein, sondern fragte stattdessen: »Wann kann man dich wieder tanzen sehen?«

Die Antwort ließ etwas auf sich warten. Der Themenwechsel besänftigte ihr stürmisches Gemüt jedoch ebenso schnell, wie der kippende Eimer es vorher zum Entflammen gebracht hatte.

»Gar nicht, denn ich kann es nicht so gut wie die anderen«, sagte sie knapp.

»Das ist nicht wahr«, erwiderte Rupert. »Mir hat dein Tanz in Würzburg gefallen. Du tanzt nach der Musik, während die anderen die Musikanten dazu zwingen, sich dem Rhythmus ihres Tanzes anzupassen.«

»Ihr seid ein aufmerksamer Beobachter.«

»Das kann nie schaden.«

»Wohl wahr.«

Die Aufregung hatte sich gelegt. Bedachtsam versuchten sie einander einzuschätzen.

Rupert narrte eine Erinnerung, die er aber nicht zu fassen bekam. Woher kannte er ihren abwägenden Blick?

Sie begann, sich den Schmutz von den Händen zu wischen, gleichzeitig rieb sie mit dem Spann des einen Fußes den Knöchel des anderen. Die Bewegung hatte etwas Rührendes, gleichzeitig zeigte sie ihm, dass sie auf dem feuchten Boden fror.

»Wieso gehst du nicht zu den anderen ans Feuer? Die Nacht ist kalt.«

»Ich habe Wichtigeres zu tun.«

»Die Pilze.« Rupert wies mit dem Kinn zum Wagen. »Und Brombeeren vermutlich ...«

Ein Schulterzucken bedeutete ihm, dass sie das Gespräch nicht fortsetzen wollte. Eine vernünftige Entscheidung. Worüber sollten sie schon reden? Es gab keine Gemeinsamkeiten zwischen ihnen.

Gut, dass er sie in Würzburg nicht mehr gefunden hatte, dachte er. Sie hätte den Kaiser nicht verführt, sondern verärgert. Bei der Vorstellung, sie würde mit Barbarossa so rüde umspringen wie mit ihm, musste er mit dem Kopf schütteln. Besser sah er zu, dass er weiterkam.

Er grub in seinem Beutel nach ein paar Münzen.

»Hier, nimm es als Entgelt dafür, dass ich dich aufgehalten habe, und für einen Kienspan, der mir den Weg zurück leuchtet.«

Zögernd griff sie nach den beiden Silbermünzen.

»Das ist zu viel«, zwang sie sich zu sagen.

Rupert lachte. »Du bist die merkwürdigste Ägypterin, die ich je kennengelernt habe, weißt du das? Seit wann weist deinesgleichen Geld zurück?«

»Wir sind vielleicht arm, aber wir sind keine Bettler«, entgegnete sie gekränkt. »Ihr habt keine Ahnung von unserer Art zu leben.«

»Das stimmt«, nickte er beeindruckt. »Glaub mir, ich wollte dich nicht beleidigen. Ich entschuldige mich.«

Er griff nach dem Kienspan, den sie ihm hinhielt. Ehe er die Richtung einschlug, die sie ihm, am nächsten Karren vorbei, zum Feuer wies, hielt er noch einmal inne. Ihren Namen wollte er doch wissen.

»Gott behüte deine Wege ... Wie ist dein Name?«

»Aliza.«

»Gott behüte dich, Aliza.«

Die Rittergruppe, der sich Wolf zum Würfelspiel angeschlossen hatte, saß unter dem Schutz eines Zeltvordaches. Wolf sah erst auf, als ihn bestialischer Gestank aus dem Vergnügen riss. Staunend entlarvte er ausgerechnet Rupert als Quelle des Ärgernisses.

»Gott bewahre, hast du dich mit einer Dirne in der Gülle gewälzt? Ich schwöre dir, du stinkst wie die Grube eines Abdeckers. Komm uns bloß nicht zu nahe.«

Erst jetzt fiel Rupert die Bereitwilligkeit auf, mit der ihm alle Platz machten.

»Ich bin einem Kübel mit Gerberlauge zu nahe gekommen«, sagte er erklärend.

»Welch ein Pech.« Sogar Wolf ging auf Abstand. »Du warst dem Kübel näher, als einer hier dir sein möchte, solange du derartige Duftwolken verbreitest. Wenn du auf den Rat eines Freundes hörst, unternimm etwas dagegen.«

Rupert ging das Problem sofort an. Nach dem Kleiderwechsel verspürte er jedoch keine Lust mehr, sich Wolf und den anderen anzuschließen. Er stieg zur Burg hinauf und legte sich in der großen Halle auf dem Stroh zur Ruhe.

Mit dem Schlaf kamen die Träume. Aliza tanzte. Vor dem Feuer, allein für ihn.

Königin Beatrix
Burg Donaustauf, 2. September 1156

Die Kuriere trafen kurz nach Sonnenaufgang ein. Friedrich fand kaum Zeit, das Morgengebet zu sprechen und die Kleider anzulegen. Sowohl Heinrich der Löwe wie Heinrich Jasomirgott von Babenberg erwarteten ihn ungeduldig in Regensburg. Beatrix stand mit ihm auf, aber sie bemerkte schnell, dass er mit seinen Gedanken schon längst nicht mehr bei ihr war. Er gab ihr keine Gelegenheit, ihn darum zu bitten, sie an den Gesprächen teilhaben zu lassen. Sie flüchtig auf die Stirn küssend, eilte er davon, ehe sie den Mund öffnen konnte.

Sie sah ihm nach und bemühte sich, ihre Enttäuschung zu verbergen. So gerne hätte sie gewusst, was Friedrich hinter verschlossenen Türen mit seinen Ratgebern besprach. Dieses Wissen einzufordern, kam ihr jedoch nicht in den Sinn. Alle um sie herum waren so viel älter und erfahrener. Sie war damit aufgewachsen, diese Erfahrungen nicht zu hinterfragen, ihnen nichts entgegenzusetzen.

Ihre natürliche Neugier zu zügeln, fiel ihr allerdings schwer. Warum durften Frauen sich an den Beratungen der Männer nicht beteiligen? Die Antwort, die sie im Kloster auf diese Frage erhalten hatte, war absurd.

Das Weib ist ein minderwertiges Wesen, das von Gott nicht nach seinem Ebenbilde geschaffen wurde. Es entspricht der natürlichen Ordnung, dass die Frauen den Männern dienen.

Der heilige Augustinus mochte einer der bedeutendsten Kirchenlehrer sein, Beatrix fand diesen Lehrsatz, den ihr die Äbtissin von Dôle eingebleut hatte, dennoch inakzeptabel. Sie hatte dessen ungeachtet auch gelernt, ihre rebellischen Gedanken für sich zu behalten, um sich nicht in Schwierigkeiten zu bringen.

Außerdem waren in Friedrichs Augen Frauen wohl nur dazu da, an der Seite ihres Mannes, reich geschmückt, die Macht zu repräsentieren und Sohn um Sohn zu gebären.

Adela, seine erste Frau, von der nur hinter vorgehaltener Hand gesprochen wurde, schien keine dieser Aufgaben zufriedenstellend erfüllt zu haben. Ihr Schicksal vor Augen, bemühte sich Beatrix nach Kräften, dem Kaiser zu beweisen, dass er in ihr eine Frau hatte, die ihre Pflichten erfüllte. So schwer es ihr fiel, sie verbarg ihre Unzufriedenheit.

Seit ihrer Heirat in Würzburg waren sie beständig unterwegs gewesen. Kaum auf einer Pfalz oder Burg angekommen, gab der Kaiser bereits den Befehl, zur nächsten zu ziehen. Da er sich nie der Mühe unterzog, ihr die Gründe dafür zu nennen, und der Hofklatsch oberflächlich war, blieben ihr seine Pläne verborgen. Zwar konnte sie unschwer sein Bemühen erkennen, Recht und Ordnung zu erhalten, fühlte aber mittlerweile, dass das nicht die tatsächliche Triebfeder seiner Rastlosigkeit war. Je besser sie ihn kennenlernte, desto fremder wurde er ihr. Obwohl sie Nacht für Nacht das Bett mit ihm teilte, kam sie ihm nicht wirklich nahe.

Dennoch war ihre anfängliche Furcht vor ihm geschwunden. Seine Hände berührten sie sanft und die Schmerzen der ersten Nacht hatten sich nie wiederholt. Von ihm gewärmt, schlief sie tiefer. Ganz im Geheimen gestand sie sich sogar ein, das es ihr gefiel, von ihm geliebt zu werden. Wenn er seine Erfüllung bei ihr suchte, hatte sie für kurze Zeit das Gefühl, dass er ihr allein gehörte.

»Der Regen hat endlich aufgehört, aber es weht ein kühler Wind, Majestät.« Die Kammerfrau band soeben die letzten Schnüre ihres Übergewands und trat zurück. »Ihr solltet besser einen Umhang tragen.«

Beatrix nickte. Deutsche Burgkapellen waren meist fensterlos und demzufolge eiskalt. Egal ob ein leibhaftiger Bischof die Andacht hielt oder ein einfacher Burgkaplan, das Wohlbefinden der Gläubigen war nebensächlich. In Dôle …

Schluss damit! Du kannst nicht jeden Gedanken mit diesen beiden Wörtern beginnen. Wie willst du an Friedrichs Seite je heimisch werden, wenn du ständig Vergleiche mit Burgund ziehst?

»Ihr seid blass, Majestät. Ihr müsst einen Becher Würzwein trinken, ehe Ihr geht.«

Herzogin Clementia von Sachsen hatte sie am Vortag zusammen mit dem Bischof von Regensburg, Hartwig von Spanheim, in Donaustauf empfangen. Anfang zwanzig, zeigte die Edeldame alle Familienmerkmale der Zähringer. Sie war blond, helläugig, hochgewachsen und ausnehmend stolz. Sogar als sie das Knie vor ihrer Königin gebeugt hatte, zeigte sie keine erkennbare Demut in der Haltung. Die Herzogin wusste zu befehlen. Aber sie würde lernen müssen, dass sie der Königin keine Vorschriften zu machen hatte.

»Ich möchte keinen Wein. Ich bin es gewohnt, erst nach der ersten Messe zu essen und zu trinken«, lehnte sie ab.

Clementia zog den Becher zurück und deutete eine stumme Reverenz an, die Beatrix mit hoheitsvollem Nicken zur Kenntnis nahm.

Da das Haus Zähringen bis zu ihrer Ehe mit dem Kaiser das Rektorat über Burgund ausgeübt hatte, wollte Beatrix gerne alles über die Familie in Erfahrung bringen. Das Amt des *Rector Burgundiae* war 1127 von König Lothar extra für die Zähringer geschaffen worden. Indem er Konrad zu seinem unmittelbaren Stellvertreter in Burgund machte, zog er sich aus jahrelangen Erbschaftsstreitigkeiten formal zurück. Im Südwesten hatte er Konrad nahezu freie Hand gelassen, künftig seine eigenen Interessen vor die burgundischen zu setzen.

Die Stammburg der Familie lag am Rande des Schwarzwaldes. Konrad von Zähringen, Clementias und Bertholds Vater, hatte mit Beatrix' Vormund, dem Bischof, bis zu seinem Tode um Einfluss und Herrschaft gerungen. Im östlichen Teil, zu dem Dôle und Besançon ebenso gehörten wie das Gebiet von Aosta bis Basel, war ihm zeitweilig Erfolg beschieden gewesen. Beatrix konnte sich an einige seiner Besuche erinnern, die dem Bischof tödliche Laune beschert hatten.

Immer wieder fragte sie sich, was aus ihr geworden wäre, wenn Konrad länger gelebt hätte. Wäre sie dann statt mit Friedrich mit Berthold von Zähringen verheiratet worden? Welch ein Glück, dass es nicht dazu gekommen war. So ehrerbietig Berthold auch seine Pflichten versah, wenn sich ihre Augen einmal trafen, kam es ihr stets so vor, als senke sich ein Vorhang über seine Miene. Ein Vorhang, hinter dem er sein wahres Ich verbarg.

Aus welchen Gründen?

Clementia hielt sich musterhaft im Hintergrund, während die Kammerfrau Beatrix den Pelzumhang über die Schultern legte und mit einer smaragdbesetzten Fibel feststeckte. Dennoch glaubte sie sich ununterbrochen von ihr beobachtet.

Weshalb war die Herzogin an der Seite des Bischofs nach Donaustauf vorausgeeilt? Heinrich der Löwe, ihr Gemahl, war nicht nur Friedrichs Vetter, sondern auch sein gefährlichster Rivale. Der Hoftag in Regensburg diente in erster Linie dazu, seine Interessen zu wahren. Nur wenn es dem Kaiser gelang, Heinrich Jasomirgott dazu zu bewegen, dass er Bayern endlich offiziell aufgab, durfte sich Clementias Mann künftig wieder Herzog von Sachsen und Bayern nennen. Sein Vater hatte diesen Titel getragen, und Heinrich war er im Laufe der Auseinandersetzungen zwischen Staufern und Welfen abhanden gekommen. Die Schande rückgängig zu machen war sein höchster Ehrgeiz.

Aber wie wollte Friedrich diesen gordischen Knoten zur Zufriedenheit aller zerschlagen? Beatrix vermutete, dass sich Clementia die gleiche Frage stellte. Fröstelnd zog sie den Mantel um sich und schritt zur Tür. Zu ihrer Beklommenheit gesellte sich ein zweites, diffuses Gefühl, halb Magenkrampf, halb Ziehen im Unterleib. War ihr eine Speise des Festmahls vom Vorabend nicht bekommen?

Unter den Säulen der Burgkapelle erwartete sie der Bischof im Kreis seiner Würdenträger. Statt einer schlichten Andacht zelebrierte er eine vollständige Messe, der Beatrix ohne jedes Zeichen von Ungeduld beiwohnte. Im Gegensatz zu Clementia, deren Röcke bei jeder Bewegung raschelnd verrieten, dass sie nicht bei der Sache war. Welches Unwohlsein plagte die Herzogin? Zweifellos stand sie unter höchster Anspannung.

Beatrix nahm sich vor, Clementia genauer im Auge zu behalten, aber sie vergaß den Plan schon bei der Morgenmahlzeit. Nur mit Mühe konnte sie unter den aufgetragenen Speisen ihre Wahl treffen. Schon nach wenigen Bissen widerstand ihr das deftig gewürzte Essen.

»Schwester, bist du es wirklich?«

Der Ausruf lenkte Beatrix kurz ab. Berthold und Clementia umarmten sich herzlich. Die Wiedersehensfreude wirkte ehrlich.

»Zwölf Jahre Ehe und das Leben in Sachsen sind dir gut bekommen«, hörte sie Berthold ausrufen. »Ich schwöre, du siehst jedes Mal schöner und eleganter aus, wenn ich dich zu Gesicht bekomme.«

Zwölf Jahre! Dann musste Clementia bei ihrer Eheschließung jünger gewesen sein als sie heute, errechnete sich Beatrix. Sie entsann sich jetzt auch der Einzelheiten der Heirat. Was sie einmal gehört oder gelesen hatte, vergaß sie so gut wie nie. Clementias Vater Konrad hatte, indem er seine zwölfjährige Tochter Heinrich dem Löwen zur Frau gab, die Fronten gewechselt. Zuvor ein Mann der Staufer, war er damit zu einem Anhänger der Welfen geworden.

Sein Sohn und Erbe Berthold hatte sich mit der Erneuerung des burgundischen Rektorats nach dem Tod des Vaters von Friedrich wieder für die Staufer einfangen lassen. Wobei ihm, nach Beatrix' Meinung, schon bei der Unterzeichnung des Vertrages mit dem Kaiser hätte auffallen müssen, dass die militärische Unterstützung, die er verlangte, niemals erbracht werden konnte. Man musste kein Kriegsherr oder Stratege sein, um zu wissen, dass man Panzerreiter in so hoher Zahl nicht in kürzester Zeit aus dem Boden stampfen konnte.

Ihre Heirat mit Friedrich setzte den Schlusspunkt unter die schleichende Entmachtung der Zähringer. Berthold hatte nicht das Format, in die Fußstapfen seines Vaters zu treten.

Ihre Gedanken verbergend, lächelte Beatrix den Zähringer-

Geschwistern huldvoll zu. Bertholds Kniefall nahm sie mit Anmut entgegen.

»Erhebt Euch, Herr Berthold. Ich kann verstehen, dass Ihr Euch nach so langer Zeit ausführlicher mit Eurer Schwester unterhalten wollt. Auch wenn ich es bedaure, auf die Gesellschaft der Herzogin verzichten zu müssen, Ihr dürft Euch gerne mit ihr zurückziehen, damit Ihr unter vier Augen plaudern könnt.«

Weder Clementia noch Berthold hatten das im Sinn gehabt, aber es blieb ihnen nun nichts anderes übrig. Beatrix glaubte ein Funkeln des Zorns in den Augen der Herzogin zu entdecken, aber sie lächelte stoisch dagegen an.

Es war leicht, das Gespräch in Abwesenheit der Herzogin auf sie zu bringen. Ihre Damen plauderten freimütig drauflos, während sie zusammensaßen und stickten. Sie glaubte, eine Spur von Neid aus den Schilderungen herauszuhören.

»Man sagt, Heinrich vertraut ihr ohne Einschränkung. Er ist häufig abwesend, wenn er mit dem Kaiser unterwegs ist. Sie regiert für ihn in Sachsen. Man stelle sich das vor, eine Frau!«

»Anfangs gab er ihr noch Graf Adolf von Holstein als Berater zur Seite. Während des Italienzuges von 1154 übertrug er ihr jedoch die Verwaltung des Herzogtums in voller Verantwortung. Sie muss wohl alles zu seiner Zufriedenheit geregelt haben. Dass sie ihn zum Reichstag begleitet, ist ein Beweis.«

»Vielleicht will der Löwe einfach nicht hinter Heinrich Jasomirgott zurückstehen. Der will ja auch mit seiner Gemahlin nach Regensburg kommen, und die ist immerhin eine Nichte des Kaisers von Konstantinopel.«

»Haben Heinrich und Clementia Kinder?«, fragte Beatrix betont beiläufig.

»Sie hat drei Kinder zur Welt gebracht«, antwortete eine Ehrendame. »Heinrich, der Erbe, und seine Schwester Richenza starben in ihren ersten Jahren. Ob die kleine Gertraud älter werden wird, muss sich noch weisen. Sie ist kaum zwei Jahre alt. Aber die Herzogin ist noch jung und gebärfähig. Sicher wird sie dem Löwen noch viele Söhne schenken.«

Beatrix nickte stumm, ohne den Tratsch einzudämmen. Solange Friedrich sein Wissen nicht mit ihr teilte, musste sie selbst Wege finden, die komplizierten Macht- und Einflussstrukturen des Hofes kennenzulernen. Auch lenkte es sie davon ab, dass sie sich immer elender fühlte. Krämpfe durchliefen jetzt in unregelmäßigen Abständen ihren Leib. Der Schmerz stach mit Messern.

Ohne dass sie ihn ins Gespräch bringen musste, wurde auch der Bruder der Herzogin von der weiblichen Tratschsucht zerpflückt. Man bescheinigte ihm Ehrgeiz, Tatenlust und einen geradezu fanatischen Sinn für Gerechtigkeit, der ihn oft Vernunft und Vorsicht vergessen ließ. Nach Beatrix' Meinung lief es darauf hinaus, dass Berthold ein kampfstarker Ritter, aber ein schlechter Diplomat und Politiker war.

»Seine Gemahlin sitzt in Zähringen. An den Hof hat er sie noch nie gebracht, und von einem Erben ist auch nichts bekannt. Man nimmt an …«

Erst als ihre Ehrendame abbrach, vom Hocker aufstand und mit den anderen Damen in die Knie sank, sah Beatrix von ihrer Stickerei auf.

Friedrich stand in der Tür und lächelte freundlich. Immer wieder fiel ihr sein Taktgefühl auf. Ohne Rücksicht auf Rang und Namen, begegnete er den Menschen in seiner Umgebung mit natürlichem Wohlwollen. Inzwischen wusste sie auch, dass er praktische Kleidung den Prunkgewändern vorzog. Er neigte nur zur Prachtentfaltung, wenn es politischen Zwecken diente.

»Mein Gemahl.«

Beatrix erhob sich ebenfalls eilig und neigte errötend den Kopf. Wenn er ihr so unverhofft gegenüberstand, überwältigte sie seine Ausstrahlung wie am ersten Tag. Im Gegensatz zu den meisten Rittern trug er das Haupthaar kurz, die rotblonden Locken wellten sich über den Ohren. Der Bart, den er anlässlich der Hochzeit kurz getrimmt hatte, war nachgewachsen und kräuselte sich rötlich um Kinn und Wangen. Seine Zähne leuchteten in ungewöhnlichstem Weiß.

Die hastige Bewegung und eine Gefühlsaufwallung machten Beatrix schwindlig. Friedrichs Gesicht verschwamm ihr vor den Augen. Das Gemach drehte sich unerwartet um sie, dann wurde es dunkel. Alles erstickte im Schwarz. Die Stimmen rückten fern.

»Gebt acht … Löst vorsichtig die Bänder. Guter Gott, was ist mit ihr?«

Hände machten sich an ihrem Gewand zu schaffen. Beatrix wollte sie fortschieben, aber sie konnte sich nicht bewegen. Ihre Finger wurden so schmerzhaft zusammengepresst, dass sie nur ein Stöhnen zustande brachte.

»Sie erwacht! Allen Heiligen sei Lob und Dank!«

Verwundert schlug Beatrix die Augen auf und blickte in Friedrichs besorgtes Gesicht. Er war es, der ihre Finger umklammert hielt und sie drückte, als könne er so sein warmes Blut mit ihrem mischen.

»Was ist geschehen?«, fragte sie.

»Du bist einfach umgefallen. Von einem Augenblick zum anderen lagst du auf dem Boden. Was ist mit dir?«

»Trinkt, Majestät.«

Die Kammerfrau stützte Beatrix an den Schultern und hielt ihr einen Becher an die Lippen.

Erfrischendes Brunnenwasser. Endlich einmal kein Gewürz-
wein. Im Kloster hatte sie nur zu besonderen Gelegenheiten
Wein getrunken, und wenn, dann ohne Zusätze. Das Wasser
würde ihr helfen. Wenn nur nicht diese schrecklichen Krämpfe wären. Sie befreite ihre Hände und presste sie auf den Unterleib.

»Ihre Röcke sind voller Blut!« Friedrich entdeckte es als Erster. Panik schwang in seiner sonst so beherrschten Stimme.
»Was hat das zu bedeuten? Die Königin braucht einen Medicus. Holt den Mann auf der Stelle!«

»Der Blutfluss kommt zur Unzeit, Eure Majestät.« Beatrix'
Kammerfrau wagte das klärende Wort, obwohl es nicht angemessen war, dass sie den Kaiser aufklärte. »Es scheint fast so,
als verlöre die Königin eine erste Leibesfrucht. Sie ist noch sehr
jung. Möglicherweise zu jung, ein gesundes Kind auszutragen.
In solchen Fällen hilft sich die Natur oft selbst. Und meist sieht
es schlimmer aus, als es in Wirklichkeit ist.«

»Seid Ihr sicher? Schickt trotzdem nach dem Medicus.«
Beatrix kämpfte gegen den Schmerz an. Sie bekam ein Kind?
Wieso wusste sie nichts davon?

Sie wollte Fragen stellen, Antworten bekommen, aber ihr
fehlte der Atem zum Sprechen. An der Hand des Kaisers versuchte sie trotz allem sich aufzurichten.

»Bitte, Eure Majestät. Verlasst uns, das ist Frauensache«, vernahm sie das aufgeregte Geflüster ihrer Damen.

»Ist sie in Gefahr? Sagt mir die Wahrheit!« Hin- und hergerissen zwischen dem Wunsch, ihr beizustehen, und der Bereitschaft, den Frauen zu überlassen, was ihre Aufgabe war, zögerte Friedrich. »Was könnt Ihr für sie tun? Sie leidet sichtlich
unter Schmerzen. Wie kann man ihr helfen?«

»Man muss der Natur ihren Lauf lassen, wenn es so weit

gekommen ist, Majestät. Auf seine Art ist es wie eine Geburt.«

»Dann braucht sie eine Wehmutter.«

»Im Gefolge der Königin ist auch eine Hebamme. Schließlich war damit zu rechnen, dass sie empfängt. Es wird alles für sie getan.«

Erstickt protestierte Beatrix dagegen, dass über ihren Kopf hinweg beraten und entschieden wurde. Niemand hörte auf sie. Finger für Finger löste Friedrich sacht ihre Verbindung, obwohl sie es nicht zulassen wollte.

Warum ließ er sie allein? Begriff er nicht, wie sehr sie ihn brauchte?

»Sei tapfer, meine Liebe. Ich bin in Gedanken bei dir, und ich werde so schnell es geht zurückkommen«, beruhigte er sie und gab Anweisung. »Ich muss Euch meine Gemahlin anvertrauen. Man wartet bereits auf mich. Schickt mir auf der Stelle einen Kurier nach Regensburg, sollte sich ihr Befinden verschlechtern. Ich will zu jeder Zeit Bescheid wissen. Ihr haftet mir mit Eurem Leben für sie.«

Er ließ sie allein in Donaustauf zurück.

Hinter Beatrix' Lidern brannten die Tränen. Sie fühlte Friedrichs Kuss auf der Stirn und wagte nicht, ihn anzusehen. Sie fürchtete um ihre Beherrschung.

»Bekomme ich ein Kind?«

Sie wusste nicht, wie viel Zeit vergangen war, als sie diese Frage endlich stellen konnte. Erschöpft und wund, aber wieder bei klarem Bewusstsein, forderte sie Auskunft.

»Dieses Mal nicht, Majestät«, antwortete die Kammerfrau mitfühlend.

»Dann gibt es ein nächstes Mal?«

»Die Wehmutter ist sich dessen sicher.«

Erleichtert überließ sie ihren Körper der Pflege der Frauen.

Ihre Gedanken wandten sich dem winzigen Funken Leben zu, der sie kurze Zeit begleitet hatte und erloschen war, ohne dass sie von ihm wusste. Sie legte ihn mit einem Gebet in Gottes Hände zurück. War es ein Knabe gewesen? Ein Mädchen? Wie hätte es ausgesehen?

Fragen über Fragen, die schließlich in einem Vorwurf endeten, den sie sich selbst machte.

Was hatte sie falsch gemacht?

Sie musste es in Erfahrung bringen, um für ein nächstes Mal gewappnet zu sein. In ihrer Position waren Fehler unverzeihlich, auch das hatte die Äbtissin von Dôle ihr mit auf den Weg gegeben. Vielleicht wäre das Unglück zu verhindern gewesen, hätte sie mehr über sich und ihren Körper gewusst. Wie dumm, den Leibschmerzen nicht mehr Aufmerksamkeit geschenkt zu haben. Sie hatte Informationen über Friedrich, über seine Politik und seine Anhänger gesammelt, wie ein Bettler Brosamen. Aber sie hatte darüber vergessen, dass sie ihre Aufgabe als Frau erfüllen musste.

Niemand hatte sie vorbereitet, wie es sich gehörte. Ihre Mutter, deren Aufgabe es gewesen wäre, war zu früh gestorben. Die Äbtissin von Dôle hatte sich nicht dazu berufen gefühlt, über Einzelheiten zu sprechen. Ihrem Onkel war nur daran gelegen gewesen, sie zu einer Nonne zu erziehen. Zu einer künftigen Äbtissin, nicht zu einer Königin, deren Pflicht es war, Erben zu gebären.

Als nach seinem Tod so überhastet ihre Heirat mit dem Kaiser beschlossen wurde, war allein über Mitgift und politische Folgen verhandelt worden. Alle Welt ging mit größter Selbstverständlichkeit davon aus, dass sie wusste, worin ihre Pflichten bestanden, und dass sie diese gehorsam und vollendet erfüllen würde.

Unter halb gesenkten Lidern beobachtete sie ihr weibliches Gefolge. Die Ehre, der Königin zu dienen, hielt es nicht davon ab, sie wie ein unmündiges Kind zu behandeln. Eingeschüchtert von den ehrwürdigen Namen und der Lebenserfahrung dieser Edelfrauen, hatte sie es bislang geduldig über sich ergehen lassen. Sie bevormundeten sie wie die Nonnen im Kloster.

Keiner von ihnen brachte sie das nötige Vertrauen entgegen, das für ein so persönliches und intimes Gespräch Vorbedingung war. Auch fürchtete sie, ähnlich wie Clementia zum Gegenstand des Hofklatsches zu werden. Sie musste andere Wege finden, sich kundig zu machen.

»Lieber Himmel, warum trägt die Königin noch immer diese blutigen Kleider? Helft ihr aus dem Gewand und bringt ein Glutbecken, schnell! Seht ihr nicht, dass sie vor Kälte mit den Zähnen klappert? Frisches Leinen, Rosenblütenwasser, Minzöl für die Schläfen und vor allen Dingen Stille. Mäßigt euer Geplauder, die Königin braucht Ruhe.«

Clementia?

Beatrix schlug die Augen auf und fand ihre Vermutung bestätigt. Die Nachricht von ihrem Schwächeanfall und der folgenden Fehlgeburt musste die Burg wie ein Blitz durcheilt haben. Erleichtert unterwarfen sich ihre Frauen den Befehlen der Herzogin. Clementia wusste, was sie tat. Möglicherweise hatte sie selbst schon ein Kind verloren und konnte erahnen, wie sie sich fühlte?

War sie, eine Zähringerin, vielleicht die Frau, die sie um Rat und Unterweisung bitten konnte?

Drittes Kapitel

✥

SCHICKSALSSCHLÄGE

Rupert von Urach
Burg Donaustauf, 2. September 1156

Auf ein Knie sinkend, grüßte Rupert die Herzogin von Sachsen in aller Form.

»Herzogin.« Unbehaglich erinnerte er sich der Bubenstreiche und spöttischen Worte, die einmal dem Mädchen Clementia gegolten hatten.

»Aus dem Knappen ist also ein ansehnlicher Ritter geworden. Steh auf und lass dich umarmen. Ich freue mich, dich zu sehen.«

Aus den Augenwinkeln sah Rupert, dass Berthold, in dessen Begleitung er war, grinste. Die überraschende Begegnung war sein Werk. Einst hatten sie eine verschworene Gemeinschaft gebildet. Jeder war auf seine Weise ein Außenseiter in der Schar der Kinder und Jugendlichen auf der Burg. Der Erbe, um fünf Jahre älter als der Knappe, mochte zwar ihr unbestrittener Anführer gewesen sein, aber seinem Vater hatte er nie etwas recht machen können. Rupert, dem weder Tollkühnheit noch Rauflust in die Wiege gelegt worden waren, verdankte Berthold das Vertuschen zahlloser Dummheiten. Sein Witz und sein Verstand waren wie geschaffen, Lösungen und Auswege zu finden. Die kleine Schwester, die Rupert wie ein Schatten auf den Fersen klebte, hatten beide nach Kräften übersehen. Ein Mädchen, das davon träumte, Ritter zu werden, war in ihren Augen ein närrisches Geschöpf.

Rupert beging nicht den Fehler, Clementia an diese Zeiten zu erinnern. Sie war kein Kind mehr, das er ohne Vorbehalt in seine Arme schließen durfte. Er erhob sich und erwiderte ihre Umarmung mit erkennbarem Respekt.

»Ansehnlich *und* ein Edelmann mit erfreulichen Manieren«, vervollständigte Clementia ihre Einschätzung und schenkte ihm ein Lächeln, das über bloße Höflichkeit hinausging. »Es ist gut, dass du meinem Bruder in diesen Zeiten zur Seite stehst. Sie sind schwierig genug für das Haus Zähringen.«

»Nur für Zähringen?«, fragte Rupert.

Clementia verstand die Anspielung. »Um Heinrich den Löwen muss man sich keine Sorgen machen. Er wird von diesem Reichstag bekommen, was er sich wünscht. Der Kaiser ist am Zug. Er muss einen Kompromiss finden, der sowohl Heinrich wie Jasomirgott zufriedenstellt. Barbarossa kann es sich mit keinem von beiden verscherzen. Er braucht sie zum Erhalt seiner Macht.«

»Das ist allgemein bekannt«, wollte Berthold das Gespräch an sich reißen, das in der kleinen Kammer stattfand, die Clementia aufgrund ihres Ranges und ihrer frühen Ankunft in Begleitung des Bischofs in der Burg für sich in Anspruch nehmen konnte, obwohl diese total überfüllt war. Sie hatte den Bruder zu sich gebeten. Dass er Rupert mitbrachte, zeigte ihr, dass sich das Verhältnis beider Männer nicht geändert hatte.

»Das wahre Problem des Kaisers sind nicht die deutschen Angelegenheiten, lieber Bruder, sondern seine Geldnot«, fuhr Clementia fort. »Die Königin hat ihm Ländereien und Soldaten eingebracht, aber kein Geld. Das will er sich nun in den italienischen Städten holen, die zu seinem Imperium gehören.«

»Er plant den nächsten Italienfeldzug, das ist kein Geheimnis. Es ist ihm zuzutrauen, dass er seine Bewaffneten noch vor dem Winter nach Süden führt. Jeder Sieg in der Lombardei wird seine Macht weiter festigen«, knurrte Berthold. Clementias Widerspruch reizte ihn.

»Keine Sorge, Berthold, solange die Königin nicht völlig gesund ist, wird er nicht in den Krieg ziehen. Er hat die kleine Burgunderin wahrhaft ins Herz geschlossen. Und bis sie gesund ist, sind die Bergpässe längst zugeschneit, und er muss seine ehrgeizigen Pläne auf das nächste Jahr verschieben.«

»Seit wann ist die Königin krank?«, fragte Rupert.

»Sie hat ihr erstes Kind verloren. Nicht überraschend. In Anbetracht ihrer Kindlichkeit musste man damit rechnen.«

»Eine Fehlgeburt? Wieso weiß ich nichts davon, dass sie schwanger war?«

»Offensichtlich wusste nicht einmal die Königin selbst, dass sie schwanger war, Berthold. Kinder so junger Frauen sind häufig nicht lebensfähig, und die Geburt gefährdet massiv die Gesundheit der Mutter. Wenn der Kaiser von diesem Risiko erfährt, wird er Beatrix in den nächsten Wochen mit seinen Aufmerksamkeiten in der Schlafkammer sicher verschonen. Die Geburt eines Thronerben ist demnach weiter entfernt denn je.«

Sie sprach aus Erfahrung, Rupert war sich dessen sicher. Heinrich der Löwe verlangte, ebenso wie der Kaiser, dringend nach einem Erben. Seines Wissens hatte bisher nur eines von Clementias Kindern überlebt. Unglücklicherweise ein Mädchen.

»Warst du an ihrer Seite, als es geschah?«, forschte Berthold.

»Wie du es wolltest«, nickte sie. »Sie ist freilich kein Mensch, der zu vertraulichem Umgang neigt. Obwohl sie mir huldvoll begegnet, spüre ich Vorbehalte.«

»Überwinde sie. Du bist die ranghöchste ihrer Damen. Dir wird es auch zufallen, den Kaiser zu bitten, seine Frau in den nächsten Monaten nachts zu verschonen. Fürsorglich musst du ihm klarmachen, dass ihr Leben von seiner Enthaltsamkeit abhängt.«

»Ich werde Barbarossa kaum Zurückhaltung auferlegen können. Ich bin die Herzogin von Sachsen, keine besorgte Wehmutter.«

»Aber du hast selbst Kinder zur Welt gebracht, das verleiht dir die nötige Autorität. Deinen Ratschlag wird er nicht einfach abtun.«

Rupert sah einen Schatten über Clementias Züge huschen. Bertholds Art riss Wunden bei ihr auf. Ihre Antwort klang entsprechend schroff.

»Der Kaiser würde nichts auf solche Ratschläge geben, Berthold. Er würde mich höflich anhören, weil er allen Menschen grundsätzlich unvoreingenommen gegenübertritt. Sein Handeln ist jedoch allein von seinen politischen Erwägungen gesteuert. Machtstreben und Ehrgeiz bestimmen es. Emotionen, gleich welcher Art, haben da keinen Platz. Seine Pläne kannst du nicht durchkreuzen, indem du seine Schlafkammer ausspionierst oder die Geheimnisse seiner Frau an die große Glocke hängst.«

Rupert beeindruckte Clementias sachliche Einschätzung.

Berthold nahm nur den Widerspruch wahr und brauste unverzüglich auf. »Was soll das heißen? Weigerst du dich, meiner Sache dienlich zu sein?«

»Beweist dir meine Anwesenheit nicht das Gegenteil? Solange der Reichstag dauert und wir in Regensburg Hof halten, will ich auch weiterhin für Zähringen tun, was mir möglich ist. Aber lass dir gesagt sein, dass es verschwendete Zeit ist, Beatrix zu bespitzeln. Die Königin führt auch als Ehefrau das Leben einer Nonne. Sie verbringt die meiste Zeit des Tages damit, zu beten, zu sticken oder Psalter zu lesen. Der Kaiser hat sie ohne Zögern in Donaustauf zurückgelassen und sich nach Regensburg begeben. Der Reichstag und die Angelegenheiten des Herzogtums Bayern sind ihm wichtiger.«

»Dann ist dies geradezu der ideale Zeitpunkt, Barbarossa eine Kurtisane ins Bett zu legen, die in unseren Diensten steht. Kein Mann ist auf Dauer gerne allein.« Berthold sah beifallheischend um sich. Er suchte Bestätigung bei Rupert, weil Clementias Stirn und Wangen sich vor Empörung röteten.

»Hast du den Verstand verloren, Berthold? Warum willst du dem persönlichen Unglück der Königin noch die öffentliche Demütigung durch eine Geliebte hinzufügen? Warum willst du sie mit Schmutz bewerfen?«

»Benütze deinen Kopf zum Denken, Clementia. Wie auch immer Beatrix darauf reagieren wird, wenn Barbarossa herumhurt, es dient unseren Zielen. Eine beleidigte Königin verbündet sich leichter mit den Feinden ihres Mannes. Eine gekränkte versperrt ihm ihre Tür und tut dasselbe. Gut ist natürlich, wenn ihr in diesen Zeiten eine mütterliche Gefährtin zur Seite steht, die sie tröstet. Jemand wie die Herzogin von Sachsen.«

Die Miene erstarrt, das Gesicht bleich, die Fäuste geballt, stand Clementia vor ihrem Bruder.

Die Erkenntnis, dass es wohl auch der Herzog von Sachsen mit der ehelichen Treue nicht sehr genau nahm, drängte sich Rupert förmlich auf. Immer deutlicher erkannte er, dass Clementia Meisterin darin geworden war, ihre Gefühle hinter einer stolzen Fassade zu verbergen. Zweifellos fühlte sie sich der Kaiserin verbunden. Dank seiner beiden Schwestern war ihm die Logik weiblicher Solidarität nicht fremd. Gegen Männer hielten sie zusammen, auch wenn sie einander sonst vielleicht spinnefeind sein mochten.

»Erspar mir Einzelheiten«, sagte Clementia. »Ich stehe zu

meiner Verpflichtung für Zähringen. Aber deine primitiven Ränkespiele sind abstoßend. Ich gehe jetzt. Bedient euch ruhig dieser Kammer, um Pläne zu schmieden. Wie es aussieht, werde ich so schnell nicht wiederkommen.«

Würdevoll schritt sie zur Tür, warf jedoch die Pforte so nachdrücklich hinter sich ins Schloss, dass Berthold die Stirn runzelte.

»So scharfzüngig hatte ich sie nicht in Erinnerung.«

»Sie ist die Herzogin von Sachsen und Bayern, nicht länger das Kind, das du nach Herzenslust ärgern kannst.«

»Ich mache ihr nicht die Titel streitig«, knurrte Berthold und wiegelte ein wenig ab. »Auch ich wünschte, ich müsste mich nicht mit Barbarossa anlegen, um mir meinen Titel zurückzuholen. Er ist ein beherzter Mann. Wenn ich nur daran denke, wie er in jungen Jahren die uneinnehmbare Burg von Zürich erobert und meinen Vater dazu genötigt hat, König Konrad um Frieden zu bitten. Ihm ist gelungen, was mir nie vergönnt war: Konrad den eigenen Willen aufzuzwingen.«

Rupert wusste, dass Berthold Barbarossa, zu seiner Zeit als junger Herzog von Schwaben, bewundert hatte. Ausgerechnet von ihm ausmanövriert und hintergangen worden zu sein, beendete so auch schnell den kurzen Anflug von Sentimentalität bei Berthold.

»Sind unter dem Gesindel, das vom Lager des Kaisers angezogen wird, nicht auch Fahrende, Rupert? Nimm sie in Augenschein. Möglicherweise gibt es unter ihnen eine heißblütige Tänzerin. Wolf hat im Scherz eine schwarze Hexe erwähnt, von der er sich vorstellen könnte, dass sie sogar einen Heiligen in Versuchung führen würde.«

»Im Nachhinein finde ich diesen Einfall abgeschmackt, obwohl es mein eigener war«, sträubte sich Rupert. Bedächtig suchte er nach Argumenten, die Berthold umstimmen konnten. »Ich war nicht nüchtern, als ich den Vorschlag gemacht habe. Es ist riskant, sich auf die Mitwirkung von Frauen zu verlassen. Die meisten von ihnen machen nur Ärger und bringen alles durcheinander.«

»Meine Güte, diesen Umschwung habe ich Clementia zu verdanken, oder? Du hast schon immer zu viel auf sie gegeben.«

»Ach was. Überleg doch: Keiner von uns kennt Beatrix gut genug, um ihre Reaktion auf ein solches Intrigenspiel einschätzen zu können. Vielleicht machen wir sie für immer zu unserer Feindin.«

Berthold wollte nichts davon hören.

»Na und? Ist Barbarossa erst entmachtet, ist auch sie unwichtig. Du machst dir zu viele Gedanken, Rupert. Sowohl über Clementia wie über Beatrix. Frauen ihrer Herkunft haben keine Ahnung von Politik. Sie wurden dazu erzogen, konvenable Ehen einzugehen, um den Einfluss ihrer Familien zu vergrößern. Ansonsten sind sie die hilflose Beute ihrer wirren Gefühle.«

»Und wie stellst du dir das Ganze vor? Du kannst doch nicht einfach ein Frauenzimmer aufgreifen und für deine Zwecke einspannen. Wir befinden uns nicht im Krieg, Berthold. Donaustauf ist Eigentum des Bischofs von Regensburg. Er beschäftigt einen tüchtigen Burgvogt. Wenn der von einem solchen Überfall erfährt …«

»Schon gut, schon gut. Ich werde die Umstände nutzen, die uns vorgegeben sind, Rupert. Keine Sorge.«

Was Berthold damit gemeint hatte, erfuhr Rupert am nächsten Morgen. Der Befehl kam von seiner Eminenz persönlich, und die beiden Mönche, die ihn überbrachten, verströmten

Engstirnigkeit und Unerschütterlichkeit. Sie drängten auf rasche Ausführung der Anordnung.

Begleitet von einem Dutzend Bewaffneter, mussten sich Wolf und Rupert mit ihnen in das Ägypterlager begeben. Offiziell, um dem unzüchtigen Treiben der Weiber dort ein Ende zu machen. Inoffiziell, um eine der Tänzerinnen als Geisel in Haft zu nehmen und damit den Gehorsam des übrigen Stammes zu erzwingen.

Bis an die Zähne gerüstet, die Mienen grimmig, der Schritt zielgerichtet, erregte der Trupp Aufmerksamkeit, sobald er die Vorburg hinter sich ließ. Neugierige folgten ihm, aber ihr Abstand wurde vom Respekt bestimmt.

Rupert hätte am liebsten auf der Stelle kehrtgemacht. Alles in ihm sträubte sich dagegen, einen Befehl zu befolgen, der auf reiner Willkür beruhte. Musste der Gehorsam, den er seinem Lehnsherrn geschworen hatte, wirklich so weit gehen? War Aliza schlau genug, sich in einem der Wagen zu verbergen? Wenn nicht, trug sie hoffentlich dieses hässliche Tuch, um ihre Haare zu verbergen.

Wen immer sie mit auf die Burg nahmen, ginge es nach ihm, würde sie es nicht sein. Allerdings war es Wolf, der sie anführte und die Befehlsgewalt besaß. Seinen Weisungen musste auch er folgen. Berthold kannte ihn zu gut, um ihm freie Hand zu lassen. Seit Clementias Ankunft wuchs das Misstrauen zwischen ihnen.

Im Tageslicht war das Lager der Fahrenden in seiner Ärmlichkeit bedrückend. Das Feuer unter dem Suppenkessel rauchte und glomm mehr, als es flammte. Kinder, Tiere und Menschen sahen schmutzig, mager und hungrig aus. Ob die Wagen und Karren den nächsten Winter überstehen würden, wagte Rupert nicht vorherzusagen. Die Planen waren fadenscheinig, die Räder schief, die Farben verblasst. Trotzdem klangen Geschrei und Gelächter, Ziegengemecker und das Hämmern eines Kupferschmieds nach Lebensfreude und Sorglosigkeit. Erst der gleichmäßige Tritt der Burg-Abordnung brachte die Geräusche nach und nach zum Verstummen. Die Fahrenden erspürten die Gefahr. Wortlos richteten sie sich auf, sammelten sich vor dem Kochfeuer zu einer geschlossenen Gruppe. Die Frauen hinter den Männern, die Männer hinter ihrem Anführer, der mit unbewegter Miene dem Kommenden entgegensah.

»Es ist Beschwerde vor seiner Eminenz dem Herrn Bischof ergangen«, schnarrte Wolf den Befehl herunter, als er sich der allgemeinen Aufmerksamkeit sicher sein konnte. »Eure Weiber führen aufrechte Männer mit ihren Tänzen in die Sünde. Sie stellen sich unzüchtig zur Schau und verleiten sie. Solchem Tun wird auf der Stelle Einhalt geboten.«

Die Brauen zusammengezogen, die Lider halb geschlossen, lauschte Tibo bewegungslos. Hager wie er war, warnten seine Muskeln doch davor, ihn zu unterschätzen. Zwischen Haarsträhnen und einem Schnauzbart mit hängenden Enden stach seine Nase messerscharf hervor. Was von seinem Blick zu erkennen war, glitzerte bedrohlich. In der Schärpe um seine Hüften staken sowohl Messer wie Peitsche und Schleuder.

Rupert stufte ihn unverzüglich als den Anführer und den Gefährlichsten von allen ein. Schon ehe sein Gesichtsausdruck plötzlich die Bereitschaft zu töten erkennen ließ, schloss sich seine Hand um das Schwert. Er bedeutete den Kriegsknechten, sich bereitzuhalten. Dieser Mann verhandelte nicht. Ehe er sich in die Ecke drängen ließ, würde er kämpfen.

»Es sind *eure* Männer, die in *unser* Lager drängen«, gab Tibo zurück. »Wir laden niemanden ein zu unseren Tänzen, aber

hindern auch keine Zuschauer. Jeder kann frei entscheiden, ob er zusehen will. Und wir vertreiben keinen Fremden von unseren Feuern. Wir ehren das Gesetz der Gastfreundschaft.«
»Ihr maßt euch Hausrecht auf dem Land des Bischofs von Regensburg an. Auf diesem Boden gelten sein Wort und die Gebote der Heiligen Mutter Kirche. Er bestimmt hier die Gesetze der Gastfreundschaft.«

Rupert behielt derweil die Menschen am Feuer im Auge. Ihre Kleider bestanden aus geflickten Lumpen, bis auf den An-führer und ein paar Männer trug niemand Schuhe. Entsetzt entdeckte er zwei Frauen, die in aller Öffentlichkeit ihren Kindern die Brust gaben. Ihnen fehlte es zusätzlich an Scham-gefühl. Eine der Mütter spürte seinen Blick und funkelte ihn herausfordernd an. Beschämt wandte er sich ab. Er suchte nach Aliza.

Bei seiner Schwertleite hatte Rupert geschworen, Witwen und Waisen zu verteidigen, Schutzlosen beizustehen und Ge-rechtigkeit zu üben an den Armen in ihrer Not. Aliza und die Ihren waren arm. Sie waren in Not und sie benötigten Schutz vor Willkür und Gewalt. Er müsste auf ihrer Seite stehen und nicht hinter denen, die sich für Berthold und seine Zwecke missbrauchen ließen. Er fühlte sich grässlich, die Hand am Schwert wurde taub.

»Dies ist ein freier Anger, der keinem Marktrecht unterliegt. In unserer Gemeinschaft leben wir nach unseren Gesetzen. Wer unser Dorf betritt, muss sich nach uns richten.«

Die Hand herausfordernd in der Nähe des Messers an seiner Schärpe, forderte Tibo Wolf so zornig heraus, dass Rupert sich fragte, ob er wusste, was er tat.

Stolz war die stärkste Waffe dieser Menschen, das war nicht zu verkennen. Sogar Wolf beeindruckte die Haltung des Anführers, der unabhängig von seiner Erscheinung für die Menschen eintrat, die ihm vertrauten. Rupert schien, dass auch Wolf ihren Auftrag zunehmend verabscheute.

Die beiden Mönche hingegen fühlten keinerlei Zweifel an der eigenen Rechtschaffenheit. Sie wandten sich den Frauen und Kindern am Feuer zu. Das Gewimmel von Alt und Jung, Mensch und Tier war auf den ersten Blick so verwirrend, dass Rupert nicht sofort bemerkte, wen sie dort ins Auge gefasst hatten. Dann freilich sah er in der ersten Reihe die schwarzhaarige Tänzerin, deren Wangen keine dunklen Zeichen entstellten. Ihre Brüste, ohnehin halb entblößt, hoben sich unter heftigen Atemzügen in der offenen Bluse. Für die Klosterbrüder verkörperte sie wahrscheinlich die Sünde schlechthin.

»Wartet!«

Ruperts Ruf wurde von Sizmas Schmerzensschrei übertönt. Von den Mönchen aus der Gruppe gerissen, trat und kreischte sie wie eine Wilde. Erst als ihr die Brüder die Arme schmerzhaft auf den Rücken drehten, sank sie wimmernd in sich zusammen.

Einen Atemzug lang erstarrte jedermann – dann geschah alles auf einmal. Tibo sprang aus dem Stand die Mönche an. Wolf streckte ihm blitzschnell den Fuß in den Weg und brachte ihn zu Fall. Schwer krachte er zu Boden. Der Schwung trug ihn vor die Füße der Mönche, wo ihm einer der Bewaffneten blitzschnell die Spitze seiner Lanze an den Hals setzte. Blut rann in den Staub.

»Nehmt die Hände von meiner Tochter, ihr Schurken!«, brüllte er dessen ungeachtet.

»Das ist deine Tochter? Wie interessant.«

Im Gerangel war Sizmas Bluse vollends in Fetzen gerissen worden, ihre Brüste lagen bloß und bebten bei jeder Bewegung. Ihr war jedoch weder Scham noch Furcht anzumerken. Sie kratzte, spuckte und biss, wo sich die Möglichkeit dazu ergab. Gemeinsam mit den Kriegsknechten wurden die Mönche ihrer schließlich Herr. Sie kämpfte so geschmeidig, wie sie tanzte.

»Wir nehmen die Wilde zum Pfand, Ägypter«, machten die Mönche dem Aufruhr ein Ende. »Wenn du und deine Sippe tut, was wir von euch verlangen, dann wird ihr kein Haar gekrümmt. Wenn nicht, werdet ihr sehen.«

In der Nähe des Feuers entstand neuerliche Unruhe. Leena warf sich bittend vor den Mönchen in den Staub. Sie war sich nicht zu schade, um Gnade zu flehen.

»Habt ein Einsehen, Ihr Herren«, flehte sie. »Verschont unsere Tochter. Wir ziehen noch heute weiter. Wir wollen dem Herrn Bischof kein Ungemach bereiten. Keine Tänze mehr, ich schwöre es.«

Es war Sizma, die die Bemühungen ihrer Mutter zum Scheitern brachte, ehe Wolf etwas sagen konnte. Sie nutzte die Ablenkung, um einem der Mönche mit aller Kraft die Zähne in den Unterarm zu schlagen.

Sich aus dem Biss reißend, schlug der Ordensbruder ihr so rüde die Faust ins Gesicht, dass sie auf den Hinterkopf fiel und besinnungslos liegen blieb. Immer noch rasend vor Zorn, sah er sich nach dem nächsten Opfer um und fand es in der Bittstellerin. Mit dem sandalenbewehrten Fuß trat er ihr wütend in die Rippen. Leena hatte seiner Gewalt nichts entgegenzusetzen. Sie stürzte an den Rand des Feuers. Ihre Röcke gerieten in die Flammen. Chaos brach über das Lager herein.

In wildem Durcheinander versuchten die Frauen, die Verletzte zu retten. Gleichzeitig stürzten sich die Männer, mit Messern, Prügeln und Peitschen bewaffnet, in die Schlacht mit

Rittern, Mönchen und Kriegsknechten. Auch Rupert musste sich mit dem Schwert verteidigen.

»Sieh zu, dass niemand umkommt«, hörte er Wolf zu seiner Linken rufen. »Der Bischof will kein Blutvergießen.«

Dennoch floss Blut. Waffengeklirr und jähzornige Flüche mischten sich mit dem Weinen der Frauen, dem Brüllen verwundeter Männer. Bis die Ordnung endlich wieder hergestellt war, glich das Ägypterlager einem Schlachtfeld. Keuchend wischte sich Rupert den Schweiß von der Stirn und stieß das Schwert in die Scheide zurück.

Unter den Fahrenden gab es Tote, ein Schwerthieb hatte Tibo gefällt. Auf Seiten der Burgbesatzung floss lediglich Blut aus einigen Stichwunden. Das Wehgeschrei der schrill klagenden Weiber schmerzte Rupert in den Ohren, aber er machte keinen Versuch, es zu unterbinden. Sie hatten alles Recht zu klagen. Wie hatte diese Aktion so jämmerlich außer Kontrolle geraten können?

Sein Blick fiel auf Aliza, die sich sofort um Leena gekümmert hatte. Mit schweren Verbrennungen lag sie stöhnend in ihren Armen. Aliza schien seine Aufmerksamkeit zu spüren, und noch ehe sie den Kopf hob, wusste er, dass sie nicht schweigen würde.

»Was seid ihr für Menschen? Ist das eure Art der christlichen Nächstenliebe? Mord und Totschlag, wo immer ihr euch im Recht glaubt. Was hat euch diese Frau getan?«

Sie sprach zu Rupert, doch er hatte keine Worte, ihr zu antworten. Tränen standen ihr in den Augen.

»Gehen wir«, hörte er Wolf befehlen. »Das Frauenzimmer kommt mit.« Er kochte vor Zorn, obwohl er keine Miene verzog.

Sizma war inzwischen wieder zu sich gekommen. Beim Anblick des toten Vaters jedoch geriet sie erneut außer sich. Hemmungslos in ihrem Schmerz wie in ihrer Wut, warf sie die wilde Mähne aus dem Gesicht, stemmte die bloßen Hacken in die Erde und ließ die Mönche keinen Schritt tun. Ihr Blick glitt suchend über die Gruppe am Feuer und blieb schließlich an Aliza hängen. Rupert sah einen Ruck durch ihren Körper gehen.

»Wenn ihr Tibos Tochter als Geisel nehmen wollt, müsst ihr auch sie gefangen setzen. Sie ist meine Schwester«, schrie sie mit hasserfüllter Stimme.

Aliza ebenfalls eine Tochter des dunkelhäutigen Anführers und seiner schwarzen Gefährtin?

Haut, Haar, Augen – alles sprach dagegen. Die Behauptung war absurd. Was wollte die Schwarzhaarige damit erreichen? Aliza jetzt von der Seite der Verletzten zu reißen, nur weil diese Verrückte ihr schaden wollte, wäre der Gipfel der Herz-losigkeit, davon musste er Wolf überzeugen.

Wolf hingegen zuckte lediglich mit den Schultern. »Wir klä-ren das in der Burg. Nehmt auch sie mit. Rupert, binde den Frauenzimmern die Hände auf den Rücken. Es herrscht wohl wenig Liebe zwischen den beiden Schwestern. Sie werden auf-einander aufpassen, das erspart uns die Arbeit.«

»Bist du sicher, dass sie überhaupt Schwestern sind?«

»Warum sollte sie lügen? Mach zu.«

Es kam selten vor, dass Wolf so schroff den Ranghöheren her-auskehrte. Rupert konnte sich ihm nicht widersetzen. Da sich beide Ägypterinnen stumm und verbissen gegen die Fesseln wehrten, musste er die Stricke enger anziehen, als er es guten Gewissens getan hätte. Alizas Blicke verrieten ihm, was sie davon hielt.

Aliza
Burg Donaustauf, 3. September 1156

Das stumpfe Ende der Lanze traf Aliza genau zwischen den Schulterblättern. Sie stolperte über die Schwelle der Kammer und riss Sizma an der gemeinsamen Fessel mit sich. Benommen fiel sie auf die Knie. Hinter ihr schlug die Tür zu. Ein Riegel kratzte in seiner Eisenschiene, danach umgab sie Stille. Stille und ein absonderliches Gefühl, das sie nicht benennen konnte.

Sie sah verdutzt auf und erkannte, dass sie von Mauern umgeben waren. Weiß gekalkt, sauber, von einem Fenster und der Tür durchbrochen. Aliza hatte eine Kerkerzelle erwartet und befand sich nun zu ihrem grenzenlosen Erstaunen in einem Wohngemach.

Das Fenster war mit Holzläden versehen. Augenblicklich standen sie offen, ließen Tageslicht ein. Ein Tisch mit zwei Bänken an den Längsseiten und ein Pfostenbett auf einem Podest bildeten die Einrichtung. Decken und Kissen bedeckten das Lager. Sie war auf einen gepflegten Holzboden gestürzt. Über ihr spannte sich eine Balkendecke, deren Querträger mit meisterlich geschnitzten Ornamenten verziert waren.

Blinzelnd versuchte sie den Blick zu klären. Sah sie alles richtig? Zu bizarr kam ihr der Ortswechsel vor. In ihren Ohren schrillte noch das Wehklagen des Stammes, das sie bis an das Burgtor begleitet hatte. Die Angst um Leena stritt in ihr mit der Furcht vor dem Unbekannten. Was wollten die Männer des Bischofs von ihnen? Wieso machte der Ritter mit den Goldaugen mit ihnen gemeinsame Sache?

Rupert hatten ihn seine Kameraden am Flußufer gerufen, entsann sie sich.

Wut auf ihn stieg gallig bitter in ihr auf. Etwas in seiner Stimme, seinem Verhalten, seinen Worten hatte sie angenehm berührt. Und dann diese brutale Fesselung? Weshalb? Wegen der Tänze ihrer Stammesschwestern? Die Erklärung schien ihr zu einfach. Moralische Empörung rechtfertigte noch kein Blutvergießen. Was steckte hinter dem Übergriff auf ihre Freiheit?

Gerne hätte sie es Sizma gleichgetan, die den ganzen Weg über getobt und geschrien hatte, bis sie heiser verstummt war. Sie teilte ja ihre Verzweiflung über die Ereignisse, wenngleich nicht ihren Schmerz um den Vater. Von Tibo hatte sie nur böse Worte und Schläge erhalten. Sein Hang zur Gewalttätigkeit hatte jede Tochterliebe längst erstickt. Ihre Sorge galt in erster Linie ihrer Ziehmutter, dennoch war ihr bewusst, dass Tibos Tod für den Stamm eine Katastrophe bedeutete. Ohne seine starke Hand würde alles aus dem Ruder laufen. Weder Milosh noch Tal oder einer der anderen Männer besaß seine Fähigkeit, die freiheitsliebenden Tamara dem Willen eines Anführers zu unterwerfen. Wenn künftig jeder tat, was er wollte, war der Stamm in Kürze dem Untergang geweiht.

Sizma fand endlich zu sich. Mit dem nackten Fuß strich sie im Halbkreis über den glänzenden Holzboden. Ihre Bewegung hinterließ eine Schmutzspur, der sie sofort erbittert eine zweite danebensetzte.

»Was wird das hier?«

»Woher soll ich das wissen?«

»Du hast etwas damit zu tun. Ich weiß es. Ich fühle es.«

Aliza kämpfte gegen die aufkommende Mutlosigkeit. Sie zerrte verbissen an den Fesseln. Wenn Sizma mithalf, konnten sie vielleicht die Knoten lösen. Sie machte indes keine Anstalten.

»Lass deine Feindseligkeiten, Sizma. Wir müssen zusammenhalten.«

»Wozu? Wir sind ohnehin nicht zu retten. Seit Leena dich als Tochter angenommen hat, bist du das Unheil der Sippe. Du hast den Blutfluch über uns gebracht.«

»So ein Unsinn.«

»Ich habe alles gehört in Würzburg. Danach habe ich Großmutter so lange bedrängt, bis sie mir Genaueres erzählt hat. Deine Mutter hat sich in den Fluss gestürzt. Sie ertrug es nicht, dass sie ein Satanskind zur Welt bringen musste. Sie wollte sich und ihr Kind opfern, um die böse Saat zu töten, aber Leena hat es verhindert. Sie hätte dich sterben lassen sollen, dann hätten die Männer meinen Vater heute nicht getötet.«

»Du lügst.«

Soweit es die Fesseln erlaubten, wich sie vor Sizma zurück. Ihr Hass traf sie umso schlimmer, da sie selbst die Wahrheit über ihre Herkunft nicht genau zu kennen glaubte. Ihrem Widerspruch fehlte es an Überzeugungskraft. Sizma spürte es und triumphierte.

»Tatsache ist, du bist ein Hurenkind aus dem Burgundischen, blass und falsch. Und du bist verflucht. Du trägst ein Teufelsmal im Nacken, feuerrot und abstoßend. Deswegen will dich kein Mann unseres Stammes zur Frau nehmen. Leena hat dich nur zu sich genommen, weil sie sich an Tibo rächen wollte. Er lebte damals mit Danitza, meiner richtigen Mutter, zusammen.«

Welches Teufelsmal? Ihr Impuls, die Stelle zu berühren, scheiterte an den Fesseln. Bei den Tamara gab es keine Spiegel, wer dem Laster der Eitelkeit frönte und sich selbst bewundern wollte, musste dies in der Reflexion einer Wasserfläche tun oder sich in der Bewunderung der anderen sonnen. Aliza wusste nicht, was sie von Sizmas Behauptung halten sollte.

Allerdings fiel ihr jetzt ein, dass Leena ihr schon als Kind untersagt hatte, mit offenen Haaren den Wagen zu verlassen. Und schon immer trug sie den dicken Zopf und das Kopftuch. Das Haar zu verbergen, das sie von den anderen Frauen unterschied, war ihr zur Selbstverständlichkeit geworden. Sie hatte es anfangs getan, weil Leena darauf bestand, später, weil sie auf diese Weise mehr wie eine Tamara aussah.

War das, was sie für mütterliche Sorge gehalten hatte, in Wirklichkeit der Versuch, das Mal zu verdecken? Großmutter Rupa war eine unbestechliche und weise Frau, die mehr als andere wusste. Was hatte sie Sizma tatsächlich erzählt? Und was verbarg Leena noch immer vor ihr?

Eine schwarze Krähe war auf dem Fenstersims unter dem halbrunden Steinbogen gelandet und tappte wippend auf und ab.

»Der Todesvogel. Da ist er schon.« Mit Wangen, so bleich wie die Mauern der Kammer, zerrte Sizma jetzt fieberhaft an ihrer Fessel. »Großmutter hat es in den Karten gelesen. Du bringst unserer Sippe den Tod.«

Nur mit Mühe bewahrte Aliza die Fassung. Ihr Herz raste und die Kammer verschwamm vor ihren Augen.

Die Krähe blinzelte die Schwestern rundäugig an, ehe sie die Flügel ausbreitete und krächzend das Weite suchte.

Das bedrückende Gefühl, am Ende eines Weges angelangt zu sein, ließ Aliza in sich zusammensinken. War es wirklich erst zwei Tage her, dass sie sich danach gesehnt hatte, hinter festen Mauern zu leben?

Sizma kämpfte indessen mit ihren Fesseln, ohne darauf zu achten, dass sie sich und Aliza die Haut aufriss. Blut rötete die Hanffasern. Da sie insgesamt schmaler und zierlicher als Aliza war, gelang es ihr tatsächlich, unter Mühen ein Handgelenk zu befreien und das andere aus der losen Schlinge zu ziehen. Mit einem Aufschrei riss sie die Hände nach vorn und wischte sich Schmutz und Tränenspuren von den Wangen.

Ohne Sizma ließ die Spannung der Fessel so weit nach, dass auch Aliza das Hanfseil einfach von den Händen streifen konnte. Kraftlos kroch sie näher zur Wand, lehnte sich dagegen, zog die Knie eng an den Oberkörper, schlang die Arme darum und legte den Kopf darauf. Hinter den geschlossenen Augen entstanden Bilder.

Sizma hingegen sprang mit Schwung auf, schüttelte ihre Röcke aus, knotete die zerrissene Bluse über den Brüsten fest und fuhr sich mit gespreizten Fingern durchs Haar. Dann warf sie den Kopf in den Nacken und befeuchtete die Lippen mit der Zunge. Von Kopf bis Fuß herausfordernde Weiblichkeit, stemmte sie die Arme in die Hüften.

Aliza sah beunruhigt auf. Genau diese Zuschaustellung hatte der Bischof untersagt.

»Was hast du vor?«

»Ich werde nicht wie ein Opferlamm warten, was passiert. Irgendwann geht die Tür auf und …«

Mit einer schnellen Bewegung hielt sie das Messer in der Hand, das sie seit ihrer Kindheit in der Lederscheide an ihrem Oberschenkel trug. Keiner war auf die Idee gekommen, sie nach einer Waffe zu durchsuchen.

»Du bist wahnsinnig.« Aliza war außer sich. »Du mit einem Messer gegen die Wachen der Burg. Du bist tot, ehe du einen Schritt aus dieser Kammer heraus tust.«

»Das werden wir ja sehen. Ungeschoren fasst mich auf jeden Fall keiner dieser Kerle ein zweites Mal an.«

Sie stand, noch zornig, mit dem Messer in der Hand, als sich die Tür öffnete und Rupert und Berthold einer Edeldame mit deren Magd höflich den Vortritt ließen, weil sie annahmen, zwei Gefesselte vorzufinden. Die stämmige Magd erfasste blitzschnell die Situation, trat schützend vor ihre Herrin und riss Sizma ohne viel Federlesens die Waffe aus der Hand. Sie schlug ihr hart ins Gesicht.

»Landstreicherpack«, erklärte sie verächtlich, reichte Rupert das Messer und trat wieder zurück, als sei nichts geschehen.

Sizma stand wie erstarrt.

Aliza verbot es sich, Rupert zur Kenntnis zu nehmen. Sie bestaunte, sitzen bleibend, das Gewand der Edeldame. Goldfäden flimmerten in den Borten, der Gürtel war mit Perlen verziert und die üppigen Rockfalten berührten den Boden.

»Das sollen die beiden sein?«, fragte die soeben. »Was geht in euren Köpfen vor? Die Dirnen starren vor Dreck, haben weder Anstand noch Anmut. Kein Pferdeknecht dreht sich nach ihnen um.«

Wolf trat als Letzter ein.

»Berthold, wir verschwenden unsere Zeit«, klagte die Edeldame.

Aliza glaubte eine gewisse Familienähnlichkeit zwischen ihr und Berthold zu entdecken. Die Antwort bestätigte ihre Vermutung.

»Lass dich nicht von Äußerlichkeiten irre machen, Schwester. Ich sehe keinen Makel, den ein Besuch im Badehaus und die entsprechenden Kleider nicht korrigieren könnten. Schwierig ist allein die Entscheidung zwischen den beiden.

Du da, nimm das Tuch von den Haaren. Ist sie ebenso höllenschwarz wie die andere?«

Die stämmige Magd streifte Aliza das Tuch ab und löste geschickt das Lederband am Zopf.

Berthold gab ein Zeichen der Anerkennung von sich, als die Flut der Haare sich rotblond löste.

»Ich gratuliere, Rupert. Du hast also die Richtige gefunden. Meine Anerkennung in jeder Beziehung.«

Er trat zu Aliza, packte eine Handvoll ihres Haars und zog sie gewaltsam daran auf die Beine. Mit brennender Kopfhaut hielt sie wütend seinem Blick stand, ohne sich Mühe zu geben, ihre Geringschätzung für ihn zu verbergen.

Sie sah Verblüffung in seinem Blick aufglimmen. Wie konnte sie ihm zeigen, wie sehr sie Männer verachtete, die Schwächeren Gewalt antaten? Kurz entschlossen spie sie ihm ins Gesicht.

Seine verdatterte Miene, während ihm gleichzeitig der Speichel über die Wangen lief, befriedigte sie zutiefst. Ein Lächeln entspannte ihre Lippen.

»Nicht, Berthold!«

Rupert fing dessen Faust kurz vor ihrem Gesicht ab. Er musste seine ganze Kraft einsetzen. Aliza streifte eine bange Vorstellung, was dieser Hieb bedeutet hätte, hätte er sein Ziel erreicht. Doch sogar um diesen Preis würde sie es wieder tun. Berthold mochte reich und mächtig sein, doch er konnte sie nicht erniedrigen.

»Willst du sie verunstalten? Das passt nicht in den Plan«, vernahm sie Ruperts Begründung für seine Abwehr des Schlages.

»Verdammte Hexe.« Berthold wischte sich mit dem Handrücken über das Gesicht. »Das werde ich dir nicht vergessen.«

Die Edeldame trat zwischen ihn und Aliza. Absichtlich? Ihre Stimme gab keinen Aufschluss darüber. Sie klang vollendet beherrscht und kühl.

»Ich habe euch meine Hilfe zugesagt, aber in meiner Gegenwart wünsche ich weder Gewalt noch Zoten. Ehe diese Frauen nicht gewaschen sind, kann sich kein Mensch ein Urteil über sie erlauben. Ein Zuber allein tut es da wohl nicht. Ein Schwitzbad wird nötig sein. Hildburg, meine Kammerfrau, kümmert sich mit den Mägden darum. Ihr stellt bitte sicher, dass die beiden nicht aus der Rolle fallen. Meine Frauen sind es nicht gewohnt, bespuckt zu werden.«

Aliza versuchte Hildburg, die Stämmige, einzuschätzen. Welche Arbeit tat eine Kammerfrau? War sie Dienerin oder Gefährtin der Edeldame? Obwohl sie keine Ahnung von der Hierarchie des Burggesindes hatte, stellte sie Hildburg instinktiv mit jenen Bürgersfrauen auf eine Stufe, die auf den Märkten, von ihrem Gesinde gefolgt, nur das Beste wählten und den bettelnden Kindern ihres Stammes nicht einmal einen halben Pfennig gönnten. Hartherzige Matronen, in fein gewebte Wolle gewandet und sich hinter christlicher Unfehlbarkeit verschanzend.

Auch Sizma prüfte Hildburg mit einer Spur argwöhnischen Respekts. Auf der rechten Wange trug sie das Mal ihres Schlages. Es war besser, sie nicht zu reizen. Dennoch wagte sie, von ihr eine Erklärung zu fordern.

»Wir haben nichts Böses getan. Warum sind wir hier? Warum hat man uns in die Burg gebracht? Warum haben sie mit Mord und Totschlag unseren Gehorsam erzwungen?«

»Hätte sich euer Vater in seine Lage gefügt, wie es ihm befohlen wurde, er wäre noch am Leben«, antwortete jetzt Wolf nüchtern, ehe Hildburg den Mund öffnen konnte. »Gehorsam war alles, was wir von ihm und euch wollten. Die Folgen des Ungehorsams müsst ihr euch selbst anlasten.«

Die Unterlippe störrisch vorgeschoben, bot ihm Sizma Trotz. »Und woher nehmt Ihr das Recht, von uns Gehorsam zu fordern? Ihr seid weder mein Vater noch mein Bräutigam.«

»Da sei Gott davor«, brummte Wolf.

»Schluss mit dem Geschwätz. Ihr beiden seid hier, um für den Kaiser zu tanzen. Ihr sollt ihm in jeder Hinsicht zu Gefallen sein«, verkündete Berthold. »Sein schweres Amt erlaubt ihm nur wenig Zerstreuung. Tut euer Bestes, ihn zu amüsieren, dann werdet ihr entsprechend belohnt.«

»Wie können wir tanzen, wenn am Fuße der Burg für unseren Vater die Trauergesänge angestimmt werden?«, widersetzte sich Aliza.

»Ihr tut, was man euch befiehlt«, schnauzte Berthold und befahl Hildburg: »Wasch beiden den Mund mit Seifenkraut aus, damit sie lernen, wann sie ihn zu halten haben. Ich will sie erst wieder sehen, wenn sie sauber und stumm sind.«

Er stürmte aus der Kammer und ließ die Frauen mit Rupert und Wolf zurück. Vor der Tür bellte er noch die Wachen an, dann war Stille. Aliza rief sich seine Worte ins Gedächtnis. Vor dem Kaiser sollten sie tanzen? Das konnte nur ein schlechter Scherz sein.

»Ich verstehe das alles nicht«, sagte sie zu sich selbst.

»Da bist du nicht die Einzige, Mädchen«, antwortete Hildburg.

»Eure Qualitäten als Kammerfrau sind gefragt und nicht Euer Verständnis«, rief Wolf sie auf der Stelle zur Ordnung.

»Und wie wollt Ihr die beiden dazu bringen, zu tun, was man ihnen sagt?«, fragte Hildburg.

Rupert tauschte einen Blick mit Wolf, klemmte die Daumen

unter den Ledergürtel seines Wamses und räusperte sich. Die Situation erforderte unmissverständliche Worte, auch wenn es Aliza schreckte.

»Sie werden es tun, weil der kleinste Ungehorsam an ihrer Sippe geahndet wird. Gebt ihr Widerworte, wird eine der Frauen im Burghof dafür ausgepeitscht. Ein Fluchtversuch kostet einem eurer Männer das Leben. Es liegt in eurer Hand, wie ihr seht.«

Aliza war entsetzt. In Sizmas Augen fand sie dieselbe Bestürzung. Ihr Mund fühlte sich trocken an, ihr Herzschlag stockte.

»Macht es euch nicht schwerer als nötig und ihr werdet haben, was euer Herz begehrt: neue Kleider, Schmuck, Münzen«, hörte sie Rupert in einem Ton sagen, als erwarte er dafür auch noch Lob.

»Haltet Ihr uns für gierig? Davon wird unser Vater nicht wieder lebendig«, fragte Aliza.

»Besser, du begreifst. Dein Vater mag ein tapferer Mann gewesen sein, aber er war auch unklug und streitsüchtig. Nehmt euch lieber kein Beispiel an ihm«, bekam sie zur Antwort.

Mutlos und stumm ergab sich Aliza in die Niederlage. Ihretwegen sollte kein zweites Mal Blut fließen. Sie sah zu Boden. Sizma verbarg ihr Mienenspiel hinter schwarzem Haargewirr. Auch sie schwieg.

»Dann sind wir uns einig.« Die Edeldame, die bisher schweigend gelauscht hatte, riss das Kommando an sich. »Tu dein Bestes, Hildburg, wenngleich ich bezweifle, dass man aus Pferdeäpfeln Perlen machen kann. Wolf, Rupert, ich hoffe, ich sehe euch später beim Mahl. Seine Eminenz hat eine Gruppe Musikanten auf die Burg geholt, um der Königin Zerstreuung zu bieten.«

»Ihr könnt Euch auf mich verlassen.« Hildburg deutete einen Knicks an.

»Ich gehe erst mit der Rothaarigen in die Schwitzstube. Es kommt mir vor, als täten beide zusammen nicht gut.«

Rupert befahl, Sizma zunächst wieder in der Kammer einzusperren.

Die letzte Bemerkung warnte Aliza davor, Hildburg zu unterschätzen. Schlagkräftig und energisch, würde sie sich nicht leicht übertölpeln lassen. Aber wozu überhaupt einen solchen Versuch unternehmen? Sie saßen hoffnungslos in der Falle. Die Hände waren ihnen gebunden – wenn auch nicht mehr mit Fesseln, so war doch das Ergebnis das gleiche. Folgten sie nicht wie ein dressierter Tanzbär, würden andere es büßen müssen.

Der innere Burghof glich einem Kirchplatz am Markttag. Jeder machte den Eindruck, als sei er in wichtigen Geschäften unterwegs. Nirgendwo konnte man Anzeichen von Müßiggang oder bloßem Zeitvertreib erkennen. Sogar die Tauben auf den Dächern verbreiteten gurrende Emsigkeit. Das Tor zur Vorburg war mit bewaffneten Posten gesichert und vor der Treppe zum Palas standen Wächter. Sie zeigten Aliza an, dass sie sich in unmittelbarer Nähe der Kaisergemahlin befand.

Vor wenigen Stunden noch hätte sie das für den aufregendsten Moment ihres Lebens gehalten. Jetzt empfand sie weder Freude noch Erstaunen. Dieser Berthold hatte in ihr Leben eingegriffen und veränderte es, ohne dass sie den geringsten Einfluss darauf hatte. Warum?

Die Badestube befand sich in einem der Rundtürme, vermutlich, weil von dort das schmutzige Wasser ungehindert über den Abhang zum Fluss abfließen konnte. Wärme empfing sie, nachdem sie die Stufen in ein Gewölbe hinabgestiegen war, das von einem gewaltigen Backsteinofen an einer Wand beherrscht wurde. Er strahlte die Hitze eines Hochsommertages ab. Bänke standen im Halbkreis darum, und zwei Mägde, die lediglich dünne Leinenkittel trugen, schleppten eimerweise Wasser herbei.

»Zieh dich aus«, kommandierte Hildburg und legte selbst Hand an, als Aliza der Anweisung nicht schnell genug Folge leistete.

»Verbrennt das Zeug.« Angeekelt warf sie den Mägden Alizas Kittel und ihr Hemd hin. »Und schrubbt sie, bis sie glänzt. Achtet auf ihre Haut. Sie soll so leuchten wie die Perle in einer Muschel, wenn ich auch nicht glaube, dass das möglich sein wird. Aber ich lasse mir nicht nachsagen, dass wir nicht alles versucht hätten.«

Nackt kreuzte Aliza schamvoll die Hände vor dem Schoß. Hildburgs Geringschätzung nahm ihr jede Menschenwürde. Alles in ihr wehrte sich dagegen, sie verspürte keinen Wunsch, einer Perle zu gleichen. Wer oder was war sie wirklich? Leenas Dämonentochter? Sizmas verhasste Rivalin? Tibos Todesengel?

Dampfschwaden stiegen zischend zur Decke, weil die Mägde jetzt ihre Wassereimer über den heißen Steinen auf dem Ofen entleerten. Der feuchte Dunst fiel brennend auf Alizas bloße Haut und kratzte beim Atmen in der Kehle.

»Setz dich.«

Eine Hand drückte sie im Nebel auf die nächste Bank. Am ganzen Körper brach ihr der Schweiß aus. Er vertrieb zuerst die Kälte, dann die Anspannung aus ihren Gliedern. Die Frauen begannen sie mit groben Tüchern abzureiben. Nach dem ersten Erschrecken darüber, dass fremde Hände sich an ihr zu schaffen machten, fand sie es überraschend angenehm.

Die Mägde machten ihre Arbeit unpersönlich und gründlich. Von allen Seiten wurde sie immer wieder mit Wasser begossen und poliert.

Ihre Haut juckte und prickelte, als sie sie danach in einen Zuber steigen ließen. Bis zum Rand mit warmem Wasser gefüllt, auf dem duftende Kräuter schwammen, konnte sie staunend über beide Schultern darin versinken. Sobald sie den Nacken auf den Rand gelegt hatte, wandte sich die allgemeine Aufmerksamkeit ihrem Haar zu. Ihr selbst blieb nichts anderes zu tun, als sich in Geduld zu fassen. Die Prozeduren renkten ihr fast den Hals aus. Nass wurde ihr Haar so schwer, dass sie sein Gewicht kaum tragen konnte. Dennoch genoss sie das Aroma der Kräuter und Öle, die es wuschen, pflegten und zum Duften brachten. Sie vergaß sogar für kurze Zeit ihren Kummer.

»Das genügt, aus dem Wasser mit dir, Mädchen.«

Hildburg beendete die erholsame Spanne des Atemholens für Körper und Seele. Aliza stand ergeben auf und wischte sich mit beiden Handflächen das Wasser vom Leib. Sie begegnete Hildburgs Blick, ehe die Kammerfrau ihre Überraschung vor ihr verbergen konnte.

»Immerhin, es ist der Mühe wert gewesen«, spottete sie. »Trocknet sie ab, entwirrt das Haar und steckt sie in die Kleider, die ich vorbereitet habe.«

Aliza fröstelte unter den Schichten von Unterhemd, Unterkleid und Bliaut. Der Bliaut war an der Seite locker geschnürt und gab den Blick auf die Borten des Unterkleides frei. Sie hatte nie zuvor so etwas getragen. Das blasse Grün des Untergewandes entsprach vollkommen dem Tannengrün des Bliauts. Auf weißem Grund wiederholten die Borten Efeuranken in derselben Farbe. Sie kam sich fremd in der eigenen

Haut vor. Was sie mit den Schuhen anfangen sollte, wusste sie schon gar nicht.

»Wie soll ich darin laufen?«

»Du wirst es lernen. Schlüpf hinein.« Hildburg zog die Schnüre des Übergewandes enger und zupfte den Bortengürtel über Alizas Hüften in die richtige Lage. »Vergiss nicht, die Augen niederzuschlagen, wenn wir über den Hof gehen. Egal, wozu du hier bist, für eine leichtfertige Person darf dich keiner halten.«

Unter dem Gewicht des Zopfes, der feucht und schwer bis zum Ende ihrer Wirbelsäule hing, schritt Aliza in ihrem ungewohnten Schuhwerk mit hocherhobenem Kopf aus der Schwitzstube. Keine der Mägde hatte eine Bemerkung darüber gemacht, dass sie ein Mal im Nacken trug, fiel ihr auf. Hatte Sizma sie belogen?

Königin Beatrix
Burg Donaustauf, 5. September 1156

Die Ehrendamen der Königin um sich geschart, hielt Clementia in der Burgkemenate Hof. Über Näharbeiten und Stickereien gebeugt, lauschten die Frauen einem Benediktinermönch, der aus einem Psalter vorlas. Er las eintönig und ohne der Heiligenlegende auch nur eine Spur von Frömmigkeit oder Kraft zu verleihen, wie Beatrix aufgebracht feststellte, die in der halb offenen Tür stand und die Szene beobachtete. Es lockte sie, dem Mann das Buch aus den Händen zu nehmen und zu beweisen, wie anrührend und unterhaltsam man eine solche Geschichte darbieten konnte. Jeder, der auf solches Geleier angewiesen war, wie es in Donaustauf geboten wurde, tat ihr von Herzen leid. Der Langweiler war Clementias Kaplan, Bruder Diebold. Beatrix hätte gerne gewusst, warum sie ausgerechnet ihn für dieses Amt gewählt hatte. Seine Vorlesekunst konnte wohl kaum den Ausschlag gegeben haben.

Erstaunt hatte sie feststellen müssen, dass am Hofe des Kaisers nur wenige Menschen des Lesens und Schreibens kundig waren. Sogar Friedrich selbst konnte gerade seinen Namen unter wichtige Dokumente setzen. Im Alltag benötigte er einen Ministerialen, der ihm Botschaften und Akten vorlas.

»Eure Majestät!« Clementia spürte endlich die Zugluft, die die halb offene Tür verursachte und entdeckte Beatrix. Sie erhob sich eiliger als der Mönch und die übrigen Damen. »Niemand hat Euer Erscheinen angekündigt. Verzeiht, ist es klug, das Krankenlager schon wieder zu verlassen? Fühlt Ihr Euch schon kräftig genug?«

»Es geht mir gut«, wehrte Beatrix ab. »Was mir fehlt, sind Zerstreuung und frische Luft. Zu gerne würde ich ein paar Schritte im Freien gehen. Wie schade, dass es hier keinen Kreuzgang und keinen Garten gibt.«

»Einen Garten können wir Euch nicht bieten, Majestät«, meldete sich der Benediktiner zu Wort und verneigte sich. »Aber eine Promenade auf den Wehrgängen der Burg bietet Euch möglicherweise, was ihr sucht. Der Blick schweift von dort oben so weit über das Land, dass es Euch vorkommen wird, als würdet Ihr auf Vogelschwingen darübergleiten.«

»Die Treppen dort hinauf sind steil und hoch. Viel zu hoch ...« Clementia wollte nicht näher auf die Krankheit der Königin eingehen. Mit einer Handbewegung deutete sie an, dass sie abriet.

Beatrix hatte sich schon gegen den Widerstand der Kammerfrau und der Wehmutter aus dem Bett erhoben, weil sie nicht länger tatenlos den eigenen Gedanken nachhängen wollte. Außerdem gab sie wenig auf ihr Unwohlsein. Man hatte ihr von allen Seiten versichert, ihre Fehlgeburt sei normal und nur ihrer Jugend zuzuschreiben. Wozu sich dann lange mit den Folgen aufhalten?

»Gehen wir«, sagte sie deswegen energisch und lächelte den Benediktiner an. »Wollt Ihr uns nicht den Weg zeigen, Bruder?«

»Wenn Ihr mir bitte folgen wollt, Majestät.«

»Gerne. Wenn Euch die Stiegen zu steil sind, Herzogin, seid Ihr natürlich entschuldigt,« lächelte Beatrix.

Psalter und Stickzeug wurden zurückgelassen. Die Gruppe machte sich plaudernd auf den Weg.

Beatrix trat im selben Moment unter dem Doppeltor des Palas auf die Freitreppe, als ein Reitertrupp davor die Pferde zügelte. Der Kaiser an seiner Spitze war sichtlich angetan davon, sie auf den Beinen zu sehen. Er warf sich geschmeidig vom Pferd und war bei ihr, ehe sie den Fuß auf die erste Stufe gesetzt hatte. Prüfend sah er ihr in die Augen.

»Es geht mir wieder gut. Wirklich!« beschwichtigte sie seine Sorge. »Bruder Diebold will uns auf die Wehrgänge führen. Man soll von dort einen ganz besonderen Ausblick auf den Fluss und das Regensburger Land haben. Hat er recht?«

»Wenn ich von dort ins Tal blicke, sehe ich das Land vor allem im Hinblick darauf, wie es verteidigt werden kann, mit seinen Straßen, die weithin eingesehen werden können«, antwortete der Kaiser lächelnd. »Es bedarf wohl eines liebenswürdigen Gemüts wie des deinen oder das des frommen Paters Diebold, um von dort Gottes wunderbare Schöpfung wahrzunehmen. Willst du, dass ich dich begleite?«

»Wenn es deine Zeit erlaubt.«

»Ich habe mich von den Vorbereitungen des Reichstages losgerissen, um dich aufzusuchen, meine Liebe. Ich bin erfreut, dich bei so guter Gesundheit zu finden. Ich habe mir Sorgen um dich gemacht.«

Er bot ihr den Arm, und Beatrix stützte sich erleichtert auf ihn, während sie am Palas vorbei zum nächsten Aufgang schritten.

Sie freute sich auf den gemeinsamen Gang. Die Möglichkeiten, sich genauer kennenzulernen, waren bislang beschränkt geblieben. Seit den Tagen ihrer Hochzeitsfeier hatten sie nur wenige echte Mußestunden zusammen gehabt.

»Wie lange kannst du in Donaustauf bleiben?«, fragte sie, während sie am Brunnenhaus innehielten, damit seine Begleiter zu den Ställen reiten konnten, um den Hof zu räumen. Allenthalben war der Platz für die vielen Menschen zu klein, und man musste sich zusammendrängen.

»Das hängt von Heinrich Jasomirgott ab. Er besteht darauf, den Ort unseres Zusammentreffens zu bestimmen«, antwortete Friedrich. »Er will die Stadt nicht betreten. Stattdessen hat er sein Lager auf den Barbinger Wiesen vor Regensburg aufgeschlagen. Aber es kommt natürlich nicht in Frage, dass ich ihn dort aufsuche, was er wohl gerne sähe. Ich denke nicht daran, vor aller Welt nach seiner Pfeife zu tanzen.«

»Warum so hart?«

»Ich bin der Kaiser. Meine Untertanen kommen zu mir, nicht ich zu ihnen.« Friedrich schnaubte unwillig.

»Das Ergebnis der Verhandlungen zählt. Nicht die Art, wie es zustande kam.«

Friedrich sah zwar freundlich, aber doch eine Spur hochmütig auf sie herab.

»Bist du sicher, dass du verstehst, worum es geht?«

»Ich denke schon. Jasomirgott stellt eine Forderung, von der er weiß, dass sie für dich unannehmbar ist.«

Beatrix kräuselte die Nase, und Friedrich ließ sich davon bezaubern.

»Das ist üblich in der Politik«, sagte er.

»Verzeih, aber mir kommt es wie Zeitverschwendung vor«, antwortete sie ruhig. »Jasomirgott hat dir doch schon Anfang Juni zugesagt, unter bestimmten Bedingungen auf das Herzogtum Bayern zu verzichten. Beim Hoftag in Regensburg geht es also nur darum, zu verkünden, was schon beschlossen ist. Jeder der Beteiligten legt natürlich Wert darauf, den Eindruck zu vermitteln, er habe auf ganzer Linie gesiegt. Den vermittelst du am besten im Rahmen prächtiger Zeremonien, die Jasomirgott besänftigen, Heinrich dem Löwen schmeicheln und dir Frieden bringen. Die Barbinger Wiesen bieten dafür eine bessere Bühne als die engen Regensburger Straßen. Warum nimmst du nicht so allen den Wind aus den Segeln? Jeder wird denken, es sei dir gelungen, die Dinge ganz in deinem Sinne geregelt zu haben.«

»Das Unerwartete tun und alle verblüffen?«

Beatrix nickte.

»Warum trägt der Babenberger eigentlich diesen seltsamen Namen?«, fragte sie. »Hat er eine besondere Bedeutung? Man hat mir gesagt, er beziehe sich auf das *Ja, so wahr mir Gott helfe* eines Schwures. Da ich deine Sprache nicht von Geburt an spreche, kann ich es mir nicht erklären.«

»Er trägt den Namen, seit wir vor neun Jahren gemeinsam am Kreuzzug teilgenommen haben. Mit einem Schwur hat er nichts zu tun, sondern mit einem arabischen Wort, das von christlicher Zunge verdreht wurde.«

Beatrix wartete umsonst darauf, dass Friedrich weitersprach. Er war stehen geblieben und blickte über den Burghof zum Palas zurück. Auf einem seitlichen Söller zeichnete sich die Silhouette einer Frau gegen den Himmel ab. Die Hand locker auf die Balustrade gelegt, blickte Aliza dort in den Himmel und verfolgte den Flug eines Reihers, der soeben aus den Flussauen aufgestiegen sein musste.

Wer war sie? Zum Hofstaat gehörte die Unbekannte nicht, so viel sah Beatrix. Ihr Personengedächtnis war unfehlbar, und das Haar machte Aliza unverwechselbar. Auf dem dunklen Tuch des Gewandes leuchtete es in der untergehenden Sonne. Jugend und Stolz sprachen aus Haltung und Gestalt.

»Wer ist das?«, fragte Friedrich so laut, dass er auch vom Hofstaat gehört wurde.

Beatrix sah Clementia kaum merklich zusammenzucken. Kein Zweifel, sie wusste, wer die Fremde war. Warum antwortete niemand und auch sie nicht?

»Wäre sie mir vorgestellt worden, ich wüsste es«, ergriff Beatrix schließlich das Wort. »Sie ist jemand, den man im Gedächtnis behält. Ob sie vielleicht zum Haushalt des Bischofs gehört?«

Weil sie Clementia im Auge behalten hatte, bemerkte sie, dass die Herzogin nervös am Ende der Goldkordel zupfte, die ihr Gewand um die Hüften raffte.

»Vielleicht solltet Ihr unseren Gastgeber fragen«, wandte sich Clementia dann an Friedrich.

Über ihren Kopf hinweg war dieses Ansinnen an Friedrich unschicklich. Ebenso neugierig wie leicht verärgert hakte Beatrix nach.

»Ich denke, ich werde mich erkundigen«, korrigierte sie Clementia, was Friedrich aus Gründen, die sie nicht nachvollziehen konnte, unvermittelt zum Lachen brachte. Um Clementias Lippen schien ein Lächeln zu geistern.

Friedrich berührte die Wange seiner Frau mit dem Rücken des Zeigefingers und schüttelte nachsichtig den Kopf.

»Das lass besser bleiben«, murmelte er nur für sie verständlich und setzte seinen Weg mit ihr fort.

Beatrix senkte den Kopf, um ihre Gefühle zu verbergen. Der kurze Wortwechsel machte sie nachdenklich. Mit feinem Gespür erfasste sie, dass Friedrich sich über sie amüsierte wie über ein Kind. Ohne einen Grund dafür nennen zu können, schob sie Clementia dafür die Schuld zu.

»Ihr kennt die Frau, die uns heute Nachmittag aufgefallen ist«, sagte sie ihr auf den Kopf zu, sobald sich die Gelegenheit ergab, Clementia unter vier Augen zu sprechen. Sie hielt sie auf, während die übrigen Ehrendamen zur Tafel des Kaisers in den großen Saal vorausgingen. »Warum habt Ihr es verschwiegen?«

»Kümmert Euch nicht um die Person, Majestät«, wehrte Clementia ab. »Sie ist niemand, den Ihr kennen müsstet.«

»Sagt mir, wer sie ist und was sie hier tut, dann entscheide ich selbst.«

Beatrix schluckte ein wenig, weil es sie immer wieder Kraft kostete, Clementia mit Bestimmtheit die Stirn zu bieten. Obwohl sie es verbarg, kämpfte in ihr noch immer die Gehorsam gewohnte Nonne mit der gebietenden Königin. Nur wenn sie zornig war, konnte sie herrisch werden.

»Ich fürchte, die Wahrheit wird Euch schockieren, Majestät.«

»Tut Euch keinen Zwang an.«

»Dem Vernehmen nach handelt es sich um ein liederliches Frauenzimmer, das der Bischof unter Arrest gesetzt hat. Eine

Ägypterin, die den Männern im kaiserlichen Lager mit ihren Tänzen den Kopf verdreht und öffentliches Ärgernis erregt hat. Normalerweise wird ihresgleichen dafür in den Kerker geworfen und ausgepeitscht.«

»Weshalb? Weil sie tanzt?«

»Weil es Unzucht und Sünde ist, die Lust der Männer zu wecken, indem man sich als Frau halbnackt zur Schau stellt.« Clementia redete sich erkennbar in Rage. Beatrix hatte sie so temperamentvoll noch nicht erlebt. »Dirnen demoralisieren das Mannsvolk. Sogar die Anständigsten verlieren ihretwegen allzu oft den Kopf.«

»Übertreibt Ihr da nicht ein wenig, Herzogin?«

»Glaubt einer erfahrenen Frau, Majestät«, seufzte Clementia. »Wenn es um die Sinneslust geht, sind die Männer schnell kopflos. Davor muss man sie schützen. Ihr seht es schon bei seiner Eminenz. Nicht einmal die Frömmsten sind gegen die Versuchung gefeit.«

»Wollt Ihr damit sagen, dass diese Fremde und der Bischof …?« Beatrix wusste nicht genau, wie sie es in Worte fassen sollte.

»Warum sonst wohnt sie in einer Kammer des Palas? Warum trägt sie grüne Wolle und Schleierstoffe, statt im Kerker auf ihre Strafe zu warten? Natürlich steht sie unter dem persönlichen Schutz seiner Eminenz.«

Kein Wunder, dass Friedrich gelacht hatte. Beschämt wandte Beatrix den Blick ab. Sie hasste es, für naiv gehalten zu werden.

»Habt Dank für Eure Auskunft, Herzogin.«

Hinter ihrer Stirn jagten sich die Gedanken. Unwillkürlich schlich sich die Erinnerung an Friedrichs Reaktion auf die Unbekannte ein. Seine Neugier hatte ihn spontan in Anspruch genommen. Ganz unvermittelt hatte er das Gespräch mit ihr abgebrochen.

»Erlaubt, dass ich Euch von Frau zu Frau meine Meinung sage, Majestät«, brach Clementia die Stille. »Dirnen wie diese Ägypterin treiben sich überall herum, wo Männer sind. Sie leben von deren Triebhaftigkeit und verkaufen sich an den Meistbietenden. Sie vegetieren im Schmutz, in der Gosse, bis der Tod sie erlöst. Auch wenn wir wissen, dass sie existieren, so sollten wir sie doch nie zur Kenntnis nehmen.«

»Woher nehmen wir die Selbstgerechtigkeit, sie auszustoßen? Auch solche Frauen haben das Recht auf unsere Nächstenliebe. Denkt an Maria Magdalena, der Jesus ihre Sünden verzeihen konnte. Müssen wir ihnen nicht die Gelegenheit zu Reue und Umkehr geben, wenn sie ihre Sünden einsehen? In unseren Klöstern vielleicht?«

»Darüber würden sich die meisten frommen Frauen wohl sicher empören, Majestät. Sie, die ihr Leben enthaltsam verbringen, fänden es bestimmt unerträglich, mit solchen Sünderinnen unter einem Dach zu leben.«

Wie üblich schwangen Belehrung und Anmaßung in Clementias Stimme. Sie hielt sich nicht nur für weltgewandter, sondern auch für klüger als ihre Königin. Beatrix hatte es längst bemerkt, und es belastete ihr Vertrauensverhältnis.

Beim Festmahl an Friedrichs Seite beobachtete Beatrix ihn und seine Gefährten im Lichte der neuen Erfahrung genauer als sonst. Auch Bischof Gebhard widmete sie neue Aufmerksamkeit. Sie wusste, dass er in Böhmen, Ungarn und in Italien für den Kaiser gekämpft hatte, obwohl er seit zwanzig Jahren Bischof von Regensburg war. Sein Name war mit Klostergründungen ebenso verknüpft wie mit einem Mordkomplott gegen den verstorbenen Kaiser Heinrich. Erst in diesem Jahr hatte Friedrich ihn begnadigt und erlaubt, dass er die Burg Wülfingen verließ, die seit Jahren sein Gefängnis gewesen war. Es fiel leicht, einem solchen Mann Sünde und Unzucht zu unterstellen. Dennoch weigerte sich in Beatrix alles dagegen, es nur aufgrund von Vermutungen zu tun.

Je mehr sie über Clementias Unterstellungen nachdachte, desto mehr schien ihr, dass Verbitterung daraus sprach. Woher kam sie? Betrog ihr Mann sie? War er den Verlockungen der käuflichen Liebe erlegen?

Anlässlich ihrer Hochzeitsfeier in Würzburg war sie Heinrich dem Löwen, Clementias Mann, das erste Mal begegnet. Sie entsann sich gut ihres ersten Gedankens beim Anblick des schwarzhaarigen, bärtigen Hünen: *Dem Himmel sei Dank, dass ich mit Friedrich verheiratet wurde und nicht mit ihm!*

Ihrer Meinung nach hatte Heinrich von allem zu viel. Zu viel Männlichkeit, zu viel Machthunger, Ehrgeiz, Eigenliebe, sogar seine Stimme war zu laut. Ganz zu schweigen von der Intensität seines Blickes, der ihr die Hitze ins Gesicht getrieben hatte.

Wo Clementia beherrscht, kühl und sachlich wirkte, verströmte ihr Mann Leidenschaft, Feuer und Entschlossenheit. Suchte er Zerstreuung bei Dirnen, weil seine Gemahlin *zu* beherrscht, kühl und sachlich war?

Wohin verirren sich meine Gedanken? Die Mutter Äbtissin wäre entsetzt. Was geht mich die Ehe des Sachsenherzogs an?

Das Gespräch zwischen Friedrich an ihrer Seite und dem Bischof wurde lauter, so dass auch Beatrix ihm jetzt ihre Aufmerksamkeit schenkte.

»Ein Lager im Osten der Stadt? Auf den Barbinger Wiesen? Wofür soll das gut sein? In der Stadt ist alles für Eure Ankunft bereit.«

»Es ist wichtig, dass wir uns alle auf Augenhöhe begegnen. Der Babenberger Jasomirgott, Heinrich und ich«, beschied der Kaiser dem Bischof knapp. »Ich mache alle Besucher des Hoftages zu Zeugen. Ich habe bereits Befehl gegeben, das Lager zu errichten.«

»Nun, Euer Argument hat etwas für sich. Ihr seid ein Fuchs. Damit rechnet der Babenberger nicht.«

Friedrich hatte ihren Vorschlag akzeptiert? Erfreut suchte sie seinen Blick, aber der lag auf Bischof Gebhard.

»Wir danken Euch für Eure Gastfreundschaft in Donaustauf, Eminenz.« Friedrich hob seinen Weinpokal. »Trinken wir auf den Erfolg des bevorstehenden Hoftages.«

»Auf den Kaiser«, antwortete Bischof Gebhard beflissen.

»Auf den Kaiser«, wiederholte der Saal unter Jubelrufen.

Viertes Kapitel

✣

FRAUENRAT

Rupert von Urach
Burg Donaustauf, 6. September 1156

Schweiß lief Rupert in die Augen. Die Wunde an seinem Bein brannte, obwohl es sich lediglich um einen oberflächlichen Kratzer handelte. Sein Arm vibrierte unter der Wucht der Schläge nach, als er das Schwert erleichtert in die Scheide stieß.

»Du bist aus der Übung«, kommentierte Berthold seine Niederlage trocken. »Du kannst von Glück sagen, dass kein Feldzug ansteht.«

Die Zuschauer, die den Schwertkampf verfolgt hatten, den beide Männer in einem ruhigen Winkel zwischen Pferdeställen und Vorratsschuppen ausgetragen hatten, zerstreuten sich. Ihre Debatten über die Raffinesse dieser oder jener Finte brachten Rupert ihre Anwesenheit viel zu spät zu Bewusstsein. Er knirschte mit den Zähnen. Eine öffentliche Niederlage schadete dem Ruf eines Ritters, sogar wenn er gegen seinen Lehnsherrn verlor, der älter und auch kampferfahrener war, weil er an der Kreuzfahrt des Kaisers teilgenommen hatte.

»Du schlägst zu, als hättest du es mit den Seldschuken-Kämpfern des Sultans von Konya zu tun, die dir den Weg nach Jerusalem verstellen«, brummte er widerwillig anerkennend. »Aber war es nötig, meine Beinkleider zu ruinieren?«

»Ein Schwertkampf verlangt Ernsthaftigkeit und Konzentration«, beschied Berthold. »Wenn du tändeln willst, nimm Holzwaffen und miss dich mit den anderen auf dem Übungsboden. Komm schon, zieh nicht so ein Gesicht. Welche Laus ist dir denn über die Leber gelaufen? Der Kampf kann es nicht gewesen sein. Du hast mich noch nie besiegt, obwohl du es immer wieder versuchst.«

Natürlich hatte Berthold bemerkt, dass Rupert seit Tagen ruhelos und zerstreut war. Sie kannten sich zu gut.

»Immerhin hattest du mehr Mühe als sonst, meine Hiebe zu parieren.« Rupert gestattete sich einen Hauch von Schadenfreude. »Du wirst doch nicht etwa alt werden?«

Auch an Bertholds Schläfen perlte der Schweiß, als er den Helm abnahm.

»Hüte deine Zunge, Bürschchen«, drohte er gespielt grimmig. »Ich empfehle dir Übungsstunden bei unserem Waffenmeister. Du magst ein paar Glückstreffer gelandet haben, aber mehr auch nicht. Auf den Barbinger Wiesen hast du genug Zeit. Es sieht so aus, als stünden uns Tage dort bevor. Barbarossa legt Wert darauf, alle mit seinem Auftritt zu beeindrucken.«

»Er will seinen Widersachern mit Banketten und einem riesigen Festtrubel imponieren.« Mit dem Handrücken strich sich Rupert die Nässe von der Stirn.

»Uns kommt der Rummel zupass«, meinte Berthold. »Er gibt uns die Möglichkeit, die Ägypterinnen verführerisch zum Einsatz zu bringen. Wäre doch gelacht, wenn er nicht auf sie anspringen würde. In den überschaubaren Welten einer Kaiserpfalz oder Burg wäre das schwieriger. Wo stecken die Frauenzimmer eigentlich?«

»Clementias Drachen Hildburg hütet sie«, antwortete Rupert. Seine vage Hoffnung, Berthold würde so kurz vor dem Aufbruch zu den Barbinger Wiesen seinen Spionageplan doch noch aufgeben, schien sich nicht zu erfüllen.

»Gut. Ich hab befohlen, ihnen etwas mehr Anstand und Dienstwilligkeit beizubringen. Besonders die Rothaarige scheint Männern gegenüber viel zu kratzbürstig zu sein. Barbarossa ist nicht der Mann, der Spaß an einer Vergewaltigung hat.«

»Dann setzen wir eben auf die Schwarzhaarige«, schlug Rupert vor.

»Clementia hat mir erzählt, dass Barbarossa auf die Rothaarige bereits aufmerksam geworden ist. Er hat sich nach ihr erkundigt. Du scheinst mit deiner Wahl seinen Weibergeschmack gut getroffen zu haben.«

Was seid ihr nur für Menschen?, hatte Aliza gefragt. Ja – was waren sie für Menschen, fragte sich auch Rupert seitdem immer wieder.

»Wie willst du aus einer Amazone eine Salome machen?« Er rang darum, nicht preiszugeben, wie es in ihm kochte.

»Richtig unter Druck gesetzt, wird auch diese Teufelin alles tun, was man ihr befiehlt. Man kann den Fahrenden vieles nachsagen, bekannt sind ihr Familiensinn und ihr Zusammenhalt. Keiner lässt den anderen im Stich. Du hast selbst erlebt, dass sie gegen jede Vernunft handeln, wenn einer von den Ihren in Gefahr gerät. Das müssen wir nützen.«

»Aber wie willst du ihnen drohen? Du kannst die Ägypter in Donaustauf weder am Weiterziehen hindern noch sie unter Bewachung mit ins kaiserliche Lager nehmen. Es würde viel zu viele Fragen heraufbeschwören. Auch wird der Bischof dir zuliebe das Recht nicht mit Füßen treten und zwei Frauen festsetzen, die nicht mehr getan haben, als vor dem Feuer zu tanzen.«

»Solange die beiden keinen Fürsprecher finden, können wir uns in Sicherheit wiegen.« Berthold schnaubte verächtlich durch die Nase. »Zunächst müssen sie sich vor allem der Kammerfrau fügen.«

»Weder die Schwarzhaarige noch die Rote sehen so aus, als wäre ihr Wille leicht zu brechen. Du willst doch hoffentlich keine Gewalt anwenden?«

»Das ist nicht nötig. Ihre Stammesgenossen haben uns in die Hände gespielt. Die Wachen haben zwei junge Männer aufgegriffen, die nachts durch den Abflussgraben in die Burg eindringen wollten.«

»Sie wollten die Mädchen befreien?« Im Geheimen bewunderte Rupert die Tollkühnheit der Ägypter.

»Unter der Folter haben sie es schließlich gestanden«, nickte Berthold.

Rupert schluckte. »War es wirklich nötig, sie auch noch zu foltern?«

»Hätte der Burgvogt ihnen einen Willkommenstrunk servieren sollen? Er ist für die Sicherheit des Kaisers und des Hofes verantwortlich. Die beiden hätten auch Meuchelmörder sein können.«

Rupert war empört.

»Du hast mir nichts davon gesagt, weil du gewusst hast, dass ich mich gegen eine solche Ungerechtigkeit auflehnen würde.«

»Es geht hier nicht um Gerechtigkeit, sondern um Zähringen, mein Lieber. Aber wenn du willst, kannst du mich gerne jetzt begleiten. Ich habe angeordnet, dass die Gefolterten den Ägypterinnen vorgeführt werden. Das wird ihnen den Ernst der Lage zu Bewusstsein bringen. Gleichzeitig wird es mir ein Vergnügen sein, der Rothaarigen den Hochmut auszutreiben. Keine Frau spuckt einem Zähringer ins Gesicht, ohne dafür bestraft zu werden.«

»Ist deshalb solche Roheit vonnöten?«, fragte Rupert heiser.

»Die beiden mussten schon den Tod des Vaters miterleben. Willst du sie um den Verstand bringen? In solchem Zustand ist eine Frau auch nicht fähig, einen Mann zu verführen. Gib die Sache auf.«

»Hast du den Verstand verloren? Sie sind nichts als Abkömmlinge von Strauchdieben und Landstreichern. Sie besitzen kein Zartgefühl, nur deren Zähigkeit, und wie du selbst gesagt hast, ist ihr Wille nicht leicht zu brechen.«

Jedes Wort, das er sagte, wandte sich am Ende gegen ihn selbst. Rupert riss ärgerlich an den Schlingen seines Kettenhemdes. Seit wann fand Berthold Gefallen an solchen Grausamkeiten? Welche Abgründe hatte Aliza in ihm aufgetan? Hinter seinem Rücken warfen ihm die Zähringer eher mangelnde Härte und fehlende Konsequenz vor. Es passte nicht zu ihm, sich am Elend anderer derart zu ergötzen. Weshalb ausgerechnet Alizas Attacke ihn in solche Wut versetzte, konnte er sich nicht erklären. Es gab offensichtlich Seiten an Berthold, die er nicht kannte.

»Ehrlich gesagt, lege ich keinen Wert darauf, Zeuge einer solchen Grausamkeit zu sein«, sagte Rupert geradeheraus. »Mir wäre am liebsten, du schicktest beide Mädchen zu ihrer Sippe zurück.«

»Das sieht dir ähnlich.« Berthold lachte. »Aber ich schwöre dir, dein Mitgefühl ist verschwendet. Clementia wird natürlich enttäuscht sein, wenn sie dich bei dieser Gelegenheit nicht sieht.«

»Sie begleitet die beiden in den Folterkeller? Du bindest mir einen Bären auf. Warum sollte sie dies auf sich nehmen?«

»Das fragt man sich, nicht wahr? Ich habe den Eindruck, sie sucht jede Gelegenheit, mit dir in Erinnerungen zu schwelgen. Es gefällt meiner Schwester, mit dir zu tändeln. Sei vorsichtig, mein Freund. Heinrich der Löwe betrachtet sie als sein Eigentum.«

Rupert zog scharf die Luft zwischen die Zähne und legte die Hand ans Schwert, ohne dass ihm damit eine Drohung bewusst wurde.

»Das geht zu weit, Berthold. Ausgerechnet du ziehst den Ruf deiner Schwester in Zweifel? Weder sie noch ich geben dir den geringsten Anlass dazu. Ich bin kein Weiberheld und sie ist eine Fürstin ohne jeden Tadel.«

»Aber sie hat sich in der Ehe mit dem Löwen verändert, das musst auch du zugeben.« Berthold gab sich betont versöhnlich. »Aus dem zarten Lämmchen ist eine Löwin geworden. Und die Löwin vertraut dir mehr als dem eigenen Bruder. Komm schon, mir liegt nur daran, dass du deine unangebrachte Empfindlichkeit überwindest und mich begleitest.«

»Meinetwegen«, änderte Rupert gezwungenermaßen seinen Entschluss. »Aber gib mir Zeit, die Rüstung abzulegen und mich zu erfrischen.«

Es war ein Hinauszögern des Unvermeidlichen, er wusste es selbst. Es würde ihn alle Kraft kosten, Stillschweigen zu bewahren.

Die Verliese der Burg lagen so tief im Hang, dass man mit aller Macht gegen das Gefühl ankämpfen musste, lebendig begraben zu sein. Wäre er unter solchen Umständen eingekerkert, er würde sogar seine Hinrichtung begrüßen, wenn sie nur unter freiem Himmel stattfände, sagte Rupert sich bitter.

Clementia war keine Regung anzumerken. Sie schritt im Fackelschein voraus, gefolgt von Hildburg und den beiden Ägypterinnen. Rupert hatte Berthold wie üblich den Vortritt gelassen und beschloss mit dem Kerkermeister die schweigende Prozession. Stiefeltritte, das Schleifen der Röcke auf Stein und das Klirren von Schlüsseln am Gürtel des Wächters waren die einzigen Geräusche. Weil die meisten Kerker leer waren oder weil die Pforten so dicht schlossen, dass kein Lebenszeichen herausdrang?

Die abschüssige Treppe endete in einem Gewölbe, von dem mehrere Gänge abzweigten, so dass Clementia innehielt und auf den Kerkermeister wartete.

»Seid Ihr sicher, dass Ihr das sehen wollt?«

»Geh und öffne!«, zischte Clementia ungeduldig.

Rupert nahm als Erste Aliza wahr. Schon wirr und ungepflegt hatte ihr Haar ihn in Würzburg fasziniert. Gewaschen, mit Ölen gepflegt und von Bürstenstrichen zum Glänzen gebracht, erregte es seine ganze Aufmerksamkeit. Ahnte sie, was ihr bevorstand? Das Gesicht bleich, die Augen glanzlos, hielt sie sich kerzengerade.

Immer wieder sah sie sich um, strich mit den Handflächen über ihr grünes Gewand oder ballte die Hände zu Fäusten. Er verspürte den absurden Wunsch, sie zu trösten.

Ihre Schwester, an der das Schwitzbad ebenfalls Wunder bewirkt hatte, nahm er kaum zur Kenntnis. Sie trat unruhig von einem Fuß auf den andern, und Hildburg zischte ihr erfolglos eine leise Ermahnung zu.

»Meine Zeit ist knapp bemessen«, erklärte Clementia jetzt so herablassend, dass der Kerkermeister sich eilig am Riegel des gegenüberliegenden Eingangs zu schaffen machte und die schwere Holzpforte aufstemmte.

Danach ging er aus dem Weg, hielt aber eine der Fackeln hoch, um den Blick auf die Folteropfer freizugeben, die hinter der Tür auf der nackten Erde lagen. Geblendet, gaben beide dasselbe Lebenszeichen von sich. Erbärmliches Stöhnen.

»Kennt ihr diese Männer?«, fragte Berthold knapp.

»Milosh! Tal! Um Gottes willen, was habt ihr mit ihnen gemacht?«

Die Kammerfrau hielt Sizma davon ab, sich in die Kerkerzelle zu stürzen. Von ihr gehalten, brach sie in herzzerreißendes Schluchzen aus.

»Warum? Warum habt ihr das getan?«

Entsetzen stand auf Alizas Zügen. Die nackten Körper waren mit Quetschungen und Brandwunden übersät. Verrenkte Schultern, Hände, deren Finger geschwollen und gebrochen abstanden, und Peitschenstriemen verrieten die Qualen, die die Opfer erduldet hatten. Dass noch ein Funke Leben in ihnen war, glich einem Wunder.

»Sie haben ihnen die Finger gebrochen. Sie werden nie wieder die Fidel spielen können«, stammelte Sizma.

»Wir werden andere Musikanten finden, die für euch zum Tanz aufspielen«, beschied Clementia.

Aliza schlug die Hände vors Gesicht.

Sizma brach ihr Schluchzen ab, rang um Atem und begann zu singen. Eine fremdartige Melodie und unverständliche Worte, die das Stöhnen der sterbenden Männer leidenschaftlich übertönten. Eine Totenklage? Es war so unheimlich, dass Rupert nur wie gelähmt zuhören konnte.

Clementia erreichte die Klage nicht. Sie gab dem Kerkermeister den Befehl, die Tür wieder zu schließen. Dumpf prallte Holz auf Stein.

Sizma sang unbeeindruckt weiter.

Rupert entdeckte keine Anzeichen dafür, dass man die Wunden der Gefolterten versorgte. Die armen Teufel würden so nicht überleben. Abscheu und Ekel hinderten ihn am Sprechen.

Auch Berthold, der so großen Wert darauf gelegt hatte, an

Alizas Demütigung teilzuhaben, äußerte sich mit keiner Silbe. Er ließ sie jedoch nicht aus den Augen. Rupert hätte gerne gewusst, was er dachte. Er ließ keine Genugtuung erkennen. War es möglich, dass er bereute?

»Gehen wir.«

Als sie eilig zur Treppe strebten, begleitete Sizmas Gesang sie. Er hallte im Gewölbe wie die Posaunen des Jüngsten Gerichts. Hildburg schüttelte Sizma heftig, um sie zum Schweigen zu bringen, gleichzeitig schubste sie Aliza mit der anderen Hand zum Gehen. Beide gehorchten so überhastet, dass es unter anderen Umständen lächerlich gewirkt hätte. Berthold folgte seiner Schwester stumm.

Im Burghof rang Rupert so gierig nach frischer Luft, dass er die Hände auf die Oberschenkel stützen und sich nach vorne beugen musste. Als er sich wieder aufrichtete, hatte Hildburg Aliza und ihre Schwester bereits zurückgeführt. Clementia wartete neben Berthold, bis sie sich Ruperts voller Aufmerksamkeit gewiss sein konnte.

»Von so empfindlichem Gemüt, Rupert?«, fragte sie. »Was wir gesehen haben, kannst du nicht allein Berthold anlasten. Die Männer wussten, welches Risiko sie eingingen. Lass uns hoffen, dass der Tod der armen Teufel wenigstens ihre Stammesgenossinnen zur Einsicht bringt. Beide sind schwer zu lenken. Die eine ist angriffslustig wie eine schwarze Viper, die andere unnachgiebig wie Stahl. Wären sie als Männer zur Welt gekommen, sie würden euch einen Kampf liefern, von dem ich nicht wissen möchte, wie er ausgeht.«

»Nimm die Ägypterinnen mit nach Regensburg«, befahl Berthold. »Steck sie als Mägde unter deine Frauen. Ich nehme an, jetzt wissen sie, dass ihnen nur eine Möglichkeit bleibt: absolute Gefügigkeit. Ihre Sippe steht unter der Aufsicht des

Burgvogts. Keiner darf Donaustauf verlassen. Ich werde dir Bescheid geben, wenn sie dem Kaiser zu präsentieren sind.«

»Wie du meinst.«

Clementia beherrschte die Kunst, wie erwartet zu antworten und gleichzeitig mitzuteilen, dass sie es nur unter Protest tat.

»Wie ich es sage, Schwester. Und noch etwas: Halt deine Schützlinge von deinem Mann fern. Sie sind für Barbarossa reserviert. Es würde dem Neider sicher besonderen Spaß bereiten, sich vor dem Kaiser zu bedienen, wenn er es erfährt.«

»Wenn das ein Scherz sein sollte, so war er bemerkenswert gewöhnlich, Berthold. Ich tue mein Bestes für Zähringen, aber ich bin nicht bereit, mir solche Unverschämtheiten anzuhören. – Rupert, würdest du mich bitte begleiten? Die Gesellschaft meines Bruders ist mir unangenehm.«

Bertholds Lachen folgte ihnen herausfordernd über den Hof.

»In den vergangenen acht Jahren ist aus der kleinen Clementia eine schöne und stolze Fürstin geworden«, wagte Rupert zu sagen. »Woran liegt es, dass sie dennoch wie ein Kind mit ihrem Bruder streitet, sobald sie ihn sieht? Alte Gewohnheiten?«

»Vielleicht streite ich mich ja mit allen Männern, Rupert«, antwortete sie. »Ich komme immer mehr zu der Ansicht, dass ihr unvernünftig, dickköpfig und schwer zu ertragen seid. Die meisten Männer werden nie erwachsen. Das hindert sie jedoch keineswegs daran, sich für klug zu halten und alles bestimmen zu wollen.«

»Welch vernichtendes Urteil. Wo passe ich in dieses Bild? Bin ich die Ausnahme oder nicht Manns genug, damit Ihr mit mir streitet?«

»Ach, Rupert.« Clementia legte die Finger auf seinen Arm und schenkte ihm ein Lächeln unverfälschter Zuneigung.

»Du warst schon früher anders als Berthold. Ich freue mich, dass er dich nicht zum Eisenfresser gemacht hat, wie Wolf und all seine übrigen Ritter. Versprich mir eins: Lass dich von meinem Bruder in keinen vergeblichen Kampf verstricken. Ich bin mir sicher, wenn Barbarossa nicht in der Schlacht oder einer tödlichen Krankheit zum Opfer fällt, wird ihm niemand die Krone wieder entreißen können. Nicht einmal Heinrich. Die Zähringer können nur gemeinsam mit dem Kaiser wieder erstarken, niemals gegen ihn.«

»Berthold solltet Ihr diesen Rat geben, nicht seinem Vasallen.«

»Berthold hört nicht auf Frauenrat. Kein Mann hört auf Frauenrat, Rupert. Das ist ja das Elend.«

Scherzte sie? Der Druck ihrer Finger war kühl, fast männlich. Er brachte Rupert zum Schweigen. Frauenrat gehörte auch seiner Meinung nach in die Familie und keinesfalls in die Politik.

»Ich weiß, was du denkst.« Clementia löste sich vor ihrem Gemach von seinem Arm. »Es würde die Welt auf den Kopf stellen. Aber vielleicht würde sie friedlicher sein und den Kindern ein besseres Zuhause bieten.«

Aliza
Burg Donaustauf, 6. September 1156

Alizas Gefühle ließen sich nicht länger unterdrücken. Alles, was sie in den vergangenen Tagen versucht hatte zu verdrängen, brach mit Macht über sie herein.

Hildburg schüttelte den Kopf, setzte sich neben die am ganzen

Leib Zitternde und strich ihr zur eigenen Überraschung das Haar aus der Stirn. »Setz dich. Du musst keine Angst haben. Glaube mir, es wird dir nichts geschehen.«

»Es geht nicht um mich. Wie kann ich an mich denken, wenn Milosh und Tal zu Tode gefoltert werden? Was geschieht mit ihnen? Werden sie am Leben bleiben, wenn wir tun, was ihr verlangt? Wird man sie ins Lager zurückbringen, damit die Frauen ihre Wunden versorgen können?«

So gerne Hildburg zur Beruhigung Alizas gelogen hätte, etwas in ihrem Blick forderte die Wahrheit.

»Du hast sie gesehen. Bete, dass sie von ihrem Leiden erlöst werden. Mehr können auch eure Frauen nicht tun. Du begreifst hoffentlich endlich, dass meine Herrin keine leeren Drohungen ausspricht.«

»Das wusste ich vom ersten Augenblick an. Sie hat kein Herz.«

»Nein. Auch sie ist in einem Netz aus Zwängen und Verpflichtungen gefangen wie wir alle. Auch sie ist gezwungen, Befehlen zu folgen.«

»Man hat ihr befohlen, meine Schwester und mich wie Leibeigene zu behandeln? Das kann nicht wahr sein.«

»Man hat ihr befohlen, eine Tänzerin für den Kaiser zu suchen. Ein Mädchen, das ihn verführt, umgarnt und sein Bett wärmt.« Nach dem Besuch im Kerker hielt es Hildburg für unnötig, die Sache zu bemänteln. »Sie haben dich gefunden.«

»Der Kaiser hat eine Frau. Eine begehrenswerte, junge, wunderschöne Frau.«

»Die hohen Damen sind zu fromm und zu wohlerzogen, um die geheimen Wünsche eines Mannes zu erfüllen. Dafür sind Buhlen zuständig.«

Aliza wollte keine Buhle sein. Sie floh auf den Söller, der wie ein Taubenschlag zwischen Himmel und Erde an der Mauer klebte. Zum Nachdenken brauchte sie den freien Himmel über sich. Auch wenn der Schutz der Mauern und die Wärme der Gewänder angenehm waren, Entscheidungen konnte sie nur im Freien treffen. Insgeheim hatte sie längst befürchtet, dass ein Tanz für den Kaiser und ein Lächeln voller Versprechungen nicht alles sein konnten, was von ihr verlangt wurde. Wenn Gewalt ausgeübt wurde und Blut floss, musste mehr im Spiel sein.

Mahlzeiten, Kleider, Kissen, Decken und weiche Matratzen hatten ihre einschläfernde Wirkung nicht ganz verfehlt. Wie sollte unter so angenehmen Bedingungen so Schreckliches geschehen? Im Folterkeller war der Schleier der Illusionen jäh zerrissen worden. Die unverhüllte Aufklärung durch Hildburg verstörte sie nach dem Schock des Folterkellers vollends.

Ich muss tun, was sie verlangen, sonst werden noch mehr Männer und Frauen zu Tode gequält.

Warum? Du bist keine von ihnen. Sizma hält es dir jeden Tag mehrmals vor.

Sizma ist halb verrückt vor Angst und Kummer. Sie weiß nicht, was sie sagt. Leena und sie sind meine Familie. Als Ältere bin ich verantwortlich für die Sicherheit der Schwester und der Mutter.

Im Bemühen, ihre Fassung wiederzugewinnen, umklammerte sie die Steinbrüstung so heftig, dass ihr die Hände schmerzten. Unter ihr im Burghof pulsierte das gewohnte Leben. Edelmänner, reich gekleidet und von Pagen begleitet, umgaben den Kaiser, dessen Haupt sich rotblond und unbedeckt in der Sonne abhob. Sie wich zurück, als er den Kopf in den Nacken legte und zu ihr hinaufsah. Schon sich ihm zu nähern kam ihr unerhört vor, geschweige denn ihn zu verführen. Was konnte, sollte, musste sie tun? Was geschah mit ihr und Sizma und all den anderen, wenn sie sich verweigerte?

Ihren ganzen Mut zusammenraffend, trat sie in die Kammer zurück. Ihr blieb keine Wahl.

»Erklär mir, was ich tun muss.«

»Verstehst du unsere Sprache denn gut genug, um meinen Worten zu folgen?«, erkundigte sich Hildburg im Bewusstsein, dass dieses Gespräch heikel werden würde.

»Unser Stamm reist seit über drei Jahren durch die deutschen Lande. Ich wäre schön dumm, hätte ich in dieser Zeit nicht einmal die Sprache gelernt.«

»Dann weißt du auch, was eine Hübschlerin tut?«

»Ja. Aber ich habe noch nie die Arbeit einer Hübschlerin getan. Ich weiß, wie ich mich benehmen muss.«

Kälte breitete sich in ihr aus, gefolgt von der Gewissheit, dass sie ohnehin bereits außerhalb aller Regeln und Gemeinschaften stand. Sie fühlte sich dem Sterben nah. Wie lange blieb man so am Leben?

Nur Alizas leerer Blick verriet Hildburg, was sie ihre Entscheidung kostete. Alizas Kapitulation kam so unerwartet und schnell, dass die Kammerfrau verblüfft nach Worten suchte.

»Du fügst dich?«

»Es ist genug Blut geflossen. Meinetwegen soll niemand sein Leben lassen.«

»Dein Edelmut kommt zu spät.«

Sizma hatte seit ihrer Klage um Milosh und Tal keinen Laut von sich gegeben. Ihre Stimme, heiser und hasserfüllt, ließ Aliza und Hildburg zusammenfahren. »Du machst Milosh damit nicht mehr lebendig.«

»Still!«, mahnte Hildburg. Aliza sah ihr an, dass sie fürchtete,

Sizma könne sie dazu bewegen, ihre Entscheidung zu bereuen. »Auch wenn du um deinen Milosh trauerst, Sizma, vergiss nicht: Du lebst. Und wenn du es geschickt anstellst und einen Ritter findest, der dich unter seinen Schutz nimmt, dann musst du nie wieder über die Landstraßen ziehen. Als seine Geliebte hast du das Recht auf einen Platz in seinem Hausstand und stehst unter seinem Schutz. Du könntest dein Hungerleiderdasein gegen volle Teller, schöne Kleider und ein Leben in angenehmem Wohlstand eintauschen.«

»Wer sollte mich wollen? Der blonde Ritter, der das große Wort führt und nach dem sich alle richten?«, fragte Sizma lauernd. Ihr Lebenshunger siegte erkennbar über Verzweiflung und Trauer.

»Berthold? Nein, Kind, da willst du zu hoch hinaus.« Hildburg gab einen unwilligen Laut von sich. »Aber wenn du einen seiner Edelmänner umgarnen kannst, hast du es immer noch gut genug getroffen.«

»Dient Berthold ebenfalls dem Bischof von Regensburg?«, fragte Aliza. »Die Ritter, die in unser Lager eindrangen, kamen mit den Bewaffneten und den Mönchen des Bischofs. Sie sind grausam und blutrünstig.«

Hildburg zögerte mit ihrer Antwort, gab dann aber doch Auskunft, um Aliza Respekt einzuflößen.

»Berthold von Zähringen ist einer der mächtigsten Männer des Königreiches. Er zählt zum engsten Kreis des Kaisers. Bis zu seiner Hochzeit hatte er das Amt des kaiserlichen Stellvertreters in Burgund inne. Rupert von Urach und Wolf von Rheinau stehen ihm von allen seinen Rittern am nächsten. Rupert, weil er ihn von Kindesbeinen an kennt. Wolf, weil er mit ihm im Heiligen Land war. Sie sind weder grausam noch blutrünstig. Und damit ihr auch das wisst: Meine Herrin ist

Bertholds Schwester Clementia, die Herzogin von Sachsen und in Bälde auch die von Bayern.«

»Sie mag eine Herzogin sein, aber sie handelt weder rechtschaffen noch fromm. Ich kann nicht glauben, dass es zum Wohl des Kaisers und zu dem der Königin ist, was sie tut. Glaubst du es vielleicht?«

»Ob ich es glaube oder nicht, spielt keine Rolle«, antwortete Hildburg. »Ich weiß nicht, worum es geht, und will es auch nicht wissen. Nein, widersprich mir nicht, hör lieber zu: Auch meine Herrin hat keine Wahl, zu entscheiden, wie sie will. Sie muss gehorchen.«

Aliza ließ sich auf der äußersten Kante der Bank nieder und lauschte. Sizma setzte sich überraschend neben sie. Ihre Tränen waren inzwischen getrocknet, und sie suchte die Nähe der Schwester.

»Die Frauen müssen überall tun, was die Männer sagen. Sie sind schließlich schuld an der Vertreibung aus dem Paradies. Eva hat sich von der Schlange zur Sünde verleiten lassen und Adam verführt, deshalb ist es so, wie es ist. Vom Tag der Geburt an steht jede Frau unter der Vormundschaft eines Mannes. Der Vater wählt den Ehemann für die Tochter aus und übergibt sie ihm als ehrenhafte Jungfrau. Danach sorgt der Ehemann für sie, und sie dankt es ihm mit Söhnen und Töchtern, einem wohlgeführten Hausstand, Ehrerbietung und Gehorsam. Nur unter seinem Dach kann sie bestimmen. Weder hat sie das Recht, außerhalb des Hauses die Stimme zu erheben, noch darf sie gegen den Wunsch ihres Mannes handeln. Das gilt für alle Frauen, egal, ob Königin oder Bäuerin, und es wird bei euch nicht anders sein.«

Selbstgefällig verschränkte Hildburg die Arme über dem mächtigen Busen und sah Aliza erwartungsvoll an.

»Da täuschst du dich«, antwortete Aliza. »Die Tamara ehren ihre Frauen wegen ihrer besonderen Gaben. In jeder unserer Sippen gibt es zum Beispiel eine *Phuri Dai*, eine weise Frau. Sie wird hoch geachtet. Man lauscht ihr mit Ehrfurcht und fragt sie in allen Dingen von Wichtigkeit um Rat. Die *Phuri Dai* unserer Sippe ist Rupa. Sizmas und meine Großmutter. Die Last, die auf ihren Schultern liegt, ist jetzt unermesslich. Ihr Sohn wurde ermordet, die Schwiegertochter verletzt, die Enkeltöchter entführt. Milosh und Tal sind verschwunden, der Rest des Stammes wird ohne seinen Anführer kopflos und uneinig sein. Alle Hoffnungen ruhen jetzt auf ihr.«

»Das klingt unbegreiflich.« Hildburg verhehlte nicht ihr Misstrauen. »Tatsache ist jedoch, dass hier die Männer bestimmen. Lassen die Frauen es an Gehorsam, Pflichterfüllung oder Frömmigkeit fehlen, ist es ihr Recht und ihre Pflicht, sie zu strafen, bis sie sich besinnen und bessern. Das gilt auch für Clementia von Zähringen. Sie war noch keine zwölf, als man sie mit Heinrich dem Löwen verheiratete. Ihn gelüstete natürlich nicht nach dem schüchternen Mädchen, sondern nach der Herrschaft über Badenweiler, das seine Braut als Mitgift in die Ehe brachte. Damals wurde ich ihre Kammerfrau. Ich habe ihre Tränen getrocknet, ihr Jungfrauenblut abgewaschen und sie getröstet, wenn das Heimweh nach Zähringen sie verzehren wollte.«

Alles in Aliza wehrte sich dagegen, Mitgefühl für Clementia zu empfinden.

»Bei den Tamara wird die Braut schon mit neun oder zehn Jahren dem künftigen Ehemann und seiner Familie übergeben. Je jünger und kindlicher das Mädchen ist, desto besser. Mit jeder Heirat entsteht eine Verbindung zwischen zwei Familien, die dadurch mehr Ansehen im Stammesverbund erreichen können. Die Reinheit und Jungfräulichkeit der Braut bleibt ihr erhalten, bis sie alt und verständig genug ist. Die Mutter des Mannes nimmt sich ihrer an und bringt ihr alles Wichtige bei, damit sie ihrem Sohn später eine gute Frau sein kann.«

»Der Herzog von Sachsen ist ein schwieriger und ehrgeiziger Mann«, überging Hildburg Alizas Erklärung. »Er hatte weder Zeit noch Verlangen, sich groß um seine kindliche Ehefrau zu kümmern. Einzig das Lager teilte er regelmäßig mit ihr. Erst nach der Geburt eines Sohnes besserte sich ihr Verhältnis. Clementia liebte ihren Sohn über alles. Als er schon im ersten Jahr bei einem Unglück starb, das seine Amme verschuldet hatte, verlor sie fast den Verstand. Danach gebar sie zwei Mädchen. Aber Mädchen zählen nicht. Heinrich will einen Sohn und macht ihr zum Vorwurf, dass sie nur noch Mädchen zur Welt bringt. Er wird erst zufrieden sein, wenn sie wieder einen Erben gebiert. Dass ihr Bruder in dieser schwierigen Lage ebenfalls Forderungen an sie stellt, macht ihr Leben noch komplizierter. Sie darf nichts tun, was Heinrich zusätzlich verärgern könnte. Seine Drohung, sie in ein Kloster abzuschieben, schwebt jederzeit über ihr.«

»Und warum geht sie nicht einfach in ein Kloster?«

»Das geht gegen die Familienehre. Es fiele auf ihren Bruder und die Zähringer zurück, wenn der Herzog von Sachsen seine Ehefrau verstößt.«

»Außerdem wäre wahrscheinlich die Mitgift gefährdet, um die es ja ging«, fügte Aliza an. »Man muss sich wohl wirklich das Herz aus der Brust reißen, um als Herzogin leben zu können.«

»Genug geplaudert.«

Das Gespräch lief in die falsche Richtung und Hildburg kam

zur Sache. »Wie versucht ihr die Aufmerksamkeit der Männer auf euch zu ziehen? In den Hüften wiegen, die Röcke schwenken, Busen und Beine zeigen oder …?«

»Wir sind doch keine Dirnen.«

»Ach ja? Ihr tragt Röcke, die bei jedem Schritt schwingen. Blusen, offen wie Scheunentore und Fransentücher, die mehr zeigen als verbergen«, zählte die Kammerfrau auf. »Wenn ich je Dirnengewänder gesehen habe, dann bei euch.«

»Unsere Röcke müssen so weit sein, damit wir laufen, tanzen und auf die Wagen steigen können. Wenn wir den Rock heben, die Beine zeigen oder die Scham, dann drückt das höchste Verachtung aus. Es gibt keine schlimmere Beleidigung für einen Tamaramann. Alles, was mit dem Gebären zu tun hat, vom Monatsblut bis zum Kindbett, muss verborgen werden vor dem Mann.«

»Du meine Güte, welch befremdliche Sitten. Und welche Erklärung gibt es für die tief ausgeschnittenen Kittel?«

»Keine.« Gereizt strich Aliza über den Wollstoff ihres Kleides. Bisher hatte sie die Berührung genossen. Heute kam es ihr vor, als verrate sie alles, was sie bisher für richtig gehalten hatte, wenn sie sich über ein Gewand wie dieses freute. »Unsre Kittel sind einfach praktisch, wenn wir Kinder stillen. Ihr messt den Brüsten eine einseitige Bedeutung zu.«

»Von wegen. Die Männer bekommen beim Anblick eurer nackten Busen Stielaugen und halten euch für wohlfeile Dirnen. Eine anständige Frau trägt keine aufreizenden Gewänder. Sie bedeckt Brüste, Haar und Arme, senkt den Blick, um keine Aufmerksamkeit zu erregen.«

»Das ist die falsche Lektion, Hildburg.« Clementia war unbemerkt eingetreten. »Was immer die Ägypterin trägt, wenn sie vor dem Kaiser tanzt, es muss seine Begierde wecken.«

Sie kam näher und griff in Alizas Haar wie in einen Korb mit Gänsedaunen. »Goldbänder zwischen die Strähnen, Flitter, wo immer Platz dafür ist.«

Ein überraschender Ruck riss Aliza den Kopf nach hinten und bewies ihr schmerzhaft, dass falscher Stolz auf der Stelle bestraft wurde. Sie grub die Zähne in die Unterlippe. Alles in ihr bäumte sich gegen die Behandlung auf, aber sie ahnte, dass Clementia ihren Gehorsam auf die Probe stellte. Sie hatte ein Gespür dafür, wie man eine Frau demütigte. War ihr Mann ein so guter Lehrmeister?

Ihr Haar wurde unverhofft wieder freigegeben. Fast hätte sie dabei das Gleichgewicht verloren.

»Zeig mir, wie du tanzt.« Clementia schnippte mit den Fingern. »Worauf wartest du?«

Aliza erhob sich, machte aber keine Bewegung.

»Ohne Musik kann man nicht tanzen. Unsere Musikanten liegen im Kerker.«

Auge in Auge standen sich die beiden Frauen gegenüber. Ein Netzwerk beginnender Falten in Clementias Augenwinkeln erzählte von Tränen. Ihr Blick allerdings ruhte kalt und klar auf Aliza.

»Tanz, oder ich schicke diese da zu den Burgwachen, damit sie sich mit ihr vergnügen.« Das Kopfnicken deutete auf Sizma, die sich tiefer in ihre Ecke drückte.

Aliza blieb keine Wahl.

Königin Beatrix
Kreuzhof bei Regensburg, 7. September 1156

Obwohl straff gespannt, blähten sich die Stoffbahnen des riesigen Zeltes wie Segel im Wind. Bänder, Standarten und Fahnen knatterten. Blätter und zertretenes Stroh wurden in Ecken geweht und vom nächsten Sturmstoß neu aufgewirbelt. Immer wieder drückte eine Böe die Vorhänge des Einganges nach innen, und Blätter oder Strohhalme landeten auf dem Teppich. Mit zunehmendem Unbehagen legte Beatrix den Kopf in den Nacken und blickte prüfend zum Stoffdach. Würde es standhalten?

Das ebene Gelände rund um die Kreuzhof-Kirche, den Gutshof und die Scheunen eignete sich zwar bestens für das Lager des Kaisers, aber die freien Fluren boten keinerlei Schutz. Die Zelte waren dem Herbstwind voll ausgeliefert. Allerdings schienen weder die Knechte, die Truhen und Möbel hereintrugen, noch die Frauen Beatrix' Sorge zu teilen. Scherze flogen hin und her. Sogar Clementia gab sich nicht so streng wie sonst.

Beatrix beschloss, tapfer Ruhe zu bewahren. Vielleicht waren ja die heftigen Windstöße, die die Wolken wie weiße Pferde am Himmel nach Osten jagen ließen, gar keine Boten eines künftigen Unwetters. Sie musste aufhören, sich das Schlimmste auszumalen.

Friedrich hatte das Gelände am Südufer der Donau vor Regensburg zum Lagerplatz gewählt, weil er es kannte. Es lag am Rande der Barbinger Wiesen, wo Heinrich Jasomirgotts Zelte standen. 1147 hatten sich unter Führung Konrads III. die Ritter des Deutschen Reiches rund um das Gotteshaus versammelt, um von hier aus nach Konstantinopel und von dort weiter nach Jerusalem zu ziehen. Friedrich hatte an diesem Kreuzzug teilgenommen. Obwohl Beatrix sich brennend dafür interessierte, was er in Konstantinopel und Jerusalem erlebt hatte, hatte sie ihn aus Scheu, er könne sie für kindisch neugierig halten, nie darauf angesprochen

»Ihr müsst völlig erschöpft sein, Majestät. Ein ganzer Tag zu Pferd, nachdem Ihr eben erst ein Kind verloren habt, das ist zu viel der Anstrengung. Bitte setzt Euch. Ich habe angeordnet, dass Euch auf der Stelle ein stärkendes Getränk gebracht wird.«

Clementia behandelte sie mittlerweile wie eine pflichtbewusste Mutter ein Kind mit bescheidenen Geistesgaben. Beatrix hoffte inständig, die Herzogin möge nach der *curia generalis*, wie der Hoftag offiziell genannt wurde, zu ihrem Mann zurückkehren.

»Macht Euch keine Sorgen, es geht mir gut«, dankte sie und ließ sich in dem angebotenen Stuhl nieder. »Es fehlt mir an nichts.«

»Ich muss gestehen, ich hatte mir das Lager hier weniger komfortabel vorgestellt«, räumte Clementia ein. »Was ich von meinem Mann gehört habe, hat mich keine Teppiche, Seidenvorhänge und kissenbelegte Diwane erwarten lassen.«

Beatrix lächelte und behielt für sich, dass das alles nur ihr zu verdanken war, weil sie schon in den ersten Wochen ihrer Ehe fand, der Kaiser lebe unterwegs zu anspruchslos und kärglich. Auch beließ sie Clementia in der Annahme, sie habe im Kloster zu Dôle in frommer Bescheidenheit gelebt. Was würde sie wohl sagen, wenn sie erführe, dass dort sogar ein Stallmeister bemüht worden war, um sie das Reiten zu lehren. Auch war ihr Raum luxuriöser ausgestattet gewesen als zum Beispiel dieses Zelt. Ihr Onkel hatte stets Wert darauf gelegt, dass sie ihrem Rang gemäß untergebracht und versorgt wurde.

Die Zeit in Donaustauf hatte sie mit Clementia nicht so vertraut gemacht, dass sie über solche Dinge mit ihr gesprochen hätte. Hinzu kam, dass die Herzogin ständig den Verlust des Kindes im Munde führte. Beatrix wollte den Schmerz überwinden, statt ihn künstlich am Leben zu erhalten. Sie wollte den Blick nach vorne richten. Erinnern und Bedauern kostete Kraft und hielt sie nur davon ab, das Beste zu geben. Das wollte die Herzogin nicht begreifen.

»Nehmt doch ebenfalls Platz und macht Gebrauch von der für Euch überraschenden Bequemlichkeit. Die meiste Arbeit ist getan. Sicher freut Ihr Euch auf das Wiedersehen mit dem Herzog. Ich höre, er ist bereits in Regensburg. Es tut mir leid, dass der Kaiser die Stadt aus politischen Gründen erst betreten will, wenn zwischen Heinrich Jasomirgott, seinem Onkel, und Eurem Mann alles im Reinen ist. Der Vergleich, der beiden Interessen dient, liegt ihm am Herzen.«

»Ich weiß nichts von diesem Vergleich«, antwortete Clementia zurückhaltend. »Mein Mann fordert wohl auch keinen Vergleich, sondern sein Recht. Konrad hat ihn schon vor Jahren im Streit um das Bayernherzogtum politisch isoliert und zugunsten seines Halbbruders Heinrich Jasomirgott entmachtet. Vom Kaiser erhofft er sich Gerechtigkeit, deshalb ist er seit seiner Krönung treu an seiner Seite geblieben.«

»Der Anlass zum Streit reicht weit zurück«, warf Beatrix ein.

»Der Vater meines Mannes starb 1139. Auch wenn Heinrich der Löwe damals noch minderjährig war, so ist er doch ohne Zweifel seitdem der einzige Erbe seines Vaters.«

»Ich weiß, dass dem Kaiser daran liegt, die bestehenden Spannungen auszugleichen und offene Konfrontationen zu vermeiden.« Es lockte Beatrix, nicht nur die offizielle Version der Ereignisse von Clementia zu hören, sondern deren persönliche Meinung zu erfahren. »Die Tatsache, dass die Fürsten des Reiches Friedrich zu ihrem König gewählt haben, ist in meinen Augen ein Beweis dafür, dass auch sie die alten Feindschaften begraben und neu beginnen wollen. Regensburg schließt diese Entwicklung ab. Seht Ihr das nicht auch so?«

Clementia zeigte zunächst Verblüffung, dann Nachdenklichkeit und schließlich wieder jenen Stolz, den man leicht mit Dünkel verwechseln konnte. Beatrix sah ihr an, dass sie glaubte, sie plappere nach, was sie in Friedrichs Nähe aufgeschnappt habe. Dass sie ihr immer noch keine eigenen Gedanken zutraute, enttäuschte sie.

»Das Problem in dieser alten Feindschaft ist Jasomirgott und nicht Heinrich«, verteidigte Clementia pflichtgetreu ihren Mann. »Er ist bisher allen Hoftagen, Verhandlungen und Schlichtungsterminen fern geblieben. Solange jedoch nicht beide Parteien anwesend sind, um das *Iudicum Principum*, den *Fürstenspruch*, persönlich zu hören, kann keine Entscheidung fallen, die vor dem Gesetz Bestand hat. Hoffen wir, dass er dieses Mal endlich erscheinen wird.«

Die betonte Übersetzung des Rechtsbegriffes vom Lateinischen ins Deutsche nahm Beatrix mit einem Lächeln hin, obwohl sie immer wütender wurde. Bei aller Intelligenz erzürnte die Herzogin sie mit ihrem Drang, sie zu belehren.

»Ich weiß vom Kaiser, dass mit Jasomirgott dieses Mal zuverlässig ein Konsens gefunden wird, den er im persönlichen Gespräch am vergangenen Pfingstfest mit ihm ausgehandelt hat. Ihr könnt sicher sein, dass die Zeremonien auf den Barbinger Wiesen zum Frieden führen, Herzogin.«

»Dafür will ich beten.«

»Das wollen wir beide tun.«

Beatrix nahm dankend den Stärkungstrunk ab, den man ihr reichte. Am dampfenden Silberbecher schnuppernd, erkannte sie Minze, Anis und Rotwein, sowie eine Spur von Pfeffer und Zimt.

»Das Getränk dient der allgemeinen Belebung und lindert Krämpfe«, erklärte Clementia.

Beatrix hatte keine Krämpfe mehr und nicht die geringste Lust, eine Medizin zu schlucken. Das Aroma von Wein und Gewürzen widerstand ihr, aber sie benetzte immerhin die Lippen, um Clementias Bemühungen zu würdigen.

Ohne dass Friedrich ein Wort dazu gesagt hatte, wusste sie, dass er für seine Herrschaft auf die Unterstützung Heinrichs des Löwen angewiesen war. Sie durfte seine Frau keinesfalls verärgern.

Clementia nickte denn auch zufrieden und bat, sich entschuldigen zu dürfen, um im eigenen Quartier nach dem Rechten zu sehen.

Friedrich hielt sie durch sein Kommen auf.

Beide waren zu weit entfernt, als dass Beatrix ihren leisen Wortwechsel hätte verstehen können. Aber er währte zu lange für einen respektvollen Gruß. Worüber sprachen sie?

Clementia errötete, schien etwas zu erklären, das ihr nicht angenehm war.

Friedrich hörte ihr gewissenhaft zu, aber Beatrix kam es vor, als würde ihm zunehmend missfallen, was sie sagte. Was konnte das sein?

Höflich hielt Friedrich Clementia jetzt den Vorhang zurück, damit sie das Zelt verlassen konnte.

Sich im Kreise ihrer Damen verneigend, bereitete es Beatrix

mehr Mühe als sonst, ihn erfreut anzulächeln. Sie warf einen vielsagenden Blick auf das Pergament in seiner Hand. »Es gibt Neuigkeiten?«

»Nein, meine Liebe. Es handelt sich um den endgültigen Wortlaut des *Privilegium Minus*, das morgen verlesen wird. Ehe ich die Urkunde unwiderruflich siegle, möchte ich mir ihren Inhalt noch einmal in aller Ruhe durch den Kopf gehen lassen. Ich habe nach einem vertrauten Ministerialen geschickt, der sie mir vorliest. Bis er erscheint, wollte ich die Zeit nutzen und nach dir sehen. Bist du mit allem zufrieden? Ich bedaure, dass ich dir kein festes Dach über dem Kopf bieten kann. Wenn Jasomirgotts empfindlichem Stolz endlich Genüge getan ist, wird uns Regensburg empfangen.«

»Wie du siehst, ist alles zum Besten«, verbarg Beatrix ihr Erstaunen. Sie wusste, dass sie an einen Hof gekommen war, an dem Bildung und Wissenschaften nicht den gleichen Stellenwert wie in Burgund hatten. Dass der Kaiser dieser Unzulänglichkeit zum Trotz seinen Regierungsgeschäften so gründlich nachgehen konnte, wie sie es täglich erlebte, nötigte ihr Bewunderung ab. Er musste ein unglaubliches Gedächtnis besitzen.

»Wenn du erlaubst, erweise ich dir diesen Dienst«, schlug sie vor. »Im Kloster liebten es die Nonnen, wenn ich ihnen vorlas. Sie schmeichelten mir, meine Stimme sei so angenehm.«
Friedrich sah sie verblüfft an.

»Es ist Latein, Beatrix. Die offizielle Sprache des Reiches, in der alle wichtigen Urkunden verfasst werden.«

»Es wird mir guttun, mich wieder einmal darin zu üben. Es ist schon Monate her, dass ich lateinische Texte gelesen habe. Ich will es gerne für dich übersetzen.«

»Du glaubst, du kannst das?«

»Warum nicht? Man hat mich über Jahre hinweg mit Wissen aller Art vollgestopft. Neben dem Französischen beherrsche ich Latein und Italienisch fließend. Ich hoffe, du bist auch mit meinen Fortschritten im Deutschen zufrieden. Man macht mich hier auf meine Bitte hin auf jeden meiner Fehler sofort aufmerksam.«

»Welch eine Überraschung. Meine Frau ist eine Gelehrte. Je nun … wenn du es versuchen willst. Oder warte …«

Erst jetzt kam dem Kaiser die Anwesenheit ihrer Damen und ihres Gesindes zu Bewusstsein. Beatrix las seine Gedanken und sorgte mit einer eiligen Handbewegung dafür, dass sie allein blieben.

Bis sich der Vorhang hinter der letzten Magd schloss, blieb ihr Zeit, das Dokument zu überfliegen und die Panik zu überwinden, die sich ihrer kurz bemächtigte. Hatte sie sich womöglich überschätzt?

In erster Linie ging es bei dem Text darum, bestehende Grafschaften und Markgrafschaften in Bayern und Österreich zu zwei neuen Herzogtümern zusammenzufügen. Österreich sollte aus dem bayrischen Hoheitsverband herausgelöst und zu einem selbständigen, reichsunmittelbaren Territorial-Herzogtum gemacht werden. Dabei wurde besonderer Wert darauf gelegt, dass die Stellung Jasomirgotts und seiner Frau, Theodora, nicht nur erhalten blieb, sondern zusätzlich gefestigt wurde.

Beatrix fand sich schnell in den Text ein und übersetzte ihn flüssig: »Um durch dieses Geschehen Ehre und Ruhm unseres hochverehrten Oheims in keiner Weise gemindert erscheinen zu lassen, haben wir auf Ratschlag und Beschluss der Fürsten die Markgrafschaft Österreich in ein Herzogtum verwandelt und dieses Herzogtum mit allem Recht unserem genannten

Oheim Heinrich Jasomirgott und seiner hochedlen Frau Theodora zu Lehen gegeben.«

Sie sah auf und fand Friedrich aufmerksam. Um seine Konzentration nicht zu unterbrechen, las sie nach einem Räuspern weiter. »Ferner haben wir durch immerwährendes Gesetz angeordnet, dass sie selbst und ihre Kinder nach ihnen, Söhne und Töchter ohne Unterschied, das eben genannte Herzogtum Österreich nach Erbrecht des Reiches innehaben und besitzen sollen. Wenn aber der genannte Herzog von Österreich, unser Onkel, sowie seine Frau kinderlos sterben sollten, dann sollen sie die Freiheit haben, ebendieses Herzogtum, wem auch immer sie wollen, zu übertragen.«

Die Konzessionen, die Friedrich mit dieser Urkunde machte, erstaunten Beatrix so sehr, dass sie erneut innehielt. Dieses Mal trafen sich ihre Blicke, und der Mund des Kaisers verzog sich unter dem rötlichen Bart.

»Ich sage nicht, dass es mir gefällt, aber es war die einzige Möglichkeit, diese leidige Geschichte zu einem guten Ende zu bringen. Jasomirgott besitzt auch das Gerichtsrecht in diesem neuen Herzogtum. Seine Pflicht, bei Hofe zu erscheinen oder an Heerfahrten teilzunehmen, ist ebenfalls in seinem Sinne beschränkt worden.«

Der Rest der Urkunde bestätigte diese Aussage in umständlichen Formulierungen. In der eintretenden Stille verschränkte Friedrich die Finger und streckte die Arme von sich. Trotz des Windes, der um das Zelt brauste, vernahm sie das leise Knacken der Fingerglieder.

»Mit dem Austausch von Fahnen wird morgen vor aller Augen symbolisiert, dass Jasomirgott Bayern offiziell an mich zurückgibt. Nur unter dieser Vorbedingung kann ich den Löwen tatsächlich damit belehnen. Es ist ein kompliziertes Hin und

Her. Ich erhalte von meinem Oheim die sieben Lehnsfahnen Bayerns und gebe sie an meinen Vetter den Löwen weiter. Der Löwe reicht mir dann die Fahnen, die für Österreich und drei benachbarte Grafschaften stehen, wieder zurück. Der Kreis schließt sich, wenn ich diese Fahnen Jasomirgott am Ende aushändige. Sie sind das Zeichen dafür, dass ich ihm und Theodora das neue Herzogtum zum Lehen übertrage.«

»Das Schauspiel muss sein, damit der Interessenausgleich aller Welt kundgetan und der Rechtsordnung Genüge getan wird«, nickte Beatrix.

»So ist es. Als man mir die Krone übertrug, habe ich geschworen, mein Bestes zu tun, um allen christlichen Gläubigen Recht und Gerechtigkeit widerfahren zu lassen und deren frommen Willen und gutes Verhalten durch meine königliche Autorität zu festigen.«

Beatrix kannte den Schwur, den Friedrich mit diesen Worten 1152 bei seiner Krönung in Aachen geleistet hatte. Sie bewunderte das Pflichtbewusstsein, mit dem er den Eid umsetzte. »Es muss dich viel Kraft, Geduld und Zeit gekostet haben, die fürstlichen Dickköpfe zu einer Einigung zu bringen.«

»Ich kenne sie beide recht gut und weiß sie zu nehmen. Wer mir immer wieder unerwartete Überraschungen bereitet, das bist du. Kein Kanzlist oder Klosterbruder hätte mir diesen Text flüssiger und eleganter übersetzen können. Ich kann meine Bewunderung für so viel Gelehrsamkeit nicht verhehlen.«

»Sie steht dir jederzeit zur Verfügung.«

»Es wäre sehr ungehörig, würde ich meine Frau als Schreiberin anstellen und sie meine Urkunden übersetzen lassen.«

»Ich würde dir gerne zur Seite zu stehen.«

Der gewünschte Ministeriale des Kaisers war eingetroffen. Friedrich wandte sich auf der Stelle zum Gehen.

»Ruh dich aus, Beatrix. Uns steht ein anstrengender Tag voller Festlichkeiten bevor. Wir sehen uns morgen.«

»Aber …« Beatrix suchte nach Worten. »Wo willst du die Nacht verbringen?«

Sie spürte einen Kuss auf der Stirn, so väterlich und keusch, dass sie der Wunsch ankam, Friedrich zu packen und zornig zu schütteln.

»Es liegt mir daran, dich zu schonen, bis du wieder gesund bist. Clementia hat recht, wenn sie mich daran immer wieder erinnert.«

Friedrich folgte dem Pagen und ließ Beatrix sprachlos zurück. Jetzt wusste sie, worum es bei dem Zwiegespräch am Zelteingang gegangen war, als er kam. Clementia hatte dem Kaiser eheliche Zurückhaltung nahegelegt. Wie konnte sie es wagen? Erbittert wirbelte Beatrix auf dem Absatz herum. Gut, dass sie gerade allein war. Sie ergriff den Becher mit dem widerlichen Trank, fixierte die Eichentruhe mit den Eisenbeschlägen und warf ihn mit voller Kraft dagegen. Nach allen Seiten spritzte Wein und es stank nach Zimt. Der Zornesausbruch befriedigte sie nur halb. Lieber hätte sie den Becher nach Clementia geworfen.

Zum Henker mit ihr!

Fünftes Kapitel

✦✦

FLUCHT

Rupert von Urach
Kreuzhof bei Regensburg, 8. September 1156

Die Arme verschränkt, den Blick in die Ferne gerichtet, hing Rupert grimmig seinen Gedanken nach. Bertholds Befehlen zu folgen, fiel ihm zunehmend schwerer. Während sich alles, was im Reich Rang und Namen hatte, auf den Barbinger Wiesen versammelte, stand er mit Wolf im nahezu menschenleeren Lager am Kreuzhof. Sie bewachten das Zelt des Zähringers, dessen Wimpel über dem achteckigen Pavillon mit dem schattenspendenden Vordach flatterte. Ein bescheidener Bruder des Prachtbanners mit dem roten Adler von Zähringen auf gelbem Grund, das Berthold mit sich führte. Es wehte eine Meile weiter, wo der Kaiser Heinrich den Löwen und Heinrich Jasomirgott von Babenberg im Kreise der Reichsfürsten mit Land und Würden auszeichnete.

Zwar sah Rupert ein, dass Hildburg im Lager nicht allein die beiden Ägypterinnen bewachen konnte, da sie auch im Gefolge ihrer Herrin gebraucht wurde. Auch dass Clementia an einem solchen Tag an der Seite ihres Mannes sein musste und Hildburg in ihrer Nähe haben wollte, leuchtete ihm ein. Dass aber die Bewachung der Geiseln ausgerechnet an ihm und Wolf hängenbleiben musste, ärgerte ihn bodenlos, zumal ihm die ganze Sache inzwischen zuwider war.

»Verdammter Mist.« Wolf bewegten ähnliche Gefühle. »Wenn ich daran denke, dass sich dort drüben schon seit Stunden die Ochsen am Spieß drehen und in Kürze der Wein in Strömen fließen wird ...«

»Reg dich nicht auf«, riet Rupert um des guten Friedens willen. »Vor dem Festmahl sind Fanfarengetöse, Trommelwirbel, salbungsvolle Reden und die Segenssprüche des Erzbischofs fällig. Das Ganze müsstest du zudem in Harnisch und Wappenhemd über dich ergehen lassen. Die Sonne würde dir das Gehirn unter dem Helm rösten, und der Schweiß würde dir in den Stiefeln stehen. Sei froh, dass wir uns im Schatten aufhalten können.«

Der Sturm, der den Aufbau des Lagers so sehr erschwert hatte, war im Laufe der Nacht verstummt. Barbarossa schien sogar mit dem Wetter im Bunde zu sein. Bei Sonnenaufgang präsentierte sich der 8. September als strahlender Spätsommertag. Die Wappen der Reichsfürsten leuchteten farbenprächtig unter einem stahlblauen Himmel.

»Wärest du je im Heiligen Land gewesen, wüsstest du, was wirkliche Hitze ist«, entgegnete Wolf. »Die Sonne saugt dir dort das Mark aus den Knochen, dringt wie Feuer bis in die Lungen und brennt dir das Augenlicht weiß. Wusstest du, dass in der Wüste mehr Ritter einem Hitzschlag als einem Schwertstreich erliegen?«

Er sprach selten über seine Zeit als Kreuzfahrer.

»Du hast es am eigenen Leib verspürt? Wie hast du überlebt?«

»Ich habe mich den Heiden angepasst. Sie tragen leichte Gewänder, bedecken die Köpfe mit Tüchern und gewinnen ihre Kämpfe durch Schnelligkeit und Schwertkunst. Ihre Pferde, kleiner und schwächer als unsere, belasten sie nicht mit den vielen Zentnern Eisen ihrer Rüstungen, so sind sie flinker. Nur wer von unseren Männern sich überwinden konnte, seine Rüstung abzulegen, blieb in der Wüste am Leben.«

Obwohl die Abenteuer der Kreuzfahrer in aller Munde waren, misstraute Rupert den meisten Erzählungen. Wolf hingegen schmückte seine Schilderungen nicht eitel aus. Er drückte sich kurz und bündig aus und verabscheute Phrasendrescherei. Eigentlich war er jemand, den man um einen Rat bitten konnte.

»Warum fragst du?«, erkundigte er sich. »Lockt es dich, gegen die Heiden zu ziehen? Ist es das, was dir seit Tagen im Kopf herumspukt?«

»Nein.« Rupert gab sich einen Ruck. »Wenn du so fragst: Es geht um die beiden Ägypterinnen. Sie sind Fahrende, die kein Zuhause haben, wir können sie nicht einfach zu unseren Leibeigenen machen. Es ist Unrecht.«

»Hast du das Berthold so gesagt?«

»Mehrmals. Wir haben uns fast überworfen. Er will nichts davon hören. Er hat sich wie ein Jagdhund in einen Knochen in die Idee verbissen, Barbarossa mit Hilfe einer Geliebten lenkbar zu machen.«

»Dann musst du den Dingen ihren Lauf lassen, Rupert. Du bist sein Lehnsmann.«

Bisher hatte Rupert sein Stand mit Stolz erfüllt. Burg und Land von Urach waren seinem Vater von Bertholds Vater zum Lehen gegeben worden. Damit standen die Uracher unter dem Schutz der Zähringer. Sie schuldeten ihnen Treue, Dienst und Gehorsam. Rupert war schon im Alter von sechs Jahren auf die Zähringerburg geschickt worden, um dort als Knappe zu dienen. Nach seiner Schwertleite und dem Tod des Vaters hatte er den Vasallenschwur erneuert. Burg und Land von Urach verwaltete seit dieser Zeit die zweite Frau seines Vaters, die Mutter seiner Stiefschwestern Katlin und Senta. Was in und um Urach erwirtschaftet wurde, reichte für das Leben der Frauen. Er war, voller Hoffnung auf Ruhm und Ehren, unter Bertholds Rittern geblieben. Bisher hatte er diesen Entschluss nie bereut.

»Seit Barbarossas Hochzeit mit der Erbin von Burgund ist Berthold nicht mehr der Mann, den ich kenne.« Rupert drängte es jetzt, mit Wolf über sein Problem zu sprechen. »Nie hat Berthold unehrenhaft oder aus Gewinnsucht gehandelt. Dass er jetzt den Weg von Heimtücke und Verrat geht, verstehe ich nicht. Er weiß doch gar nicht, ob sich die Königin tatsächlich auf die Seite der Zähringer schlägt, wenn der Kaiser sie betrügt. Frauen reagieren nicht so durchschaubar. Es könnte genauso sein, dass sie dem Überbringer schlechter Botschaft zürnt. Ganz davon zu schweigen, dass ich auch den beiden Ägypterinnen nicht über den Weg traue. Es ist Blut geflossen. Sie haben ihren Vater verloren. Wie würden wir darauf reagieren?«

»Wir würden uns rächen.«

»Wer sagt dir, dass Frauen es garantiert nicht tun? Tamarafrauen! Clementia warnt mit Recht davor, die beiden zu unterschätzen.«

»Clementia? – Sie unterstützt ihren Bruder meines Erachtens nur halbherzig. Sie beteiligt sich an diesem Gewaltstück wohl nur, um sich alle Wege offen zu halten.«

»Du tust ihr Unrecht, Wolf. Sie ist klug. Wenn wir uns alle zusammentun, könnten wir …«

»… was erreichen? Weder machen wir Tote wieder lebendig, noch werden wir Berthold von seiner Idee abbringen. Wenn du so sehr gegen seinen Plan bist, hast du gerade mal zwei Möglichkeiten, mein Freund: Entweder du schweigst und gehorchst, oder du bittest Berthold, dich aus seinem Dienst zu entlassen. In dem Fall kannst du wirklich gegen die Heiden ins Heilige Land ziehen. Alles andere wäre Verrat gegen Vasallentreue und Ritterehre.«

Die Hoffnung, von Wolf einen Ratschlag zu bekommen, der

ihm das Leben erleichterte, oder gar einen Verbündeten in ihm zu finden, zerstob, kaum dass sie aufgeflammt war.

»Und was ist mir dir, Wolf? Schläft dein Gewissen?«

»Kann es sein, dass du an das Gewissen appellierst und Begehr dein eigentliches Motiv ist? Ich habe sehr wohl gesehen, dass von den beiden die schöne Rothaarige dir gefällt. Sie gefällt dir, gib es zu. – Nein, lass mich ausreden. Ich verstehe dich, auch wenn oder vielleicht gerade weil mir die andere besser gefällt. Aber keine von beiden ist es wert, dass wir unsere Zukunft für sie aufs Spiel setzen.«

»Ach, sag doch, was du willst, Wolf. Ich fühle mich schuldig an ihrem Unglück.«

»Dein Schuldbewusstsein in Ehren, Rupert, aber es brockt dir nur Schwierigkeiten ein«, antwortete Wolf. »Warum nimmst du dir nicht eine der Lagerdirnen und lenkst dich mit ihr ab? Du gibst zu viel auf Frauenlaunen, wenn du mich fragst. Egal ob es sich dabei um Herzoginnen oder um Landstreicherinnen handelt.«

Gepolter und ein Aufschrei aus dem Zelt unterbrachen sie. Beide Männer tauschten einen schnellen Blick. Wolf riss den Vorhang zurück. Die Schwestern rauften miteinander wie Stallknechte.

»Auseinander«, befahl Wolf. Er griff sich Sizma und stieß Aliza grob in Ruperts Arme. »Was zum Donnerwetter soll der Aufstand?«

Alizas Übergewand war am Ausschnitt eingerissen. Das Hemd darunter war verrutscht, die Brust lag frei. Begierig zog Rupert Aliza an sich.

Aliza wirkte derart aufreizend auf ihn, dass seine Männlichkeit sich fordernd regte. Er erinnerte sich an Würzburg. Aliza war sich ihrer Sinnlichkeit auch damals nicht bewusst gewesen. Wenn sie freilich ihre Selbstkontrolle verlor, wie in diesem Streit, dann brach sie in jeder Bewegung durch. Auch bei ihrem Tanz in Würzburg war es so.

Der Streit hatte sie außer Fassung gebracht. Sie atmete vor Zorn bebend. Ruperts Blicke waren eindeutig. Als sie es bemerkte, zerrte sie hastig an ihrem Kleid.

»Ihr tut mir weh«, zischte Sizma währenddessen in Wolfs Griff. Sie wand sich so geschmeidig, dass sie eng an seinen Körper gepresst wurde. Wolf hielt dagegen.

Sizma musterte ihn betont herausfordernd und schob die Hüften nach vorn.

»Ihr seid stark.«

Mittlerweile klebte sie förmlich an ihm. Die Einladung war unmissverständlich. Wolf schenkte ihr einen eindeutigen Blick.

»Sei vorsichtig, Hexe.«

»Mein Name ist Sizma.«

»Lass das, Sizma.«

Alizas Warnung beantwortete Sizma mit einem Lachen. Ineinander verhakt standen sie und Wolf, nur ihre Körper sprachen miteinander.

Rupert wandte den Blick ab. Seine lüsternen Phantasien brauchten keine zusätzliche Anregung. Eigentlich sollte er Wolf wohl tadeln, aber er beneidete ihn eher um seine Ungeniertheit und um sein Selbstgefühl. Wolf scherte sich den Teufel um die Meinung anderer.

Aliza hatte es aufgegeben, ihre Schwester zur Ordnung zu rufen. Ihr kam zu Bewusstsein, in welch vertrauter Nähe sie vor Rupert stand. Sie wich zurück und hielt ihr Kleid mit der Hand zusammen.

»Also – was ist los?«, fragte Rupert.

»Ein Zwist unter Schwestern. Nichts Wichtiges.«

Er entdeckte den Kratzer quer über Alizas Wange und zog die Spur zärtlich mit dem Zeigefinger nach. »Nichts Wichtiges, Aliza? Immerhin wichtig genug, um sich das Gesicht zu zerkratzen. Warum?«

»Langeweile. Überdruss. Missstimmung. Wir sind eingesperrt und zu tatenlosem Warten verdammt, wo alle auf den Barbinger Wiesen sind und sich amüsieren. Lieber wären wir dort. Das glaubt Ihr mir sicher, oder?«

Die Erklärung kam so eilfertig, dass der Verdacht auf der Hand lag, Aliza wolle verhindern, dass Sizma etwas anderes sagte. Den wahren Grund des Zwistes würden sie nicht erfahren.

»Man kann ihr schwer widersprechen«, sagte er in Wolfs Richtung. »Wir wären schließlich ebenfalls lieber dort.«

»Mit uns zusammen«, sprudelte Sizma heraus. »So habt Ihr uns im Auge, und wir alle haben unseren Spaß.«

»Und ihr entwischt uns bei der nächsten Gelegenheit. Hältst du uns für Dummköpfe?«, spottete Wolf.

»Das Gleiche könnte ich Euch fragen.« Eine Spur von Sizmas gefährlichem Temperament blitzte auf. Sie straffte ihr Kleid über Busen und Hüfte. »Habt Ihr Milosh und Tal schon vergessen? Wir nicht. Unseretwegen wird kein Blut mehr fließen. Ich bleib sowieso an Eurer Seite, solang Ihr das wollt.«

Wolf gefiel das Angebot erkennbar. Er nickte schließlich zu Ruperts Entsetzen.

»Du bist verrückt, Wolf. Berthold will, dass niemand die Frauen zu Gesicht bekommt.«

»Wie das denn, in dem Gedränge!«, tat Wolf die Warnung ab. »Sie ist einfach die Schöne an meiner Seite, die mir den Tag versüßt. Berthold mischt sich eh nicht gern unters Volk, er wird uns nicht begegnen.«

»Nimm Vernunft an, Wolf …«

»Genau. Du hast doch selbst vorgeschlagen, die Mädchen besser zu behandeln. Also los, fangen wir damit an.«

Wolf zog die kichernde Sizma an seinem Arm aus dem Zelt. Ihre Stimmen entfernten sich.

»Ihr müsst das verhindern.« Aliza ergriff Rupert am Wams. »Sizma ist nicht das Luder, für das Euer Freund sie hält. Ihr müsst sie schützen vor ihrer eigenen Unbesonnenheit.«

»Mir scheint, sie weiß sehr gut, was sie tut. Sie verdreht Wolf den Kopf und kann den ihren sicher zur rechten Zeit aus der Schlinge ziehen. Aber das ist nun wohl Wolfs Problem. Du bleibst jedenfalls im Zelt, Aliza.«

»Ihr habt nicht recht und handelt nicht recht! Ich frage mich, warum Ihr Euch zum Handlanger von Heimtücke und Mord machen lasst. Verlangt das Lehnsrecht knechtische Unterwerfung?«

»Du weißt nicht, wovon du redest. Meine Welt ist dir fremd.«

»Deswegen würde ich lieber in meine zurückkehren. Eure macht mir Angst.«

»Du wirst sie trotzdem annehmen müssen.«

Aliza suchte die Auseinandersetzung und die verwundbarste Stelle bei Rupert.

»Was würdet Ihr machen, wenn Eurer Mutter oder Euren Schwestern gleiches Unrecht geschähe wie Sizma und mir? Würdet Ihr ihnen zu Geduld und Gehorsam raten?«

Dass sie es wagte, sich mit den Frauen seiner Familie auf eine Stufe zu stellen, machte Rupert sprachlos.

»Ob wir in einer Burg, einem Stall oder unter freiem Himmel geboren werden, liegt nicht in unserer Hand«, beschied er sie schließlich. »Du kannst Gottes Ordnung nicht einfach umstoßen.«

»Das sagt sich leicht, wenn man zu denen gehört, die über andere herrschen.«

»Was erwartest du? Dass ich mich gegen die Gesetze unseres Standes stelle und mich, meine Familie und meine Freunde ins Unglück stürze? Es würde weder die Toten zum Leben erwecken noch deine Lage bessern.«

Aliza sah Rupert einen Moment lang in die Augen, bis sie den Kopf schüttelte.

»Ich erwarte gar nichts«, sagte sie.

»Dann sind wir uns wenigstens darin einig. Im Übrigen: Du musst nichts tun, was du nicht schon auf Jahrmärkten oder Festwiesen oft genug getan hast: tanzen. Und sicher wird der Kaiser zu deinen Bewunderern gehören. Willst du ihn dann abweisen? Er ist jung und stark, er wird dir gefallen.«

Aliza schlug die Hände vors Gesicht und drehte ihm mit einem unterdrückten Laut des Abscheus den Rücken zu. Ehe Rupert entscheiden konnte, wie er darauf reagieren sollte, trat ein Besucher ins Zelt.

»Benno!«

Der älteste Sohn des Burgvogts von Urach gestattete sich einen erleichterten Ausruf.

»Dem Himmel sei Dank. Ich fürchtete schon, ich müsse Euch im Trubel des Festes suchen, Herr!«

Benno musste scharf geritten sein.

»Du bringst schlechte Nachrichten von zu Hause?«

»Ich fürchte, ja.«

»Dann lass uns unter vier Augen sprechen.«

Rupert sah zu Aliza. Obwohl er den Neuigkeiten mit Unbehagen entgegensah, war er froh, dass ihr Gespräch ein Ende fand.

»Ich bleibe in Sichtweite«, warnte er sie und schob Benno vor sich her nach draußen.

Königin Beatrix
Kreuzhof bei Regensburg, 10. September 1156

Vielfarbig und vielgestaltig hatten sich die Großen des Reiches zusammen mit Gästen, Gesandten und Kirchenfürsten eingefunden, um dem Kaiser ihre Ehrerbietung zu bezeugen. Nach der Zeremonie auf den Barbinger Wiesen, die dazu gedient hatte, Jasomirgott zu schmeicheln, stellte Friedrich hier seine Macht zur Schau. Beatrix bewunderte, dass er es glanzvoll tat und mit ausgesuchter Finesse.

Das Podest alleine war bereits eine Demonstration. Vier Stufen hoch, von einem Sonnendach überwölbt, von Fahnen umweht und mit Stoffen, Teppichen und Girlanden geschmückt, gab es auch dem Edelmann in der letzten Reihe freien Blick auf das Herrscherpaar. Beatrix, die sich sonst oft auf Zehenspitzen stellen musste, genoss den Überblick, der sich ihr bot.

Ihr Thronsessel, kleiner und niedriger als der des Kaisers, war auf das angenehmste gepolstert. Die Füße ruhten auf einem Schemel, den ihre Röcke verbargen. Friedrich überragte sie um gut einen Kopf. Gekrönt, den Purpurumhang über den Schultern, war er ganz der Kaiser.

Clementia und Theodora standen mit ihren Männern in nächster Nähe von Friedrich und Beatrix. Die Erhöhung zwang sie dazu, nach oben zu sehen, wenn Friedrich das Wort an sie richtete oder wenn sie ihm in endloser Folge ihre Vasallen vorstellten. Beatrix hatte Mühe, ihr Vergnügen an dieser geschickten Inszenierung nicht zu zeigen.

Es tat ihr gut, die Herzoginnen auf Abstand zu sehen. Jasomirgott war mit fast fünfzig Jahren ein alter Mann. Er sonnte sich in seinem vermeintlichen Triumph, zu dessen Vollständigkeit ihm nur noch der Erbe fehlte. Wie Clementia und sie, war auch Theodora bei ihrer Eheschließung kaum zwölf Jahre gewesen. In den acht Jahren mit Jasomirgott hatte sie jedoch bisher kein einziges Kind empfangen.

Heilige Mutter Gottes hilf, dass Friedrich nicht ebenfalls in acht Jahren noch vergeblich auf einen Sohn hofft, schoss es Beatrix in jäher Sorge durch den Kopf, ehe sie den Herzog von Sachsen und Bayern in näheren Augenschein nahm.

Um einige Jahre jünger als der Kaiser, war er ein schwarzhaariger, schwarzbärtiger und schwarzäugiger Recke. Seine Körperkraft manifestierte sich in Höhe und Breite. Sein Ehrgeiz und sein Machthunger standen seiner physischen Stärke um nichts nach.

Als Heinrich von Sachsen und Bayern hatte er ein Ziel erreicht. Er würde sich sicher dem nächsten zuwenden. Wonach gelüstete einen Fürsten, der bereits der Zweitmächtigste im Reich war? Nach einer Krone? Wollte er Friedrich den Thron streitig machen? Dafür musste er sich Verbündete suchen. Wo fand er sie? In der eigenen Familie?

Beatrix' Aufmerksamkeit richtete sich auf Clementia. Sie stand in gebührendem Abstand, hoheitsvoll und gelassen neben ihrem Mann. In zu großem Abstand, befand Beatrix. Sie musste sie im Auge behalten. So wie bereits seit geraumer Zeit Berthold.

Clementias Mitgift hatte – gleichfalls vor acht Jahren – Besitzungen mit über fünfhundert Hufen Land und einhundert Ministerialen umfasst. So stand ihr Mann seitdem auf zwei Standbeinen, auf einem davon im Südwesten, nahe dem Gebiet der Zähringer, und unangenehm dicht am Land der Staufer. Gemeinsame Interessen fanden sich unter solchen Umständen leicht.

Bedachte Friedrich, dass da Gefahr lauern könnte? Oder hatte wenigstens sein kluger Kanzler Rainald von Dassel ein Auge dort? Beatrix hielt ihn für einen der wirklich klugen Männer bei Hofe.

Seit Mai dieses Jahres hatte der Erzkanzler des Kaisers das Amt des höchsten kaiserlichen Regierungsbeamten inne. Er war den hohen Prälaten vorgesetzt, die die Geschicke der wichtigsten Königreiche für den Kaiser lenkten. Der Erzbischof von Mainz tat es für die deutschen Lande, der Erzbischof von Köln für Italien und der Erzbischof von Besançon für Burgund. Rainald stand allen drei Kanzleien vor. Er war es auch, der den geplanten Italien-Feldzug für Friedrich vorbereitete.

Krieg. Beatrix mochte gar nicht daran denken. Sie konnte die Erregung nicht nachvollziehen, mit der Friedrich und seine Ritter diesen Feldzug herbeisehnten. Sahen sie nicht, dass erfolgreiche Herrschaft in erster Linie Frieden verlangte? Die Bauern brauchten ihn, um ihre Felder zu bestellen, die Kaufleute, um zu handeln. Und nur wenn Frieden herrschte, wurde gebaut, wurden Straßen angelegt und Kunstwerke geschaffen. Sie musste mit ihm darüber reden.

Und über noch etwas musste sie alsbald mit einer anderen Person reden.

Der Ring mit dem blauen Saphir an ihrer rechten Hand machte ihr Mut. *Blau wie das Leuchten deiner Augen*, hatte Friedrich an diesem Morgen gesagt und ihr den Reif liebevoll über den Finger gestreift. Clementias Einmischung in ihr Eheleben musste ein Ende gesetzt werden, beschloss sie.

Die Gelegenheit ergab sich nach dem Empfang, als Friedrich das strenge Zeremoniell lockerte und sich unter die Menge mischte, um mit Freunden und Waffengefährten zu sprechen. Beatrix hielt währenddessen Hof. Zum ersten Mal seit ihrer

Heirat bewusst und im Bemühen, Beziehungen aufzuspüren, Intrigenspielen auf die Spur zu kommen.

Dieser Hoftag in Regensburg war von weit größerer politischer Bedeutung als jener anlässlich ihrer Heirat in Würzburg. Inzwischen kannte sie Namen, konnte ihnen Gesichter zuordnen und wusste um die verwandtschaftlichen Bindungen. Der Kaiser konnte kaum etwas allein entscheiden. In Fragen, die das ganze Land betrafen, war er auf die Lehnsträger angewiesen.

Dass Clementia eine heimliche Vorauswahl im Umgang für sie traf, wurde ihr immer deutlicher. Damen, deren Familien den Zähringern kritisch gegenüberstanden, die aufrecht staufisch gesinnt waren oder gar offen gegen Heinrich den Löwen Partei nahmen, ließ sie nicht zu ihr vordringen. Die, die sie vorließ, waren durchwegs langweilige Gesprächspartnerinnen, die sie politisch isolierten. Dem musste ein Riegel vorgeschoben werden.

Sie winkte die Herzogin zu sich.

»Ich werde mich zurückziehen. Seid so freundlich und kümmert Euch darum, dass die Edeldamen, die nicht zu meinem Gefolge gehören, zu ihren Quartieren begleitet werden. Wie ich sehe, kennt Ihr sie alle besser als ich, so dass Ihr bestimmt wisst, wer Hilfe benötigt. Von meiner Begleitung seid Ihr dafür freigestellt.«

»Aber die Damen aus Bayern …«, begann Clementia und brach sofort wieder ab. Die Königin auf solche Weise zu unterbrechen, war völlig unziemlich, wie ihr wohl plötzlich bewusst wurde.

Ihr Fehler bestärkte Beatrix.

Sie bedachte Clementia mit einem Blick, der keine Emotionen erkennen ließ. Sie hatte ihn der Äbtissin von Dôle abgeschaut. Er täuschte Teilnahmslosigkeit vor und nahm jeder Widersetzlichkeit den Wind aus den Segeln.

»Ich bin sicher, Ihr werdet Euch der Frauen aus Bayern auf das vortrefflichste annehmen. Ihr seht mir bestimmt nach, dass ich nach den langen Zeremonien der Ruhe bedarf. Heute Abend werde ich dann an der Seite des Kaisers am Festmahl des Bischofs teilnehmen, bis dahin gönnt mir Muße.«

Für einen kurzen Augenblick verrieten Clementias Züge ihre Gefühle, doch dann hatte sie sich wieder in der Hand. Sie wollte es auf eine Konfrontation nicht ankommen lassen.

»Wie Majestät befehlen.«

»Und noch etwas: Falls der Kaiser sich bei Euch nach meinem Befinden oder nach meinen Wünschen erkundigt, Herzogin, so liegt mir daran, davon zu erfahren. Es gibt keinen Grund zur Sorge um mich. Meine Gesundheit ist wiederhergestellt. Ihr könnt es also mir überlassen, ob ich den Kaiser in meinen Räumen empfange oder nicht.«

Clementia erblasste unmerklich.

»Verzeiht meine Übereifrigkeit, Majestät. Schreibt es bitte meiner Sorge um Euer Wohlergehen zu.«

Beatrix gebot ihr mit einer Handbewegung Schweigen. »Eure Fürsorge, Herzogin, will ich Euch nicht vorwerfen. Belassen wir es dabei. Für heute bedarf ich Eurer Dienste nicht mehr. Ihr dürft Euch entfernen.«

Da sie beobachtet wurden, bewahrte Clementia Haltung. Sie entfernte sich würdevoll, zeigte nicht ihr Gefühl, dass ihr Unrecht zugefügt worden war.

Das Schauspiel brachte Beatrix gänzlich gegen Clementia auf. Sie verabscheute solche Konfrontationen von Herzen. Es machte sie geradezu krank, sich auf diese Weise durchsetzen zu müssen. Konnte sie nicht erwarten, von einer solchen Fürstin angemessen behandelt zu werden?

Bis zum Abend hatte Beatrix ihr Gleichgewicht nicht völlig zurückgefunden. Sie hatte noch einmal gegrübelt, ob sie möglicherweise zu weit gegangen war, sich gefragt, ob Clementia bei ihrem Mann Klage führen würde, der dann wiederum bei Friedrich und Friedrich schließlich bei ihr …

Hör auf damit!, hatte sie sich am Ende energisch selbst befehlen müssen.

»Du bist müde und erschöpft«, stellte Friedrich bei ihrem Anblick fest. »Ich muss Clementia beipflichten, du bist keineswegs völlig gesund. Du brauchst Ruhe, musst nicht unbedingt bei allen Verpflichtungen an meiner Seite sein.«

Danke, Clementia. Dein Gift wirkt.

Beatrix verengte die Augen, suchte an der großen Tafel die Herzogin. Sie saß zwischen ihrem Bruder Berthold und ihrem Mann. Beide unterhielten sich angeregt über ihren Kopf hinweg, als wäre sie nicht vorhanden. Es kränkte sie, dessen war Beatrix sich – mit einem Hauch von Schadenfreude – sicher.

»Glaubst du, dass Heinrich der Löwe dir künftig wirklich loyal zur Seite steht?«, lenkte sie ab.

Friedrich stutzte, akzeptierte aber ihren Themenwechsel mit einem Schmunzeln.

»Sicher weißt du, dass die Häuser der Welfen und der Staufer sich in jahrelangem Kampf befehdet haben, obwohl sie miteinander verwandt sind. Erst Heinrich und mir ist es gelungen, den Zwist beizulegen. Die Krone für Staufen und die Rückerstattung von Bayern für meinen Vetter waren unser Tauschpfand. Heinrich wird sich wie ich bemühen, das Gleichgewicht zu halten.«

»Aber die Allianz zwischen Sachsen und Zähringen, durch Familienbande gestärkt, könnte doch eine Gefahr darstellen. Findest du nicht?«

»Gütiger Gott. Hast du etwa mit meinem Kanzler darüber gesprochen? Schickt er dich vor, damit ich seinen Warnungen mehr Aufmerksamkeit schenke?« Friedrich lachte und hob den Becher. »Frieden bedeutet nicht Schlaf, Beatrix. Keine Sorge, ich weiß genau, wen ich nicht aus den Augen lassen sollte. Vergessen wir die Politik für diesen Abend. Sie macht Kopfschmerzen – vor allem den Frauen.«

Beatrix hätte ihn gerne an die Stunde erinnert, die sie gemeinsam mit dem Studium des *Privilegium Minus* so erfreulich verbracht hatten, doch Friedrich hatte sich bereits dem Regensburger Bischof zugewandt, der an seiner anderen Seite saß.

Die Tischplatten bogen sich unter den Köstlichkeiten und der Wein floss in Strömen, während das Fest seinen Lauf nahm. Langsam bekam sie tatsächlich Kopfschmerzen.

Dass sie am Ende dieses langen Tages mit Friedrich vielleicht unter vier Augen sein konnte, ließ sie das Hämmern hinter den Schläfen indes geduldig ertragen.

Aliza
Kreuzhof bei Regensburg, 10. September 1156

Die Lagerfeuer erleuchteten die Nacht und ließen Schatten über die Wände laufen, wenn jemand am Zelt vorbeiging. Aliza beachtete es nicht, sie starrte grüblerisch zu Boden. Wie lange saß sie schon reglos so? Stunden? Sie spreizte die Finger und schloss sie wieder. Es gab nichts, woran sie sich festhalten konnte.

Wo Sizma jetzt war? Seit Tagen fragte sie vergeblich nach ihr, aber Hildburg lehnte jede Auskunft ab.

»Kümmere dich nicht um das flatterhafte Ding. Ohne sie bist du besser dran«, sagte sie immer wieder.

Aber Leena erwartete sicher, dass sie sich um die Jüngere kümmerte. Leena. Mutter. Hatte Großmutter sie versorgen können? Wenn die Brandwunden sich nicht entzündeten, bestand Hoffnung.

Mit Leenas Eingeständnis, dass sie nicht ihre leibliche Mutter sei, hatte die große Unsicherheit begonnen, und die Trennung von Sizma raubte ihr nun auch das letzte bisschen Gefühl von Geborgenheit. Sogar die Eifersüchteleien und Sticheleien der Schwester erschienen ihr jetzt unter einem ganz anderen Licht. Nichts tun zu können bildete die schlimmste Folter ihrer Gefangenschaft. Warten und denken war alles, was ihr blieb. Sobald sie auch nur einen Schritt in die Nähe aus Zeltausganges tat, vertraten ihr Wachen den Weg. Ritter Rupert war an diesem Abend nicht unter ihnen. Er drang immer wieder in ihre Gedanken, egal wie oft sie ihn daraus vertrieb. Sie zwang sich zum Aufstehen. Beine und Arme waren in Stunden verkrampfter Haltung nahezu gefühllos geworden. Sie taumelte.

Männerlachen und Stimmen kamen näher.

Wer hier vorbeikam, war allenfalls auf der Suche nach seinem Schlafplatz oder nach Gefährten, mit denen er die Nacht zum Tag machen konnte.

»Was soll das heißen? Kein Schlummertrunk? Seit wann knauserst du mit dem Wein, Berthold?«

Die Stimme klang ungewohnt nahe. Der Sprecher musste direkt unter dem Vordach stehen. Kein Wort des Wächters warnte Aliza vor Besuchern, dennoch fragte sie sich, was das zu bedeuten hatte.

»Kann es sein, dass du von einer ungeduldigen Buhle erwartet wirst?«, tönte es draußen. »Dass du uns die Gastfreundschaft verweigerst, kommt nicht in Frage.«

Der Zelteingang wurde zurückgeschlagen. Aliza blinzelte geblendet in das Licht einer Fackel.

Sie schützte die Augen mit dem Handrücken. Der Fackelschein weckte Kupferlichter in ihrem Haar und tanzte über ihren Körper. Für den Fall, dass der Ruf erging, sie solle vor dem Kaiser tanzen, hatte Hildburg ihr ein Kleid nähen lassen, wie es die Fahrenden auf den Jahrmärkten trugen. Von Schleierstoffen und glitzerndem Flitter umweht, wurde die Aufmerksamkeit auf das Mieder gelenkt, das ihre Brüste nur knapp bedeckte.

»Beneidenswerter Berthold. Willst du uns die Schöne nicht vorstellen?«

Es war die Stimme, die den Schlummertrunk gefordert hatte. Blinzelnd suchte Aliza den Sprecher unter dem halben Dutzend Männer zu entdecken, die sich ins Zelt drängten. Nur Berthold erkannte sie, alle anderen waren ihr fremd. An dem Ritter mit der Fackel blieb ihr Blick hängen. Er war reicher gekleidet als Berthold.

Die Kerzen wurden entzündet und die Ampel mit dem Öllicht in der Mitte des Zeltes plaziert. Aliza griff nach ihrem Schultertuch, das über einer Stuhllehne hing. Züchtig bedeckt, wappnete sie sich für die Auseinandersetzung, die sie auf sich zukommen sah.

»Du wolltest das Goldstück also vor uns verstecken. Das ist kein freundlicher Zug von dir, lieber Schwager. Ich muss mich wundern.«

Wenn er Berthold Schwager nannte, musste dies Heinrich der Löwe sein, war Aliza sofort klar.

Er ließ sie keinen Lidschlag lang aus den Augen.

Eine Kämpfernatur, ein Mann, der sich nimmt, was er haben will, begriff sie ebenso schnell.

In seinem Rücken erklärte Berthold eifrig: »Beim nächsten Festmahl sollen Gaukler auftreten. Artisten, Tierbändiger, Feuerschlucker und Tänzerinnen. Sie ist eine davon. Ich wollte sie …«

Das Lachen Heinrichs klang humorlos, brutal.

Sogar seine Frau fürchtete ihn, wenn Aliza Hildburgs Erzählungen Glauben schenken durfte. Bevor sie sich Gedanken darüber machen konnte, ging das Gespräch weiter.

»Gib auf, du hast keine Chance, mein Lieber«, erklärte der Löwe. »Deine Schöne kommt mit mir. Da ist etwas in ihrem Blick, das mich neugierig macht. Stille Wasser gründen tief. Sie ist nicht so ruhig und gehorsam, wie sie sich gibt. Sie wird kämpfen, wenn man ihr zu nahe kommt. Das liebe ich. Dir würde sie nur auf der Nase herumtanzen.«

Grobe Scherze flogen hin und her. Berthold erhob entrüstet Einspruch. Deutlich nur wegen der Unterstellung, er sei Aliza nicht gewachsen.

Der Löwe blieb erwartungsgemäß Sieger. Aliza wurde gepackt

und in die Nacht hinausgeschleppt. Die meisten Feuer waren zur Glut heruntergebrannt. Ferner Gesang und ausgelassenes Frauenkreischen verrieten, dass irgendwo trotzdem noch gefeiert wurde. Auf Hilfe war von niemandem zu hoffen.

Aliza konnte kaum Schritt halten. Heinrich zerrte ihr fast den Arm aus dem Gelenk. Ohne Fackel fand er seinen Weg mit der Sicherheit eines Nachtvogels. Sie hingegen sah im Dunkel überhaupt nicht, wohin sie trat. Die Flüche der beiden Männer, die sie begleiteten, verrieten, dass auch sie ihre Probleme mit den Schlammlöchern und Unebenheiten der Lagerwege hatten.

Plötzlich rannte Aliza mit voller Wucht gegen die Befestigung eines Vordaches, prallte mit der Stirn gegen einen Pfosten und fiel. Einen Moment musste sie keuchend auf dem Boden verharren.

Heinrich hatte sie loslassen müssen, hatte für einen Augenblick ebenfalls die Orientierung verloren.

»Zum Henker, wo bist du, Mädchen?«

Konnte er sie nicht sehen? Aliza realisierte blitzschnell die rabenschwarze Finsternis. Welche Gelegenheit zur Flucht! Die einzige. Ihre Gedanken überschlugen sich. Sie hatte keine Ahnung, in welche Richtung sie sich wenden musste. Mit den Handflächen ertastete sie um sich herum zerdrücktes Gras und kleine Steine. Ihr Gefühl sagte ihr, dass sie in einen kleinen Seitenweg zwischen zwei Zelten gestürzt sein musste.

Mit der Lautlosigkeit einer Katze richtete sie sich auf. Das Bein schmerzte, aber sie konnte laufen.

Der fluchende Löwe verriet ihr die Richtung, in die sie sich keinesfalls wenden durfte. Sie huschte geduckt in die entgegengesetzte und konnte sich nach kurzer Zeit schon wieder an der breitesten Lagergasse orientieren.

Wohin?

Irgendwohin!

Schritte und Rufe kamen wieder näher. Verzweifelt drehte sie sich einmal um die eigene Achse, rannte um ihr Leben, bis sich rechts von ihr gegen den Nachthimmel die Umrisse großer Zelte abzeichneten. Vor einem Eingang standen Feuerkörbe, deren Glut die Umgebung notdürftig erhellte. Bewaffnete Kriegsknechte warfen dort ihre Schatten gegen die Wände.

Aliza duckte sich blitzschnell zur Seite zwischen zwei Zelte und breitete die Arme aus, um ihren Weg zu ertasten. Sie streifte Zeltwände, Stangen, Lederschnüre, bis sie plötzlich ins Nichts fasste. Ein Spalt zwischen zwei Zeltwänden. Offensichtlich ein Sturmschaden, der nicht bemerkt worden war.

Ihr Entschluss wurde von der Ausweglosigkeit diktiert. Wer immer hier wohnte, er war ihre einzige Möglichkeit, die Verfolger abzuschütteln.

Sie zwängte sich durch den Spalt, berührte Vorhänge aus knisterndem Stoff.

Gleißendes Licht schlug ihr entgegen. In hohen Leuchtern brannten Kerzen im Übermaß. Verblüfft, aber nicht erschrocken, sah die Dame am Lesepult auf.

»Oh! Eine Überraschung! Euch habe ich ehrlich gesagt nicht erwartet«, sagte sie freundlich mit französischem Akzent.

Ohne nachzudenken, antwortete Aliza auf Französisch.

»Verzeiht mein Eindringen, aber ich wusste keinen anderen Rat. Ich brauche dringend Hilfe.«

Vor dem Zelt wurde es laut. Heinrichs herrische Stimme tönte unverkennbar. Problemlos konnte man verstehen, dass er das Kommando führte und nach ihr suchte.

Alles lag in der Hand der Unbekannten, die sie immer noch

stumm musterte. Aliza glaubte Zeichen der Anteilnahme in ihren Augen zu erkennen.

»Schnell, hier hinter den Vorhang, und rührt Euch dort nicht von der Stelle.«

Aliza hastete in das Versteck und bemerkte im Dämmerschein, dass es lediglich einem reich verzierten Nachtgeschirr als Stellplatz diente. Wohin war sie geraten? Was geschah, wenn die Wachen das Zelt durchsuchten? Sie versuchte aus den Geräuschen klug zu werden, aber mehr als ein unverständliches Gemurmel konnte sie nicht hören.

Es kam ihr wie eine Ewigkeit vor, bis der Vorhang sich hob und ihre Retterin sie anlächelte.

»Du kannst herauskommen und mir erzählen, warum dich Heinrich der Löwe sucht wie eine Nadel im Heuhaufen. Komm nur, niemand wird uns stören. Diese Nachtstunden gehören mir leider ganz allein.«

Aliza fasste Zutrauen, dass sie nicht verraten werden würde, und Mut zu einem Gespräch.

»Wen habt Ihr an meiner Stelle erwartet?«, erinnerte sie sich an die ersten Worte.

»Den Kaiser, aber es ist schon zu spät. Heute kommt er nicht mehr, das Fest hat zu lange gedauert. Wir haben Zeit. Wer bist du? Woher kommst du? Du sprichst das Französische wie die Menschen in meiner Heimat.«

Die Mosaiksteine fügten sich zum Bild. Wieso hatte Aliza sie nicht auf den ersten Blick erkannt? Weil die Braut von Würzburg und die Lesende im Hausmantel kaum Ähnlichkeit besaßen? In ihrer Panik war es ihr nicht in den Sinn gekommen, genauer hinzusehen.

Aliza sank mit zitternden Knien zu Boden.

»Ihr seid die Kaiserin.«

»Nein, Kaiserin bin ich erst, wenn Seine Heiligkeit mich krönt. Bis dahin bin ich Beatrix, Königin des Deutschen Reiches und Gemahlin des Kaisers. Steh auf und setz dich. Willst du mir nicht endlich deinen Namen verraten?«

»Aliza.«

»Aliza und weiter?«

»Nur Aliza, Majestät. Angenommene Tochter von Leena, der Tamarafrau. Im Burgundischen und den umliegenden Ländern nennt man uns Ägypter, obwohl wir gar nicht aus Ägypten stammen. Wir sind fahrendes Volk und verdienen unser Brot auf Märkten und Festen. Den größten Teil der vergangenen Jahre haben wir dies im Burgundischen getan, aber dann glaubte unser Anführer, dass uns das Glück im Deutschen Reich gewogener wäre.«

»Und? Ist es so?«

Ihre Blicke trafen sich. Beatrix auf solche Weise zu begegnen, überwältigte Aliza fast. So mit ihr zu sprechen, verlangte ein Übermaß an Selbstbewusstsein. Ihr frisch gefasster Mut verließ sie beinahe wieder.

»Nein«, antwortete sie tapfer. »Die Marktaufseher sind strenger hier, und die Bürger geben lieber den Bettlern ihrer eigenen Gemeinde ein Almosen, statt unseren Kupferflickern und Korbflechtern Verdienst zu ermöglichen. Die Bauern haben sogar Angst, dass wir ihnen das Korn vom Halm stehlen. Wer kein festes Dach über dem Kopf hat, ist ein gesuchter Sündenbock für alles Mögliche. Ich wünschte, wir hätten den Rhein nie überschritten.«

»Das hört sich nicht gut an«, antwortete Beatrix. »Aber lass uns über die Zukunft reden. Du bist Heinrich entwischt, warum?«

Aliza zögerte, wagte nicht, die ganze Wahrheit zu sagen. Die

Angst um Leena und die anderen hielt sie im letzten Moment davon ab. Auch hatte sie das sichere Empfinden, dass sie die junge Königin kränken würde, wenn sie ihr von dem bösartigen Komplott erzählte, in das sie gegen ihren Willen verwickelt worden war. Sie musste versuchen, sich und die Ihren zu schützen, ohne Beatrix zu verletzen.

»Ich bin auf der Flucht, weil er sich Rechte herausnimmt, ohne mich zu fragen. Ich wollte mich vor ihm in Sicherheit bringen.«

»Bei mir? Wie bist du überhaupt ins Zelt gekommen?«

»Es gibt da einen Riss in der Zeltwand, hinter dem Vorhang dort. Ich versuchte meinen Weg zu ertasten, dabei habe ich ihn entdeckt.«

»Deinen Weg? Den Weg wohin?«

Was sollte sie antworten? Aliza folgte einer plötzlichen Eingebung.

»Zu Rupert von Urach.«

»Wer ist das?«

»Ein Vasall des Herrn von Zähringen. Er … er kümmert sich um mich …« Alizas Wangen röteten sich vor Verlegenheit. Es brachte Beatrix unverzüglich auf eine falsche Spur.

»Heinrich will dich deinem Ritter abspenstig machen?«, schloss sie, sich an die poetischen Balladen und romantischen Geschichten der *Chanteurs* erinnernd, die ihren Weg sogar ins Kloster von Dôle gefunden hatten. »Das lasse ich nicht zu. Ich werde dem Ritter von Urach mitteilen lassen, dass du bei mir bist. Danach können wir gemeinsam überlegen, wie es mit dir weitergehen soll.«

Fassungslos starrte Aliza die Königin an.

»Ich habe Euch gesagt, wer ich bin. Manche würden mich sogar eine Dirne nennen.«

»Bist du eine?«

Die direkte Frage trieb Aliza die Röte in die Wangen.

»Nein. Auch wenn es so aussieht.«

Ihre Augen trafen sich.

»Für mich bist du ein Mädchen aus Burgund, sprichst meine Sprache. Vor meiner Heirat lebte ich im Kloster. Niemand hat mich in dieses Land begleitet. Ich gewähre dir Gastfreundschaft, solange du möchtest.«

Sechstes Kapitel

➤✦➤

ÜBERRASCHUNGEN

Rupert von Urach
Kreuzhof bei Regensburg, 11. September 1156

Die Wachen rechts und links des Einganges kreuzten die Lanzen vor Rupert. Erst als er sein Begehr nannte, gaben sie den Weg frei. Schon im Begriff, den Eingangsvorhang zurückzuschlagen, bemerkte er, dass innen mit gedämpften Stimmen ein scharfer Disput ausgetragen wurde. Clementia klang schroff, die Männerstimme beißend.

Ein Ehestreit?

Rupert ließ die Hand sinken, wollte wieder gehen, als von innen geöffnet wurde. Heinrich und sein Schwager Berthold traten ins Freie. Die Brauen zusammengekniffen, stutzte Heinrich bei Ruperts Anblick.

»Urach, nicht wahr? Ihr wollt zu Berthold?«

Berthold machte den Eindruck, als suche er jemanden, an dem er seine Wut auslassen konnte. Eine Bestätigung erübrigte sich.

»Er kommt wie gerufen«, erhielt Heinrich sie durch Berthold. »Wenn es einen Menschen auf der Welt gibt, der Clementia besänftigen kann, dann ist er es. Sicher kann er in unserem Sinne die Wogen glätten. Keine Sorge, man kann ihm vertrauen, Heinrich.«

Berthold attestierte Rupert Vertrauenswürdigkeit. Was war da wohl geschehen? In den beiden vergangenen Tagen war seine Gefolgschaftstreue aufs äußerste beansprucht worden. Er war gekommen, um bei Clementia Rat zu suchen, und fand sich unversehens in der Rolle des Friedensstifters. Er mahnte sich zur Vorsicht. Wenn Berthold etwas gerne *in seinem Sinne* geregelt sah – was genau erwarteten die beiden von ihm?

»Dann tut Euer Bestes, Urach«, befahl Heinrich ohne Umschweife. »Wir verlassen uns auf Eure Fähigkeiten.«

Beide entfernten sich grußlos, ohne ihm seine Friedensmission näher zu erläutern.

Für Rupert war es die erste Begegnung mit Heinrich dem Löwen, und er musste sich eingestehen, dass er beeindruckt war von der Autorität, die er ausstrahlte. Zweifellos war er der geborene Herrscher, man zollte ihm unaufgefordert Respekt. Berthold verblasste neben ihm. Dass Clementia sich ihm offensichtlich widersetzte, bewies entweder ihren Mut oder ihre Verzweiflung. Worum ging es?

Clementia sortierte Dokumente auf einem Tisch, als Rupert eintrat.

»Oh, Rupert. Du bist es«, begrüßte sie ihn. »Gib mir Zeit, mich zu fassen«, bat sie und schloss für einen Moment die Augen, in denen Zorn blitzte.

Ärger stand ihr ins Gesicht geschrieben. Sie strich sich übers Haar, als wolle sie es ordnen.

»Ich kann später wiederkommen«, schlug Rupert vor.

Clementia schüttelte stumm den Kopf, öffnete die Augen wieder.

»Was sollte das schon ändern? Hast auch du davon gehört? Es ist eine Schande, der Gipfel der Peinlichkeit. Was denkt er sich eigentlich?«

»Wisst Ihr denn Genaueres über Bertholds Pläne? Mir verweigert er jede Auskunft. Was hat er mit Urach vor?«

»Wer spricht von Berthold? Ich rede nicht von ihm, sondern von Heinrich – genauer gesagt, vom Verschwinden der Ägypterin.«

Sie hatte es also erfahren. Er hatte das Problem vorerst zur Seite geschoben. Er war von den eigenen so in Beschlag genommen, dass ihm weder Zeit noch Energie geblieben waren, etwas wegen Sizma zu unternehmen.

»Verübelt es niemandem. Die Ägypterin weiß zu gut, wie man einem Mann den Kopf verdreht.«

»Das ist doch Geschwätz, Rupert. Dass ein Mann den Verstand verliert, wenn ihn die Geilheit packt, ist mir bewusst. Dass jedoch sowohl mein Bruder wie mein Mann …«

Clementia brach ab, weil Ruperts Miene solche Verwirrung zeigte, dass sie nur eine Erklärung dafür fand. »Wir sprechen von verschiedenen Dingen. Ich sehe es dir an. Weshalb bist du hier, Rupert?«

Die Schlaflosigkeit der letzten beiden Nächte forderte ihren Tribut. Sich auf das Wesentliche zu konzentrieren, fiel Rupert schwer. Er versuchte es dennoch, indem er sich zu äußerster Sachlichkeit zwang.

»Die zweite Frau meines Vaters ist am Tag der heiligen Agnes nach schwerer Krankheit verstorben. Als die Nachricht davon in Burg Zähringen eintraf, wurden befremdliche Befehle gegeben. Man brachte meine Halbschwestern nach Zähringen und stellte sie unter die Obhut der Burgherrin. Senta ist dreizehn, ihre Schwester Katlin sechzehn. Ich weiß die Sorge um sie zu schätzen, aber dass mir nichts davon mitgeteilt wurde, gibt mir zu denken. Auch dass die Zahl der Kriegsknechte auf Urach verdoppelt wurde und nun ein Hauptmann aus Zähringen das Kommando über die Burg führt. Berthold tut meine Bedenken als lächerlich ab, aber ich kann nicht glauben, dass mich nur Hirngespinste bewegen.«

»Heilwig von Froburg, Bertholds Frau, bestimmt in seiner Abwesenheit über Burg und Ländereien. Sie ist eine freundliche Frau«, antwortete Clementia. »Du musst dir keine Sorgen um die Mädchen machen, Rupert. In ihrer Trauer bedürfen sie des Trostes und mütterlicher Fürsorge. Heilwig wird sich als Lehnsherrin verpflichtet fühlen, sich ihrer mit Wärme anzunehmen.«

»Die Frau meines Burgvogtes hat sich schon während der Krankheit der Mutter um die beiden gekümmert. Es fehlte ihnen also an nichts. Sie haben Urach unter Tränen verlassen müssen.«

Clementia legte den Zeigefinger nachdenklich an die Unterlippe. »Hast du Berthold Grund gegeben, dir zu misstrauen, Rupert?«

»Haltet Ihr mich für einen Verräter?«

»Nein, aber für einen Mann mit eigener Meinung, die er auch vertritt. Und ihr seid verschieden. Du stehst mit beiden Beinen auf der Erde, er greift nach den Sternen. Suchst du bei mir Rat, weil sich Berthold weigert, seine Pläne preiszugeben?«

»Er hat mir untersagt, nach Hause zu reiten und dort nach dem Rechten zu sehen. Er bedürfe meiner Dienste hier. Der Hauptmann und seine Männer seien nur nach Urach geschickt worden, um sicherzustellen, dass kein Feind die Gelegenheit ergreift, eine herrenlose Burg an sich zu bringen.«

»Willst du abstreiten, dass das vernünftig klingt?«

Rupert knirschte mit den Zähnen.

»Und warum muss ich diese Dinge von meinem Burgvogt erfahren und nicht von ihm? Was bezweckt er damit? Er hat Gefallen daran gefunden, Gehorsam durch Geiseln zu erzwingen. Was plant er für meine Schwestern?«

»Heilwig wird gute Ehemänner für sie suchen.«

»Ehemänner, die gut für Zähringen sind«, spottete Rupert bitter. »Er nutzt sie für seine Zwecke.«

»Du solltest Heilwig dankbar sein. Sie wird ihre Sache richtig machen. Es ist sicher der Kummer um deine Stiefmutter, der dir zusetzt. Ich weiß, aber du siehst Gespenster.« Clementia berührte tröstend Ruperts Arm.

»Wenn ich dessen gewiss sein könnte, wäre mir leichter ums Herz«, seufzte Rupert. »Ich wollte Euch bitten, Einfluss auf Berthold zu nehmen. Wir waren nicht immer einer Meinung in letzter Zeit, dennoch bin ich ihm loyal ergeben. Ich muss Gewissheit haben, dass es meinen Schwestern gutgeht und sie auch künftig ein angemessenes Leben führen können.«

»Du hast dir einen schlechten Zeitpunkt für diese Bitte ausgewählt, Rupert. Wir sind eben nicht gerade im Frieden auseinandergegangen, wie du bemerkt haben wirst.«

»Dennoch habt Ihr es schon im Kinderkittel verstanden, ihm die Würmer aus der Nase zu ziehen«, beharrte Rupert. »Ich hingegen scheine neuerdings immer das Falsche zu sagen.«

»Du sorgst dich wenigstens um deine Schwestern, auch das unterscheidet dich von Berthold«, sagte sie, halb zu sich selbst, halb zu ihm. »Ich will sehen, was ich tun kann, aber fass dich in Geduld. Berthold ist nicht gerade gut ansprechbar im Augenblick. Sein Plan, über eine Buhle Einfluss auf den Kaiser zunehmen, ist zunächst einmal gescheitert. Die Geiseln von Donaustauf haben die Gunst der Stunde genutzt und sind geflohen.«

»Eine der Schwestern ist verschwunden, Sizma, aber ich glaube zu wissen, wo sie steckt«, korrigierte Rupert. »Da sie ohnehin nicht seine erste Wahl ist, sondern Aliza, die andere, mag das ärgerlich sein, aber ...«

»Du täuschst dich. Die Rothaarige, die Barbarossa schon aus der Ferne fasziniert hat, konnte ebenfalls entfliehen.«

»Unmöglich! Das würde sie nie tun. Sie will um jeden Preis vermeiden, dass noch mehr Blut fließt.«

»Ich habe dir schon einmal gesagt, ihr unterschätzt die beiden

Frauen.« Clementia reagierte gereizt auf den Unterton von Verständnis und Bewunderung in Ruperts Worten. »Es ist peinlich genug, aber lass dir von Hildburg berichten, was geschehen ist. Sie hat es zu allem Überfluss miterlebt, ohne es verhindern zu können.«

Clementia winkte Hildburg herbei.

»Nach dem Festmahl gestern wollte der Herzog von Sachsen zusammen mit Herrn Berthold und seinen Gefolgsleuten noch ein Fass Zähringer Wein anstechen. Durch einen Zufall geriet dabei diese Aliza vor Herrn Heinrichs Augen. Er fand auf den ersten Blick Gefallen an ihr. Statt mit den anderen zu zechen, brachte er sie in sein Quartier.«

Wie von selbst ballten sich zornig Ruperts Fäuste.

»Heute Morgen hatte Berthold dann nichts Besseres zu tun, als bei mir Klage über Heinrich zu führen.« Clementia riss das Gespräch wieder an sich. »Als hätte *ich* alle diese Hirnlosigkeiten verschuldet. Heinrich hat einen Teil unseres Gesprächs mitgehört und meinte, ich sei töricht genug, meinem Bruder mein Eheleid zu klagen. Peinlicheres ist mir selten untergekommen.«

»Ihr werdet ihn wieder besänftigen.« Rupert versuchte sich den Anschein von Besonnenheit zu geben. »Welche Möglichkeit haben wir, diese Sache zwischen Heinrich und Aliza zu beenden?«

»Keine, denn die Angelegenheit ist inzwischen zur Jahrmarktsposse geworden.« Clementia machte keinen Hehl aus ihrem Missmut. »Diese Aliza nutzte das Dunkel der Nacht, um auch Heinrich zu entschlüpfen. Er schickte ihr seine Männer hinterher, die freilich bei der Jagd einen solchen Radau machten, dass die Wachen des Kaisers einschreiten mussten. Bis sich alles geklärt hatte, war die junge Frau über alle Berge.

Jetzt sieht Heinrich doppelt rot. Weil er um sein Vergnügen gebracht wurde und weil die Geschichte natürlich hinter vorgehaltener Hand die Runde machen wird. Es wurden wohl eine Reihe von Rittern Zeugen. Unter ihnen das Lästermaul Kuno von Vohburg.«

»Vohburg kann von Glück sagen, dass er am Hof des Kaisers geduldet wird, nachdem seine Schwester Adela Barbarossa so übel mitgespielt hat. Niemand nimmt sein Geschwätz ernst.«

»Wenn es um seine männliche Eitelkeit geht, nimmt Heinrich alles ernst – auch das Geschwätz. Ich fürchte vor allem, er wird nicht ruhen, bis er die schöne Rothaarige gefunden hat und zu seinem Vergnügen gekommen ist. Er schätzt es nicht, zum Narren gemacht zu werden.«

»Nehmt Ihr an, er wird Aliza suchen?«

»Mit Sicherheit. Es käme einer Niederlage gleich, würde sie ihm tatsächlich entkommen.«

Clementia sah ihm an, was ihm durch den Sinn ging, und erstickte seine Hoffnung im Keim. »Misch dich nicht in diese Sache ein, Rupert. Du würdest alle gegen dich aufbringen. In den Augen des Herzogs ist die Ägypterin Freiwild. Er will sie haben. Auch weil ihm der Streit mit Berthold den Eindruck vermitteln musste, es missfiele mir, wenn er sie zur Buhle nimmt.«

Ob Clementia bedenkt, was sie mir damit über ihr Eheleben verrät?, fragte sich Rupert. Umstände, Eheschwur, Sitte und Gehorsam banden sie an Heinrich, wie ihn das Vasallentum an Berthold. Ähnlich Mägden und Knechten mussten Ritter und Herzogin widerspruchslos gehorchen.

Vor dem Zelt klangen Stimmen. Ein königlicher Page wurde gemeldet. Hildburg ließ den Jungen ein, nachdem Clementia genickt hatte.

»Ihre Majestät, die Königin, wünscht den Herrn Ritter von Urach zu sprechen. Wenn Ihr mir bitte folgen wollt, Herr!«

»Die Königin?« Clementia konnte ihr Erstaunen nicht verbergen. »Was will die Königin von ihm?«, wandte sie sich an den Jungen.

»Das kann ich Euch nicht sagen, Euer Gnaden.«

Clementia fixierte Rupert auffordernd. Ratlos hob er die Schultern.

Sich vor Clementia verneigend, zog er dabei verstohlen sein Wams glatt. Er trug Alltagskleider. Er hätte gerne mehr Sorgfalt auf seine Erscheinung verwendet.

»Es ist egal, wie du aussiehst, Rupert. Die Königin hat nur Augen für den Kaiser.« Flüsternd fügte Clementia hinzu: »Komm unverzüglich zurück und berichte. Ich kann dir in Dingen des Hofes besser raten als Berthold.«

Der Page blieb den ganzen Weg über schweigsam, während Rupert seinen Gedanken freien Lauf ließ. Beim besten Willen wollte ihm kein Grund einfallen, warum die Königin nach ihm schickte. Normalerweise war es eine hohe Ehre. Hiobsbotschaften waren allerdings in den letzten Tagen die Regel.

Ein Labyrinth aus Zelten, die ineinander übergingen, bildete das Quartier des Kaisers. Bis Rupert endlich das Knie vor der Königin neigte, wusste er kaum noch, wie viele Vorhänge und Vordächer er passiert hatte.

»Gott zum Gruße, Herr Ritter.«

Beatrix empfing ihn liebenswürdig und bat ihn ohne Umschweife, sich wieder zu erheben. Bis auf eine ältere Edeldame, die an einem Altartuch stickte, waren sie allein in einem Kabinett, dessen Seidenwände das Kerzenlicht golden widerspiegelten.

»Euer Majestät«, grüßte er ehrerbietig.

Aus der Nähe wirkte die Königin zarter und anmutiger, indessen nicht so kindhaft. Ihre Bewegungen verrieten Tatkraft und Entschiedenheit, ihr Blick Scharfsinn. Bestechend waren ihre unendlich blauen Augen.

»Zu Euren Diensten«, fügte er aus jähem Antrieb hinzu, ehe er höflich einen Schritt zurücktrat, damit ihr Größenunterschied sie nicht bedrängte.

»Dieser Dienste bedürfen wir«, erwiderte sie.

Aliza
Kreuzhof bei Regensburg, 11. September 1156

Schwankend zwischen Angst und Erwartung, hätte Aliza beinahe den Ruf überhört.

»Gesell dich zu uns, meine Liebe.«

Den Blick auf Beatrix gerichtet, trat Aliza hinter dem Wandschirm hervor, der einen Teil des Raumes schutzbietend abtrennte.

Sie trug feine Wolle. Das Tuch ungefärbt, hellbraun. Ein Kopfputz aus Leinen verbarg das Haar.

Rupert konnte seine Überraschung nur mühsam verhehlen.

Die Herrin von Tennenburg, die Beatrix Gesellschaft leistete, zog Seidengarn durch den Stoff, unbeeindruckt davon, dass die Luft um sie herum vor Spannung flirrte. Immer deutlicher nahm das Kreuz auf dem Tuch, das sie bestickte, Formen an. Obwohl sie unter Gicht in den Fingerknöcheln litt, trieb sie der Ehrgeiz, ein Altartuch anzufertigen.

Sie ist ein wenig schwerhörig, hatte Beatrix kurz zuvor Aliza aufgeklärt, *wir können miteinander sprechen, ohne dass sie Fragen stellt. Sie ist eine liebe Seele. Ich bin gerne in ihrer Gesellschaft, obwohl sie zu den Frauen gehört, die mir die Herzogin von Sachsen besonders ans Herz gelegt hat.*

Aliza richtete einen kurzen Blick in Ruperts Richtung.

Er machte einen erschöpften Eindruck. Dass seine Gesichtszüge sich versteinerten, der Mund sich öffnete und seine Augen sich weiteten, bewies ihr seine Befangenheit. Sie blieb neben Beatrix stehen. Am liebsten hätte sie nach ihrer Hand gegriffen, um an der Zuversicht teilzuhaben, die sie verströmte. Beatrix mochte einsam sein und sich nach mehr Aufmerksamkeit von ihrem Mann sehnen, aber sie besaß eine innere Ruhe und Gelassenheit, die ansteckend wirkte.

»Aliza ist Euch ja keine Unbekannte«, stellte Beatrix mit einem Lächeln für Rupert fest. »Sie sagt, sie stehe unter Eurem Schutz und folge Euren Befehlen. Es sei Euer Recht, zu entscheiden, ob sie mir dienen dürfe oder nicht. Wie Ihr zu dieser Vollmacht gekommen seid, wollte sie mir allerdings nicht verraten. Vielleicht tut Ihr es ja?«

Dass Aliza Schutz vor Heinrich dem Löwen ausgerechnet bei der Königin fand, empfand sie als eine schwer zu ertragende Tücke des Schicksals, doch zu entscheiden, was richtig und was falsch war, überstieg im Augenblick ihre Kräfte.

Sie suchte den Faltenwurf ihres Übergewandes und zerknitterte fahrig den Stoff, wartete ratlos Ruperts Reaktion ab und bewunderte das Einfühlungsvermögen der Königin, die Ruperts Zögern offensichtlich verstand.

»Ihr würdet Euch gerne mit Aliza austauschen, aber in meiner Gegenwart fällt Euch das schwer«, wandte sie sich an ihn. »Ich will mich zu Agnes setzen und ihr helfen. Hinter dem Wandschirm findet Ihr Platz für ein Gespräch. Bedenkt bei allem, solange Aliza unter meinem Schutz steht, kann ihr weder Herzog noch Ritter zu nahe treten.«

Aliza warf der Königin einen dankbaren Blick zu.

Ihre Worte überschlugen sich fast, während sie Rupert leise sprechend die Ereignisse des Vorabends schilderte und ihre Flucht verteidigte.

»Bitte berichtet Herrn Berthold, und bitte seht, dass meinetwegen niemand bestraft wird. Ich will alles tun, was mir befohlen wird.«

»Beruhige dich.« Rupert fing ihre Hände ein, die gestenreich den Bericht unterstrichen hatten. Die Berührung wärmte Aliza. »Es ist klug, dass du nach mir geschickt hast. Weiß die Königin, dass du zum fahrenden Volk gehörst?«

»Natürlich, weshalb sollte ich lügen?«

»Deine Aufgabe hast du nicht erwähnt?«

»Nein! Beim Leben meiner Sippe.«

Glaubte er ihr? Seine Hände hielten noch immer die ihren. War er sich dessen bewusst? Es rief ein Gefühl von Schwäche in ihr hervor.

»Wir wollen besonnen vorgehen.« Seine Stimme klang wie von ferne. »Bleib bei der Königin, bis ich mich mit Berthold besprechen kann. Am besten, wir lassen sie in dem Glauben, dass die Liebe uns verbindet. Es scheint dann umso begründeter, dass ich dich schütze.«

Aliza hätte es gerne ebenfalls geglaubt, aber alles sprach dagegen. Wenn ihm wirklich an ihr lag, wieso fiel ihm dann nichts Besseres ein, als Berthold über sie bestimmen zu lassen?

»Es ist wohl zu viel verlangt, einen Ausweg zu finden, der mir diese Zumutungen erspart«, murmelte sie spröde.

»Ja.«

Erschrocken blickte sie ihm in die Augen. Überrascht, konnte er nicht – wie üblich – seine Empfindungen rechtzeitig verbergen.

Aliza fand ihr Leid in seinen Augen gespiegelt. Rupert entdeckte ihre Verzweiflung. Es zog sie zueinander, doch sie wussten, dass es keinen gemeinsamen Weg gab. Jedes Wort wäre verschwendet.

»Ich kann die Königin nicht belügen«, flehte Aliza. »Ich kann ihr kaum in die Augen sehen. Sie handelt ohne Ansehen von Rang und Namen. Und wie muss und soll ich es ihr danken? Mit Heimtücke und Niedertracht?«

»Denke ausnahmsweise einmal an dich und nicht an andere«, riet Rupert.

»Ich weiß nicht, ob ich das kann.«

»Du musst.«

Befehl über Befehl. Nie hörte sie etwas anderes von ihm. Aliza versuchte ihrer Empfindungen Herr zu werden und sich dreinzufinden. Vielleicht deutete sie alles falsch. Vielleicht verwechselte sie einfach Wunsch und Wirklichkeit. Hastig nahm sie ihre Hand aus seiner und nickte stumm.

Die Königin räusperte sich vielsagend und beendete damit jede Vertrautheit. Rupert folgte dem Ruf. Die Hand auf Alizas Schulter, kehrte er mit ihr zurück zu Beatrix. Die Wahrnehmung des Körperkontaktes mit ihm hielt noch an, als sich die Königin von Rupert verabschiedete.

»Seid gewiss, Aliza ist gut aufgehoben bei mir. Und auch wird Euer Lehnsherr eine heimatlose Fremde, die Ihr ehelichen wollt, sicher anders beurteilen, wenn die Braut zum königlichen Haushalt gehört.«

Ruperts Braut? Musste die Verstellung so weit getrieben werden? Es war nicht nur die Lüge, die Aliza bekümmerte, auch die vergebliche Illusion tat weh.

»Sei nicht so betrübt«, tröstete Beatrix sie mitfühlend. »Lass uns darüber nachdenken, wie wir den Damen meines Hofstaats dein unverhofftes Auftauchen erklären. Du musst auch auf die eine oder andere Frage gefasst sein. Dass du im Burgundischen aufgewachsen bist, macht die Sache leichter. Es erklärt, dass du meine Sprache sprichst.«

Aliza sah und hörte voller Faszination, wie Beatrix, auf und ab gehend, ein ganzes Leben für sie entwarf. Am Ende war sie eine Novizin aús Dôle, die der Königin in solcher Freundschaft verbunden war, dass sie nach deren Heirat Kloster und Heimat verlassen hatte, um ihr zu dienen.

»Wenn du dich mit einem Leben als Kammermagd zufriedengibst, haben wir ein Problem weniger. Kammermägde müssen nicht von nobler Herkunft sein. Die gemeinsame Vergangenheit im Kloster begründet außerdem, weshalb wir uns – ungeachtet des Unterschiedes von Geburt und Rang – so vertraut sind«, tat Beatrix alle Einwände ab. »Burgund ist weit, und meine Damen interessieren sich mehr für das Hier und Heute.«

Unter ihrer Begeisterungsfähigkeit entdeckte Aliza das Kind, das Beatrix so sorgfältig vor ihrer Umgebung versteckte. Im Sternbild der Waage geboren, würde sie im nächsten Monat das dreizehnte Lebensjahr vollenden. Fünf Jahre und tiefe Gräben trennten sie und das Findelkind vom Ufer des Doubs, und doch hatte Aliza auf Anhieb mehr Liebe und Verständnis für sie empfunden als je für Sizma.

Die Erfahrung, wie Berthold zur Königin stand, machte Aliza am Nachmittag des gleichen Tages. Clementia löste sich geschickt aus dem Kreise der Damen, die Beatrix versammelte, um die Armenspeisung an der Kreuzhofkirche aufzusuchen. Für einen Unbeteiligten mochte es aussehen, als sorge sie sich um das Wohl der Königin, die in Anbetracht des Sonnenscheins auf einen Umhang verzichtet hatte, obwohl ein kühler Wind wehte. Sie erbot sich, einen Mantel für Beatrix zu holen, und tauchte deshalb, völlig unerwartet, bei Aliza im Zelt auf.

Zwischen den Garderobentruhen der Königin hatte sie sich dort vor Entdeckung sicher geglaubt. Ganz damit beschäftigt, Ordnung in die Garderobe der Königin zu bringen, nahm sie kaum wahr, dass Clementia hereintrat.

»Anscheinend verfügt ihr Ägypter wirklich über Zauberkräfte.« Clementia sah sich neugierig um, während sie über den Pelzbesatz eines Staatsgewandes strich, dessen Rocksäume Aliza gerade ausbürsten wollte. »Wie sonst soll ich mir erklären, dass du in so kurzer Zeit das Vertrauen der Königin erworben hast?«

Aliza antwortete nicht.

»Wie auch immer, du bleibst jetzt, wo du bist. Du wirst mir Bericht erstatten über alles, was die Königin dir anvertraut, und wirst weder Aufmerksamkeit erregen noch in Sichtweite des Kaisers oder meines Mannes geraten.«

»Und was geschieht mit meiner Schwester? Meiner Mutter? Unserem Stamm? Lasst Ihr sie frei?«

Aliza wartete vergeblich auf ein klares Ja.

»Das hängt von dir ab. Daran hat sich nichts geändert.«

»Ich will sie sehen. Ich will wissen, wie es ihnen geht. Ich will mit ihnen sprechen.«

Clementia hob die Augenbrauen angesichts des Mutes zum Widerspruch. »Hör zu: Du wirst gekleidet, bekommst zu essen, wirst beschützt. Bis auf Weiteres bleibt dir sogar der Liebesdienst erspart. Ich kenne eine Menge Frauen, die dich um dein Luxusleben beneiden würden. Setze es nicht mit unziemlichen Forderungen aufs Spiel. Und nun gib mir den Umhang der Königin.«

Clementia hatte während des Gesprächs ständig auf das Geschehen draußen gehorcht. Da die Geräusche des Aufbruchs deutlicher wurden, wandte sie sich zum Gehen.

»Was kann ich Euch glauben?«, rief ihr Aliza nach.

»Finde es heraus! Du wirst selbst lernen müssen, wem und was du glauben kannst.«

Bis Aliza ihre Verblüffung überwunden hatte, fiel der Vorhang hinter der Herzogin.

Sie hat recht. Mir bleibt keine Wahl. Ich muss gehorchen.

Ermattet sank sie auf einen Hocker, die Arme tatenlos über die Knie gelegt. Von Beatrix wusste sie, dass der Kaiser nicht mehr lange in Regensburg bleiben würde. Dabei hatte sie überrascht von der Fülle der Aufgaben erfahren, die im Laufe eines Hoftages auf ihn warteten. Vergnügungen erwiesen sich als Pflichtveranstaltungen. Gerichtsverhandlungen, Beratungen mit Fürsten, Gesandten und Klerikern, Besprechungen mit Ministerialen und Edelmännern wechselten sich in ununterbrochener Folge ab. Es wurden Urkunden ausgefertigt, Bauvorhaben besprochen sowie Anerkennung und Tadel an jene verteilt, die es verdienten.

»Bei all dem muss er ständig die Machtverhältnisse im Reich berücksichtigen«, hatte Beatrix ihr erklärt. »Auch seine Berater machen Fehler. Er muss ihnen Anweisungen geben, was oft schwierig ist, weil sie ihren eigenen Kopf haben. Er muss vermeiden, sie zu seinen Feinden zu machen.«

Berthold von Zähringen war einer dieser Feinde. Musste sie Beatrix nicht vor ihm warnen?

Wenn sie es tat, was wurde dann aus Leena und den anderen?

In Gedanken war sie oft bei ihrer Ziehmutter. Sie musste außer sich vor Sorge sein. Die Unsicherheit über ihr und Sizmas Schicksal würde sie peinigen wie die Brandwunden. Hatte man inzwischen einen neuen Anführer gewählt? Aber was konnte der schon gegen die Kriegsknechte des Fürstbischofs ausrichten?

Zum Ende des Sommers hatte Tibo südwärts ziehen und die kalte Jahreszeit in milderen Gefilden verbringen wollen. Blieb der Stamm nach seinem Tod bei diesem Plan? Egal, wer was entschied, sie mussten aufbrechen, wollten sie nicht in Donaustauf festsitzen. Wenn Regenfälle die Straßen und Wege aufweichten, entwurzelte Bäume sie blockierten, war es zu spät. Ganz zu schweigen vom ersten Schnee, der so weit im Norden schon Ende September oder Anfang Oktober fallen konnte.

Ein Winter am Fluss wäre für die Alten und die ganz Jungen gleichbedeutend mit einem Todesurteil. Greise und Säuglinge würden ihm zum Opfer fallen. Die Wagen boten nur unzureichend Schutz vor der Witterung, viele der Zeltplanen waren seit Monaten brüchig. Auf dem sumpfigen Flussgelände würde allen die Feuchtigkeit in die Knochen kriechen. Ganz davon zu schweigen, dass trockenes Brennholz für die Kochfeuer dort kaum zu finden war. Hunger und Kälte warteten auf die Tamara. Auf Hilfe konnten sie weder von der Burg noch aus dem Dorf Donaustauf rechnen. Im günstigsten Fall blieben sie ihrem Schicksal überlassen. Im schlimmsten Fall mussten sie mit zusätzlichen Repressalien rechnen.

Hoffnungslosigkeit legte sich ihr wie ein Mühlstein aufs Gemüt.

Was, außer Elend und Unglück, hatte sie zu erwarten?

Königin Beatrix
Regensburg, 14. September 1156

Die Steinerne Brücke wurde in nur elf Jahren erbaut und wölbt sich in vierzehn Bögen über den Fluss«, erklärte der Fürstbischof des Hochstiftes Regensburg, Hartwig von Spanheim, eifrig. »Jeder Pfeiler ruht auf seinem eigenen Schwellrost aus Eichenstämmen im Kiesbett der Donau.«

Im Tonfall einer Sonntagspredigt fügte er eine ganze Reihe von Einzelheiten hinzu, die Beatrix' Kenntnisse der deutschen Sprache überforderten. Das Bauwerk erfüllte die Regensburger mit solchem Stolz, dass seine Eminenz kein Ende fand. Während er über Fangdämme, Unterspülungen und Donaustrudel referierte, versuchte sie sich vorzustellen, wie das Kreuzfahrerheer, dem damals auch Friedrich angehört hatte, trockenen Fußes diese Brücke überquert hatte. Fast genau neun Jahre lag der Tag zurück, an dem die Elite der abendländischen Ritterschaft von Regensburg aus ins Heilige Land aufgebrochen war. Welch ein Abenteuer.

Auch in Burgund hatte man sich seinerzeit die Geschichten vom Heldenmut und der Frömmigkeit der Kreuzfahrer erzählt. Im Mittelpunkt der Neugier stand dort jedoch Eleonore von Aquitanien, die mit ihrem Mann, König Louis von Frankreich, ebenfalls nach Jerusalem aufgebrochen war. Mittlerweile war Eleonore – wegen zu naher Verwandtschaft – vom französischen König geschieden und mit dem Herrscher von England verheiratet. Friedrich musste sie von Angesicht zu Angesicht gesehen haben. War sie wirklich so wunderschön, wie Gerüchte und Lieder behaupteten? So kühn und selbstbewusst, dass es sie nicht kümmerte, wenn sie Anstoß erregte? Woher nahm sie den Mut dazu?

Ein Aufschrei ging durch die Menschenmenge und machte Beatrix' Tagträumen ein Ende. Auf der Festwiese waren das Donnern der Hufe und das Waffengeklirr verstummt. Sogar der Fürstbischof unterbrach seinen Vortrag. Hatte sie etwas Wichtiges versäumt?

Seit Stunden kämpften die fähigsten Ritter des Kaisers auf dem Turnierfeld vor den Toren von Regensburg um Ruhm und Ehren. Die Waffengänge glichen einander, auch Lärm, Staub und das Geschrei waren stets dasselbe. Ganz Regensburg drängte sich hinter den Absperrungen, so dass sich Beatrix auf der Tribüne wie an Deck eines Schiffes im Sturm vorkam. Sie brauchte ihre ganze Willenskraft, um zu verbergen, wie sehr sie fürchtete, verschlungen zu werden, in diesem Meer von Menschen, aufgeheizt von dem Spektakel und den Getränken, mit denen sie Staub und Hitze hinunterspülten, erregt vom Blut, das reichlich floss, und getrieben von Trommelschlag und Fanfarenstößen.

Obwohl Beatrix wusste, wie überlebenswichtig es war, dass die Ritter Erfahrungen im Kampf Mann gegen Mann sammelten, fand sie es wenig unterhaltsam, dabei zuzusehen. Es mutete sie grausam an, dass ein einziger Lanzenstoß genügte, einen Helden zum Opfer zu machen.

Der Ritter, der eben vom Pferd gestoßen worden war, lag,

einem Eisenkäfer gleich, hilflos auf dem Rücken. Um ihn herum die zersplitterten Reste der eigenen Lanze und des Schildes, dessen Gurte unter der Wucht des Aufpralls gerissen waren. Sein Streitross tänzelte aufgeregt über die Bahn. Ein Reitknecht, der nach seinen Zügeln zu greifen versuchte, wich immer wieder vor dem schnaubenden Tier zurück.

»Müssen sie sich gegenseitig wirklich so schwer verletzen?«, fragte Beatrix.

»Die Lanzen haben doch ohnehin schon angesägte Schäfte, damit nicht jeder Treffer zum Tod führt«, antwortete der Prälat. »Das Kräftemessen dient nicht nur der Übung, es soll auch zeigen, dass die Ritter fähig sind, das Volk mit Waffengewalt gegen den Feind zu schützen. Die Menge liebt Schauspiele wie dieses. Dem Kaiser geben sie die Möglichkeit, die Besten auszuwählen. Wie Ihr wisst, ist ein Feldzug geplant.«

Auf der Wiese, die inzwischen mehr einem Sturzacker glich, schrie der Verletzte vor Schmerzen, während die Helfer ihn an Armen und Beinen packten und auf ein Brett zerrten. Eingesperrt in seine Rüstung, deren Scharniere sich beim Sturz verklemmt hatten, musste er es hilflos ertragen.

Beatrix sah ihm voller Mitgefühl nach. Nachdem man ihm alle Rüstungsteile abgenommen hatte – manchmal war dafür sogar die Hilfe eines Schmieds nötig –, stand ihm weitere Pein bevor. Dass die Menschen am Rand des Turnierfeldes dem Pechvogel auch noch höhnische Kommentare nachschrien, widerte sie an.

Das Blut in der Erde versickern zu sehen war etwas anderes, als Geschichten von Ritterehre und Tapferkeit zu hören. Dass auf dem Turnierfeld mutige Männer vor Schmerzen brüllten, machte alle Romantik zunichte. Es kostete Beatrix Überwindung, huldvoll zu lächeln, als der Sieger des Lanzenstechens sich vor der Tribüne zeigte, um das Lob des Kaisers einzuholen und das der Damen, die mit geröteten Wangen und funkelnden Augen erregt ihre Begeisterung zeigten. Sie trugen ihre Festgewänder und hatten sich mit allen Edelsteinen geschmückt, die ihre Schmuckschatullen hergaben.

Turniere wie dieses waren ebenso Heiratsmärkte. Regensburg bot die letzte Möglichkeit dieses Jahres, unter den nahezu vollständig versammelten Rittern und Adelstöchtern Verbindungen zu knüpfen. Eine solche Gelegenheit ließ sich kein Vater einer ledigen Tochter entgehen. Die unverheirateten Jungfrauen gaben sich sittsam und züchtig, aber ihre Blicke folgten unter gesenkten Lidern den Siegern und mieden die Verlierer.

Beatrix versuchte sich abzulenken, indem sie den Blick ab und zu auf die Standarten richtete. Windböen zausten die Stoffe. In allen Stickfarben glänzten Wappen und Machtsymbole. Der Löwe von Burgund befand sich nicht darunter. Es würde die Aufgabe ihres zweitgeborenen Sohnes sein, für Burgund zu kämpfen. Aber noch hatte Friedrich nicht einmal einen Erben für sein Kaiserreich. Immer noch glaubte er, sie schonen zu müssen.

Der Kaiser thronte wie üblich auf einem erhöhten Stuhl neben ihr. In ein angeregtes Gespräch mit dem Herzog von Sachsen und Bayern vertieft, entging ihm ihre Unruhe.

Das Gefolge des Löwen war in einer Hundertschaft angetreten. Wie groß musste seine Streitmacht sein, wenn man bedachte, dass er in Sachsen und den neuen bayrischen Gebieten genügend Männer zurückgelassen haben musste, um dort Frieden und Sicherheit zu gewährleisten?

Beatrix ließ jetzt die Augen zu Clementia schweifen, die in den letzten Tagen offensichtlich begriffen hatte, wie wenig sie Vertraulichkeit schätzte, wenn sie so offensichtlich aufgedrängt wurde. Eben neigte sie sich interessiert dem Turnierfeld zu, wo mit Fanfarenschall der nächste Gang des Lanzenstechens angekündigt wurde. Einer der Reiter trug das Zähringer Wappen auf dem Schild, das andere zeigte einen schreitenden Löwen.

»Kennt Ihr die Ritter, die gerade gegeneinander antreten?«, erkundigte sie sich beim Fürstbischof.

»Zähringer Gefolgsleute, Majestät. Einer aus der Verwandtschaft des Herrn Berthold und der andere – wenn ich mich nicht täusche – der junge Uracher. Einer von jenen, die bei einem Turnier nicht nur Ruhm ernten wollen, sondern auch auf die Gewinne angewiesen sind. Der Sieger erhält immerhin Ross, Rüstung und Waffen des Gegners. Die kleinen Burgherren aus dem Südwesten bedürfen solcher Gewinne.«

Alizas Beschützer. Galt Clementias Interesse ihm oder dem Zähringer Verwandten?

Beatrix dankte dem Fürstbischof leise für seine Auskunft und ließ die Herzogin nicht aus den Augen. Sie zupfte Fasern aus der Stickerei ihres Bliauts und zeigte auch sonst Zeichen von Nervosität. Als Rupert von Urach im zweiten Durchgang schwankte und nur mit Mühe einen Sturz vermeiden konnte, falteten sich ihre Hände sogar zum Gebet. Sein knapper Sieg entlockte ihr einen freudigen Ausruf. Deutlich zeigte sie, wem ihre Sympathie galt. Dem Edelmann von geringem Rang und Vermögen.

Zugegeben, der Ritter war von angenehmem Wesen und sein Äußeres gefiel, dennoch fand Beatrix es befremdlich, dass die sonst so beherrschte Fürstin seinen Kampf so erregt verfolgte. Unzweifelhaft hatte sie eine Schwäche für den jungen Ritter, während ihr Mann ein Abenteuer mit dessen Herzensdame suchte. Welch absurde Situation. Oder hatte Heinrich die Suche nach Aliza längst aufgegeben?

Es gab niemand, den sie fragen konnte. Sie war auf ihren Instinkt angewiesen, der ihr sagte, er sei kein Mensch, der schnell aufgibt. Wie Aliza. Je mehr Zeit sie mit ihr verbrachte, desto rätselhafter wurde sie ihr. Auch in ungefärbter Wolle, die Haare unter einem festen Gebände verborgen, hätte Beatrix sie nie für eine Magd oder gar für eine Kesselflickertochter gehalten. Sie hatte sich als klug erwiesen, fesselte durch ihre Anmut, konnte sich unauffällig machen, indem sie den Blick senkte und schwieg. Bisher hatte sie sich gut bei ihr eingefunden. Wie es sein würde, sollte sie in die festen Strukturen eines Burg- oder Pfalzhaushalts eingeordnet werden, wagte Beatrix nicht vorherzusagen.

Auf den Bänken der Edeldamen machte sich indessen Unruhe breit. Der Höhepunkt des Tages nahte. In zwei Mannschaften eingeteilt, traten die Ritter in der finalen Schlacht mit Lanze und Schwert gegeneinander an. Herolde verkündeten die Kampfbedingungen, nannten die Preise für die Sieger. Ehe die bunte Kordel fiel, die, quer über den Platz gespannt, die beiden Mannschaften trennte, fand eine genaue Waffeninspektion statt. Ausschließlich Turnierlanzen und stumpfe Schwerter waren bei dieser Schlacht erlaubt. Der Kaiser wollte kampferprobte, keine toten Ritter.

Fanfarenstöße machten dem Warten ein Ende. Gebrüll, Zuschauerlärm, Pferdewiehern und Waffengeklirr verbanden sich zu einem ohrenbetäubenden Konzert der Gewalt. Es setzte Beatrix so zu, dass das Echo ihre Schädeldecke zu sprengen drohte. Einzelheiten verschwammen gnädig vor ihren Augen, während sie mit zusammengebissenen Zähnen Haltung wahrte. Die darauffolgende Siegerehrung und das anschließende

Fest konnten die schrecklichen Bilder des Nachmittags nicht mehr auslöschen.

»Alles ist Krach und Gewalt«, gestand sie Aliza am späten Abend. »Sogar die Musik war zu laut. Fanfaren, Flöten, Hörner und Trommeln spielten in solcher Vielzahl auf, dass ein Instrument das andere besiegte. Ein Krieg der Klänge. Einem Sänger, der sich, wie im Burgundischen, auf seiner Laute begleitet, würde im Deutschen Reich vermutlich keiner zuhören.«

»Jede Gegend feiert auf ihre Weise«, gab Aliza zu bedenken. »Aber ich weiß, was Ihr empfindet. Auch mir ist der melodiöse Gesang einer einzelnen Fidel lieber. Milosh beherrschte die Fidel meisterhaft.«

»Wer ist Milosh? Dein Liebster?«

Sie sah Aliza bleich werden und um eine Antwort ringen.

»Ein Stammesbruder. Er ist tot.«

»Willst du mir von ihm erzählen?«

»Nein.«

Immer wieder endeten Gespräche mit Aliza an einem solchen Nein. Alizas Stolz riet Beatrix, es hinzunehmen, auch wenn ihre Neugier weiterfragen wollte und sie sehr wohl ein Recht auf Antwort hatte. Aliza vergalt ihr die Besonnenheit mit Anteilnahme.

»Es ist nicht nur das Heimweh, die Sehnsucht nach dem Wohlklang der Laute. Was bedrückt und betrübt Euch wirklich?«

»Um mir zu helfen, Aliza, müsstest du Friedrich heißen. Er ist mein Mann, aber er meint, er müsste mir mehr ein Vater sein. Sieh mich an. Er schickt mich schlafen, statt bei mir zu bleiben«, antwortete sie ohne Zögern.

»Alle sind sich darin einig, dass er Euch liebt. Seine Zurückhaltung ist ein Beweis von Behutsamkeit. Er will Euch mit seiner Begierde und seinem Wunsch nach einem Erben nicht überfordern. Es gibt nur wenige respektvolle Männer wie ihn.«

»Pah!« Erschrocken über die eigene Unbeherrschtheit, sprach Beatrix dennoch aus, was sie bewegte. »Ich will nicht nur Respekt von ihm, sondern seine Liebe. Ist das so schwer zu verstehen? Nur er kann mir Burgund und meine Familie ersetzen, indem er uns eine eigene Familie schenkt.«

»Dann geht zu ihm«, schlug Aliza vor. »Es sind nur wenige Schritte.«

»Das kann ich nicht.«

»Was hindert Euch daran? Stolz oder Kleinmut?«

»Keines von beidem. Meine Erziehung. Im Kloster hat man mir Scham, Keuschheit, Demut und Würde in Sitten und Gebärden gepredigt. Als Königin muss ich doch allen ein Vorbild sein.«

»Und wie soll der Kaiser jemals erfahren, was Ihr denkt oder fühlt, wenn Ihr, wohlerzogen, aus Scham keusch und in Demut stumm bleibt? Keine Frau der Tamara würde ihr Glück freiwillig hingeben, nur damit man sie für demütig und gesittet hält.«

»Du bist eine Rebellin, Aliza.«

»Bin ich nicht. Ich möchte Euch nur Mut machen. Wer will Euch verübeln, dass Ihr Euren Mann liebt und Euch nach der Zweisamkeit mit ihm sehnt?«

»Ich kann nicht einfach handeln, wie du dir das so vorstellst. Man wird sich das Maul zerreißen über die unbeherrschte Königin, und das wird der Kaiser nicht einfach so hinnehmen können.«

»Er wird sich einen Teufel darum scheren, weil er Euch liebt und weil er Euch auch in diesem Wunsch respektieren wird.«

Beatrix zupfte nachdenklich an ihrer Nasenspitze. Friedrich würde arbeiten, ging es ihr durch den Kopf. Nach einem Tag voller öffentlicher Auftritte und Zeremonien blieb ihm nur die Nacht, um Entscheidungen vorzubereiten, die er am nächsten Morgen zu treffen hatte. Allein oder mit einem Ministerialen, der ihm nötigenfalls aus den erforderlichen Dokumenten vorlas. Von dieser Gewohnheit ging er auch auf Reisen nicht ab, das hatte sie inzwischen herausgefunden.

Durfte sie es wagen?

Aliza nickte so nachdrücklich, als habe sie die stumme Frage verstanden.

»Und wenn er mir zürnt?«

»Dann wird er Euch auch wieder verzeihen. Das Risiko müsst Ihr eingehen. Nichtstun hilft Euch nicht weiter. Es ist genau die Torheit, die man am leichtesten vermeiden kann.«

Aliza suchte einen dunklen Umhang aus der Kleidertruhe und legte ihn Beatrix um die Schultern.

»Auch wenn es nur wenige Schritte sind. Ich begleite Euch.«

»Nein. Du bleibst.«

Beatrix zog den Stoff vor der Brust zusammen.

»Es kann sehr wohl sein, dass wir einem Schreiber oder Friedrichs Vetter Heinrich begegnen. Willst du dem Löwen wieder in die Hände fallen?«

»Oh, nein. Natürlich nicht. Danke für die Vorsicht. Auf gut Glück, geht.«

Die Wächter zu beiden Seiten ihres Zelteingangs waren, der nächtlichen Kühle wegen, näher an den Feuerkorb gerückt. Ihre ganze Aufmerksamkeit war nach vorne ins Dunkel gerichtet, so dass ihnen der Schatten in ihrem Rücken entging. Die Männer des Kaisers waren aufmerksamer, hoben jedoch erschrocken die gekreuzten Lanzen, als Beatrix schweigend die Kapuze des Mantels zurückstrich. Kein Wort musste gewechselt werden. Beatrix fiel ein Stein vom Herzen. Sie hätte nicht gewusst, was sie sagen sollte.

Sie traf Friedrich, die Hände in den Haaren vergraben, taub für jede Störung, grübelnd über einem Dokument. Er bemerkte nicht einmal, dass sie an seine Seite trat. Wissbegierig beugte sie sich neben ihm vor. Er war ein Bauplan, den er studierte. »Was soll das werden? Eine Kirche? Ein Kloster? Eine Burg?«

»Beatrix!«

»Ich habe so lange gewartet und gehofft, dass du kommst«, antwortete sie. »Ich hoffe, ich störe dich nicht.«

Seine Nähe machte sie befangen. Dass er spontan aufsprang, trug nicht dazu bei, sich wagemutiger zu fühlen. Sie wich scheu zurück, bevor sie weitersprach.

»Erzähl mir, was dich beschäftigt. Bist du nicht ebenfalls müde nach diesem langen und lauten Tag?«

Da er anhaltend schwieg, überspielte sie die Verlegenheit, indem sie auf den Plan deutete.

»Was hat es mit diesem Bau auf sich?«

Friedrich strich mit der Rechten sein zerwühltes Haar glatt, dann entspannte er sich. Er ergriff ihre ausgestreckte Hand, zog sie näher zu sich und küsste sie auf die Stirn.

Er ist mir nicht böse.

»Es handelt sich um eine Pfalz, die auf dem Eulenberg über dem Neckartal errichtet wird. Die dazugehörige Siedlung heißt Wimpfen«, erklärte er. »Die natürlichen Gegebenheiten bieten optimalen Schutz auf diesem Hügel. Im Norden und Osten steil abfallende Hänge und im Süden begrenzt ein Bachlauf das Gebiet, der zum Burggraben erweitert werden kann. Möchtest du noch mehr wissen?«

»Aber ja.« Beatrix bedachte ihn mit einem dankbaren Lächeln. »Warum brauchst du auf dem Eulenberg eine Pfalz? Lohnt es die Mühe, das Baumaterial dort hinauf zu transportieren?«

»Es lohnt die Mühe, weil dieser Berg strategisch das Tal des Neckars und den Kraichgau beherrscht. Schon die Römer haben die Bedeutung des Ortes erkannt und ihn befestigt. Einst war das Land um Wimpfen fränkisches Königsgut, dann ging es in den Besitz des Bischofs von Worms über. Der Bau einer Pfalz dort soll auch zeigen, dass ich verlorengegangenes Königsgut wieder für die Krone beanspruche. Die Baustelle ist bereits ausgehoben.«

»Und du möchtest sie baldmöglichst in Augenschein nehmen, weshalb du die Pläne so angelegentlich studierst. Auf unserer Weiterreise?«

»Dazu wird in diesem Jahr kaum Zeit bleiben. Im Moment bin ich auf die regelmäßigen Berichte des Baumeisters angewiesen. Wenn wir Regensburg verlassen, werden wir unseren Weg über Nürnberg nach Worms nehmen, wo wir den Rhein überqueren, damit wir vor dem Winter Villa Lutra an der Lauter erreichen. Auch dort wird noch gebaut, aber das Heim des Kaisers erwartet seine Herrin. Ich habe befohlen, dass alles bis zu unserer Ankunft bereit sein muss.«

»Wie wundervoll wird es sein, endlich ein Zuhause zu haben.« Beatrix verriet unabsichtlich, wie wenig ihr das Reiseleben gefiel.

»Nur über die Wintermonate, Beatrix. Im Frühling müssen wir dann wieder aufbrechen. Gott hat mir in seiner Gnade die Herrschaft über ein Reich anvertraut, das vom nördlichen Meer bis tief in den Süden nach Rom reicht. Bei meiner Krönung habe ich geschworen, für Frieden, Gerechtigkeit und Wohlstand in diesen Landen zu sorgen. Zu verwirklichen ist das nur, wenn die Herzogtümer, Grafschaften, Bezirke und Marken zu einem großen Ganzen vereint werden. In den deutschen Landen habe ich bereits viel dafür bewirkt. Dieser Hoftag ist, dank der Versöhnung von Heinrich und Jasomirgott, auch ein wichtiger Schritt. Aber noch ist längst nicht alle Arbeit getan. Mein Plan ist es, in regelmäßigen Abständen Pfalzen zu errichten, die meine Feinde abschrecken und meine Untertanen schützen. Wenn man in Zukunft mit einer Tagesreise von einer Pfalz zur nächsten gelangen kann, begreift auch der letzte Bauernknecht, dass des Kaisers Macht allumfassend ist. Dafür lohnt jede Mühe.«

Er gab seinen Worten mit sparsamen Gesten Nachdruck, aber in den Augen zeigte sich Leidenschaft.

»Heißt das, wir werden immer unterwegs sein?«

»Dein Zuhause ist an meiner Seite, Beatrix.«

»Wenn das so ist, dann lass mich auch an deiner Seite leben, Friedrich!«

Sie gab ihm keine Pause, denn sie ahnte, dass er sie mit den üblichen wohlmeinenden Sätzen beschwichtigen würde.

»Mir ist bewusst, dass dir der Tag kaum Zeit lässt, all deinen Pflichten nachzukommen. Ich will deine Zeit auch nicht zusätzlich beanspruchen, aber deine Nähe kannst du mir doch nicht verweigern. Lass mich einfach bei dir sein, wenn du Gespräche führst, Probleme löst und Pläne in die Tat umsetzt. Vielleicht kann ich dir sogar manchmal helfen. Zwei Augenpaare sehen und zwei Ohrenpaare hören mehr. Schon einmal hast du mich gelobt. Nütze meine Fähigkeiten. Ich erwarte ja nicht, dass du es öffentlich tust. Ich wurde auf deinen Wunsch zur Königin gekrönt. Verbinden sich damit nicht auch Pflichten für mich?«

Er sah ihr an, dass sie ungeduldig auf eine Antwort wartete.

Ihre Nervosität löste sich in Erleichterung auf, als er endlich nickte.

»Lass es uns versuchen.« Er streckte ihr beide Hände entgegen.

»Aber versprich dir nicht zu viel davon«, fügte er hinzu. »Regieren ist ein mühsames Geschäft. Es macht oft Ärger, und das Vergnügen hält sich in Grenzen.«

Voller Überschwang schmiegte sich Beatrix an ihn.

»Ich danke dir. Ich weiß sehr wohl, dass deine Entscheidung großherzig ist. Ich bin glücklich, deine Frau zu sein.«

»Du schmeichelst mir, Beatrix. Aber ich glaube, dass ich deine Anwesenheit genießen werde, wenn mich der Löwe bedrängt, ihm neue Gebiete zuzuteilen, oder Berthold mir mit dem Blick eines getretenen Hundes vorwirft, dass ihn meine Kanzlisten in den offiziellen Urkunden nicht länger Herzog von Burgund nennen.«

»Du nennst beide in einem Atemzug. Verbünden sie sich schon miteinander, um dich unter Druck zu setzen?«

Sie spürte, dass er kopfschüttelnd verneinte, aber seine Hand auf ihrem Hinterkopf ließ nicht zu, dass sie den Blick hob, um sich zu vergewissern.

»Noch glaubt Berthold, seine vermeintlichen Rechte durchsetzen zu können, ohne teilen zu müssen. Wenn er jedoch scheitert, wird Heinrich sich einmischen, damit kein Zwist in die Badenweiler Ländereien getragen wird.«

»Es geht um Clementias Heiratsgut.« Beatrix wusste, wovon er sprach. »Es muss ins große Ganze des Reiches gefügt werden, von dem du vorhin gesprochen hast. Im Grunde würde es deine Ländereien viel besser abrunden als die des Löwen.«

»Ja. Aber Heinrich denkt nicht daran, Badenweiler freiwillig abzutreten, und Gewalt kann ich gegen ihn nicht anwenden.

Ich brauche ihn und seine Männer und muss doch seinen Ehrgeiz immer wieder stutzen.«

»Unter den Nonnen im Kloster gab es hin und wieder Eifersüchteleien um irgendwelche Dinge, die jemandem gehörten und die eine andere gerne haben wollte. Manchmal besaß auch ich etwas, das viele begehrten. Ich habe dann öfter mit Erfolg Tauschgeschäfte vorgeschlagen.«

Friedrichs Hand löste sich von ihrem Kopf.

»Ein faszinierender Gedanke. Da fällt mir doch sofort ein, dass Heinrich seit langem begehrlich auf einige Burgen im Harz schielt, die seine Grenze gut absichern würden. Ich muss mit dem Erzkanzler darüber sprechen. Behalte den Plan für dich, bis ich in Ruhe darüber nachgedacht habe.«

»Selbstverständlich«, antwortete sie.

Er ließ sich wieder auf seinen Stuhl nieder und zog sie mit sich.

Ihre Gesichter waren auf gleicher Höhe. Die Versuchung überkam sie wie plötzlicher Hunger. Unter ihren Lippen fühlte sie trocken und hart die seinen, die Barthaare weicher als je zuvor, weil sie wieder länger waren. Ihr kühner Kuss wurde nicht erwidert. Ihre Sehnsucht wandelte sich zu Beschämung. Sie wollte ihre Zuneigung nicht aufdrängen. Sie löste sich, versuchte die Peinlichkeit des Augenblicks mit einem kleinen Lachen zu überbrücken.

»Ach, Beatrix ...« Eigenartig heiser klang Friedrich, aber seine Umarmung hielt sie fest, wo sie war. Sie konnte unvermittelt spüren, wie das Leben in ihn strömte. »Jetzt hast du jeden Gedanken an Arbeit aus meinem Kopf vertrieben.«

»Das tut mir leid, Friedrich!«

Ihr gemeinsames Lachen klang bis hinaus zu den Wachen.

Manche Nächte waren weniger langweilig als andere.

Siebtes Kapitel

❖

HILFSBEREITSCHAFT

Rupert von Urach
Regensburg, 15. September 1156

Komm auf die Beine, Wolf! Ich brauche dich!«

Rupert stieß die Tür auf und zog gleichzeitig den Kopf ein, um nicht gegen den Querbalken zu laufen. Beim Aufrichten streiften seine Haarspitzen die niedere Decke der Kammer. Seine Nasenflügel weiteten sich vor Abscheu. Die Luft war durchtränkt von Rotwein- und Speisedünsten und dem unverkennbaren Moschusgeruch eines ausgedehnten Liebesaktes. Mit angehaltenem Atem lief er zum Fenster und öffnete weit die Holzläden. Auf der schmalen Gasse vor der Herberge duftete es zwar auch nicht gerade nach Frühling, aber Unrat, Pferdeäpfel und Bratfett waren ihm immer noch lieber als der Mief zwischen diesen vier Wänden.

Gassenlärm und Helligkeit drangen ein. Rupert orientierte sich. Neben dem Bett, das den größten Teil der Bodenfläche einnahm – normalerweise schliefen hier vier bis sechs Reisende –, befanden sich lediglich ein Tisch und zwei Bänke. Die Reste einer Mahlzeit klebten kalt und angetrocknet auf Holzschalen und Brettern. Der Weinkrug war umgestürzt und eine Pfütze des Roten trocknete unter dem Tisch. Dennoch sah es, vom eisernen Kerzenleuchter bis zum Leinenzeug des Bettes, reinlicher aus als in der Wirtschaft zu ebener Erde, die er durchquert hatte, um den Innenhof und die Treppe zur Galerie zu erreichen, an der sich die Kammern befanden.

Überfüllt, wie jede Unterkunft in Regensburg zu Zeiten des Hoftages war, musste der Wirt des *Schwarzen Rappen* eine ordentliche Summe für solche Ungestörtheit verlangen.

»Rupert? Hast du den Verstand verloren? Mach die Läden zu.

Kann man denn nirgendwo seine Ruhe finden? Was willst du?«

Wolf hatte den Kopf vom Kissen gehoben und das Laken über die nackte Frau geworfen, die neben ihm im Bett lag. Zwischen Decke und Bettkante hingen Sizmas schwarze Haarsträhnen bis auf den Boden.

»Deine Ansprüche sind wahrlich bescheiden geworden, wenn du hier deine Ruhe suchen musst.«

Rupert ließ sich auf der Bank an der Wand nieder. Die Beine weit von sich gestreckt, wartete er, bis Wolf zu Ende geflucht und sich ein Hemd übergezogen hatte.

»Also, was ist los?« Wolf stieg steifbeinig vom Alkoven, tappte auf nackten Sohlen zum Tisch und fluchte erneut, als er den Weinkrug leer vorfand. »Schickt dich Berthold? Was will er? Wie hast du mich überhaupt gefunden?«

Eine Bewegung unter dem Laken zeigte Rupert, dass Sizma zu sich kam. Sie rekelte sich ausgiebig, ehe sie aus dem Leinen auftauchte, das Haar wirr, die Schultern bloß. Widerwillig musste er eingestehen, dass der Anblick die Sinne eines Mannes gefährlich in Wallung bringen konnte. Mit dem Lockenwust, der goldfarbenen Haut und den von Küssen gezeichneten Lippen glich sie einem Traum von Lust und Zügellosigkeit. Er musste nicht lange fragen, weshalb Wolf seit Tagen seine Freunde ebenso wie das Waffentraining vernachlässigte.

Ihre Augen begegneten sich. Sein feindseliger Blick wurde nur noch von dem Sizmas übertroffen. Sie hassten sich von ganzem Herzen. Rupert Sizma, weil er sie für eine Schlampe hielt, Sizma Rupert, weil sie ihm die Schuld an den Ereignissen gab.

»Er soll uns in Ruhe lassen«, wandte sie sich an Wolf und zog das Laken höher. »Schick ihn raus hier.«

»Still!«, gebot Wolf knapp und griff nach seinen Kleidern.
»Meine Fragen, Rupert.«

»Ich muss mit dir reden. Noch weiß Berthold nichts von deiner Affäre hier. Er ist viel zu beschäftigt, sich dem Löwen angenehm zu machen. Doch Kuno von Vohburg – er hat es nicht nur mir gesteckt, er verbreitet im ganzen Lager, dass dich eine kleine schwarzhaarige Teufelin in den Klauen hat und dass du deine Tage in einer Kaschemme verbringst, in der nur Tagediebe verkehren. Du musst ihm das Maul stopfen.«

»Kuno. Was soll's? Von ihm ist nichts anderes zu erwarten. Sein Neid ist unangebracht. Hübschlerinnen nach seinem Geschmack müssen einen Sinn für seine abartigen Wünsche haben.«

Sosehr Rupert Wolf dafür bewunderte, in jeder Situation gelassen zu bleiben, in dieser Sache hielt er es für Schwachsinn. Er sprang wieder von der Bank auf. »Mach dir verdammt noch mal klar, dass du dich mit einer von Bertholds Geiseln vergnügst. Es ist nur eine Frage der Zeit, bis er es herausfindet.«

»Reg dich ab, er weiß es längst«, entgegnete Wolf grinsend. »Nachdem die Rothaarige ihm entkommen war, habe ich mich angeboten, die Schwarzhaarige in meine Obhut zu nehmen. Er war ganz erleichtert. Nachdem die eine weg war, war er auch an der anderen nicht mehr interessiert. Du kennst ihn doch. Fehlgeschlagene Pläne vergisst er schneller, als sie entwickelt wurden.«

Welche Dreistigkeit!

»Berthold hält das wohl auch noch für einen Freundschaftsdienst, den er dir hoch anrechnet.«

»Tja, manchmal meint es das Leben richtig gut mit einem aufrechten Mann, Rupert.«

Wolf brach in schallendes Gelächter aus.

»Aliza ist entwischt? Weiß Gott, was sie vorhat!« Sizma schoss mit einem Satz aus dem Bett.

Mit ausgestreckter Hand gebot ihr Rupert Einhalt.

»Zieh dich an. Hol Wein und Essen, und nimm das Zeug hier mit. Ausnahmsweise brauchst du dich nicht zu beeilen.«

Wolfs Tonfall war Rupert vom Waffentraining vertraut. Nicht einmal die rüdesten Kriegsknechte wagten zu widersprechen, wenn er ihn anschlug. Sizma schon.

»Ich will wissen, was los ist«, begehrte sie leidenschaftlich auf. »Wer muss dieses Mal für sie den Kopf hinhalten? Unsere Mutter?«

War sie tatsächlich zu Mitgefühl fähig?, staunte Rupert. Sie war doch sonst nur sich selbst die Nächste?

»Wie üblich redest du Unsinn. Niemand muss den Kopf hinhalten, aber du gehst jetzt endlich los. Ich sterbe vor Hunger, während du abergläubisches Zeug faselst. Verschwinde.«

»Ich will …«

Mit einem Sprung war Wolf bei ihr. Die Hände locker um Sizmas Hals gelegt, die Daumen mit leichtem Druck zu beiden Seiten, bedachte er die Aufmüpfige mit einem stahlharten Blick. Nur ihr Keuchen war zu vernehmen. Die Finger in seine Handgelenke gekrallt, achtete sie nicht einmal darauf, dass ihr das Laken wegrutschte und sie nackt war.

»Tu, was man dir sagt.«

Wolf stieß sie von sich. Sie prallte hart zu Boden, gab jedoch keinen Laut von sich. Es war weniger die Grobheit, die Rupert berührte, als der Blickwechsel zwischen Wolf und Sizma. Er verriet ein stummes Einverständnis, das ihn beunruhigte. Er trat ans Fenster, während Sizma sich anzog und gehorchte. Die Tür schlug hinter ihr zu.

»Erstaunlich. Sie gehorcht. Ich hätte erwartet, dass sie dir die Augen auskratzt«, sagte er, sich wieder umwendend.

Wolf befestigte gelassen seine Beinkleider und stieg in die Stiefel.

»Warum sollte sie? Wir haben beide, was wir wollen. Sie die Seidenbänder, Stoffe und das ganze andere Weiberzeug, von dem sie nicht genug kriegen kann. Ich meine unterhaltsamen Nächte. Jeder ist zufrieden.«

»Und das gefällt dir?«

Wolf lachte.

»Sie ist berechenbar und einfach zu durchschauen. Außerdem muss ich mir kein Gefasel von Liebe und Heirat von ihr anhören. Besser kann man es nicht treffen. Und jetzt sag endlich, warum du wirklich hier bist.«

Rupert deutete misstrauisch zur Tür.

Wolf verdrehte die Augen, riss die Tür auf und deutete nach draußen. »Warum sollte sie lauschen? Sie interessiert sich nur für sich selbst.«

»Und für ihre Leute. Offensichtlich hast du vergessen, dass eine ganze Ägypter-Sippe noch unter Arrest steht. Wozu?«

»Das ist Bertholds Angelegenheit, nicht deine.«

»Auf jeden Fall besteht kein Anlass, die Ägypter noch länger festzuhalten.«

»Warum erzählst du das mir und nicht Berthold? Es ist an ihm, den Vagabundenhaufen laufen zu lassen.«

»Du weißt genau, dass ich im Zwist mit ihm liege, weil er in Urach über meinen Kopf hinweg Anordnungen getroffen hat. Vertrete ich die Sache der Ägypter, schade ich ihnen womöglich mehr, als ich ihnen nütze.«

»Mag sein, aber statt dich über ihn aufzuregen, solltest du ihm im Übrigen eher dankbar sein. Er versorgt deine Schwestern.

Damit bist du die Sorge um ihre Mitgift los, die dir neulich solches Kopfzerbrechen bereitet hat.«

»Wenn das so einfach wäre. Früher oder später wird er mir Rede und Antwort stehen müssen. Ich glaubte, wir seien über den Standesunterschied hinaus Freunde.«

»Willkommen in der Wirklichkeit, Rupert. Die Menschen sind selten so, wie die Priester sie gerne hätten. Nicht einmal die Besten. Der gute Berthold ist allerdings, wie die meisten, weder ein Heiliger noch ein Schurke. Und was diese Ägypter angeht, werden sie irgendwann einfach abziehen, sollte er vergessen, den entsprechenden Befehl zu geben. Andernfalls müsste man sie ja den Winter über durchfüttern. So großzügige Nächstenliebe ist von den Männern des Fürstbischofs von Regensburg sicher nicht zu erwarten.«

Rupert kämpfte um Beherrschung. Woran es wohl lag, dass niemand begriff, worum es ihm ging? War es zu viel verlangt von einem Lehnsherrn, dass er seine Leute wie Menschen behandelte?

»Es bleibt nicht viel Zeit bis zum Winter, Wolf. Je früher man die Fahrenden aufbrechen lässt, umso besser können sie Vorsorge für sich selbst treffen«, verteidigte er seinen Einsatz hartnäckig.

»Zum Henker, das ist es also!« Wolf begriff und stemmte die Arme in die Hüften. »Sag mir jetzt bitte nicht, dass du dich hinter Bertholds Rücken einmischen willst und nach einem Narren suchst, der dich dabei unterstützt?«

Unbeeindruckt von Wolfs Wutausbruch, erläuterte Rupert seinen Plan.

»Lass uns nach Donaustauf reiten, um die Sache auf unsere Weise in Ordnung zu bringen. Die Wachen des Bischofs wissen, dass wir die Befehle seiner Eminenz ausgeführt und die

Frauen als Geiseln genommen haben. Niemand wird unsere Berechtigung anzweifeln, die Haft ihrer Sippe aufzuheben. Und da es sicher eine lästige Pflicht für die Burgmannschaft ist, die Ägypter zu bewachen, sind sie bestimmt erfreut, diese Aufgabe endlich loszuwerden.«

»Bist du noch bei Trost? Natürlich wird der Bischof davon erfahren und anschließend Berthold.«

»Bis die Nachricht zum Fürstbischof dringt, haben wir Regensburg längst verlassen. Denkst du, seine Eminenz macht Wirbel, weil ein paar Ägypter verschwunden sind? Wer sollte die armen Teufel schon vermissen? Jedem sind sie nur ein Dorn im Auge.«

»Und du denkst ernsthaft, diese schwarzen Teufel verschwinden so einfach und lassen die Schwestern zurück?«

Wolf schien sich mit Ruperts Plan zu beschäftigen. Jetzt war es an Rupert, ihn zu überzeugen.

»Den Fahrenden bleibt keine andere Wahl. Wer immer sie anführt, muss es zum Wohle aller einsehen.«

»Und wenn sie es nicht einsehen? Sollen wir dann mit Kriegsknechten aufkreuzen und ihre Einsicht mit Gewalt einfordern? Das ist kein Spazierritt zweier Freunde, den du mir da vorschlägst. Die Sache missfällt mir. Vernünftig ist's, sich da rauszuhalten.«

Da Wolf keine Antwort erhielt, fluchte er noch einmal und warnte: »Wir setzen unsere Ehre, wenn nicht gar unser Leben aufs Spiel, Rupert.«

»Du siehst zu schwarz, Wolf. Sobald es in Donaustauf keine Ägypter mehr gibt, mit deren Bedrohung man die Schwestern erpressen kann, sieht alles anders aus. Dann muss Aliza nicht mehr die Spionin für die Zähringer spielen und kann frei entscheiden, was ...«

Ein Geräusch an der Tür alarmierte Rupert mitten im Satz. Mit Wein und Speisen auf einem Brett kam Sizma zurück – erhitzt, missmutig, hasserfüllt. Immer noch wegen Wolfs brutaler Behandlung oder weil sie am Ende doch gelauscht hatte? »Hier!« Krachend setzte Sizma ihre Last auf dem Tisch ab, tänzelte zum Bett und ließ sich vom Rand nach hinten auf die Unterarme fallen. Den Kopf in den Nacken gelegt, beobachtete sie die Ritter lauernd.

Wie sollte Rupert unser diesen Umständen Wolfs endgültiges Einverständnis bekommen?

»Du bist der Unabhängigste von Bertholds Freunden. Er hört auf dein Wort, weil du ohne zwingende Lehnsverpflichtung zu ihm stehst. Alle sagen, nur du kannst bei ihm erreichen, dass er seinen Drang nach Rache zügelt. Seit kurzem weicht er Heinrich kaum mehr von der Seite. Schon gibt es erste Gerüchte um einen antistaufischen Machtblock aus Welfen und Zähringern. Barbarossa ist kein Narr. Er wird ein solches Bündnis nicht zulassen, wird Berthold überlisten. Darauf zu bauen, dass der Kaiser den Dingen seinen Lauf lässt, weil er die Zähringer Truppen für den geplanten Italien-Feldzug braucht, ist einfältig.«

»Niemand kann Berthold aufhalten, wenn er sich etwas in den Kopf gesetzt hat«, antwortete Wolf undeutlich, weil er unterdessen den Mund voll gebratenem Speck hatte. »Erinnere dich nur an den Vertrag, mit dem er Barbarossa den Beistand seiner Streitmacht zusicherte. Alle haben ihm seinerzeit erklärt, es sei ein Ding der Unmöglichkeit, tausend gepanzerte Reiter in so kurzer Zeit zu mobilisieren, und wenn Barbarossa es von ihm verlange, müsse es sich um eine Falle handeln. Er hat dennoch sein Siegel unter den Vertrag gesetzt.«

»Eben deswegen musst du auf der Stelle mit mir kommen«,

forderte Rupert drängend. »Ich habe dir meinen Plan geschildert. Ich brauche deine Hilfe.«

Ihre Blicke trafen sich. Ihm fiel ein Stein vom Herzen, als er Wolfs langsames Nicken sah.

Aliza
Kreuzhof bei Regensburg, 16. September 1156

Die Spielsteine aus Elfenbein waren Meisterwerke der Schnitzkunst. Obwohl nur wenig größer als ihre Daumenkuppen, konnte Aliza zwei Menschen im Relief erkennen, die nebeneinander knieten. Sie falteten die Hände im Gebet. Ein Buchstabenkreis, dessen Sinn ihr verborgen blieb, umgab die Figuren.

Das Spielfeld war gerahmt in geschnitztem Buchenholz. Es zeigte helle und dunkle aufeinander zulaufende Pfeile, in edlen Hölzern meisterhaft gefügt.

Das Würfelspiel, das man damit spielte, nannte Beatrix Tric-Trac. Würfelglück und Geschick mussten eine besondere Verbindung eingehen, wollte man – wie Beatrix – fast jede Partie gewinnen.

Sie hatte es aus Burgund mitgebracht, und alle schätzten es.

Aliza legte nach dem gerade beendeten Spiel jeden einzelnen der fünfzehn weißen und fünfzehn schwarzen Spielsteine sorgsam in die Schatulle. Sie kannte keinen Gebrauchsgegenstand, bei dem sich Nutzen und Schönheit zu solcher Vollkommenheit verbanden. Erst bei Beatrix erfuhr sie, dass es Dinge gab, die nicht nur einen Zweck erfüllten, sondern auch das Auge erfreuten. Sie musste an Miloshs Fidel denken. Sie war auch so ein Gegenstand. Dass sie das nie wahrgenommen hatte. Wer führte wohl jetzt den Bogen auf dem schönen Instrument?

»Herzogin Clementia mit diesem Spiel in die Enge zu treiben, ist mir jedes Mal ein besonderes Vergnügen«, lachte Beatrix. »Du hättest ihr Gesicht sehen sollen, wenn sie verlor. Als hätte sie eine fette Spinne entdeckt. Ich fürchte, mein Lachen hat sie gekränkt. Diese Frau scheint in ihrem ganzen Leben noch nie von Herzen gelacht zu haben.«

»Vielleicht hat man ihr nie einen Grund zum Lachen gegeben.«

»Genügt es nicht, einfach am Leben Freude zu haben?« Beatrix wirbelte durch den Raum und breitete die Arme aus. Ihre Fröhlichkeit hatte wieder Oberhand gewonnen. »Es steht doch schon in der Bibel: *Freuet euch in dem Herrn allewege!*«

»In Eurer Gegenwart fällt es heute auch besonders leicht«, antwortete Aliza spontan, was der Königin ein neuerliches Lachen entlockte.

Beatrix verstand es meistens, gute Laune zu verbreiten. Sie machte einem damit das Leben leichter, die Sorgen geringfügiger und die Probleme weniger schwerwiegend.

Ganz konnte indes nicht einmal sie das Gespenst der Furcht vertreiben.

»Und warum siehst du mich an, als verkörperte ich das Jüngste Gericht, Aliza?«

»Es ist nicht …« Nein – sie wollte sagen, was sie bedrückte. »Ich musste an einen Mann meines Stammes denken, an seine Fidel. Daran, wer sie jetzt wohl spielt. Er ist tot.«

»Erzähl mir von ihm«, bat Beatrix. »Die Toten bleiben am Leben, wenn wir uns ihrer erinnern. Wie war sein Name?«

»Milosh.«

»Wie fremdartig das klingt. Wie alt war er? Woran ist er gestorben?«

Ein leises Räuspern im Hintergrund kündigte eine Störung
an. Erleichtert eilte Aliza, um den Stoff zurückzuschlagen. Ein
Knappe mit staufischem Wappen auf dem Wams blickte hoch-
näsig an ihr vorbei und übermittelte der Königin eine Botschaft. Der Kaiser schickte nach ihr.

Aliza war froh, dass das Gespräch beendet worden war. Sie
zitterte am ganzen Leib bei dem Gedanken an Miloshs Tod
und ihre Situation. Mit einem Male wurde ihr alles zu viel.
Wann hatte sie zuletzt den Himmel gesehen, den Wind auf
der Haut gespürt, die Erde unter den Füßen?

Im Schutz der Königin war sie nicht weniger eine Gefangene
als in Herrn Bertholds Gewalt. Doch bei Beatrix konnte sie –
was bei ihm unmöglich war – wenigstens das Zelt verlassen.
Wenn der Kaiser so ausdrücklich nach seiner Frau sandte,
dauerte es meist Stunden, ehe sie wieder zurückkam. Aliza
wollte diese Zeit nutzen, um unter freiem Himmel wieder zu
sich zu finden.

Einen Ledereimer in der Hand, ging sie. Hielt man sie auf,
konnte sie immer noch sagen, sie hole Wasser.

Niemand sprach sie an.

Das Lager war eng und laut. Der Sonnenuntergang färbte den
Horizont flammend rot, vom Flussufer krochen bereits erste
Nebelschwaden zwischen die Zelte. Sie dämpften Farben wie
Geräusche und wiesen Aliza den Weg zur Donau.

Sie hörte schon das Rauschen des Wassers, als sich eine Hand
auf ihre Schulter legte.

Der Löwe? Berthold?

»Habe ich dich nicht um Geduld gebeten? Was treibst du dich
hier herum?«

Rupert.

»Ich wusste nicht, dass Ihr mich bewacht.«

»Da habe ich weiß Gott Besseres zu tun«, fuhr er sie schroff an.

»Was wollt Ihr dann von mir?«

»Komm mit! Wir fallen auf.«

Sie leistete keinen Widerstand, als Rupert ihren Oberarm ergriff und sie fortzog.

»Noch mal. Es kann keine Rede davon sein, dass ich dich bewache. Die Zelte des Kaisers sind der Mittelpunkt des Lagers. Wenn du den Hauptweg entlanggehst, statt die Seitengassen zu nehmen, wie es dir geziemen würde, wirst du früher oder später Berthold oder dem Löwen über den Weg laufen. Du kannst von Glück sagen, dass sie nicht unterwegs sind. Sie wurden zum Kaiser befohlen.«

Glück? Was war schon Glück?

Etwa die Tatsache, dass er ihr offensichtlich wohlgesinnter war als die anderen, dass sie in seiner Gegenwart keine Angst verspürte? Seine Hand um den Arm gab ihr sogar Sicherheit, wenn sie auch einen Anflug von Misstrauen nicht unterdrücken konnte, als er sie zur Kreuzhofkapelle führte, die plötzlich hinter den Bäumen auftauchte.

Rupert öffnete die Tür und schob sie vor sich in die Kirche. Nur das rötliche Glühen des ewigen Lichtes gab ein wenig Orientierung im sonst stockfinsteren und menschenleeren Inneren der Kapelle. Aliza schätzte sie auf annähernd fünfundzwanzig Fuß breit und etwa doppelt so lang. Sie war dem heiligen Ägidius geweiht, der als Schutzpatron der Bettler, Aussätzigen und Schiffbrüchigen in Not verehrt wird. Und der Altar war der, vor dem die Kreuzfahrer im Jahr 47 die Hilfe Gottes für ihre Reise ans Grab Jesu erfleht hatten.

Von Beatrix wusste sie das. Sie liebte es, ihr solche Dinge zu erklären, nachdem sie erstaunt festgestellt hatte, dass ihr Wissen kirchlicher oder politischer Art beklagenswert lückenhaft war.

Dass sie eine Kirche besucht hatte, lag Wochen zurück. Die Tamara zählten zu den Stämmen, die sich dem Christentum zugewandt hatten, aber sie beteten auch zu heiligen Wesen, von denen nur sie wussten, und verehrten die Geister ihrer Verstorbenen. Leena hatte Aliza die christliche Lehre nach bestem Wissen und Gewissen vermittelt, aber nur selten fand sich ein aufgeschlossener Priester bereit, auch den Fahrenden die Sakramente zu spenden. Regelmäßige Messen und der Gang zur Beichte waren Aliza daher fremd.

»Wolltest du etwa fliehen? Du weißt, dass das gefährlich wäre für deine Sippe und du nur sicher bist im Schutz der Königin.« Rupert war halb hinter Aliza getreten und hielt sie jetzt an den Schultern.

»Das braucht Ihr mir nicht zu sagen. Die Herzogin versäumt es nie, mich darauf hinzuweisen, dass sie mich und meine Familie in ihrer Gewalt hat. Es war nur …«

Sie bemerkte, dass sie noch immer den Eimer trug. Sie stellte ihn ab.

»Ich wollte einfach einmal für mich sein. Ihr wisst nicht, wie widerwärtig es ist, täglich jemanden zu hintergehen, der es gut mit einem meint. Es macht mich krank, Euer Intrigenspiel mitspielen zu müssen. Ich weiß nicht, ob ich es noch lange ertragen kann.«

»Ertrage es nur bis zum Ende des Hoftages. Dann kann deine Sippe Donaustauf verlassen und ihrer Wege ziehen. Du hast mein Wort darauf.«

»Überschätzt Ihr Euch da nicht?«, zweifelte Aliza. »Ich sehe und höre, was geschieht. Wir alle sind wie die Spielsteine auf dem Brett. Wir sind im Spiel, solange gewürfelt wird.«

»Richtig«, griff Rupert ihren Vergleich auf. »Doch wir nehmen deine Sippe aus dem Spiel. Wenn sie alle erst einmal fort sind, wird niemand ihretwegen Krach schlagen.«

»Wie soll das gehen? Niemals wird Berthold seine Zustimmung dafür geben und …« Sie unterbrach sich. »Ihr wollt es ohne seine Kenntnis machen?«

»Wie auch immer. Seit Donaustauf wirst du keinem von uns mehr Glauben schenken, doch ich versichere dir, ich werde den Fehler von Donaustauf wiedergutmachen.«

»Könnt Ihr Tote zum Leben erwecken?«

»Nein. Aber ich will und kann verhindern, dass weiterhin Unrecht geschieht, dass das Blut Unschuldiger vergossen wird. Und ich werde handeln.«

»Ich will es Euch ja gerne glauben«, gab sie nach. »Und ich will Euch immer dankbar sein, wenn es Euch gelingt, den Meinen ihre Freiheit zurückzugeben.«

»Ich werde nicht scheitern. Zeitgleich mit dem Aufbruch des Kaisers werde ich nach Donaustauf eilen und alles Nötige veranlassen.«

Zwischen Hoffnung, Freude und Besorgnis schwankend, begriff Aliza, was das für sie bedeutete.

»Dann werde ich meine Familie niemals wiedersehen.«

»Aber du weißt sie in Sicherheit. Auch willst du bestimmt die Königin nicht ihretwegen verlassen? Dein Leben hat sich zum Guten gewendet.«

Aliza war anderer Meinung. »Ich habe nur meine Sippe auf dieser Welt. Ich gehöre zu ihr.«

»Hast du wirklich solche Sehnsucht nach diesem ärmlichen Dasein und deiner zänkischen Schwester?«

Sizma! Wie hatte sie sie vergessen können.

»Wo ist sie? Immer noch bei Eurem Gefährten? Treiben sie es etwa miteinander? Wenn das so ist, muss sie bei ihm bleiben, sagt ihr das. Unsere Großmutter wird ihr ansehen, dass sie gehurt hat. Sizma ist damit zu einer Unreinen geworden. Eine Unreine wird von allen gemieden. Man lädt sie nicht mehr zu gemeinsamen Festen ein und verweigert ihr jede Achtung. Sie ist eine Ausgestoßene. Nicht einmal der Ärmste von uns nähme sie noch zum Weib.«

»Deine Schwester hat ihren eigenen Kopf und muss allein entscheiden, wohin sie sich wendet. Sie weiß nichts von meinem Plan und darf auch auf keinen Fall davon erfahren. Ich traue ihr nicht über den Weg. Auch du musst für dich behalten, worüber wir gesprochen haben«, antwortete er.

»Ich würde Euch nie verraten. Um keinen Preis.«

»Ich weiß.«

Das schnelle Einvernehmen ließ sie beide verstummen. Es war genug gesagt worden.

Aliza verspürte das Bedürfnis, ein Gebet zu sprechen. Sie ging wortlos zum Altar.

Als Rupert an ihrer Seite niederkniete, fühlte sie sich ihm nicht nur nahe, sondern verbunden.

Königin Beatrix
Kreuzhof bei Regensburg, 18. September 1156

Die Reisewagen haben gepolsterte Bänke, ein stabiles Dach und Fenster. Das Geschehen am Wegrand bleibt immer im Blick. Allerdings ist das nur von Vorteil, wenn der

Wagen im vorderen Teil eines Reisezuges fährt. Je weiter hinten man steckt, desto mehr Staub schluckt man.«

Beatrix rümpfte die Nase bei dem Gedanken.

»Die Stellmacher des Kaisers sind sich nicht einig darüber«, fuhr sie fort, »ob Wagen mit großen Rädern besser sind als die mit kleinen. Die einen sind bequemer, aber kippen leicht. Die anderen rumpeln dafür zum Gotteserbarmen von Schlagloch zu Schlagloch. Meines Erachtens ist das Reiten die angenehmste Art zu reisen. Zwar spürt man auch da am Ende des Tages jeden Knochen, aber die Müdigkeit lässt einen den unbequemsten Schlafplatz vergessen. Wenn du dagegen den ganzen Tag im Reisewagen durchgerüttelt wirst, kommt es dir vor, als würde auch dein Bett noch geschüttelt. Wenn wir aufbrechen, solltest du reiten, Aliza.«

Sie redete zu viel, Beatrix bemerkte es selbst. Einer ihrer größten Fehler. Die Äbtissin hatte sie deshalb stets gerügt und ihr Exerzitien verordnet. Aber es bereitete Beatrix auch Vergnügen, das vertraute Französisch zu gebrauchen und Alizas Reaktionen auf ihre Schilderungen zu beobachten.

Auch jetzt schaute sie drein, als habe sie von ihr verlangt, die Donau mit einem Sieb leer zu schöpfen.

»Ich – reiten?«, fragte sie fassungslos. »Wie sollte ich denn auf ein Pferd kommen?«

»Indem du einen Trittstein verwendest oder dir von einem Reitknecht in den Sattel helfen lässt.«

»Das würde kein Tamara dulden. Männer reiten, Frauen gehen zu Fuß oder sitzen im Wagen, wenn wir von Ort zu Ort ziehen. Sie müssen nach den Kindern sehen, die Ziegen und Hühner hüten, am Wegrand nach Beeren, Kräutern und essbaren Pflanzen Ausschau halten. Da wir nirgendwo lange bleiben, um zu säen und zu ernten, sind wir auf die

Feld- und Waldfrüchte angewiesen, die wir unterwegs finden.«

Alizas Erzählungen fesselten Beatrix in ihrer Fremdartigkeit. Nie hatte sie sich je Sorgen darum machen müssen, woher das Essen auf ihrem Teller kam oder wie es den Hühnern ging, die für sie Eier legten.

»Und wie haltet ihr es mit dem Fischen und dem Jagen?«, fragte sie im Gedenken an die vollen Reusen der Klosterteiche und das erlegte Wild aus den Wäldern ihres Onkels.

»Es ist lebensgefährlich für unsereinen. Wer beim Wildern erwischt wird, kann nicht mit Gnade rechnen. Entweder wird er an Ort und Stelle an den nächsten Baum geknüpft oder vor die Obrigkeit geschleppt. Egal ob ein Burgherr, Magistrat oder Abt Gericht hält, das Urteil ist immer das gleiche: Der Wilderer wird erst ausgepeitscht, dann aufgehängt.«

»Das ist schlimm, aber dem Gesetz muss natürlich Genüge getan werden«, entgegnete Beatrix. »Es würde im Chaos enden, nähme sich jeder einfach, was er will. Immerhin macht das Recht keinen Unterschied. Alle werden gleich behandelt im Reich des Kaisers.«

»Wenn der Hunger einem den Verstand raubt, die Kinder vor Schwäche weinen, macht einen auch die Gerechtigkeit nicht satt«, verweigerte sich Aliza dem oberflächlichen Trost.

Bedrückt schwieg Beatrix. Vom Fasten im Kloster kannte sie den Hunger, doch der hatte mit Askese und innerer Einkehr zu tun, nichts mit dem der Armut. Wie konnte man diesen Menschen helfen?

»Würdet ihr bauen, wenn der Kaiser euch Land zur Verfügung stellte?«, kam es ihr in den Sinn. »Das Reich ist groß und besonders im Osten nur dünn besiedelt. Ich weiß, dass Friedrich daran liegt, das zu ändern.«

Aliza schüttelte den Kopf. »Man hat die Tamara gewaltsam aus ihrer Heimat vertrieben. Sie lag im Gebiet, das der große Alexander weit hinter Babylon erobert hat. Nach ihm zerrissen Machtkämpfe und Brudermorde das Land. Mahmud von Ghazni plünderte es in zahllosen Kriegszügen aus. Die Überlebenden wurden in alle Winde zerstreut. Jeder Stamm sucht seitdem seinen eigenen Weg, getrieben von einer Ruhelosigkeit, die uns mittlerweile ins Blut übergegangen ist. Ich fürchte, es entspricht der Wesensart der Tamara, durchs Land zu ziehen. Wenn nicht gerade Hunger droht und der Winter vor der Tür steht, ist es ein freies Leben. Es liegt uns nicht, den Nacken vor Fürsten zu beugen. Wir folgen dem gewählten Stammesführer und respektieren das Wort der weisen Frau, die jede Sippe berät. Bei uns ist das meine Großmutter Rupa.«

Dass das nicht dem entsprach, was der Kaiser von Siedlern erwartete, lag auf der Hand. Beatrix wechselte das Thema.

»Erzähl mir von deiner Großmutter.«

»Eigentlich ist sie …« Aliza brach ab, und begann neu. »Die Tamara glauben, dass die weise Frau übernatürliche Kräfte besitzt. Sie steht dem Ältestenrat vor, der alle wichtigen Entscheidungen fällt. Ihr Wort hat dabei Gewicht.«

»Auch für die Männer?«

Schierer Unglauben ließ Beatrix so laut werden, dass die Damen um sie herum neugierig aufsahen. Das unverständliche französische Geplauder erregte ohnehin Missbilligung. Clementia hatte sich sogar zurückgezogen, was Beatrix nicht übelnahm. Es war unterhaltsamer mit Aliza als mit ihr.

»Sie steht natürlich nicht über den Männern. Aber wenn es um wirklich wichtige Dinge, um Leben und Tod geht, dann legen sie Wert darauf, dass die weise Frau sich mit den Ahnen bespricht und die Karten befragt, was die Zukunft bringt.«

»Die Zukunft liegt in Gottes Hand«, widersprach Beatrix. »Alles andere ist Aberglauben und Jahrmarkts-Hokuspokus. Du glaubst doch nicht etwa daran?«

»Die Tamara glauben an die uralte Weisheit der Stämme. Sie denken, dass der Mensch zur Welt kommt, weil er hier eine Aufgabe zu erfüllen hat. Alles, was er erlebt, ist vom Allmächtigen vorherbestimmt. Es gibt keinen Zufall, nur das Walten des Schicksals.«

Beatrix bedachte sich kurz, bevor sie fragte: »Hast du deine Großmutter jemals zu deinem eigenen Schicksal befragt, Aliza?«

»Aber nein. Man belästigt eine *Phuri Dai,* eine weise Frau, nicht mit solch gemeiner Neugier. Das lassen Ehrfurcht und Respekt ihr gegenüber nicht zu. Rupa zollt man auch noch zusätzlich Achtung, weil sie eine Heilerin ist, die sogar von weisen Frauen anderer Stämme um Rat gebeten wird. Niemand weiß mehr über Tod und Leben als Großmutter. Man bemüht sich, sie nicht zu stören, wenn sie in ihrem Wagen Kräuter sortiert und Tinkturen mischt. Das genaue Maß und die Rezeptur der Zutaten sind ein Geheimnis, das sie nur mit meiner Mutter teilt.«

Beatrix vergaß auf der Stelle, was sie über Aberglauben gesagt hatte.

»Das klingt mehr als phantastisch, Aliza, und eigentlich mag ich es gar nicht glauben. Doch wenn – wenn deine Großmutter tatsächlich im Heilen bewandert ist, kennt sie dann vielleicht auch ein Mittel, das mir dazu verhilft, ein gesundes Kind zu empfangen? Ich darf kein zweites Mal versagen. Friedrich wartet auf einen Sohn.«

»Möglich ist es. Unter den Frauen wird viel über das Kinderkriegen und Großmutters Hilfe dabei getuschelt. Aber

Unverheiratete werden von diesen Gesprächen ausgeschlossen, so dass ich nichts Genaues sagen kann. Man müsste Großmutter selbst fragen.«

»Dann frag sie! Wo lagern deine Leute? Es muss doch ganz in der Nähe sein?«

Aliza ließ die Wollfäden sinken, die sie während des Gesprächs zu einem bunten Gürtel verknüpft hatte.

»Sie ... sie werden noch in Donaustauf sein. Doch, entschuldigt, verstehe ich Euch richtig? Soll ich etwa meine Großmutter aufsuchen und sie für Euch befragen?«

»Ja, du verstehst mich ganz richtig. Du bist die Einzige, die ich darum bitten kann.«

»Ich will ja gerne tun, was Ihr verlangt. Aber wie soll das gehen?«

Die praktische Art Alizas, gleich zur Sache zu kommen, gefiel Beatrix, wie überhaupt beide zunehmend Gefallen aneinander fanden.

»Du brauchst einen Begleiter, der dich hin- und mit der Medizin sicher zurückbringt. Ich weiß auch schon, wen ich darum bitten werde. Deinen Ritter Rupert. Halte dich bereit für morgen. Bei einem frühen Aufbruch kannst du bis zum Sonnenuntergang wieder zurück sein.«

»Wie Ihr befehlt ...«

Beatrix schloss für einen Moment die Augen, um ihre Gefühle unter Kontrolle zu bringen. Mit der Subpriorin des Klosters in Dôle, die dort für das Siechenhospital und die Apotheke zuständig gewesen war, hatte sie viele Stunden verbracht. Sie zweifelte nicht daran, dass es für jede Krankheit die richtigen Kräuter gab, sie hatte die Schwangerschaft jedoch nie mit einer Krankheit gleichgesetzt. Es war aber wohl nicht falsch, sie unter medizinischen Aspekten zu betrachten.

Der Medicus des Kaisers hatte viel von ihren schmalen Hüften, von Blutarmut und Jugend geredet, als Medizin indes lediglich Abwarten und Geduld empfohlen. Wenn Alizas weise Großmutter Besseres zu bieten hatte, würde sie sie reich dafür belohnen. Durfte sie hoffen?

Ruhig, ganz ruhig!, beschwor sie sich selbst. *Richte deinen Geist auf etwas anderes. Auf Friedrichs Baupläne, auf die Vorbereitungen für die Abreise.*

Bis Rupert von Urach eingelassen wurde, den sie durch einen Pagen beordert hatte, hatte sie sich so weit gefasst, dass sie ihm eine plausible Erklärung für Alizas Besuch in Donaustauf geben konnte. Der wahre Grund musste ein Geheimnis zwischen ihr und Aliza bleiben.

»Sie will sich von ihrer Familie verabschieden, aber es muss natürlich in aller Heimlichkeit geschehen, damit es keine unnötigen Fragen gibt.«

Aliza gab durch Nicken ein Zeichen der Bestätigung.

»Ich vertraue auf Eure Diskretion und hoffe, Euer Pferd ist schnell und kann zwei Personen tragen. Ihr müsst Aliza mit Euch auf den Sattel nehmen, denn sie ist noch nie geritten. Übermorgen wird das Lager abgebrochen. Ihr dürft morgen keine Zeit versäumen. Aliza wird bereit sein.«

»Ihr könnt Euch auf mich verlassen, Majestät!«

Beatrix reichte ihm die Hand zum Kuss und verabschiedete ihn.

Die Gewohnheiten des Klosterlebens hatten Beatrix über Jahre hinweg geprägt. Noch immer unterteilte sie sich den Tag durch acht Stundengebete. Friedrich traf sie in tiefer Andacht an, die Stirn auf die gefalteten Hände gesenkt. Unweit von ihr wartete Aliza darauf, das offene Haar der Königin für die Nacht zu flechten.

»Beatrice!«

Beatrix liebte es, wenn Friedrich die französische Variante ihres Namens wählte. Eilig erhob sie sich, streckte ihm erfreut die Hände entgegen.

»Du kannst gehen«, wollte sie Aliza entlassen, aber Friedrich erhob Einspruch.

»Lass das Mädchen seine Pflicht tun. Ich sehe gerne dabei zu. Es ist mir viel zu selten vergönnt, einen Blick in dein Privatestes zu tun.«

Gesenkten Blickes erhob sich Aliza und griff nach dem Elfenbeinkamm. Beatrix zögerte unmerklich, dann nahm sie vor ihr am Tisch Platz und strich das Haar auf den Rücken.

»Beeil dich«, bat sie leise. »Es genügt, wenn du es einfach flichtst.«

Alizas Hände zitterten ungewohnt, stellte Beatrix fest. Weil der Kaiser ihr zusah? Sie hatte noch nicht erlebt, dass Frauen Angst vor ihm hatten. Er gab ihnen keinen Grund dazu. Nie hatte sie ihn die Stimme erheben hören oder ihn dabei ertappt, dass er, wie ihr verstorbener Onkel häufig, vor Wut zu toben begann. Wenn ihm etwas missfiel, wurde er eher leise.

Sein Lachen bewies, dass er heute bester Stimmung war. Sie begegnete dem Zwinkern eines männlich amüsierten Blickes.

»Ehrlich gesagt, ich habe nie darüber nachgedacht, wie du es anfängst, dass du mich Tag um Tag mit deiner Schönheit verzauberst.«

Friedrich bediente sich vom leichten Burgunderwein, der auf dem Tisch stand und trank mit erkennbarem Genuss. Geschmeichelt ging Beatrix auf seinen lockeren Ton ein. Auch in der Hoffnung, dass sich Aliza fasste und zu ihrer gewohnten

Geschicklichkeit zurückfand. Augenblicklich zerrte sie nur an ihren Haaren.

»Sicher hast du als Kind zugesehen, wenn ihre Mägde deine Mutter angekleidet und geschmückt haben. Erinnere dich, dann kommst du hinter das Geheimnis«, entgegnete sie. »Sie muss dich über alles geliebt haben.«

Mit gerunzelter Stirn sann Friedrich darüber nach.

»Die Zeiten, in denen meine Mutter noch lebte, waren von Bürgerkrieg und den Machtkämpfen zwischen Welfen und Staufern geprägt. Als Speyer zum Jahreswechsel 29 auf 30 von König Lothar belagert wurde, lebte ich bei ihr. Gemeinsam erlitten wir eine schlimme Zeit des Hungers, der Kälte und der Krankheiten. Nach der Befreiung wurde sie nie wieder richtig gesund. Sie ist kurze Zeit darauf gestorben. Für Mutterliebe war da wenig Raum geblieben.«

Beatrix fehlten die Worte, ihre Anteilnahme auszudrücken, während Friedrich unerwartet Gefallen daran fand, sich seinen Erinnerungen hinzugeben.

»Du bringst mir zu Bewusstsein, dass ich seit Jahren nicht mehr an meine Mutter gedacht habe. Ich bin nahezu ausschließlich im Kreise von Männern aufgewachsen, die großen Wert darauf legten, dass ich geschickter, schneller, klüger, frommer und tapferer als alle anderen würde. Sie nicht zu enttäuschen war mein ganzes Bestreben.«

»Und Adela von Vohburg?« Beatrix konnte die neugierige Frage nicht unterdrücken. »Wie wurde sie deine Frau?«

Zu ihrem Erstaunen erhielt sie darauf eine Antwort.

»König Konrad stiftete meine Ehe mit Adela in bester Absicht, weil sie nach dem Tod ihres Vaters große Ländereien erbte. Sie brachte das Egerland, Teile des Nordgaus und ein beträchtliches Vermögen ein. Doch der Himmel hat uns seinen Segen verweigert. Was immer man dir darüber berichtet, Tatsache ist, dass wir nie einen Weg zueinander gefunden haben. Unsere Scheidung war eine Erlösung für beide Teile.«

Mehr würde sie über diese Ehe von ihm nie erfahren, das machte sein Ton dabei unmissverständlich klar. Beatrix ging deshalb auch nicht auf seine Antwort ein, fragte sich stattdessen, wie Friedrich, dieser Enttäuschung zum Trotz, ein solches Einfühlungsvermögen für Frauen entwickelt hatte. Weil sie ihn so faszinierten? Denn das taten sie, man musste nur den interessierten Blick beobachten, mit dem er Aliza ansah. Unwillkürlich versuchte sie mit seinen Augen zu sehen.

Die Augen wie grüne Kerzen. Die Lippen schimmerten feucht und rot. Das Haar war zwar unter dem Gebände verborgen, aber die Brauen verrieten sein Kupferrot. Die Konturen eines schlanken Körpers unter dem einfachen Gewand. »Das genügt, danke.«

Beatrix griff ungeduldig nach dem Zopf, den Aliza erst zur Hälfte geflochten hatte.

»Du kannst dich zur Ruhe begeben. Ich mache selbst weiter. Gute Nacht.«

Aliza gehorchte augenblicklich und verabschiedete sich mit einer Reverenz.

Beatrix sah ihr mit einer Spur von Unbehagen nach. Sie hatte sie zum ersten Male wie eine Magd behandelt. Warum? Weil sie fürchtete, Friedrich könne sich einer anderen zuwenden? Niemals!

Sie wandte sich zu ihm um und ertappte ihn dabei, wie er Aliza nachsah.

Niemals?

Achtes Kapitel

✥

TOTENKLAGE

Rupert von Urach
Kreuzhof bei Regensburg, 18. September 1156

Wolf hieb Rupert zum Empfang in seinem Zelt auf die Schultern.

»Wir kehren nach Zähringen zurück, hast du schon davon gehört?«

Er war sichtlich angetan von dem Plan. »Berthold will nicht weiter den Handlanger für Barbarossa spielen. Er hat ihm mitgeteilt, dass er den Winter dazu nutzen wird, in seinen eigenen Gebieten nach dem Rechten zu sehen. Endlich folgt er meinem Rat und zeigt dem Kaiser die Zähne. Es bringt nichts, dem Rotbart schön zu tun.«

»Nach Zähringen?«, wiederholte Rupert. »Er ändert tatsächlich seine Pläne? Wollte er nicht am Hof bleiben, um seine Position zu behaupten?«

»Zähringen ist seine Stammburg. Seine Frau erwartet ihn. Außerdem ist es vernünftig, und dir kommt der Rückzug doch auch zupass. Hast du nicht über das Schicksal deiner Schwestern lamentiert? So kannst du dich mit eigenen Augen überzeugen, wie es ihnen geht.«

Rupert schwieg und sah sich in Wolfs Zelt um, das er inzwischen nicht nur mit seinem Knappen, sondern auch mit Sizma teilte. Mit ihrer Vorliebe für leuchtend bunte Stoffe und allen möglichen Tand beherrschte sie das Durcheinander. Weder sie noch Wolfs Knappe schienen Ordnung schaffen zu können. Gut, dass sie bei den Kochfeuern beschäftigt war. Er musste dringend mit Wolf unter vier Augen sprechen.

»Ich komme direkt von der Königin. Sie hat mich gebeten,

Aliza morgen nach Donaustauf zu bringen, damit sie von ihrer Sippe Abschied nehmen kann. Bei Sonnenaufgang brechen wir auf. Begleite uns, dann können wir zu Ende bringen, was wir in Regensburg besprochen haben.«

»Woher weiß die Königin so plötzlich von den Geiseln, die dort festgehalten werden? Hat sich Aliza etwa verplappert?« Beunruhigt fügte Wolf hinzu: »So mach den Mund auf, Mann!«

»Nichts weiß die Königin«, wehrte Rupert ab. »Aliza achtet auf ihre Worte. Sie weiß, was auf dem Spiel steht. Dass sie die Möglichkeit wahrnimmt, sich wenigstens von den Ihren verabschieden zu können, kannst du ihr kaum nachtragen.«

»Wenn das mal nur wirklich so ist. Nach Donaustauf begleiten kann ich dich allerdings nicht.«

»Du machst Scherze.«

»Nein. Morgen wird der Hoftag mit der großen Schlussproklamation beendet. Du weißt, wie viel Wert der Kaiser darauf legt, dass sich alle Kreuzfahrer bei den öffentlichen Zeremonien zeigen. Es fiele auf, wäre ich nicht an Bertholds Seite. Möglicherweise würde man es sogar als eine gezielte Brüskierung des Kaisers auslegen.«

Rupert musste Wolfs Verhinderung akzeptieren, obwohl ihm die Aussicht nicht gefiel, die Verantwortung in Donaustauf allein zu tragen.

Wolf sah es ihm an.

»Nimm dir ein Dutzend Reisige und eine Standarte des Kaisers mit. Das verschafft dir Respekt.«

»Solch aufwendiger Begleitschutz war für die Mission von der Königin nicht vorgesehen.«

»Aber sie hat ihn dir auch nicht ausdrücklich untersagt, oder? Vergiss deine Skrupel. Am besten, du verschwindest jetzt. Ich will nicht, dass Sizma von dieser Sache erfährt. Das bringt sie nur auf dumme Gedanken.«

»Du weißt, dass du dir eine Giftschlange hältst? Wenn du ihr den Rücken kehrst, schneidet sie dir die Kehle durch, sei vorsichtig.«

»Keine Angst, mein Freund, wir sind uns zu ähnlich, um uns zu schaden. Wir lieben beide das Spiel mit dem Feuer.«

»Irgendwann wird ihr bei all dem Glitzerzeug, mit dem du sie behängst, aufgehen, dass ihr der Weg zurück versperrt ist. Einmal Dirne, immer Dirne, wird sie feststellen.«

»Na und?«

»Nie hätte ich gedacht, dass du ein Frauenzimmer wie dieses suchst.«

»Rupert, ich habe keine Herrin für mein Haus gewählt, sondern einen Zeitvertreib für einsame Nächte.«

»Ich bezweifle, dass eine Tamarafrau wie Sizma dein Spielzeug sein will. Du machst einen Fehler, komm zur Vernunft.«

Wolf lachte. »Das rätst ausgerechnet du mir?«

»Was willst du damit andeuten?«

»Fragst du mich das wirklich? Geht es um Frauen, hörst du nur auf dein Gefühl und lässt alle Vernunft fahren. Glaubst du, ich merke nicht, wie du dich in Clementias Gunst sonnst und gleichzeitig Aliza jeden Wunsch von den Augen ablesen möchtest? Wenn einer von uns zu nahe am Feuer sitzt, dann bist du das.«

»Zum Henker, Wolf! Man sollte dir …«

»Das Maul verbieten? Da magst du recht haben.«

Ebenso aufgebracht wie besorgt stürmte Rupert aus dem Zelt. Er hatte kein Auge für seine Umgebung. Die Gestalt, die sich in den Schatten neben dem Eingang drückte, entging ihm.

Sizma starrte ihm kurz nach. Dann wirbelte sie herum und stürmte wieder davon, statt das Zelt zu betreten, wie sie es eigentlich vorgehabt hatte. An diesem Abend würde Wolf vergeblich auf sie warten.

Im Laufe der Nacht hatte das Wetter umgeschlagen. Bei Tagesanbruch ballten sich Regenwolken im Westen. Böiger Wind zerrte an Zelten und Fahnen.

»Es hat alles seine Richtigkeit«, erklärte Rupert der verwunderten Aliza und hob sie ohne viel Federlesens aufs Pferd. »Da wir mit königlichem Befehl unterwegs sind, erhalten wir Begleitschutz.«

Er sprang selbst wieder in den Sattel, ergriff die Zügel mit einer Hand und fasste Aliza mit der anderen stützend um die Taille. In einen braunen Wollumhang gehüllt, der von der Kapuze bis zum Saum mit Marderfell gefüttert war, glich sie an diesem Morgen einer Dame. Ob ihre Stammesgenossen sie überhaupt erkennen würden? Im Gegensatz zu Sizma, der man die Ägypterin auch in Samt und Seide ansah, erschien Aliza in anderen Kleidern wie in eine andere Haut geschlüpft.

Da er sie enger an sich presste, als es erforderlich gewesen wäre, erreichte ihn der Duft von Sommerblumen und Kräutern, überlagert von dem exotischer Gewürze, den sie im Haushalt der Königin angenommen hatte.

Aliza mühte sich, das Gleichgewicht zu halten, ohne sich völlig an ihn zu schmiegen. Immer wieder rückte sie von ihm ab, und ihre Unruhe übertrug sich auf den Rappen, der die feste Hand eines geübten Reiters gewohnt war.

»Wenn du nicht aufhörst zu zappeln, werden wir beide vom Pferd fallen«, warnte er sie. Das Kinn über ihrem Scheitel, genoss er ihre Nähe.

»Ich ... ich kann nicht«, vernahm er sie nur. »Das Pferd ist zu hoch. Mir schwindelt.«

Rupert schmunzelte und verzichtete fürs Erste darauf, sein Ross zu schärferem Trab anzuspornen.

»Sieh nach vorne und vertraue darauf, dass ich dich halte«, beruhigte er sie. »Solange du dich nicht gewaltsam aus meinem Griff befreist, fällst du nicht. Versuche deine Bewegungen auf den Trab des Pferdes einzustimmen, wie du sie beim Tanz auf die Musik einstimmst.«

Offensichtlich hatte er die richtigen Worte gefunden. Alizas Atem wurde ruhiger. Ihre verkrampfte Haltung löste sich nach und nach. Bis sie jedoch ein Gespräch wagte, hatten sie sowohl das Lager wie die Stadt und die Donaubrücke längst hinter sich gelassen. Sie ritten über den Treidelpfad am Flussufer.

Rupert ertappte sich dabei, dass er auf die Haarsträhne wartete, die sie sich immer wieder hinter das Ohr strich. Alizas Nähe war ihm auch ohne ein Gespräch, das sie meist mit scharfer Zunge führte, reines Vergnügen.

»Die Königin wünscht kein Aufsehen in Donaustauf. Könnt Ihr die Männer nicht zurückschicken? Ihr seid bewaffnet, wozu brauchen wir noch eine Eskorte?«

»Es macht einen besseren Eindruck in Donaustauf, und es legitimiert meine Anweisungen. Hast du vergessen, dass ich versprochen habe, deinen Leuten freien Abzug zu gewähren? Dein Besuch ist die beste Gelegenheit dazu. Wie ist es dir nur gelungen, der Königin diese Gunst abzuschmeicheln?«

»Ich schmeichle niemals«, korrigierte sie.

»Das beruhigt mich«, antwortete Rupert trocken.

»Die Königin hat ein mitfühlendes Herz«, wurde Aliza wieder ernst. »Sie weiß, wie schwer mir der Abschied fällt. Ob ich mich vor diesem Abschied über das Wiedersehen mit meinen Leuten freuen oder mich davor fürchten soll, weiß ich allerdings nicht. Alle werden mir Fragen stellen: nach meiner Schwester, nach Milosh und Tal, nach dem Grund für all das Unrecht. Was ich bei der Königin suche und warum ich Leena verlassen will.«

»Du musst nichts erklären«, riet Rupert. »Schieb alles auf die Männer des Bischofs und auf die Entscheidung der Königin. Alles andere würden sie nicht verstehen. Und sie sind Ungerechtigkeit gewöhnt.«

»Es ist das tägliche Brot aller Fahrenden.«

»Eben. So sollte es dir auch nicht zu schwer fallen, dieses Leben aufzugeben. Sei klug und nutze die Gelegenheit.«

»Um mir ein Leben einzuhandeln, dessen Fäden die Herzogin von Sachsen in Händen hält, während Berthold sie verknotet? Lieber wäre mir da doch, ich zöge mit meinen Leuten. Wenn ich wüsste, dass Sizma in Sicherheit ist, würde ich es tun.«

Rupert verstärkte seinen Griff.

»Die Königin erwartet dich spätestens heute Abend wieder zurück. Ich will nicht daran denken, was sie täte oder sagte, käme ich ohne dich.«

Aliza rang sich ein Lächeln ab.

»Seht Ihr, dieses neue Leben ist haargenau wie das alte. Ob es mir je vergönnt sein wird, irgendetwas frei zu entscheiden?«

»Ich weiß es nicht«, antwortete er. »Du kannst es nur herausfinden, indem du jeden Tag annimmst und gestaltest, wie es dir möglich ist.«

Sie verfielen in Schweigen.

Rupert hatte genügend Stoff zum Nachdenken, um das Gespräch nicht länger zu suchen. Was erwartete er selbst von seinem Leben? War es nicht oberflächlich, nur nach Ruhm und Ritterehren zu streben?

Ohnehin, Ritterehren … Er hatte zu Hause alles einem Burgvogt überlassen, um an Bertholds Seite den Ruhm der Zähringer zu mehren, und musste nun feststellen, dass ihm inzwischen an deren Ruhm recht wenig lag.

Der Landfriede, den der Kaiser mit fester Hand durchgesetzt hatte, zeigte inzwischen erkennbare Wirkung. Es waren gute Zeiten für einen Mann, seine eigene Scholle zu bestellen und sein Leben in Ordnung zu bringen. Eine Familie zu gründen. Die Vorstellung gewann an Reiz.

Ein Reiher stieg aus dem Uferdickicht, erschreckte sein Pferd und brachte Aliza aus dem Gleichgewicht. Ängstlich drängte sie sich an ihn. Rupert rang einen Moment mit sich, doch dann ließ er das Gefühl zu, das er bisher noch jedes Mal gezügelt hatte.

Die Heftigkeit der Empfindung überraschte ihn. Was er empfand, reichte über das Begehren hinaus.

Ein Ritter, der eine Ägypterin zur Burgherrin machen will – bin ich das?

Was Kuno von Vohburg daraus machen würde, ließ Rupert die Haare zu Berge stehen. Welche Dummheit! Er würde sich zum Gespött aller machen.

Verwirrt bemerkte er erst jetzt, dass es zu nieseln begonnen hatte. Er schnalzte mit der Zunge und hieb die Fersen in die Flanken seines Pferdes.

»Wir müssen uns beeilen«, sagte er, ohne dass Aliza eine Frage gestellt hätte. »Vielleicht erreichen wir Donaustauf, ehe uns das Mistwetter bis auf die Haut durchnässt.«

Aufgewühlt rauschte die Donau zu ihrer Rechten, als er geraume Zeit später sein Ross zügelte.

»Hoooo!«

Rupert hob die Hand, um seine Begleiter ebenfalls zum Halt zu veranlassen. Er war zwar nicht auf Kreuzfahrt gewesen, aber er hatte sich in genügend Kämpfen bewährt, um auf die Warnung seiner inneren Stimme zu hören. Irgendetwas stimmte hier ganz und gar nicht.

Vorsichtiger als zuvor nahmen sie nun die Landstraße, die von zertrampelten Flusswiesen gesäumt wurde, ehe sie sich unweit vor ihnen in weitem Bogen zu Dorf und Burg hinaufzog. Der Regen strömte inzwischen. Die Hufe der Pferde verursachten schmatzende Geräusche im Straßenschlamm. In nächster Nähe stob aus den Uferauen laut kreischend eine schwarze Wolke auf. Krähen.

Ehe Rupert begriffen hatte, was dies bedeutete, befreite sich Aliza aus seinen Armen. Alle Angst vor der Höhe vergessend, ließ sie sich vom Pferd gleiten, stürzte, rappelte sich wieder auf und rannte wie von Sinnen quer über die Wiese. Bizarre schwarze Umrisse ragten dort wie mahnende Finger in den Himmel.

Aliza
Donaustauf, 18. September 1156

Zu spät. Gleich dem Schlag einer Glocke hallten die Worte durch Alizas Kopf. Zu spät. Zu spät.

Betäubt taumelte sie zwischen den Resten ausgebrannter Wagen hindurch, stolperte über einen toten Hund und blickte voller Entsetzen um sich. Das Blut erstarrte ihr in den Adern. Verkohlte Körbe, umgestürzte Kochtöpfe, zerschlagenes Tongeschirr, verstreutes Werkzeug. Kinderspielzeug zwischen Kleidungsstücken in den Schlamm getreten. Ein Tamburin mit zerfetzter Schlagfläche.

Wo waren die Menschen? Wo die Kinder?

Ihr Blick richtete sich an den Rand des Lagers, wo sie einen dunklen Hügel zwischen den kahl gewordenen Weiden entdeckte. Ihr Herz drohte stillzustehen. Sie wusste es sofort. Die Gesuchten. Erschlagen, erstochen, massakriert. Einer wie der andere. Kinder, Erwachsene, Greise – gnadenlos ermordet. Stumm klagten die Toten an.

Rupert fand Aliza, die Hände auf die Oberschenkel gestützt, würgend, weinend und nach Luft ringend, neben den Toten.

»Mein Gott, steh uns bei.«

Aliza richtete sich auf, schrie.

»Habt Ihr mich deswegen hierhergeschleift? Damit ich sehe, Ihr meint es ernst? Ihr seid keine Menschen, ihr seid Schlächter. Ich hätte es wissen müssen. Nur ein Narr kann Euch trauen!«

»Nein, nein, nein! Das hier ist nicht auf meinen oder auf Bertholds Befehl geschehen. Ich schwöre es und verspreche dir: Wer immer das war, er wird dafür zur Rechenschaft gezogen.«

Jenseits jeden Begreifens hörte sie die Worte, ohne sie aufzunehmen. Am ganzen Leib zitternd, sank sie vor den Toten auf die nasse Erde. Ihr Blick verschwamm. In ihrem Innersten war sie felsenfest davon überzeugt, dass sie die Schuld an diesem Massaker trug. Es war der Fluch, sie würde allen den Tod bringen.

Der Gedanke an ihre Großmutter versetzte sie in völlige Kopflosigkeit. Sie begann an den Toten zu zerren, suchte die Gesichter. Aber die nassen Körper waren zu schwer, sie zu bewegen. Rupert griff nach ihren Händen, hielt sie von ihrem Tun ab.

»Hör auf damit. Lass die Toten ruhen. Ich bitte dich.«

»Großmutter. Mutter«, stammelte Aliza.

»Komm zu dir. Es ist zu spät. Du kannst nichts mehr für sie tun.«

Auf Ruperts Befehl hin legten seine Begleiter die Leichen nebeneinander. Auch ihre Großmutter war darunter, die Kehle klaffend durchschnitten.

Die Letzte in der Reihe war Leena.

»Mutter. Lasst mich zu meiner Mutter.«

Leenas Körper wies keine Stich- oder Hiebwunden auf. Eine aufgedunsene Beule an der Schläfe schimmerte bläulich. Ein dünner Blutfaden zeichnete das rechte Ohr. Die Brandwunden an ihren Beinen mussten grauenvolle Schmerzen verursacht haben. Mit eisig nassen Fingerspitzen berührte Aliza die Wangen der Frau, die sie fast ein Leben lang für ihre Mutter gehalten und als solche geliebt hatte.

»Was soll ich tun ohne dich, Mutter?«, weinte sie.

»Aliza?«

Leenas Lider flatterten.

»Du lebst! Was ist geschehen, Mutter?« Aliza musste an sich halten, sie nicht zu schütteln und zu bedrängen.

»Krieger, Bewaffnete. Einer hatte Sizma ... in seiner Gewalt. Sie war ..., ihr Gesicht war verletzt ... Ich wollte ..., aber ... Sie warfen Feuer in die Wagen und töteten ... Dann traf mich ein Schlag. Wo sind ...«

Sie wusste nicht, dass sie als Einzige noch am Leben war, begriff Aliza.

»Du quälst sie nur, wenn du sie weiter bestürmst mit Fragen«, mahnte Rupert.

Etwas in ihr sagte ihr, dass Rupert recht hatte. Zart strich sie Leena über die Wangen.

»Du darfst nicht sterben, Mutter«, weinte sie. »Nicht so, ohne Kerzen, die den Totengeist abwehren und …«

»Adeliza … deine Mutter … Sie hieß Adeliza. Du sollst wissen … Sie war die Tochter eines Magistrats in Besançon. Ihr Onkel hieß … Cornet … Eléazar Cornet. Großmutter wusste es … hat …«

Atemlos wartete Aliza darauf, dass sie weitersprach. Sie neigte sich so tief über die Lippen der Sterbenden, dass sie sie fast berührte, aber der Mund blieb stumm. Leena war den anderen gefolgt.

»Sie ist tot, Aliza.«

Sobald das Tamara-Geflüster, für Ruperts Ohren unverständlich und stockend, verstummt war, zog er Aliza auf die Beine.

»Konnte sie dir sagen, wer sie überfallen hat und warum?«

Sie hörte Ruperts Frage, ohne den Sinn zu verstehen.

Leena tot, die Sippe ausgelöscht. Meine Schuld! Was soll ich tun?

»Was soll ich tun?«, wiederholte sie laut. »Ich kann weder ein Totenmahl für sie abhalten noch ihr den Weg in die Gemeinschaft der wohlgesinnten Ahnen zeigen. Wie soll ich die Totenwache für sie halten?«

Am liebsten hätte Aliza sich zu Leena gelegt, sie in die Arme genommen und darauf gewartet, dass der Tod auch sie erlöste.

Aus den Augenwinkeln nahm sie eine befehlende Geste Ruperts wahr und sah die Eskorte sich neu sammeln.

»Aufbruch? Ihr wollt unsere Toten so liegen lassen?«, stammelte sie entsetzt.

»Die Männer der Burg werden sie begraben, wenn sie Kenntnis von dem Unglück erhalten, Aliza.«

»Wenn sie nicht selbst die Mörder sind! Habt Ihr es gehört? Die Mörder waren Krieger. Die Todesschreie, die brennenden Wagen, glaubt Ihr, man konnte das von den Zinnen der Burg überhören, übersehen? Die Morde sind mit Billigung der Donaustaufer geschehen, mit Billigung des Fürstbischofs und seiner Kirche. Die Schlächter und Mörder waren nur die Handlanger der Mächtigen. Reitet nur«, schloss sie im Ton höchster Verachtung. »Ich bleibe bei den Toten.«

»Um was zu tun?«

Wie Feinde standen sie sich gegenüber.

Wo blieben die stummen Gefühle füreinander? Aliza überkam bei allem Elend sogar Scham, dass sie sich hingezogen gefühlt hatte zu Rupert.

»Um die Toten zu ehren. Warum sollte ich überlebt haben, wenn nicht deswegen?«

»Du weißt nicht, was du redest. Willst du ihnen mit eigenen Händen Gräber schaufeln? Solange wir nicht wissen, wer diese Greuel weshalb begangen hat, ist auch dein Leben bedroht. Die Königin erwartet, dass ich dich gesund zurückbringe. Wir brechen auf. Hier können wir nichts mehr ausrichten.«

»Nein. Ich habe schon zu viel falsch gemacht. Das mache ich richtig. Ich schulde es meinem Stamm.«

»Dann erklär mir wenigstens, was genau du tun willst.«

Die Erkenntnis, dass sie Hilfe brauchte, brachte sie zum Sprechen. »Ob ein Tamara ein Grab bekommt, hängt stets von der Gnade eines Priesters ab. Die meisten der frommen Männer dulden keine Fahrenden auf dem Gottesacker ihres Gemeindesprengels. In solchen Fällen müssen die Toten in ungeweihter Erde bestattet werden oder man übergibt sie dem Fluss, wenn einer in der Nähe ist. Das Wasser reinigt die Toten und trägt die ewig Wandernden nach Hause. Ich bin allein, aber ich muss sie dem Strom übergeben.«

Mit einer Handbewegung deutete Aliza die ganze Reihe entlang.

Rupert verzichtete auf einen weiteren Wortwechsel und gab den Befehl, die Ermordeten unverzüglich ans Ufer der Donau zu schaffen.

Von Rupa, der Ältesten, bis hin zum jüngsten Säugling rief Aliza sich die Toten einzeln lebendig in Erinnerung und nannte sie stumm beim Namen. Einen nach dem anderen ließen die Männer behutsam in das vom Regen aufgewühlte Wasser gleiten, wo sie augenblicklich fortgerissen wurden.

Aber es fehlte Aliza an Kraft, die Totenklage zu singen, wie es Sizma für Milosh und Tal getan hatte. Der Gedanke an die Schwester bewahrte sie auch vor dem endgültigen Zusammenbruch.

Sizma. Was hatte Leena noch von ihr gesagt? Wo war sie?

Als sie mit Rupert wieder zu Pferd saß, berichtete und fragte sie.

»Ich bin sicher, sie ist bei Wolf im Lager«, versuchte er sie zu beruhigen. »Deine Mutter muss sich in all dem Schrecken getäuscht haben. Gewiss hat sie eine andere Frau gesehen. Und dass mein Freund mit diesem Überfall etwas zu tun hat, halte ich für ausgeschlossen. Kreuzfahrer sind ihrem Ehrenkodex verpflichtet.«

»Das hat ihn nicht davon abgehalten zu töten, als Ihr Sizma und mich auf diese Burg geschleppt habt.«

Aliza behielt das letzte Wort.

Königin Beatrix
Kreuzhof bei Regensburg, 19. September 1156

Kümmere dich um die Ärmste.«

Beatrix musste zu Hildburg aufsehen. Sie war für sie eine Riesin mit Schultern wie ein Lanzenreiter. Das faltige Gesicht zeigte dessen ungeachtet Herzenswärme.

»Meine Magd Aliza hat Schlimmes erlebt und benötigt unsere ganze Fürsorge«, erklärte sie ihr die Aufgabe, die sie übernehmen musste. »Behalte sie gut im Auge. Ich kann nicht ausschließen, dass sie sich in ihrer Verzweiflung etwas antut. Sie ist vor Kummer außer sich und muss vor sich selbst geschützt werden.«

»Verlasst Euch auf Hildburg, Majestät«, ergriff Clementia das Wort. »Sie hat große Erfahrung mit seelenwunden Menschen. Eure Dienerin ist bei ihr in besten Händen.«

»Gut, dann geh mit Frau Hildburg, Aliza. Ich will für deine Genesung beten.«

Beatrix sah beiden nach. Einer Schwerkranken gleich, ließ sich Aliza führen.

Clementia war es zu verdanken, dass es am Hof zu keinem Getuschel gekommen war. Als Rupert und Aliza zurückkamen, hatte Rupert sie zuerst aufgesucht und sie gebeten, die Königin vorzuwarnen. Clementia hatte dann ihre Kammerfrau mitgebracht, der sie Aliza anvertrauen konnten. Beatrix war ihr dankbar dafür. Sie hätte nicht gewusst, was sie mit Aliza hätte tun können, außer mit ihr zu weinen.

»Besorgte Hilfe, das ist es, was Aliza jetzt braucht. Ich hoffe inständig, dass die Erinnerung an die erlebten Schrecken mit der Zeit verblasst.«

»Wenn es einen Menschen gibt, der Aliza helfen kann, dann ist das meine Kammerfrau, Majestät«, entgegnete Clementia. »Sie wird wieder Lebensmut fassen. Glaubt mir, ich spreche aus Erfahrung. Hildburg verdanke ich es, dass ich ein jedes Mal wieder gesund wurde, wenn ich ein Kind zu früh verlor. Sie konnte immer auch meinen Mann davon überzeugen, wie wichtig es ist, dass sich eine Frau von einem Abortus in Ruhe erholen kann. Wäre es allein nach mir gegangen, ich hätte meine Gesundheit mit meiner Ungeduld gefährdet.«

Beatrix glaubte Mitgefühl bei Clementia zu entdecken.

»Dann hoffe ich, dass Frau Hildburg auch einer einfachen Dienerin einen solchen Dienst erweist«, blieb sie trotzdem zurückhaltend.

»Habt Ihr eine Vorstellung, wer den Befehl für ein so brutales Massaker gegeben haben könnte und warum?«, wollte Clementia wissen.

»Der Kaiser sicher nicht«, antwortete Beatrix.

Sie verstand die Neugier, fürchtete aber die Frage, was Aliza bei den Ägyptern von Donaustauf gesucht hatte. Sie wollte sich keine Lügen ausdenken müssen.

»Sinnlose Gewalt stößt den Kaiser ab. Wer, dessen Machthunger und Ehrgeiz keine Grenzen kennt, dazu fähig ist, vermag ich nicht zu sagen. Urach fand auch keine Spur?«

»Nicht die geringste. Ich habe ihn natürlich befragt, wie die Männer von Donaustauf dazu stehen und ob der Fürstbischof seine Finger im Spiel hat.«

So lobenswert Beatrix es auch fand, dass Rupert nicht mit einer sichtlich Verstörten in den Zelten des Kaisers erschienen war, so fragte sie sich doch inzwischen, weshalb er ausgerechnet die Herzogin von Sachsen ins Vertrauen gezogen hatte. Gab es Gemeinsamkeiten zwischen ihnen? Hatte er in der gebürtigen Zähringerin eine Verbündete, die seine Verbindung mit Aliza begünstigte? Nein, Beatrix vermochte es nicht zu glauben. Diese Frau war zu stolz, um sich für eine Fahrende einzusetzen.

»Auf jeden Fall scheint es mir ratsam, dass Alizas Kenntnis von diesem Massaker im Verborgenen bleibt«, beschloss sie das Gespräch in aller Vorsicht. »Wer immer dahintersteckt, weiß sicher, dass sie ihn des vielfachen Mordes anklagen könnte. Man muss um ihr Leben bangen. Lasst sie gut bewachen, bitte ich Euch.«

»Verlasst Euch auf mich, Majestät. Welche Befehle habt Ihr für Rupert von Urach?«

Unter Clementias Blick wog Beatrix ihre Worte genau. Rupert war Ritter des Kaisers, auch wenn er dem Zähringer Lager angehörte. Ihm Befehle zu erteilen, stand ihr – genau genommen – ohne Friedrichs Erlaubnis nicht zu. Sie hatte es aus besonderem Grund gewagt, auch in der Gewissheit, dass die Mission geheim gehalten werden konnte. Inzwischen sah die Sache anders aus.

Erhob Rupert Anklage gegen die unbekannten Mörder, käme die Sache ohne Zweifel an Friedrichs Ohr. Er würde Fragen stellen und letztendlich die Spur bis zu ihr verfolgen. Ihm gestehen zu müssen, dass sie auf die Heiltränke einer alten Ägypterin zu hoffen wagte, widerstrebte ihr von Herzen. Das kleine Komplott, mit dem sie Aliza in ihren Haushalt geschmuggelt hatte, würde zudem ans Tageslicht kommen und ihr Heimweh nach Burgund verraten, was ihm sicher auch nicht gefallen würde. Was blieb ihr zu tun?

»Ich bin Urach von Herzen dankbar, dass er so besonnen gehandelt hat«, sagte sie zuletzt. »Aber es wäre sicher unklug, die Ereignisse von Donaustauf an die große Glocke zu hängen.

Es würde Aliza in den Mittelpunkt der Aufmerksamkeit rücken und genau das bewirken, was wir um ihrer Gesundheit willen verhindern wollen. Denkt Ihr, Ihr könnt Urach dazu bewegen, im Geheimen nach der Wahrheit zu suchen? Ihr scheint Einfluss auf ihn zu haben.«

Zu ihrem Erstaunen stieg eine Spur von Röte in Clementias Wangen.

»Wenn es Euer Wunsch ist, will ich das gerne mit ihm besprechen«, antwortete Clementia betont würdevoll. »Ich kenne ihn aus Kindertagen in Zähringen. Das erklärt vielleicht unser Vertrauensverhältnis.«

Beatrix überging die Erklärung.

»Noch besser wäre es, wenn Urach die Dienste Eures Bruders vorübergehend verlassen könnte und in Euer Gefolge wechselte. Besteht dazu eine Möglichkeit? So könnte er über Aliza und Frau Hiltrud wachen. Wir müssten keinen weiteren Ritter einweihen und hätten so eine Sorge weniger. Urach scheint im Übrigen Aliza aufrichtig zugetan.«

»Rupert Aliza?«

Clementia reagierte derart erstaunt, dass Beatrix ihre Vertraulichkeit auf der Stelle bereute und ihre Bemerkung relativierte.

»Nur wenige Ritter halten sich so getreu wie er an ihren Schwur, den Armen und Schwachen zu helfen.«

»Er war schon von jeher so.« Clementia zeigte eine gewisse Gereiztheit. »Er hat nie gelernt, seinen Vorteil zu nutzen, streitet zu gern ohne Ansehen der Person und des Standes für Gerechtigkeit. Dass er sich für eine Magd derart einsetzt, zeigt mir, dass er mit den Jahren nicht viel dazugelernt hat.«

»Zürnt Ihr ihm, weil er sich selbst treu geblieben ist?«

»Jeder sollte dazulernen im Leben. Nur Narren beharren auf

ihren Idealen. Dennoch – ich kann nicht umhin, so viel Idealismus zu bewundern. Wenn Ihr es wünscht, werde ich meinen Bruder bitten, Rupert bis zum Osterfest in meine Dienste zu geben.«

Obwohl Clementia einen ungewohnt offenen Eindruck machte, blieb vieles unausgesprochen. Durch Aliza wusste Beatrix, dass Heinrich sein Vergnügen auch außerhalb der Ehe suchte. Hatte sie seiner Frau soeben in aller Einfalt eine Gelegenheit verschafft, es ihm gleichzutun? Die Bereitwilligkeit, mit der sie auf ihren Vorschlag einging, schien es nahezulegen. Und Rupert und Aliza? Himmel, wie kompliziert plötzlich alles wurde.

»Ich danke Euch«, sagte sie betont abschließend. »Auch dafür, dass Ihr mich nach Villa Lutra begleitet. Ich bedenke sehr wohl, dass es Euch nach Hause zu Eurer Tochter ziehen muss und dass Ihr ein Opfer für Eure Königin bringt.«

»Es war der Entschluss des Herzogs, den Kaiser zu begleiten«, entgegnete Clementia schmallippig und verwandelte sich wieder in die überhebliche Fürstin, die Beatrix so wenig ertragen konnte. »Ich bin ihm stets eine gehorsame Gemahlin.«

Was wollte sie damit wieder sagen?

Beatrix war froh, dass Clementia sich nun zurückzog und sie keine Antwort geben musste. Sie begab sich in den Nebenraum, wo unter Aufsicht ihrer Kammerfrau die Reisetruhen gepackt wurden.

»Es liegt Uns fern, Euch aufzuhalten, Herr Berthold!«

Die Stimme des Kaisers im Gespräch drang durch die Stoffwände.

Wann hatte Friedrich das Zelt betreten? Hinter dem Vorhang befand sich im Nebenraum ein Arbeitskabinett, in dem er private Audienzen und Besprechungen abhielt. War es nicht bereits geräumt?

Auch ihre Damen hielten inne. Jedes Gespräch verstummte, während die gedämpfte Antwort des Zähringers zu hören war, der angab, sich aus familiären Gründen vom Hofe zurückziehen zu wollen. Der Kaiser ließ ihn kaum ausreden. Unverkennbar schroff klang seine Antwort, die einer öffentlichen Brüskierung gleichkam. Ihm musste bewusst sein, dass er sich nicht allein im Zelt befand, dass das Gespräch gehört wurde.

»Ihr seid entschuldigt. Dies ist ein guter Zeitpunkt, Euch auf Eure Ländereien zurückzuziehen. Es spricht für Euch, dass Wir es Euch nicht nahelegen mussten. Nehmt einen Rat von Uns an: Ein Mann sollte sich das Leben nicht bitter machen, indem er nach Dingen strebt, die ihm verwehrt sind. Auch Bescheidenheit kann zur Ehre gereichen.«

Die förmliche Verwendung des Wir und Uns bezeugte, wie ernst dieses Gespräch war.

Beatrix begegnete den Blicken der anderen und fand ihre Einschätzung bestätigt.

»Nie habe ich nach mehr gestrebt als nach dem, was mir von Geburt und Erbe her zugefallen ist, mein Kaiser. Im Mai des Jahres 52 haben wir dies auch in einer Conventio festgehalten. Unser beider Unterschrift ist auf dem Pergament und bindet uns im Namen der Ehre.«

Die vielfach erwähnte Vereinbarung, die Zähringen das Blaue vom Himmel versprach. Höchst interessiert an der Antwort, trat Beatrix einen Schritt näher an den Vorhang, wo Friedrich jetzt mit einem ungeduldigen Zungenschnalzen reagierte.

»Wenn Ihr auf das Pergament anspielt, in dem Ihr Uns tausend Panzerreiter für den Burgund-Zug sowie fünfhundert Panzerreiter und fünfzig Bogenschützen für den Italien-Zug garantiert habt, so entsinnt Euch, dass dabei wechselseitige, bindende Verpflichtungen eingegangen und von den mächtigsten Fürsten des Reiches bezeugt wurden. Ihr wart es, Berthold von Zähringen, der seinen Teil der Conventio nicht erfüllt hat. Muss ich Eurem Gedächtnis etwa auf die Sprünge helfen? Ihr habt unser Lager im Elsass verlassen und alles dahingegeben, was möglich gewesen wäre. Die Besitztitel am transjuranischen Burgund und der Provence wollten wir Seite an Seite neu erstreiten, da es geraume Zeit her war, dass der letzte deutsche König diese Gebiete betreten hat. Dass der Feldzug nie stattfand, ist nicht Unser Versagen. Ihr habt die geforderten Panzerreiter nicht gestellt.«

Unruhe bei den Damen ließ Beatrix einen strafenden Blick in ihre Richtung zu schicken, der ebenso einschüchternd wirkte wie die unversöhnliche Stimme des Kaisers.

»Ihr habt von Anfang an damit gerechnet, dass es so kommen würde.« Berthold klang gekränkt, aber nicht eingeschüchtert. »Die Vertragsbedingungen waren ausgerichtet auf die Tatsache, dass Ihr keinen Krieg in Burgund wolltet. Damals nicht und heute nicht.«

»Dies zu beweisen, kann Euch nie gelingen. Denkt gut über Eure nächsten Schritte nach. Ihr seid in Villa Lutra an der Lauter willkommen, wenn Ihr Eurem Kaiser künftig bedingungslos zur Seite steht. Lebt wohl und Gott mit Euch, Berthold von Zähringen.«

Beatrix gab ihren Damen mit einer Handbewegung ein Zeichen. Im selben Augenblick trat Friedrich auch schon durch den Vorhang.

»Meine Königin, meine Damen.«

Beatrix erwies wie alle anderen ihre Reverenz. Sie nutzte den kurzen Moment, in dem sie zu Boden sah, um die Miene heiterer Gelassenheit aufzusetzen, die alle an ihr kannten. Dass sie dabei mit Mühe daran arbeitete, die Dinge zu ordnen, die sie eben erfahren hatte, wusste allein sie. Welch gutes Rüstzeug für den Alltag bei Hofe ihr das Kloster doch verschafft hatte. Die fromme Verbannung, in die sie auf Befehl ihres Onkels geschickt worden war, erwies sich im Nachhinein als äußerst nützlich für eine Königin. Sie hatte sie weit über ihre Jahre hinaus reif und erwachsen werden lassen.

»Willst du mir folgen, meine Liebe?«

Ein lächelnder Friedrich forderte sie auf. Ein anderer als der Monarch, der soeben den Zähringer zurechtgestutzt hatte. Der liebenswürdige Friedrich, der charmante. Doch auch er nur einer von vielen. Inzwischen wusste Beatrix dieses Lächeln zu erwidern.

»Mein Stallmeister möchte dir die Pferde vorführen. Du musst für dich die Auswahl für die Reise treffen«, erklärte er seine Einladung. »Du hast ihm mit deinem Sachverstand, den du auf der Reise nach Regensburg mehrfach gezeigt hast, imponiert.« Beatrix legte die Hand auf Friedrichs Arm.

Die Erschütterung darüber, dass ihr geliebtes Burgund so knapp einem Krieg entgangen war, konnte sie nicht so einfach abschütteln. Feldherren und ihre Truppen nahmen keine Rücksicht auf Klöster und Frauen. Dôle in Flammen, die Abtei gebrandschatzt, ihre Schwestern geschändet und sie selbst in Gefangenschaft. Bilder des Grauens verfolgten sie.

Hätte Berthold von Zähringen die Conventio erfüllt, wäre ihr Schicksal anders verlaufen.

Spürte Friedrich das Beben ihrer Hand? Was empfand er ihr gegenüber?

Bisher hatte sie die Augen davor verschlossen, dass auch Skrupellosigkeit, List und Aggressionslust in ihm schlummerten. Es war an der Zeit, dass sie ihn realistischer betrachtete. Die belauschte Verabschiedung sprach für sich.

»Du wusstest, dass im Nebenraum die Klatschbasen des Hofes jedes Wort mithören würden«, sagte sie leise. »Der Zähringer ist dir mit seiner Bitte zuvorgekommen, nicht wahr? Es sollte nicht aussehen, als verlörest du einen Verbündeten. Lieber soll man glauben, Berthold habe eben noch einer offiziellen Verbannung vom Hof vorgebeugt. Irgendeine aus dem Kreis wird ihren Mund nicht halten können und die Nachricht verbreiten. Darauf hast du spekuliert, habe ich recht?«

»Gut, dass ich dich als meine anbetungswürdige Frau an der Seite habe und nicht zur Gegenspielerin.«

Beatrix sah ihm direkt in die Augen und stellte auch die letzte Frage, dir ihr auf der Zunge lag.

»Du würdest mich fürchten?«

»Ich würde dich respektieren, Beatrix. Ich denke, das ist mehr. Fürchten muss man Dummköpfe, denn sie tun Dinge, die niemand vorausahnen kann. Ich hoffe inständig, dass Berthold von Zähringen keiner ist.«

Er nahm ihre Hand und küsste sie.

Zweites Buch

✦

VILLA LUTRA

Neuntes Kapitel

GEHEIMNISSE

Rupert von Urach
Kaiserpfalz, Villa Lutra an der Lauter,
5. *Januar 1157*

Unter den Arkaden der Kaiserresidenz, geschützt vor dem Wind, hielt Rupert inne. Noch nach Wochen hatte das prächtige Gebäude nichts von seiner Faszination verloren. Obwohl an äußeren Flügeln noch gearbeitet wurde, sah man, dass hier ein Herrschersitz entstand, der zu Stein gewordene Macht demonstrierte. Den Sieg menschlichen Geistes über die Materie. Der dahinterstehende Wille eines Mannes zog ihn zunehmend in Bann. Inzwischen wusste er, dass ein Großteil der Kritik Bertholds an Barbarossa haltlos war.

Zum Beginn des Winters waren sie in Villa Lutra eingetroffen. Der aufstrebende Ort, von der Rheinebene und dem Fluss Lauter begrenzt, existierte seit Römerzeiten. Er war – nicht zuletzt durch die Baumaßnahmen des Kaisers – in den letzten Jahren stark gewachsen. Schon nannte man ihn im Volksmund Lautern und pries ihn als neuen Mittelpunkt staufischer Macht.

Die Winter fielen hier mild aus, die Straßen waren gut gepflegt, da sie als Handelswege dienten. Die Schifffahrt auf dem Rhein wurde nur selten von Eis behindert. Den ganzen Tag über trafen schon Gesandte, Edelmänner, Ritter und Kirchenfürsten ein, um gemeinsam mit dem Kaiser das Dreikönigsfest zu feiern. Im sonst so geordneten Innenhof der Pfalz herrschte ohrenbetäubendes Stimmengewirr, untermalt von Pferdewiehern und Räderrasseln. Man glaubte sich auf einem Jahrmarkt.

Eine Zeltstadt, die Ritter, Bedienstete und Gäste aufnahm, die keine andere Unterkunft mehr fanden, machte sich zwischen den Gebäuden des Burgfriedens breit.

Rupert hatte angenommen, Berthold würde hier die Gelegenheit nutzen, seinen Frieden mit dem Kaiser zu machen, doch bisher hatte er ihn nicht entdecken können. Auch Clementia war ohne Nachricht von ihm geblieben. Seit Regensburg waren sie auf Vermutungen angewiesen. Sie reichten von der Mutmaßung, Berthold könne sich dem französischen König anschließen, bis zur Spekulation darüber, ob er Friedrich zum Zweikampf herausfordern wolle.

Das eine wie das andere hatte Clementia vehement in Abrede gestellt.

»Berthold ist ehrgeizig«, hatte sie gesagt. »Aber er wird es auf keine endgültige Konfrontation und damit auf das Risiko einer Niederlage ankommen lassen. Er versucht erst einmal nur, das Gesicht zu wahren. Wenn er ernsthaft etwas gegen Barbarossa unternimmt, dann sicher so, dass man es nicht sofort mit ihm in Verbindung bringt.«

Auf was sie anspielte, war ihm klar. Rupert hoffte trotzdem, dass Berthold Aliza künftig aus dem Spiel lassen würde. Ein schweres Nervenfieber hatte sie erst seit wenigen Wochen überwunden. Sie war in diesen Tagen lediglich ein Schatten der leidenschaftlichen Tänzerin, die einen Barbarossa hätte verführen sollen. In sich zurückgezogen und schwermütig, trauerte sie um Mutter und Schwester. Niemand, nicht Hildburg oder Clementia noch Beatrix, konnte sie aufheitern.

»Rupert!«

»Wolf! Bist du das wirklich? Ihr trefft ein und ich weiß nichts davon. Ich werde meinem Knappen die Ohren langziehen müssen.«

Mit gegenseitigem Schulterklopfen begrüßten sie sich auf das herzlichste.

»Ich brenne darauf, deine Neuigkeiten zu erfahren. Bist du Bertholds Vorhut?«, fragte er.

Wolf nickte. »Die anderen werden nicht lange auf sich warten lassen. Ich bin nur vorausgeritten, um Quartier zu machen.«

»Dann lass uns einen Becher leeren und miteinander reden, sobald es deine Zeit zulässt.«

»Was willst du hören?«, fragte Wolf, als sie Seite an Seite auf einer Bank saßen. »Es waren unerfreuliche Wochen auf Burg Zähringen. Berthold tut sich schwer, die Kröte zu schlucken, obwohl ihm am Ende nichts anderes übrigbleiben wird. Der Traum vom burgundischen Herzogtum Zähringen, das vom Juragebirge bis ans Mittelmeer reicht, ist ausgeträumt. Und bevor du fragst: Er hat deine älteste Schwester mit einem Gefolgsmann verheiratet und die jüngere in ein Kloster gesteckt. Beide sollen auf das Beste versorgt sein.«

»Senta im Kloster? Dafür soll ich auch noch dankbar sein? Die Kleine ist dreizehn und ein Wildfang.« Rupert konnte seinen Ärger nicht verbergen.

»Immer noch besser, als mit dreizehn verheiratet zu werden. Beruhige dich, du kannst es ohnehin nicht ändern. Sie wird für dich beten.«

»Soll mich das trösten? Bin ich überhaupt noch Herr auf meiner Burg?«

»Willst du es überhaupt noch sein? Fast alle glauben, dass du nicht mehr zurückkommst.«

»Wer verbreitet solche Gerüchte? Berthold?«

»Ich schätzte, es ist Kuno, obwohl er es abstreiten wird. Kuno Heimtücke von Vohburg mit vollem Namen. Du hast einen Feind in ihm.«

Sie wechselten einen vielsagenden Blick. Am Ende nickte Rupert düster und räumte ein: »Unter uns gesagt, er hat nicht ganz unrecht. Mein Vertrauen in Berthold ist erschüttert. Dennoch bindet mich natürlich mein Lehnseid. Berthold hat ihn mir nicht erlassen, als Clementia im Herbst um meine Dienste bat.«

»Dann wirst du deine Zukunft mit ihm ausmachen müssen«, nickte Wolf und trank seinen Becher aus. »Wie geht es dem Mädchen?«

Er musste keinen Namen nennen.

»Sie ist gesund, aber bedrückt. Sie gibt sich die Schuld an den Ereignissen und lässt sich durch nichts davon abbringen. Hast du von Sizma gehört?«

Wolf schüttelte den Kopf.

Sizma war am Vorabend des Überfalls von Donaustauf aus dem Lager des Kaisers verschwunden und nie wieder aufgetaucht. Dass alle von ihr zusammengerafften Schätze bei Wolf zurückgeblieben waren, war für ihn der untrügliche Beweis, dass auch sie Mördern in die Arme gelaufen sein musste. Sie würde ihn nie ohne ihre Besitztümer verlassen, hatte sie gesagt.

»Wir werden wohl nie erfahren, was aus ihr geworden ist. Rupert, du solltest dafür sorgen, dass Aliza Berthold in Villa Lutra niemals über den Weg läuft. Er geht davon aus, dass sie ebenfalls getötet wurde.«

»Das will ich gerne tun«, nickte Rupert. »Ohnehin müsste er seinen Plan aufgeben. Mit ihrer Schwermut treibt Aliza einen Mann höchstens in die Verzweiflung.«

»Sprichst du aus Erfahrung?«

Obwohl er die Frage übergangen hatte, dachte er an den Wortwechsel, als er Aliza später in Clementias Gemächern auf einem Fenstersitz entdeckte. Sie nutzte das schwindende Tageslicht für eine Näharbeit.

»Berthold ist heute eingetroffen«, wandte er sich an Clementia, die einem Tiegelchen, das ihr die Kammerfrau hinhielt, eine cremige Substanz entnahm.

»Das wurde auch Zeit«, nickte sie. »Er muss sich mit dem Kaiser versöhnen.«

Clementia zerrieb ein wenig Balsam aus dem Tiegel zwischen den Fingern.

»Mmh, das duftet wie Paradiesäpfel und fühlt sich ganz wunderbar an. Hildburg, wozu verwendet man es? Von wem hast du das Rezept?«

»Es hält die Lippen im Winter glatt und geschmeidig. Aliza hat den Balsam für Euch gemischt.«

»Aliza?«

Aliza hob nicht einmal den Kopf. Man hörte von ihr nur das leise Plopp, mit dem sie die Nadel wieder und wieder in den straff gespannten Stoff stieß.

»Ja. Sie hantiert mit Ölen, Kräutern, Fetten und Blüten so geschickt wie ein Apotheker. Es scheint da eine Reihe von Rezepten zu geben, die die Frauen ihrer Familie von einer Generation zur nächsten weitergeben.«

»Wenn sie alle so gut sind, soll sie sie dir geben.«

»Sie darf nicht in Eurer Nähe sein, wenn Berthold Euch seine Aufwartung macht«, unterbrach Rupert das Gespräch. »Die Zähringer sind eingetroffen. Er glaubt, dass auch sie umgekommen ist, und in diesem Glauben solltet Ihr ihn besser lassen.«

»Ich stimme dir zu, Rupert.« Clementia ließ sich von Hildburg den Tiegel geben. »Die Königin bittet mich ohnehin, sie zu ihr zurückzuschicken.«

»Warum steht sie überhaupt noch unter Hildburgs Obhut? Sie ist längst schon ohne Fieber.«

»So etwas kann auch nur ein Mann fragen.«

Clementia tauschte Blicke mit der Kammerfrau, öffnete die Hände und hielt ihm das Salbengefäß entgegen.

»Unter anderem deswegen. Unsere Ägypterin ist eine Frau mit vielen Talenten. Hinzu kommt, dass keine meiner Näherinnen so hübsche Borten zu sticken versteht. Würde nicht die Königin ihre Dienste fordern, würde ich sie für immer in Anspruch nehmen. Festbinden würde ich ihre geschickten Hände.«

Es sollte vermutlich ein Scherz sein, aber Alizas Schultern zuckten bei der Bemerkung.

Clementias Nächstenliebe entpuppte sich nicht ganz überraschend als Eigennutz, doch ihr Egoismus enttäuschte Rupert trotzdem. Sah so also die Pflege aus, die sie dem Schützling der Königin angedeihen ließen? Es reizte ihn, Clementia selbst Alizas Arbeit in die Hand zu drücken.

Bedächtig trat er an die Fensternische, um zu sehen, an was sie arbeitete.

»Ist das nicht eine grausame Stichelei?«, fragte er entsetzt.

»Du musst das nicht machen. Du bist keine Magd.«

Er bekam keine Antwort.

»Ihr müsst sie nicht in Schutz nehmen«, verteidigte Hildburg Alizas Beschäftigung. »Arbeit hält sie vom Grübeln ab. Untätigkeit bekommt ihr nicht. Verlasst Euch darauf, dass ich sie umgehend zur Königin bringen werde.«

Umgehend hieß, wenn sie mit der Arbeit fertig war, vermutete Rupert, doch er verzichtete auf weitere Einwände. Obwohl Clementia erwartete, dass er blieb und mehr über die Neuankömmlinge des Tages berichtete, zog er sich zurück.

Eben noch rechtzeitig, denn Berthold kam ihm vor dem Portal entgegen, unzweifelhaft auf dem Weg zu seiner Schwester. Er musste ihn aufhalten. Aber wie standen sie eigentlich inzwischen miteinander?

»Willkommen in Villa Lutra«, grüßte er zurückhaltend.

»Da ist der Mann, den ich suche«, rief Berthold, als habe es nie die geringste Verstimmung zwischen ihnen gegeben. »Rupert! Ich grüße dich, mein Junge. Wie ist es dir ergangen bei Clementia?«

»Gut«, antwortete er. »Du willst zu ihr? Ich fürchte, du triffst sie nicht an.«

Die Notlüge war alles, was ihm auf die Schnelle einfiel, um das Zusammentreffen mit Aliza zu vermeiden.

»Es eilt ohnehin nicht. Begleite mich zu den anderen.«

Wie selbstverständlich legte Berthold den Arm um seine Schultern und änderte die Richtung.

»Ich hoffe, du hast mich vermisst wie ich dich. Kuno ist kein Ersatz für dich.«

»Kuno war mit dir in Zähringen?« Rupert gab sich überrascht, obwohl er von Wolf davon wusste. »Um dort was zu tun? Um mit dir deinen Keller leer zu trinken und den Mägden nachzusteigen?«

»Ich weiß, du magst Kuno nicht, aber im Augenblick muss ich um jeden Verbündeten froh sein. Er ist ein entfernter Verwandter des Kaisers. Du hast es ja vorgezogen, dich bei meiner Schwester beliebt zu machen.«

»Dafür gab es allerdings eine Reihe guter Gründe. Unter anderem hast du mich in Regensburg wahrlich nicht wie einen Gefolgsmann behandelt.«

»Wundert dich das? Deine Idee war leider ein einziger Reinfall. Ich hätte niemals darauf eingehen sollen. Aber ich bin bereit zu vergessen. Du kannst mir im Übrigen glauben, dass ich mich an meine Verpflichtungen gegenüber deiner Familie gehalten habe. Deine Schwestern wurden auf das beste versorgt, und der Burgvogt harrt in Urach deiner Befehle.«

Dass Berthold ihm die Schuld an allem in die Schuhe schob, überraschte Rupert nur wenig. Schon als Knappe war ihm die Rolle des Sündenbocks mit schöner Häufigkeit zugefallen. So wurde sein Herr auch heute damit fertig, dass Barbarossa ihn in seinem Einfluss, seiner Stellung und seinem Rang beschnitt. Wollte er bei Berthold weiter im Ansehen stehen, musste er das auch künftig auf sich nehmen. Aber wollte er das?

Unentschieden schwieg er.

»Berichte mir, was es Neues gibt«, forderte Berthold ungeduldig. »Ist Clementia endlich wieder in der Hoffnung?«

Dass Ruperts Schweigen keine endgültige Versöhnung bedeutete, kam ihm gar nicht in den Sinn. Er überhäufte ihn mit Fragen, bis sie das Steinhaus betraten, das der Pfalzgraf von Villa Lutra den Zähringern zugestanden hatte. Mit prächtig geschnitzten Türstöcken, Holzdecken und weiß geschlämmten Wänden waren die Kammern besser ausgestattet als die Herrengemächer auf Burg Zähringen.

Ob Berthold trotzdem merkte, dass man ihm die Unterkunft eines geringeren Ministerialen zugewiesen hatte? Der Herzog von Sachsen und Bayern, die Prälaten der Kirche und die anderen Kurfürsten waren zwar ebenfalls in solchen Burgmannenhäusern untergebracht, wie man sie in Villa Lutra nannte, die aber standen näher am Palas und waren wesentlich größer.

In der Halle verursachte Ruperts Ankunft freundschaftlichen Aufruhr. Sein Blick traf auf Wolf, der in großer Runde saß. Rupert nickte auf die stumme Frage nach Aliza.

Ja, sie ist in Sicherheit und wird es hoffentlich auch bleiben. Kein Grund zur Sorge.

Da sich Kuno unter den Männern befand, ließ sich ein knapper Gruß nicht vermeiden. In seinen Augen funkelte Schadenfreude. Was führte er im Schilde?

»Sieh an, der verlorene Sohn krabbelt unter den sächsischen Weiberröcken hervor«, spottete Kuno mit schwerer Zunge.

Ruperts Faust schoss ohne Warnung vor, und Kuno krachte taumelnd auf die Bank zurück, von der er sich eben erst halb erhoben hatte. Fluchend versuchte er es noch einmal. Wolf drückte ihn auf seinen Platz zurück.

»In meiner Gegenwart beleidigt niemand die Herzogin.«

Rupert stemmte die Handflächen auf den Tisch, suchte den Blick des Vohburgers und sah mit Vergnügen, dass ihm Blut aus der Nase rann.

»Geh zum Teufel, Urach«, blaffte Kuno und legte den Kopf in den Nacken, um sich nicht mit Blut zu beschmutzen.

»Ich freue mich auch, dich zu sehen«, antwortete Rupert trocken.

Aliza
Villa Lutra, 5. Januar 1157

Ich bin froh, dass du wieder hier bist, Aliza. Steh auf. Wer sagt, dass du vor mir knien sollst?«

Von der Liebenswürdigkeit der Königin immer wieder überwältigt, machte ihr herzlicher Empfang Aliza verlegen. Was sollte sie antworten?

»Du bist also wieder gesund. Ich muss Hildburg wohl glauben, auch wenn du aussiehst, als hättest du alle Fastentage des Jahres hintereinander eingehalten. Lass uns überlegen, welchen Platz wir dir in meinem Hofstaat einräumen können, ohne dass du dabei den Falschen auffällst.«

»Ich bin mir keineswegs sicher, ob ich Euch wirklich zu Diensten sein kann. Ich ...«

Alizas Stimme klang rauh und gepresst. Beatrix unterbrach sie. »Nichts da. Man hat mich genau unterrichtet. Nach allem, was du erlebt hast, wirst du Zurückgezogenheit schätzen. Ich habe dir Platz machen lassen in meiner Kleiderkammer. Solange die Pfalz voller Gäste zum Dreikönigsfest ist, müssen alle zusammenrücken, und niemand wird sich darüber wundern, dass du dort schläfst.«

Alizas Unruhe legte sich ein wenig. Beatrix erwartete offensichtlich keine ausführlichen Erklärungen.

»Du musst aufhören zu grübeln.« Freundschaftlich fasste sie nach Alizas Händen und drückte sie heftig. »So weh es tut, du musst lernen zu vergessen. Stell dich dem Leben wieder.«

»Ich weiß nicht, ob ich das kann«, flüsterte Aliza.

Du darfst es auch nicht. Erst wenn Sizma gefunden ist, kannst du an dich denken.

»Ich lasse nicht zu, dass du dich sinnlos dem Kummer ergibst.« Es klang befehlend. »Du trägst keine Schuld, also musst du dir auch keine Vorwürfe machen.«

»Das stimmt nicht. Ich bin an allem schuld.«

Aliza konnte es nicht länger für sich behalten. Die Königin hatte verdient, es zu erfahren – zu ihrem Schutz musste sie es ihr sagen.

»Ich bin verflucht. Verflucht vom Tag meiner Geburt an. Meiner leiblichen Mutter habe ich den Tod gebracht, meiner Pflegemutter und allen anderen, die mir Familie und Heimat waren. Ich kann nicht bei Euch bleiben. Vielleicht bin ich auch für Euch eine Gefahr.«

»Schscht … ruhig. Ich sehe, das Erlebte verfolgt und verwirrt dich.«

»Ich bin nicht verrückt, falls Ihr das meint«, rief Aliza leidenschaftlich. »Auf mir lastet ein Blutfluch von Geburt an! Er bringt Unglück für alle, die mir nahestehen. Ich beweise es Euch. Seht her!«

Mit fliegenden Fingern machte sie den Nacken frei.

»Seht! Seht Ihr das Blutmal? Glaubt Ihr mir jetzt?«

»Um Himmels willen, Aliza, fasst Euch!«

»Welch ein Aufruhr. Worum geht es?«

Der Kaiser.

Beatrix fasste sich blitzschnell und trat ihm lächelnd entgegen.

»Mein Herr Friedrich«, vernahm Aliza ihre Begrüßung. Sie glich einer Liebeserklärung, so viel Wärme hatte Beatrix in die Stimme gelegt.

»Seit wann erlaubst du dir gegenüber einen solchen Ton, Beatrix?«, antwortete er eine Spur zu gönnerhaft. »Du solltest das Mädchen zurechtweisen. Es vergisst, dass es der Königin dient.«

»Meine Kammermagd hat sich keine Ungehörigkeit zuschulden kommen lassen, Friedrich.« Wie immer in kritischen Situationen blieb Beatrix die Ruhe selbst. »In deinen Ohren klingt mein Französisch vielleicht heftiger, als es gemeint ist. Das Mädchen wollte mir lediglich zeigen, wie man auf eine bestimmte Art die Haare flicht, und hat dabei die Stimme erhoben. Im Eifer, nicht im Streit.«

Da Alizas loses Haar die Geschichte bestätigte, musste er ihr glauben. Die Augen des Kaisers lagen jedoch unbeirrbar streng auf ihr.

Sie presste die Lippen so heftig aufeinander, dass sich ihr Kiefer verkrampfte. Noch während sie sich fragte, wie es weitergehen sollte, spürte sie schwer die Hand des Kaisers auf ihrem Scheitel. Er packte eine Strähne ihres Haars und ließ es langsam durch die Finger gleiten – prüfend, als frage er sich, ob es den Preis rechtfertige, den er dafür zu zahlen bereit war. Aus den Augenwinkeln gewahrte sie, dass Beatrix die Szene verfolgte.

»Prachtvoll«, sagte er mit ruhiger Stimme. »Gesponnene Seide in der Farbe eines Sonnenunterganges und dazu Augen wie Smaragde. Achte darauf, dass sie nie in Reichweite meines Vetters Heinrich gerät. Frauen wie sie sind Gift für die Ruhe eines Mannes.«

Instinktiv dachte Aliza, wenn sie das Ihre dazu täte – vielleicht ein kühner Blick, ein vielsagendes Lächeln –, auch er wäre einer Tändelei sicher nicht abgeneigt.

»Ich gedenke nicht, deinen Herrn Vetter in meinen Räumen zu empfangen, wenn Aliza mir das Haar flicht«, scherzte Beatrix indessen etwas hölzern. »Ansonsten wäre es vielleicht gut, wenn sich Heinrich daran erinnerte, dass er verheiratet ist. Die zehn Gebote untersagen nicht nur Unzucht, sondern auch Ehebruch. Seine Frau auf solche Weise zu kränken, gehört sich nicht.«

Der Kaiser gab Alizas Haar so unverhofft frei, als könne er sich daran verbrennen. Beatrix hatte zu ihrer Bewunderung souverän reagiert.

Erleichtert atmete sie auf. Die eindeutige Beachtung des Kaisers war ihr unangenehm, auch gegenüber der Königin. Sie wollte ihr in keinem Fall weh tun.

»Eigentlich will ich nicht über Heinrichs Seitensprünge mit dir reden, Beatrix. Die muss er schon gegenüber seiner Frau rechtfertigen. Willst du deine Frauengeschäfte auf später verschieben und mich in mein Arbeitskabinett begleiten? Es sind Botschaften aus Burgund von deiner Verwandtschaft eingetroffen, die dich sicher interessieren.«

Noch lange nachdem sich die Tür hinter dem Herrscherpaar geschlossen hatte, blieb Aliza nachdenklich.

Stimmen im Nebenraum ließen sie schließlich aufhorchen. Weder wollte sie den Ehrendamen noch den Kammerfrauen der Königin begegnen. Sie zog sich in die Garderobenkammer zurück.

Als sie ihr Haar wieder geordnet und ihre wenigen Habseligkeiten in einer kleinen Truhe neben der schmalen Pritsche untergebracht hatte, wurde sie von Kopfschmerzen geplagt. Die Luft des fensterlosen Raumes war abgestanden und mit Kräuteraromen gesättigt. Getrocknet lagen sie in Bündeln und Säckchen zwischen den Gewändern und Mänteln und sorgten dafür, dass sich weder Motten noch anderes Ungeziefer breitmachten. Jeder Atemzug verstärkte das Hämmern hinter Alizas Schläfen.

Auf der Suche nach einer Möglichkeit zu lüften, entdeckte sie eine schmale Pforte. Der Ausgang führte auf einen überdachten Absatz ins Freie hinaus. Von dort senkte sich eine steile Gesindetreppe nach unten. Erleichtert griff sie nach ihrem Umhang und wagte zum ersten Male auf eigene Faust eine Erkundung der Pfalz.

Die Stiege endete vor dem Eingang zum Küchengewölbe, das sich zu ebener Erde, im Verein mit den Vorratsräumen, unter den Staatsgemächern des ersten Stockes erstreckte.

Von Mauern umgeben, lag ein belebter, rechteckiger Hof mit Ziehbrunnen, Backhaus und anderen Wirtschaftsgebäuden im späten Nachmittagslicht.

Eingedenk Beatrix' Worten, kehrte Aliza dem Palas den Rücken und schlenderte am Ziehbrunnen vorbei auf einen Torbogen zu, der in den nächsten Hof führte. Hier befanden sich Ställe, Werkstätten und die Quartiere der Kriegsknechte. Je weiter sie kam, umso bescheidener wurden die Behausungen. Die Leibeigenen von Villa Lutra lebten in Hütten, und sogar eine Reihe bunter Flickenzelte war in einer schützenden Mauerecke um ein offenes Feuer gruppiert. Männerlachen und Frauenkreischen bezeugten, dass dort die Trossdirnen ihrer Arbeit nachgingen.

Das tief herabgezogene Dach einer leeren Schmiedewerkstatt barg die Wärme des Feuers, und Aliza blieb darunter stehen. Der Schmied hatte sein Tagwerk beendet. Die Esse glühte nur noch leicht, aber das Mauerwerk in ihrem Rücken war angenehm durchwärmt. Sie lehnte sich gegen die gekalkte Wand. Von irgendwoher vernahm sie Geräusche. Ehe sie erfasste, was sie zu bedeuten hatten, trat der Schmied bereits ins Freie, schneuzte sich auf die Erde und richtete seine Beinkleider. Hinter ihm huschte die Hure heraus, die ihm zu Diensten gewesen war. Geschmeidig. Wildes Haar. Zerlumpter Kittel. Aliza wollte es nicht glauben.

»Sizma!«

Mit einem Aufschrei wirbelte die Angesprochene herum. Wortlos fixierten sie sich.

Dunkle Schatten lagen um Sizmas Augen. Scharf stachen die Wangenbögen hervor, die Lippen waren aufgesprungen. Eine kaum verheilte Narbe zog sich über Schläfe und Wange, teilte die Braue und zog das ohnehin fremde Gesicht auch noch in groteske Hälften. Ein Schmutzrand lief um den Hals. Ihre Brüste, von roten Malen und Kratzern entstellt, hingen halb aus dem Kittel.

»Sizma, was ist geschehen?«

Aliza lief auf die Schwester zu und legte die Arme um sie. Sie strich ihr das verfilzte Haar aus der Stirn und berührte sanft die unversehrte Wange.

»Ich danke dem Himmel, dass du lebst.«

»Dafür dankst du? Dankst du nicht eher dafür, dass ich im Elend lebe und du im Luxus?«

Sizma stippte verächtlich mit dem Finger gegen Alizas Umhang aus dicht gewebter Wolle. »Hoffentlich hast du dein feines Leben wenigstens genossen, denn damit wird es nun bald vorbei sein.«

Feindseligkeit, schlimmer als je zuvor, schlug ihr entgegen.

Aliza biss sich erschüttert auf die Unterlippe. Sie versuchte Streit zu vermeiden. Sie hatten doch nur noch sich.

»Was ist in Donaustauf geschehen, Sizma? Bei der Liebe Gottes, wenn du es weißt, sag es mir.«

»Was in Donaustauf geschehen ist, das fragst du? Du hast uns verraten, deinetwegen mussten alle sterben. Weil du sie verraten hast.«

»Was hätte ich denn verraten sollen? Und wem? Alles hätte ich getan, sie zu retten, das weißt du genau!«

»Hinterher lässt sich das leicht behaupten.«

»Ich muss nichts behaupten. Ich sage die Wahrheit. Vergiss deinen Groll gegen mich. Leena ist in meinen Armen gestorben. Lass uns ihr zuliebe wieder Schwestern sein.«

Sizmas Lachen schallte grell und hässlich über den Hof.

»Ihr zuliebe? Ihr zuliebe sollst du büßen, Aliza! Weißt du, dass ich zusehen musste, wie sie umgebracht wurden? Mit dem Messer am Gesicht wurde ich dazu gezwungen.« Sie wies auf die Narbe. »Danach musste ich meinem Peiniger zu Diensten sein, auf jede Art, die ein krankes Männergehirn ersinnen kann. Als ich keine Tränen mehr hatte und keinen Schmerz mehr spürte, hat er mich an die Trosshuren verkauft, weil es ihm kein Vergnügen mehr machte, mich zu quälen. Aber bei jedem Kerl, jedem Schlag und jedem Tropfen Blut hab ich mir geschworen, dass du mir dafür büßen wirst.«

Fassungslos musste Aliza hören, wie Sizma gefoltert worden war.

»Wer ist der Kerl, der dir das angetan hat? Seinen Namen will ich von dir hören.«

Sizma packte Aliza grob am Handgelenk und zerrte sie in die Mitte des Hofes. Dort, unweit der Hurenzelte, blieb sie stehen und deutete auf den Palas, dessen Giebel sich über den Mauern und gegen den Sonnenuntergang abzeichneten. Hinter den gewölbten Fenstern des großen Kaisersaales leuchtete das Licht unzähliger Fackeln und Kerzen.

»Dort oben ist er, unter deinen Freunden«, zischte sie und grub die Fingernägel in Alizas Haut, dass sie vor Schmerzen aufschrie. »Jedem von ihnen musst du misstrauen. Jeder könnte es gewesen sein. Hast du schon Angst? Ich an deiner Stelle hätte sie.«

»Du bist ja verrückt.«

»Und du wirst es werden.«

Aliza packte Sizma am Kittel.

»Komm zu dir. Lass dir helfen. Die Königin ist mir wohlgesinnt.«

»Spar dir deine Lügen. Warum sollte sie ausgerechnet dir wohlgesinnt sein? Du bist Barbarossas Hure. Man wird dir den Kopf scheren, dich auspeitschen, dich zum Ergötzen des Volkes an den Schandpfahl binden. So sehen die Wohltaten deiner Königin aus, das wirst du schon noch erfahren.«

»Du täuschst dich, Sizma. Ich habe nichts mit dem Kaiser zu

schaffen. Glaubst du, ich würde die Königin hintergehen, die mich aufgenommen hat?«

»Dann bist du ja sogar noch blöder, als ich dachte.«

Sich von Aliza losreißend, folgte Sizma einem Ruf aus den Zelten. Ehe sie verschwand, fuhr sie noch einmal herum und bedachte Aliza mit einem drohenden Blick und einer obszönen Geste.

Königin Beatrix
Villa Lutra, Dreikönigstag 1157

Vergeblich bemühten sich die Musikanten, das Stimmengewirr zu übertönen. Aber sosehr sie auch in die Pfeifen bliesen, die Leiern drehten und die Fideln strichen, mehr als eine schrille Untermalung des Bankettes brachten sie nicht zustande. Das Gepfeife und Geleier irritierte Beatrix zunehmend. Gerne hätte sie es unterbunden oder sich die Ohren zugehalten.

Erzkanzler Rainald von Dassel, der zu ihrer Linken saß, konnte nachempfinden, was in Beatrix vorging, als ihr eine unwillige Bemerkung über die Spielmänner entschlüpfte.

»Ich teile Eure Abneigung gegen diesen Lärm, Majestät. Auf meinen Reisen habe ich in Burgund die *chansons de geste* kennengelernt, die Eure Sänger dort zum Besten geben. Es war ein Genuss für die Ohren und Labsal für die Seele.«

»Was hat man gesungen, Herr Kanzler, das Rolandslied? Es ist wunderbar.«

»In der Tat. Bedauerlicherweise haben wir keine Spielmänner, die die Abenteuer unserer Ritter in Verse fassen und zur

Laute vortragen können. Mehr als Pfeifer und Drehleierspieler, die auf Märkten und Festen zum Tanz aufspielen, findet man in deutschen Landen nicht. Auch war niemand bisher darum besorgt, die Gäste bei Hof nicht nur laut, sondern auch kultiviert zu unterhalten.«

»Das klingt fast, als wolltet Ihr mich mit dieser Aufgabe betrauen?«

Beatrix schätzte den Kanzler, der sich dem Kaiser unentbehrlich gemacht hatte, sehr. Er schien ihr vorurteilslos, klug und zielstrebig. Er wiederum hatte in Beatrix eine Frau entdeckt, die trotz ihrer Jugend seine Vorliebe für antike Schriften teilte, was ihn überrascht und zu einem ihrer glühendsten Anhänger gemacht hatte.

»Eine gewisse Verfeinerung des Geschmacks und der Lebensart möchte dem kaiserlichen Hof wohl anstehen, Majestät. Euch könnte gelingen, woran ich bislang gescheitert bin. Euch zuliebe würde der Kaiser sich sicher der Musik und der Poesie öffnen.«

Unter halb gesenkten Lidern sah Beatrix sich nach Friedrich auf ihrer linken Seite um. Er hatte die Herzogin von Bayern und Sachsen auf seiner anderen Seite, die neben ihr die ranghöchste Dame auf dem Fest war.

»Kann es sein, dass Ihr meine Möglichkeiten gröblich überschätzt, Herr Kanzler?«, fragte sie leise. »Die Stärkung des Reiches, die Sicherung seiner Grenzen und der Frieden im Land beanspruchen den Kaiser derart, dass ich nicht wage, ihm mit Nichtigkeiten zu kommen.«

»Es ist keine Nichtigkeit, dem Hofe Glanz zu verleihen, Majestät.« Rainald von Dassel beugte sich näher und dämpfte die Stimme. »Bedenkt: Der Kaiser sieht sich in der Nachfolge Karls des Großen ein Reich regieren, das von der Nordsee bis nach Rom reicht. Villa Lutra ist am Ende mehr als nur eine Residenz. Die Pfalz des Kaisers muss der Zierde des Reiches dienen. Eines Reiches, das nicht nur militärisch und politisch gefestigt sein muss: Es benötigt auch Ansehen, eine Hofhaltung, wie sie beispielsweise Eleonore von Aquitanien in Frankreich gepflegt hat. Ihr Ruf hat Gelehrte, Künstler, Sänger und Weise aus der ganzen bekannten Welt angezogen.«

»Ihr ratet mir, ausgerechnet die skandalöse Eleonore zum Vorbild zu nehmen?« Beatrix blinzelte. »Seid Ihr sicher, dass Friedrich das gefallen würde?«

Von Dassel schmunzelte.

»Es geht um Eleonores Eleganz. Dass Ihr ihr darin allemal das Wasser reichen könnt und ihrer Klugheit obendrein, will ich sagen. Lockt es Euch nicht, auf solchem Gebiet Wildnis zu roden?«

Er verstand sich darauf, jemandem etwas nahezubringen, das musste Beatrix eingestehen.

»Seid Ihr sicher, dass der Kaiser dazu zu bringen ist, das so zu sehen, und dass er die Geduld aufbringen würde, sich solcher Aufgabe zu widmen?«, fragte sie vorsichtig. »Die Heilige Schrift und die Taten der alten Kaiser sind seine Richtschnur. Er schätzt Schlichtheit und Bescheidenheit. Sowohl an der Tafel wie in der Kleidung und dem Vergnügen meidet er jeden Überfluss. Hofhaltung, wie sie Euch vorschwebt, ist vielleicht Überfluss in seinen Augen?«

»Ihr werdet klug genug sein, das Angemessene zu bewirken, ohne deswegen zu übertreiben, Majestät. Friedrich ist Euch sehr ergeben. Wie Ihr seine Umgebung wohnlich gemacht und mit Wärme gefüllt habt, werdet Ihr auch Musik, Kunst und Poesie am Hof heimisch machen.«

Die Anerkennung des Kanzlers war Beatrix angenehm, wenngleich sie sich selbstkritisch sagte, dass er ihr schmeichelte.

Die Frage schoss ihr durch den Kopf, ob Aliza sich wohl ebenfalls geschmeichelt gefühlt hatte, gestern, als Friedrich ihr Haar bewundert und mit Komplimenten bedacht hatte. Er schien Frauen mit dieser Haarfarbe zu schätzen. Sie erinnerte sich plötzlich auch daran, wie er in Donaustauf den Kopf nach der Frau auf dem Söller verdreht hatte. Die unbekannte Buhle des Bischofs. Wenn sogar ein Mann der Kirche vor solcher Versuchung nicht gefeit war ...

Der Kanzler nutzte die Gesprächspause, um sich dem Essen zu widmen, das mit seltenen Gewürzen wie Safran, Pfeffer, Ingwer und Galgant dem Dreikönigstag besondere Ehre antat.

Beatrix hingegen nahm weniger als sonst von den vielfältigen Köstlichkeiten zu sich.

Als das Fest sich dem Ende zuneigte und sie sich zurückziehen konnte, fand sie keinen Schlaf. Friedrich war bei den Zechern geblieben.

Sich ruhelos von einer Seite zur andern wälzend, lauschte Beatrix auf die Geräusche der Pfalz. Gerne hätte sie die tröstende Anwesenheit eines Menschen in ihrer Nähe gespürt. Nein, nicht die irgendeines Menschen. Sie wollte Friedrich an ihrer Seite haben. Aber Friedrich würde heute nicht kommen.

Sie litt in dieser Nacht ärger als je zuvor darunter, dass sie seine knapp bemessene Zeit mit so vielen anderen teilen musste. Zäh zogen die Stunden dahin, so dass sie bei Tagesanbruch unausgeschlafen und gereizt die Decken zurückwarf, um zur Morgenmesse zu gehen.

Von ihrer Kammerfrau und zwei Ehrendamen begleitet, gesellte sie sich zu den Betenden vor dem Altar des heiligen

Nikolaus. Durch die vier schmalen Bogenfenster der Apsis fiel grau und spärlich das erste Licht.

Immer wieder schweiften ihre Gedanken vom Gebet ab, und als der Beichtvater des Kaisers ihr den Morgensegen spendete, musste sie an sich halten, um nicht erleichtert aufzuatmen. Vielleicht bewirkte ja frische Luft, was Ruhe und Gebet nicht geschafft hatten.

»Ich möchte ein paar Schritte im Freien tun«, erklärte sie ihren Begleiterinnen und ging zum Ausgang voraus.

Auf den Eichenstufen der Freitreppe schimmerte Feuchtigkeit. Die Steinplatten des Hofes waren glatt und forderten Vorsicht, doch Beatrix eilte ihren Begleiterinnen leichtfüßig voraus auf die brusthohe Mauer zu, die die Residenz des Kaisers auf der Flussseite absicherte.

Der Frieden des Morgens duldete weder Trübsinn noch Kleinmut. Beatrix atmete in tiefen Zügen und spürte, wie sich ihre Anspannung langsam löste.

»Pack dich fort, Schlampe! Was hast du hier zu suchen?«

»Ruft die Wachen!«

Die Aufgeforderte dachte nicht daran, Beatrix' Frauen zu gehorchen. Sie entzog sich ihren Befehlen und Händen, kam unverfroren näher. Beatrix wandte sich ob des Lärms unwillig zu ihnen um.

»Ich bitte Euch, meine Damen, bewahrt Ruhe. Was soll der Aufruhr? Wozu brauchen wir die Wachen? Wegen dieser Jungfer? Das ist lächerlich.«

»Das ist keine ehrbare Jungfer, Majestät. Sie trägt den gelben Streifen am Kittel. Huren müssen sich bei den Kriegsknechten und in der vorderen Burg aufhalten.«

Beatrix revidierte bei näherem Hinsehen gleichfalls ihr Urteil.

Ein Stofffetzen, früher einmal gelb, flatterte am Ärmel der Frau. Braun und schmutzig war die fadenscheinige Kleidung, die von einem Strick um die Hüfte gerafft wurde. Mit nackten Füßen stand sie auf den nassen Steinen. Fluchtbereit, aber angriffslustig.

»Ihr seid die Königin?«

»Was ist daran so unglaublich?«

»Dass Ihr so früh schon unterwegs seid. Ihr habt doch ein Bett, aus dem Euch keiner vertreiben kann.«

»Welche Unverschämtheit! Wie sprichst du mit der Königin? Auf die Knie mit dir.«

»Lasst sie in Ruhe«, unterbrach Beatrix ihre Begleitung. Mit einer Handbewegung schickte sie die Damen auf Distanz. »Ich will wissen, was sie zu sagen hat.«

Der ersten Musterung ließ sie jetzt eine genauere Prüfung folgen. Die Hüften provozierend vorgeschoben, hielt die Dirne diesem Blick stand. Aus ihren Augen sprach offen der Hass. Beunruhigt wich Beatrix vor ihr zurück.

»Also rede. Wer bist du? Wie heißt du und was willst du?«

»Es ist richtig. Ich gehöre zu den Trossdirnen.«

»Und was tust du im Garten des Kaisers?«

»Ich wollte sehen, wie es ist. Wie Aliza hier lebt.«

»Aliza? Woher kennst du Aliza?«

»Wir sind zusammen aufgewachsen. Ich bin eine Tamara. Aliza ist keine. Sie ist eine Verräterin. Sie ist schuld. An dem hier!« Sie deutete auf ihre Narbe. »Und an allem anderen. Sie hat unsere Sippe auf dem Gewissen. Sie ist die Tochter des Teufels!«

»Was redest du für törichtes Zeug? Warum verleumdest du sie?«

»Verleumdung, pah! Es ist die Wahrheit. Die reine Wahrheit.

Sie ist eine Spionin des Zähringers. Im Auftrag Bertholds soll sie dem Kaiser das Blut erhitzen. Barbarossas Buhle soll sie werden, wenn sie es nicht schon ist. Sie versteht es, den Männern den Kopf zu verdrehen, bis sie sich ihretwegen zum Narren machen. Sie hat auch mir den Bräutigam verhext. Sie ist ein Dreckstück. Sie wird's Euch beweisen. Ich kenne sie. Scheinheilig ist sie und falsch.«

Ein hässliches Lachen voller Schadenfreude und Schamlosigkeit ließ Beatrix erschauern.

»Du lügst!«

»Das hab ich nicht nötig. Ich bin Sizma, die Tochter von Tibo und Danitza. Leena wurde nach Danitzas Tod meine Ziehmutter. Sie hat auch das Teufelskind vor dem Tod gerettet, aufgezogen und zu meiner Schwester gemacht. Aliza hat es ihr gedankt, indem sie ihr und den anderen den Tod brachte. Es ist an der Zeit, dass sie für ihre Sünden bezahlt. Lang genug hat es gedauert. Sorgt dafür, dass es geschieht, ehe sie auch Euch unglücklich macht.«

Beatrix wollte es nicht glauben.

»Woher solltest du von einer Intrige des Zähringers wissen? Fürsten besprechen sich nicht mit Trossdirnen! Du saugst dir das aus den Fingern!«

Ihr Widerspruch kümmerte die Frau nicht im Geringsten.

»Glaubt es oder glaubt es nicht. Tatsache ist, sie soll den Kaiser dazu bringen, dass er Burgund wieder den Zähringern gibt. Keiner sollte erfahren, woher sie kommt und wer sie ist, deswegen mussten alle anderen sterben.«

»Jedes deiner Worte ist gelogen.«

»Fragt doch Eure feine Aliza. Oder gleich den Kaiser? Obwohl – ob er Euch die Wahrheit sagt? Es heißt, Rothaarige gefallen ihm besser als Blonde.«

Der Stich saß.

Sizma erfasste, dass sie gesiegt hatte. Sie lachte triumphie-
rend, wirbelte auf nackten Sohlen herum, rannte davon.

Erst jetzt wagte es Agnes von Tennenburg, sich der Königin
wieder zu nähern.

»Um Gottes willen, Majestät. Ihr seid weiß wie ein Laken auf
dem Bleichanger.«

Zehntes Kapitel

✦

VERANTWORTUNG

Aliza
Villa Lutra, 7. Januar 1157

Die Königin blieb wütend vor Aliza stehen. Gekardete Wolle quoll über die Ränder des Korbes zu ihren Füßen. Spinnen war ersichtlich nicht Alizas Lieblingsbeschäftigung. Immer wieder riss der Faden zwischen ihren Fingern. Klappernd stürzte jetzt auch die Tonspindel zu Boden und zerschellte. Aufgebracht wie nie zuvor, achtete Beatrix kaum auf die Scherben, die bis unter ihre Rocksäume flogen.

»Geht in die Halle zur Morgenmahlzeit voraus«, befahl sie ihren Frauen, Aliza jedoch hielt sie zurück. »Du bleibst.«

Die Tür fiel zu. Jetzt waren sie allein.

»Ich will die Wahrheit hören.« Beatrix hüllte sich enger in ihren Mantel. »Wem dienst du?«

»Euch, Majestät.«

»Ist es nicht Berthold von Zähringen, der dich als Spionin bei mir eingeschleust hat?«

Sie wusste alles. Die Erkenntnis lähmte Aliza die Zunge.

»Ich warte. Hat der Zähringer dir Auftrag gegeben, mich zur Närrin zu machen?«

Natürlich. Sie musste es irgendwann einmal erfahren. Von wem hat sie es? Von Sizma? Aber wie das? Wo können sie sich begegnet sein? Was nun? Lügen bringen wenig Aufschub. Ich muss die Wahrheit sagen, habe sie viel zu lange verschwiegen.

»Berthold von Zähringen hat meine Schwester und mich auf die Burg nach Donaustauf bringen lassen«, gestand Aliza zögernd. »Im Auftrag des Fürstbischofs. Wir sollten unserer sündigen Tänze wegen gerügt werden.«

»Und?«

»Es war ein Vorwand. Ihr wisst es inzwischen.«

»So war also alles Verrat? Jedes Wort, jede Geste? Und die Komödie, die du dem Kaiser vorgespielt hast – er darf dir durch das schöne rote Haar streichen – ich verstehe. Hast du schon das Lager mit ihm geteilt?«

Obwohl ihr das Blut in den Kopf stieg und alles in ihr danach drängte, sich zu rechtfertigen, blieben Alizas Lippen verschlossen. Sie hatte sich von Anfang an unter falschen Bedingungen eingeschlichen. Keine Erklärung konnte das entkräften.

»Du schweigst? Lacht ihr hinter meinem Rücken über mich, der Zähringer und du? Treibst du es auch mit ihm? Was habt ihr als Nächstes vor? Der Kaiser soll die burgundischen Angelegenheiten wieder in seine Hände legen. Ach ja, und welche Rolle spielt Clementia in dieser hässlichen Komödie? Sie wollen wir doch bei allem nicht vergessen.«

»Verzeiht …«

»Natürlich. Sie ist Teil eurer Intrige. Warum frage ich überhaupt?«

Die Königin öffnete die Kammertür und wandte sich an die Wachen.

»Schickt nach Eurem Hauptmann. Unverzüglich!«

Das Unabwendbare kam auf sie zu. Aliza war sich dessen ohne Zweifel bewusst. Unabsichtlich tastete sie mit den Fingerspitzen nach dem Mal im Nacken. Sie glaubte, das Teufelsmal zu spüren. Beatrix' Ruf nach dem Hauptmann überraschte sie weniger, als er den Hauptmann überrascht hatte, der ihn ohne Aufschub befolgen musste.

»Nehmt sie fest«, lautete ihr Befehl. »Und setzt sie hinter Schloss und Riegel. Sie ist beteiligt an einem Komplott gegen den Kaiser und mich. Befragt sie, listet ihre Verbrechen auf, erkundet ihre Auftraggeber und ihre Helfer. Das Urteil fällt danach der Kaiser. Eingeweiht werden darf nur der Erzkanzler. Die Pfalz ist bis unter das Dach voller Gäste. Weder Streit noch Skandal dürfen ihren Aufenthalt in Villa Lutra stören. Ihr seid mir im Wort, Hauptmann.«

Den Anweisungen der Königin folgend, führte man Aliza über die Gesindetreppe ins Freie. Quer über den Wirtschaftshof zerrten sie die Kriegsknechte an der nördlichen Wehrmauer entlang zu einem fensterlosen Rundbau. Seine groben Quader waren offensichtlich älter als die des Palas und der meisten Häuser der Kaiserpfalz.

Aliza traf ein Stoß zwischen den Schulterblättern, der sie hineinbeförderte.

Stolpernd kam sie unter einem niedrigen Gewölbe, das von zwei Pechfackeln Licht erhielt, zum Halt. Ein Kamin, ein Tisch, zwei Bänke und ein halbes Dutzend Bewaffneter empfingen sie. Ein vierschrötiger Bulle mit struppigem Graubart stemmte sich mit den Handflächen auf der Tischplatte hoch und grüßte den Hauptmann ehrerbietig.

»Wen bringt Ihr uns da? Sie sieht nicht aus wie eine Diebin.«

»Sie gehört auch nicht zum üblichen Lumpengesindel. Auf Befehl der Königin ist sie in das tiefste Verlies zu werfen, peinlich zu befragen und in Eisen zu legen. Genauere Befehle erhältst du vom Kanzler.«

»Mit einem so hübschen Ding wüssten wir Besseres«, lachte der Bulle.

»Lass die Späße. Tu deine Pflicht, Kerkermeister«, befahl der Hauptmann kurz angebunden.

Das fensterlose Gemäuer barg also den Kerker. Aliza zerrte aussichtslos an den Lederriemen, die ihre Hände auf den Rücken fesselten. Der Bulle nahm ihre Handgelenke mit einem einzigen Griff in die Zange. Schmerz schoss ihr glühend bis in die Schultern, ihr Blick verschwamm.

»Benimm dich, Mädchen. Du wirst deine Kraft noch brauchen. Bringt sie nach unten.«

Die Fistelstimme des Kerkermeisters schrillte in ihren Ohren. Gleichzeitig wurde sie von zwei anderen Männern an den Oberarmen gepackt und zu einem Durchgang geschleppt, der ihrer Aufmerksamkeit bisher entgangen war. Heftig blinzelnd versuchte sie Einzelheiten zu erkennen.

Einer der Knechte griff sich aus dem Eisenkorb neben der Öffnung eine Fackel und entzündete sie im Kamin. Im flackernden Licht tauchten abwärtsführende Steinstufen auf. In einer Nische am Anfang der Treppe stand ein Weidenkorb mit Lumpen. Der zweite Knecht entnahm ihm ein graues Bündel und verstaute es unter seinem freien Arm. Etwas in seinem Mienenspiel veranlasste den Kerkermeister zu einem Fluch und einer Mahnung.

»Das werdet ihr fürs Erste schön bleiben lassen, habt ihr mich verstanden? Ich will keinen Ärger mit dem Kanzler. Geduld. Sie läuft euch schließlich nicht weg.«

Grölendes Gelächter folgte ihnen die Treppe hinab.

Aliza schmeckte Blut. Sie hatte sich in die Lippe gebissen, außerdem zitterte sie inzwischen am ganzen Leib. Mit jeder Stufe wurde ihre Angst größer. Die Männer trugen sie jetzt nahezu. Alizas Füße schleiften haltlos über Stein, bis die Knechte innehielten und sie so überraschend freigaben, dass sie fast in die Knie sank.

Ein Riegel kratzte über Eisen, schwer knirschte die Tür des Verlieses in den Angeln. Im Fackellicht konnte das Dunkel hinter der Schwelle ebenso gut ein Abgrund sein. Aliza schluckte trocken. Sie wagte keinen Schritt.

Der zweite Hieb in ihren Rücken traf sie so unerwartet wie der Schmerz an ihrer Hand. Sie schrie auf und stürzte ins Dunkel. Als sie unwillkürlich die Hände ausstreckte, um den Sturz abzufangen, wurde ihr klar, dass einer der Männer ihre Fesseln durchtrennt und sie dabei verletzt hatte. Blut rann ihr über die Handgelenke.

»Idiot«, fluchte der andere. »Sie versaut das ganze Zeug.«

»Mit kaltem Wasser kann man's auswaschen. Mach schon, Mädchen. Zieh dich aus.«

Ausziehen? Sie musste die Männer falsch verstanden haben.

»Hörst du schlecht, Schätzchen? Ausziehen. Sollen wir dir helfen? Du wärst nicht das erste Frauenzimmer, das unsere Dienste erfährt.«

»Ihr wollt mich ...?«

»Keine Angst.«

Die Beschwichtigung bewirkte das Gegenteil. Aliza starrte ratlos auf das Bündel aus dem Korb, das zu ihren Füßen landete.

»Dein Kerkerhemd. Mehr brauchst du nicht. Die Kleider gehören uns nach Recht und Gesetz. Wir verkaufen das Zeug und teilen den Erlös. Bei dir lohnt es sich wenigstens. Zier dich nicht. Runter mit dem Zeug.«

Der Knecht leckte sich die wulstigen Lippen. Der andere kommentierte gaffend und geifernd jedes Kleidungsstück, das Aliza ablegte. Sie konnte ihnen den Rücken zuwenden, aber nicht die Ohren verschließen. Mit fliegenden Händen wechselte sie zuletzt ihr Unterkleid. Der kurze ärmellose Kittel bedeckte knapp die Scham.

»Gebt mir doch wenigstens ein richtiges Hemd«, flehte sie inständig, aber keiner der Männer reagierte. Sie sammelten die Kleidungsstücke ein und verließen die Zelle. Krachend fiel die Tür hinter ihnen zu, dann folgte das Kratzen des Riegels. Dunkelheit, Stille.

Aliza sank kraftlos auf die Knie. In ihrer Verzweiflung merkte sie anfangs kaum, wie die Zeit verging. Dann wurden, unmerklich und langsam, aus dem einzigen Elendsgefühl, das sie erfüllte, einzelne, voneinander scharf abgegrenzte Gefühle.

Die Kälte ertrug sie am wenigsten.

Innerhalb von wenigen Monaten hatte sie sich daran gewöhnt, nicht mehr frieren zu müssen. Das Kerkerhemd kratzte auf der Haut, bot aber keinerlei wärmenden Schutz.

Die Luft war abgestanden und faulig, jeder Atemzug wurde zur Qual.

Hunger und Durst befielen sie. Wann hatte sie zuletzt etwas gegessen? Es musste vor ihrer Auseinandersetzung mit Sizma gewesen sein. Die Wiederbegegnung mit ihr hatte ihr den Appetit verschlagen.

Irgendwann würde sie sich auch erleichtern müssen. Wo? Sie unterdrückte den Drang.

Hör auf, dich zu bedauern. Beweg dich.

Sie raffte sich auf und versuchte mit ausgestreckten Armen, sich durch die Finsternis des quadratischen Steinkäfigs zu tasten. Als sie einsehen musste, dass es tatsächlich weder eine Pritsche noch eine Strohschütte gab, weder Abfluss noch Eimer, weder Wasserkrug noch ein Essgeschirr, nur Steine und Dunkelheit, überfielen sie Mutlosigkeit und Verzweiflung von neuem.

Mit dem Rücken an der Wand rutschte sie zu Boden und zog die Beine eng an den Körper. Im Nu wurde ihr Kittel feucht, dennoch blieb sie sitzen. Den Kopf auf die verschränkten Arme über den Knien gelegt, glitt sie erschöpft in einen Dämmerzustand zwischen Schlafen und Wachen.

Ängste, Träume und Erinnerungen entführten sie aus der Wirklichkeit. Sie sah sich als Kind vor Tibos Schlägen fliehen, stritt sich mit Sizma um Tand und Spielzeug. Sie hielt die sterbende Leena in den Armen, erinnerte sich ihrer letzten Worte: »*Adeliza ... deine Mutter. Sie war die Tochter eines Magistrats aus Besançon. Ihr Onkel hieß Eléazar Cornet ...*«

Sie lauschte Miloshs Fidel und tanzte für einen Ritter mit goldenen Augen. Doch als sie in seine ausgebreiteten Arme laufen wollte, zeigte er das Gesicht Bertholds.

Rupert von Urach
Villa Lutra, 8. Januar 1157

Es würde Wolf vermutlich nahegehen, wenn er von Sizmas Schicksal erführe. Er hat ja wohl richtig einen Narren an der kleinen Hure gefressen.«

Mit dem Dolch den Schmutz unter den Nägeln herauskratzend, gab Kuno von Vohburg den letzten Hofklatsch preis. Immer wenn Rupert auf der Bank ein Stück zur Seite rückte, rückte er nach. Warum hatte er sich an diesem Morgen ausgerechnet neben ihn setzen müssen? Die Schilderungen seiner Ausschweifungen und Besäufnisse waren schwer zu ertragen.

»Langweile mich nicht mit deinen Geschichten, Kuno«, brummte Rupert, weil der andere erkennbar auf eine Reaktion wartete. »Da du dein Vergnügen nur in bestimmten Zelten suchst, sind sie nicht jedermanns Geschmack.«

»Ich wüsste die richtigen Weiber für dich, Rupert.«

Kuno schnalzte mit der Zunge.

Rupert beeilte sich mit dem Essen. Sobald er fertig war, konnte er gehen, ohne Kuno zu brüskieren. Wenn er auf Streit aus war, sollte er sich einen anderen suchen.

Am großen Tisch des Burgmannenhauses der Zähringer herrschte ohnehin Katerstimmung, die dem Bankett des Vorabends geschuldet war. Berthold hatte Kaiser und Fürsten eingeladen, um sich bei Hofe glanzvoll wieder einzuführen. Seine Zähringer Weine von den Hängen des sonnigen Jura hatten Anklang gefunden. Nicht wenige Ritter bereuten heute dessen unmäßigen Genuss. Rupert hatte sich sowohl beim Wein wie beim Mahl zurückgehalten. Dass er sich in seiner Haut nicht wohl fühlte, hatte andere Gründe.

Er verschloss seine Ohren gegen den Wortschwall und rief sich stattdessen sein Gespräch vom Vortrag in Erinnerung, das Clementia mit ihm geführt hatte.

»Es macht dich unglücklich, Bertholds Laufbursche zu sein«, hatte sie es schlau eingefädelt. »Er hat sich daran gewöhnt, alles Unerfreuliche auf dich abzuwälzen. Deine Bindung an Urach kappt er, damit du ganz von ihm abhängig bist. Du bist ihm der loyalste Ritter, und er dankt es dir bei weitem nicht so, wie du es erwarten könntest.«

Er hatte nicht widersprochen.

»Warum kommst du nicht nach Sachsen, mein Freund?«, fuhr sie fort. »Heinrich würde dich mit Freuden unter seinen Gefolgsmännern sehen. Herzogtümer wie Bayern oder Sachsen brauchen Männer, die Ländereien dieser Größe ordnen, besiedeln und verwalten helfen. Heinrich hat große Pläne. Er will Städte bauen, das Wegenetz ausweiten. Außerdem möchte er, dass Handwerker, Bauern und Kaufleute in Sachsen neu siedeln. Was nützt Land und wieder Land, wenn es nicht bewohnt ist, die Bodenschätze nicht gehoben werden?«

Seine Sprachlosigkeit übergehend, hatte sie ihm versichert,

dass Heinrich ihn aus seinen Zähringer Verpflichtungen befreien könne, ihm ein herzogliches Hofamt in Sachsen auf jeden Fall sicher sei. Er denke daran, in den neuen Siedlungsgebieten das Amt eines Schultheiß und Ortsrichters einzurichten, versehen mit Güterbesitz und Erbrecht. Ein solcher Amtsträger wäre auf Lebenszeit Vorsteher eines Gemeinwesens und nur dem Herzog Rechenschaft schuldig.

Es klang verlockend, dennoch hatte Rupert gezögert. Sich Bedenkzeit ausgebeten.

»Dir scheint es völlig gleichgültig zu sein, was aus der heißen schwarzhaarigen Ägypterin geworden ist. Wundert mich …«

Kuno stieß Rupert den Ellbogen rüde in die Seite. »Hörst du mir eigentlich zu?«

Rupert schrak zusammen.

»Entschuldige, ich war in Gedanken. Was wolltest du wissen?«

»Nichts«, tat der Vohburger die Frage ab. »Wenn es dich nicht interessiert, dass die Schlampe im Kerker sitzt, soll es mir verdammt egal sein. Auspeitschen wird man sie – das hat noch keinem Frauenzimmer geschadet.«

»Geht es immer noch um die Trosshuren? Hast du kein anderes Thema?«

Zufrieden, dass er endlich reagierte, verschränkte Kuno die Arme und grinste tückisch. »In Regensburg konntest du gar nicht genug Fragen nach dem Teufelsweib stellen. Ob Wolfs heiße Wissbegier ebenfalls abgekühlt ist?«

»Von welchem Teufelsweib sprichst du, Mann?«

»Zum Donner, von der schwarzhaarigen Tänzerin aus Donaustauf, von der scharfen Ägypterhexe, die Wolf erst ausgenommen und ihn dann verlassen hat. Interessiert's dich doch?«

»Sizma?«

Rupert starrte Kuno ungläubig an.

»Bis gestern gehörte das Luder anscheinend zu den Trosshuren, die ihre Zelte vor den Quartieren der Waffenknechte aufgeschlagen haben. Sie hat Streit angefangen dort, hat versucht eines der Zelte anzuzünden. Man hat sie auf frischer Tat ertappt und festgesetzt. Jetzt wartet sie im Turm auf ihr Urteil.«

»Das ist ja unglaublich«, entgegnete Rupert zweifelnd.

»Du wirst es glauben müssen, Rupert. Die ganze Pfalz spricht über den Aufruhr, den das gestern Abend verursacht hat. Willst du behaupten, du hättest nichts davon gehört? Diese Verrückte ist vom Satan besessen. Drei Männer konnten sie schließlich bändigen.«

»Bist du sicher, dass es wirklich dieselbe Ägypterin ist? Wie sollte sie nach Villa Lutra gekommen sein?«

»Unverkennbar, auch wenn ihr Reiz reichlich gelitten hat. Der Abstieg von der Tänzerin zur Trosshure hat seine Spuren hinterlassen.«

Kuno sonnte sich in Selbstgerechtigkeit. Ruperts entsetzte Reaktion erfreute ihn sichtlich.

Wusste Wolf davon? Ehe er mit ihm sprach, wollte Rupert sichergehen. Auch ehe er mit Aliza sprach.

»Ich will mich selbst vergewissern.«

Er ließ den Rest der Mahlzeit stehen und erhob sich vom Tisch.

»Tu das. Du wirst wissen, wo der Hungerturm ist.« Kunos Blick schweifte suchend durch die Halle.

Rupert ahnte, dass er nach Wolf Ausschau hielt, um gegen ihn den nächsten Giftpfeil abzuschießen. Er würde es sicher genießen, Wolf aus der Fassung zu bringen.

Warum eigentlich? Woher kam Kunos übertriebene Abneigung gegen Wolf? Neidete er ihm die Bewunderung, die ihm allenthalben zuteilwurde? Oder trug er ihm nach, dass er ihn sogar zu Zeiten ignoriert hatte, als Barbarossa mit seiner Base verheiratet war?

Mit einem unterdrückten Fluch setzte Rupert sich in Bewegung. Er musste sich zwischen den Palastwachen, Ministerialen, Kirchenfürsten und Besuchergruppen hindurchdrängen. Dass Kuno ihm auf den Fersen folgte, bemerkte er nicht. Blind für alles um ihn herum, übersah er auch Wolf, der auf der Freitreppe des Palas stand.

Wolf zögerte, da Rupert eilig schien, entschied sich jedoch spontan, ihm zu folgen, als er entdeckte, dass Kuno ihn nicht aus den Augen ließ. Er konnte sich nicht vorstellen, was er von seinem Freund wollte.

Dass beide zusammen dann unter der niedrigen Pforte in den Gefängnisturm traten, stachelte seine Wissbegier nur noch mehr an. Er folgte ihnen und fand einen unauffälligen Platz neben dem Eingang an der Wand.

»Bei allen Heiligen, was glaubt Ihr, wer Ihr seid?«, verwahrte sich der beleibte Kerkermeister soeben schrill gegen Rupert. »Ihr könnt hier nicht hereinplatzen und mir Befehle geben. Die Gefangene ist unter meiner Aufsicht, bis der Pfalzgraf entscheidet.«

»Natürlich muss das Weib streng bestraft werden«, mischte sich Kuno ein. »Mein Freund will die Gefangene schließlich nicht befreien, sondern nur sichergehen, dass ihr die Richtige erwischt habt. Lasst das Frauenzimmer einfach herschaffen. Dann kann er sehen, ob er die Brandstifterin kennt. Macht, es soll Euer Schaden nicht sein.«

Eine Silbermünze blitzte zwischen Kunos Fingern auf. Gier trat in die Augen des Kerkermeisters.

»Meinetwegen«, hörte Wolf ihn antworten und sah ihn einen Blick mit den beiden Wärtern tauschen, die unten rechts und links der Treppe standen, die zu den Zellen führte. »Bringt die Hure herauf. Die Stunden haben sie ja vielleicht ein wenig gefügig gemacht. Den Rest wird die Peitsche bewirken.«

»Seit wann kümmern sich die Ritter des Zähringers um die Insassen des Hungerturms?«

Wolf trat aus dem Schatten, und Kuno begrüßte ihn erfreut.

»Ich sehe, du weißt Bescheid, Wolf. Du musst der Gerechtigkeit ihren Lauf lassen. Die Schlampe hat ihr Schicksal selbst besiegelt …«

Rupert wollte Wolf zur Seite stehen, doch ein schrilles Auflachen übertönte seine Worte.

»Welche Ehre. Sind all die hohen Herren etwa meinetwegen hier erschienen?«

In Fußfesseln erbrachte Sizma dennoch die freche Imitation einer Verneigung. Im Aufrichten schleuderte sie die Haarsträhnen in den Nacken und funkelte die Ritter in herausforderndem Stolz an. Ihre Schönheit war zerstört, ihr Hochmut größer denn je.

Die Lippen zu einem Lächeln voller Hohn verzogen, die Arme in die Taille gestemmt, fehlte ihr jede Anmut, und doch konnte keiner der Männer die Augen von ihr wenden.

»Was zum Teufel ist passiert?«, fuhr Rupert sie an, ehe Wolf eine Silbe über die Lippen brachte. »Was hast du gemacht?«

»Einen Fehler!«, spie Sizma zurück.

»Was kann man von einer Wahnsinnigen schon erwarten?«

Kuno genoss jeden Moment der Konfrontation und goss eifrig Öl ins Feuer.

»Nimm dich in Acht, Vohburger. Wir werden uns in der Hölle wiedersehen«, drohte ihm Sizma. »In trauter Gemeinsamkeit.«

»Ist das nun die Frau, die Ihr sucht?«, mischte sich der Kerkermeister gereizt ein.

»Löst ihr die Ketten«, befahl Wolf.

»Davon rate ich ab. Die Frau ist unberechenbar«, widersetzte sich der Kerkermeister.

»Was wird ihr vorgeworfen?«

»Brandstiftung und Aufruhr. Sie hat einen Streit mit der Hurenmutter vom Zaun gebrochen und die Alte mit dem Messer verletzt. Dann hat sie die Zelte der Trossdirnen angezündet. Dem Hufschmied und einigen anderen ist es zu verdanken, dass kein großer Schaden entstand.«

Seine Kopfbewegung in Richtung Kuno brachte Rupert wie Wolf dazu, sich nach diesem umzudrehen.

»Du warst auch in die Händel verwickelt?«, fragte Rupert ungläubig. »*Du?*«

»Ich hatte schon immer eine Vorliebe für widerspenstige Dirnen, die man bändigen muss.«

Ein ungeheuerlicher Verdacht stieg in Rupert auf. Weit hergeholt und dennoch eine Erklärung für vieles, was ihm bislang unverständlich geblieben war. Auch für den mörderischen Hass, mit dem Sizma Kuno begegnete.

»In jedem Fall ist es ein Hurenstreit«, hörte er Wolf argumentieren. »Der Pfalzgraf hat Wichtigeres zu tun, als sich mit solchen Nebensächlichkeiten zu beschäftigen. Ich bringe die Angelegenheit in Ordnung. Löst ihr die Ketten. Ich nehme sie mit.«

»Tu das nicht, Wolf. Hör mich an, ich glaube, ich weiß, wer ...«

»Misch dich nicht ein, Rupert. Das ist allein meine Sache.«

»Du vergisst, dass ihre Schwester ...«

Ruperts vergebliche Bemühungen um Wolf ließen Kuno in schallendes Gelächter ausbrechen und sich auf die Oberschenkel schlagen.

Rupert schnaubte verärgert. War er denn der Vernünftige unter lauter Verrückten? Weder Kuno noch Sizma oder Wolf schienen bei Verstand zu sein. Nicht einmal der Kerkermeister, der gerade die beiden Silbermünzen einstrich, die ihm Wolf zusteckte, tat, was seine Aufgabe gewesen wäre. Im Gegenteil, er warf den Wachen einen klappernden Eisenring mit Schlüsseln zu.

Sizma fing ihn auf. Blitzschnell öffnete sie ihre Fesseln und streifte die Eisenbänder von den Knöcheln. Sie hatte sich befreit, noch bevor Wolf sie am Arm packen und wenigstens zurückhalten konnte.

Rupert sah einen Blickwechsel der beiden, in dem etwas aufflammte, das er nicht benennen konnte. Was immer sie verband, es war etwas, dem sie machtlos ausgeliefert waren.

Kuno erkannte instinktiv, dass Wolf und Sizma in einer Falle saßen. Es versetzte ihn in einen Siegesrausch, der ihm alle Hemmungen nahm.

»Du willst dich mit der Hure zusammentun, Wolf von Rheinau?«, höhnte er. »Meinen Glückwunsch. Sie wird dich in jeder Liebesnacht an mich erinnern. Ich habe ihr mein Zeichen eingebrannt, als ich meinen Spaß mit ihr hatte. Es macht ihresgleichen bereitwillig und gefügig, wenn man droht, ihre Sippschaft beim geringsten Widerstand über die Klinge springen zu lassen.«

»*Du* warst das – in Donaustauf?«

Ruperts Frage ging in Sizmas Aufschrei unter. Mit der Heftigkeit eines Vulkanausbruchs explodierte sie von einem Herzschlag zum anderen, riss Wolf den Dolch aus dem Gürtel und warf sich auf Kuno. Der vielfach gehämmerte Stahl aus Damaskus fuhr ihm mit solcher Wucht in die Brust, dass er, fassungslos auf den Dolchgriff starrend, taumelte, bis die Kraft in ihm zerrann wie Wasser und die Beine unter ihm wegsanken.

Sizma riss die Waffe wieder an sich.

»Nein! Tu es nicht.«

Wolf bekam einen ihrer Arme zu fassen, aber Sizma war in ihrer Raserei von so übermenschlicher Kraft und Schnelligkeit, dass er sie nicht aufhalten konnte. Beim Versuch, sich Raum zu schaffen für einen Stoß gegen die eigene Brust, hieb sie wahllos um sich, bis sie auf Widerstand traf, ein zweites Mal zustach und Wolf eine gute Handbreit unter der linken Schulter verwundete. Erschrocken legte er die Hand auf die Stelle. Blut nässte seine Finger. Noch fühlte er keinen Schmerz, nur grenzenloses Staunen.

Beim Anblick des Blutes setzte Ruperts Denken aus. Er riss sein Schwert heraus und warf sich verteidigend vor den Freund. Tief drang sein Hieb in Sizmas Halsbeuge. Lautlos sank sie in sich zusammen. Ihr Blick fiel auf Wolf, dann auf Rupert. Aller Zorn war daraus verschwunden. Ihre Stimme klang erschöpft.

»Der Blutfluch erfüllt sich … auch an mir … Ich habe den Tod ersehnt, danke …«

Mit dem Blut rann das Leben aus ihr. Es mischte sich mit dem von Wolf, der neben ihr zu Boden sank. Erschüttert warf Rupert sein Schwert weit von sich. Wem sollte er zuerst helfen?

»Schickt nach einem Medicus!«, wies er den Kerkermeister an, riss sich das Wams auf und drückte den hastig gefalteten Stoff auf Wolfs Wunde, um der Blutung Einhalt zu gebieten.

Dass sie stoßweise, im Rhythmus seines Atems pulsierte, war ein schlimmes Zeichen.

»Du stirbst nicht, hörst du?« Mehr fluchend als flehend beschwor er den Freund, bei Bewusstsein zu bleiben. »Mach die Augen auf, Wolf! Bleib bei uns!«

Der Medicus ließ nicht lange auf sich warten. Er legte den Verwundeten auf ein breites Holzbrett, damit er unverzüglich in das Zähringer-Quartier getragen werden konnte. Ohne Bewusstsein, mit scharfen, blutleeren Zügen, lag Wolf auf dem Rücken.

Königin Beatrix
Villa Lutra, 8. Januar 1157

Salve, Regina, mater misericordiae; vita, dulcedo et spes nostra, salve. Ad te clamamus, exules filii Evae …«

Beatrix stockte. Sosehr sie versuchte, Zuflucht im Gebet zu finden, die Selbstvorwürfe brachte sie nicht zum Verstummen. Dass der Erzkanzler gegen Aliza unnachgiebige Strenge walten lassen würde, verschaffte ihr keineswegs die erhoffte Befriedigung. Im Gegenteil. Es drängte sie danach, ihm Einhalt zu gebieten. Sie bereute ihre unbedachte Forderung längst, wollte nicht, dass man Aliza folterte. Es würde nichts ändern. Was immer sich in Regensburg und Villa Lutra ereignet hatte, es war nicht allein Alizas Schuld. Sie konnte weder Friedrich noch sich selbst einfach freisprechen. Musste Friedrich allzu leicht der Verführung nachgeben? Wenn sie seinen Wünschen nicht genügte, musste sie dann nicht ihr Ungenügen beklagen?

»Zu dir seufzen wir trauernd und weinend in diesem Tal der Tränen.«

Nein, das Gebet schenkte ihr keinen Trost. Man hatte sie zur Königin gekrönt, aber im Gegensatz zur Königin des Himmels war sie weder gütig noch mild. Rachsucht hatte sie beherrscht. Zu allem Überfluss hatte sie ihre königliche Autorität dazu missbraucht, den Kanzler einzubeziehen.

»Königliche Hoheit, Majestät. Bitte verzeiht, aber der Erzkanzler besteht auf der Bitte um eine Audienz bei Euch.«

Ihre Ehrendamen hatten Agnes von Tennenburg geschickt, diese Nachricht zu überbringen, nachdem sie zuvor einige von ihnen außerordentlich kritisch zurechtgewiesen hatte.

»Danke, Frau Agnes.«

Beatrix bekreuzigte sich flüchtig und erhob sich, der so viel Älteren Respekt erweisend.

Von Dassel? War das Verhör schon zu Ende? Oder hatte es etwa noch gar nicht stattgefunden? Sie traute es dem Erzkanzler ohne weiteres zu, dass er sich über ihre Anordnung hinwegsetzte. Er hatte schon im ersten Gespräch vor übereilten Vermutungen und Schlüssen gewarnt. Sie musste sich seine Sachlichkeit zum Vorbild nehmen. Es war ein Fehler, überstürzt und ohne nachzudenken derart schreckliche Befehle zu geben.

»Führt den Herrn Erzkanzler herein, Frau Agnes«, bat sie.

»Der Kanzler erwartet Euch im südlichen Söllergemach, Majestät.«

Agnes von Tennenburg wusste, dass es sich nicht einmal für den Erzkanzler gehörte, die Königin auf solche Weise zu sich zu bitten. Dass er es als Mann von untadeliger Erziehung dennoch tat, musste besondere Gründe haben.

Von Unruhe wie von Neugier getrieben, machte sich Beatrix

unverzüglich auf den Weg. Sie eilte Agnes von Tennenburg so hastig voraus, dass diese auf halbem Wege, nach Atem ringend, innehalten musste, während die Königin bereits in das Söller-gemach trat und die Pforte nachdrücklich hinter sich schloss.

Der Kanzler empfing sie in Gegenwart von Rupert, der ihr Reverenz erwies.

Beatrix suchte direkt seinen Blick.

»Wollt Ihr mir erklären, worum es geht?«

Dass sich Rupert in Begleitung des Erzkanzlers befand, musste bedeuten, dass er Aliza entlastet hatte. Hoffnung keimte auf in ihr.

Sie wich der Fassungslosigkeit, als der Erzkanzler in knappen Worten die Geschehnisse im Kerkerturm zu schildern begann, von denen er selbst durch Rupert gerade erst erfahren hatte.

»Wie kann eine schwache Frau, noch dazu als Gefangene, einen Ritter überwältigen? Das Mädchen ist kaum eine Hand-breit größer als ich.«

»Ihr kennt Sizma, Majestät?«

»Natürlich. Von ihr weiß ich, dass Aliza den Auftrag hatte, dem Kaiser das Bett zu wärmen.«

»Und ihr habt das geglaubt?«

»Aliza selbst hat es nicht geleugnet ...« Verärgert presste sie die Handflächen gegeneinander. »... und gesteht, Urach, auch Ihr habt das schäbige Spiel mitgespielt, mit dem ich arglistig hintergangen werden sollte. Ist das Ritterehre?«

Rupert stieg das Blut zu Kopf.

»Bemüht Euch nicht«, schnitt sie ihm das Wort ab, ehe er sich verteidigen konnte. »Mir ist bewusst, dass Ihr den Zäh-ringern dient und nicht den Staufern. So wie mir bewusst ist, dass Aliza unter Eurer und Bertholds Befehlsgewalt handelte und Ihr mir lediglich vorgegaukelt habt, dass Ihr zärtliche

Gefühle für sie hegt. Dennoch ist es Verrat und muss bestraft werden.«

»Majestät, ist es gerecht, Aliza verurteilen zu lassen, wo Ihr doch wisst wie keine andere, dass sie dem Kaiser niemals und schon gar nicht aus eigenem Antrieb zu nahe gekommen ist. Ihr habt die Kontrolle über jeden Schritt, den sie tut«, stieß Rupert trotz allem hervor.

»Ich spioniere den Menschen meines Vertrauens nicht nach. Wollt Ihr mir das unterstellen? Ich begegne sogar meinen Feinden mit offenem Visier.«

Beatrix wandte sich mit einem fragenden Blick an den Kanzler, während Rupert vor ihr auf die Knie fiel.

Eine Bewegung des Erzkanzlers signalisierte, dass er sich aus diesem Streit völlig heraushielt. Er beobachtete und zog seine eigenen Schlüsse.

»Verzeiht mir und verschont Aliza, ich bitte Euch!«, bat Rupert stockend.

In den Augen des Erzkanzlers glomm eine Warnung auf, und Beatrix zögerte mit ihrer Antwort.

Da sie hier ihren Willen nicht einfach durchsetzen wollte, fragte sie Rupert stattdessen: »Bittet Ihr auch für Berthold von Zähringen? Für Herzogin Clementia? Nein, Urach, rechnet nicht mit weiblicher Nachsicht, sondern mit angemessener Sühne.«

Angemessen, das Wort hallte in Beatrix nach. Welche Sühne war angemessen für einen Anschlag auf das Ansehen einer Königin? Würde Friedrich es für nötig halten, Berthold vom Hof zu verbannen, wie sie es fordern wollte? Würde er Clementia nach Sachsen schicken, Heinrich den Löwen ermahnen, seine Frau und ihre Familie besser unter Kontrolle zu halten? Eben erst hatten alle beim festlichen Bankett vor aller Welt Einheit demonstriert. Es musste Friedrich missfallen, sollten alle diplomatischen Bemühungen zunichte gemacht werden, noch bevor das Festmahl verdaut war.

Würde er Alizas Aussagen glauben wollen? Sizma hätte alles bestätigen können, aber sie war tot. Alle anderen müssten sich bei einer entlastenden Aussage selbst ins Unrecht setzen. Um der Sache in den Augen des Kaisers die Bedeutung zu geben, die sie nach ihrer Meinung verdiente, benötigte sie einen Zeugen, dessen Aussage die Intrige eindeutig und glaubwürdig belegte. Einen männlichen Zeugen, dessen Wort das erforder liche Gewicht hatte und unzweifelhaft die alleinige Schuld der Zähringer belegte.

Beatrix vermutete, dass der Kanzler ihre Meinung teilte.

Er wandte sich soeben an Rupert.

»Ihr kennt den Spruch, der die Krone des Kaisers ziert, Urach. *Honor regis iudicium diligit – Die Würde des Königs liebt den gerechten Urteilsspruch.* Der Kaiser verurteilt nur, wessen Schuld zweifelsfrei feststeht. Wenn die junge Frau kein Unrecht begangen hat, muss er sie nicht verschonen, es wird ihr Gerechtigkeit widerfahren.«

Beatrix konnte Ruperts Zweifel mit Händen greifen. Der Erzkanzler vertritt die Sache des Kaisers, er würde ein parteiischer Richter sein, musste es ihm durch den Kopf gehen.

Erklärte sie ihrerseits dem Erzkanzler, sie sei inzwischen zu der Ansicht gelangt, sie habe Aliza Unrecht getan, würde er es als weibliche Schwäche auslegen. Die innere Stimme warnte sie dringend davor. So würde sie Aliza mehr schaden als nützen.

»Jede Stunde der Gefangenschaft ist zu viel für sie«, antwortete indessen Rupert mit gepresster Stimme. »Ihr bestraft sie, ehe sie Gelegenheit hatte, sich zu rechtfertigen. Die Strafe ist ungerecht und zu hart.«

»Sie hat sich zumindest auf das Komplott eingelassen«, beschied ihm der Erzkanzler.

»Sie hatte keine andere Wahl.«

Während der Erzkanzler in Rupert nach zusätzlichen Informationen drang, drehte und wendete Beatrix alles Für und Wider im Kopf, wobei sich wie von selbst ein Plan entwickelte.

Es wurde Abend, bis sie ihn in die Tat umsetzen konnte. Der Erzkanzler spielte auf Zeit, das überraschte sie wenig. Er musste die Angelegenheit im Sinne des Kaisers regeln. Und dennoch die hohen Ränkeschmiede schützen? Sie hasste Ungerechtigkeiten.

Sosehr sie den Erzkanzler schätzte, sie wollte ihm zuvorkommen. Das Haus Zähringen würde lernen müssen, dass es sich nicht ungestraft mit der Königin anlegen durfte. Auch kam es nicht in Frage, dass Aliza die Zeche für Berthold bezahlte. Sie musste freikommen.

Agnes von Tennenburg hatte in ihrer Gutmütigkeit keine Fragen gestellt, als sie ihr auftrug, Rupert von Urach nach der Abendandacht zu einem Gespräch in die Pfalzkapelle zu bestellen. Im Schatten einer Säule ins Gebet vertieft, erwartete er sie.

»Bleibt. Wir wollen keine Aufmerksamkeit erregen«, bat sie. »›Sie hatte keine andere Wahl‹, so habt Ihr Aliza entschuldigt. Ich habe nachgedacht über Eure Worte. Sie wurde gezwungen. Das scheint mir nach allem eindeutig, und deshalb möchte ich wissen, wie man sie gezwungen hat, und ich will die ganze Wahrheit hören. Offen gesagt, liegt mir nichts an ihrer Bestrafung. Sie war von Anfang an nur Lockvogel und Opfer. Doch ihr drohen der Schandpfahl und Schlimmeres, wenn nicht endlich jemand die Stimme für sie erhebt.«

»Ich bin froh, dass Ihr das so seht, Majestät. Doch wer sollte das tun, seine Stimme für sie erheben?«

Beatrix sah ihn eindringlich an.

»Ihr natürlich! Seht mich nicht so ungläubig an. Ihr wisst längst, dass Ihr Aliza diesen Dienst schuldet. Ihre Schwester habt Ihr mit dem Schwert getötet, Aliza tötet Ihr mit Schweigen. Sollte sie Schandpfahl und Auspeitschen überleben, wird man sie aus der Pfalz jagen und für vogelfrei erklären. Noch haben wir Winter. Sie wird Wegelagerern und Landstreichern in die Hände fallen, erfrieren oder verhungern.«

»Hört auf, ich bitte Euch. Und doch: Ihr wisst nicht, was Ihr von mir verlangt!«

»Oh doch, Rupert von Urach, ich weiß es genau. Nutzt den Gerichtstag des Kaisers, um das Doppelspiel des Zähringers öffentlich zu machen. Nennt die Namen der Männer und Frauen, die das Komplott mittragen. Zeigt auf, mit welchen Mitteln Alizas Gehorsam erpresst wurde, damit sie unbescholten freikommt.«

Rupert schluckte so angestrengt, dass die Halsmuskeln hervortraten.

»Es ist gegen den Eid, den ich meinem Lehnsherrn geschworen habe. Mein Ruf wäre bis ans Ende meines Lebens der eines Abtrünnigen«, versuchte er seinen Zwiespalt zu erklären.

»Ich weiß nicht, was Ihr für Aliza empfindet, aber dass Ihr Euch die Schuld an ihrem Schicksal gebt, lese ich in Euren Augen. Gott allein sieht bis in Euer Herz. Vor ihm müsst Ihr am Tag des Jüngsten Gerichtes bestehen, nicht vor Eurem Lehnsherrn.«

Stille breitete sich zwischen ihnen aus, bis Beatrix das Schweigen nicht länger aushielt.

»Sagt mir, wie geht es Wolf von Rheinau?«

»Nicht einmal der Medicus wagt eine Vorhersage. Berthold ist außer sich. Auch weil er die Schuldige nicht mehr zur Verantwortung ziehen kann. Noch hält er das Ganze für den unglücklichen Ausgang eines Hurenabenteuers. Der Erzkanzler hat befohlen, ihn in dieser Meinung zu belassen.«

»Damit sich Berthold bis zur Abreise aus Villa Lutra in Sicherheit wiegt.«

»Ein verständlicher Wunsch. Seid Ihr sicher, dass Euer Wunsch nach Rache im Sinne des Kaisers ist?«

»Ich verlange keine Rache. Nur Gerechtigkeit. Strafe für die Schuldigen, Schutz für die Unschuldige«, widersprach Beatrix hoheitsvoll.

Sie erhob sich, bekreuzigte sich und gab Agnes von Tennenburg das Zeichen zum Aufbruch.

Bislang hatte Beatrix an der Seite Friedrichs nur die angenehmen Seiten des Regierens kennengelernt. Öffentliche Auftritte, Hochämter und Empfänge mochten anstrengend sein, das Studium von Botschaften und Urkunden mühsam, Entscheidungen schwer zu treffen, aber Verantwortung für andere Leben zu tragen war eine neue Erfahrung. Sie spürte die Last schwer.

Elftes Kapitel

❖

WAHRHEITEN

Rupert von Urach
Villa Lutra, 9. Januar 1157

In der Pfalzkapelle hielten sie die Totenwache für Wolf. Rupert hatte sich nach der Laudes von den Knien erhoben. Seine Gebete waren gesprochen, sein Entschluss gefasst. Wolf hätte ihn sicher, realistisch wie er war, nicht gebilligt.

Dennoch fochten ihn keine Zweifel an. So verlockend die Zukunft war, die ihm Clementia in Sachsen anbot, er würde auch im Osten keinen Frieden finden. Er war schuld, dass Alizas Leben aus den Fugen geraten war. Es war an der Zeit, dass er dafür die Verantwortung übernahm.

Das Gespräch mit der Königin hatte seine Hochachtung vor Beatrix bestärkt, selbst wenn sie ihn für ihre eigenen Zwecke manipulierte. Sie hatte ihm einen Weg gewiesen. Dass er ihn begehen wollte, war allein seine Entscheidung. Sie war klug genug gewesen, ihn nicht zwingen zu wollen.

Bei dem Gedanken, dass sich am Ende des Tages die Kerkertüren hinter ihm schließen würden, musste er Mut fassen, sich der Dunkelheit und den eigenen Dämonen zu stellen.

Der Gerichtstag von Villa Lutra war im Gefolge des Dreikönigsfestes auf diesen Mittwoch gelegt worden, damit auch solche Streitigkeiten unter den Fürsten beigelegt werden konnten, die der persönlichen Schlichtung des Kaisers bedurften. Vom Tag seiner Krönung an, hatte Barbarossa großen Wert darauf gelegt, sein Recht auf die höchste Gerichtsbarkeit im Lande wahrzunehmen.

Bis zum ärmsten Tagelöhner war die Geschichte vom vorletzten Weihnachtstag in Worms gedrungen. Damals hatte

Barbarossa Pfalzgraf Hermann von Stahleck und zehn aufständische Grafen dazu verurteilt, zum Zeichen ihrer Schande
mit einem Hund auf den Schultern an ihm vorbeizuziehen.
Die spektakuläre Demütigung spukte noch heute durch alle
Köpfe, wenn der Kaiser Gericht hielt.

Rupert teilte einem der Schreiber seine Bitte um Gehör mit
und wurde belehrt, dass er zu warten habe, bis man ihn vor
den Kaiser riefe. Da eine kniffelige Erbstreitigkeit zwischen
Heinrich dem Löwen und dem Bischof von Freising anstand,
die so kurz nach dem *Privilegium Minus* von Regensburg von
besonderer Brisanz war, herrschte erhebliches Gedränge in
der großen Halle. Er hatte Mühe, einen Platz zu finden und
zu behaupten, von dem aus er alles sehen und hören konnte.
Bewusst hielt er sich von den Zähringern fern, während er die
imposante Zurschaustellung von Macht und Gesetz würdigte,
die sich ihm bot.

Kaiser und Königin thronten auf burgunderrot gepolsterten
Thronsesseln an der Stirnseite der Halle. Mönche, Rechtsgelehrte und Kirchenfürsten quetschten sich auf die wenigen Bänke zu ihren Seiten. Geringere Ränge mussten stehen. Schreiber hielten sich mit Federn, Siegelwachs und
Pergamenten bereit, um unverzüglich die entsprechenden
Urkunden auszufertigen, sobald ein Urteil gefällt worden war.
Kronleuchter in der Größe von Wagenrädern, auf deren geschmiedeten Reifen unzählige Öllichter flackerten, hingen
an eisernen Ketten von den Decken herab. Durch die rundbogigen Doppelfenster floss zudem das Tageslicht.

Bis auf die standhaftesten Kirchenfürsten gab es wohl kaum
einen Mann in der Halle, der nicht die strahlende Schönheit
der Königin bewunderte. Rupert kam es vor, als habe sie sich
mit ihrer Erscheinung heute besondere Mühe gegeben. Wür

devoll, majestätisch, konnte niemand mehr sie länger für ein Kind halten.

Beatrix' schweifender Blick streifte den seinen, stutzte kurz und glitt weiter, ehe er darauf reagieren konnte. Hätte er sie mit einem Nicken beruhigen sollen? Zu spät. Sie gab sich kein zweites Mal die Blöße, ihn zu bemerken. Ihre Beherrschung war ebenso bewundernswert wie ihre Erscheinung.

Unwillkürlich verglich er sie mit Clementia, die sich an der Seite ihres Mannes angeregt mit dem Erzkanzler unterhielt. Niemand wäre auf den Gedanken verfallen, sie zu bewundern. Zu hochmütig und eisig, hielt ihre Miene jedermann auf Abstand.

Ein Anflug von Bedauern überkam Rupert, der bisher erfolgreich den Gedanken an ihre Reaktion auf das Kommende verdrängt hatte. Sie würde nicht verstehen, was ihn bewegte. Sie mochte Alizas Begabungen bewundert haben; da Aliza ihr aber nicht mehr zu Diensten sein konnte, hatte sie sie vergessen.

Im Verlauf des Tages lernte Rupert mehr und mehr das methodische Vorgehen Barbarossas bei der Rechtsprechung kennen und bewundern. Stets realistisch, diplomatisch, wo nötig, hart, wo unumgänglich, war sein Ziel, das eigene Kronland zu stärken, in dem er ohne die Einmischung von Fürsten und Mittelsmännern bestimmen konnte, besonders wenn es um die Regelung von Gebietsstreitigkeiten ging. Die Wahrung des Landfriedens stand dabei an erster Stelle.

Sein Richterspruch für oder gegen ihn würde sich an diesen Maßstäben orientieren. Ihm wurde bewusst, dass es in seinen Augen keinen Nutzen brachte, den einen oder den anderen mit einer Niederlage nur demütigen zu wollen.

»Rupert von Urach, Lehnsmann des Berthold von Zähringen,

erbittet die kaiserliche Gerechtigkeit für eine unschuldig Angeklagte.«

Alle wandten sich ihm neugierig zu.

Eine Gasse tat sich auf, durch die er vor den Thron treten und sein Anliegen vortragen konnte. Er wandte sich als freier Mann an den Herrscher, nicht als Vasall des Zähringers. Die Tunika aus braunem Wollstoff, die weder Schmuck noch Wappen trug, gab das zu erkennen. Eindringlich lagen die Augen des Kaisers auf ihm.

»Sprecht, von Urach«, forderte er ihn auf. »Wenn einem Unserer Untertanen unschuldig Unrecht widerfahren ist, so ist es Uns ein Anliegen, dies zu ahnden. Nennt Uns seinen Namen und sagt Uns, wessen man ihn beschuldigt.«

»Es ist eine Frau, mein Kaiser«, antwortete Rupert. »Man hat sie genötigt, Euren Gegnern als Spionin zu Diensten zu sein, indem man ihre Familie und ihre Gefährten als Geiseln nahm und damit ihren Gehorsam erzwang. Jeder Widerstand wurde erstickt, jede Aufsässigkeit damit geahndet, dass Unschuldige dafür ihr Leben lassen mussten.«

»Ihr erhebt schwere Vorwürfe. Könnt Ihr sie beweisen? Wer ist die Frau?«

»Ihr Name ist Aliza und sie gehört dem Stamme der Tamara an. Seine Angehörigen heißt man gemeinhin in deutschen Landen Ägypter.«

»Fahrendes Volk also«, stellte Barbarossa mit einem Seitenblick auf Beatrix, die diesem nicht auswich, sachlich fest.

Rupert bestätigte die Feststellung.

»Fahrendes Volk, das stimmt, mein Kaiser. Dennoch kein Freiwild, das anderen mit Leib und Leben zur Verfügung steht.«

Der Erzkanzler mischte sich ein.

»Erlaubt einen Einwand, Majestät.«

Er gab seinen warmen Platz am Glutbecken auf, trat hinter den Stuhl Barbarossas. Absolute Stille herrschte im Saal, solange er gedämpft murmelnd auf ihn einsprach. Mit Ausnahme von Beatrix konnte dabei niemand verstehen, was er sagte.

Kein Wort fiel anschließend zwischen Barbarossa und Beatrix, aber der Kaiser machte einen grimmigen Eindruck, als er seine Entscheidung verkündete.

»Wir wünschen diese Angelegenheit im Rat zu besprechen und die nötigen Auskünfte einzuholen, ehe Wir eine Entscheidung treffen. Der Gerichtstag ist damit für heute beendet. Ihr folgt Uns, Urach!«

Zwei Männer der kaiserlichen Wache kreuzten die Lanzen hinter Rupert. Der ihn fixierende Blick des Erzkanzlers verhieß nichts Gutes. Er musste sich zwingen, sein Unbehagen zu kaschieren.

In dem geräumigen Gemach, in das Rupert beordert worden war, herrschte abwartende Stille. Clementia stand zwischen ihrem Mann Heinrich dem Löwen und ihrem Bruder Berthold. Beatrix hatte ihren Platz neben Barbarossa. Der Erzkanzler lehnte mit dem Rücken an der Rundbogenpforte, als wolle er den Eingang bewachen.

»Der Kanzler hat Uns nahegelegt, Euch zunächst im engsten Kreis anzuhören. Ist Euch bewusst, dass es sich bei der Beklagten um eine Magd der Königin handelt? Dass die Königin selbst den Kanzler gebeten hat, die Magd festzusetzen, weil sie von ihr bespitzelt wurde?«

»Es ist mir wohl bewusst, Majestät, doch erlaubt mir, dass ich schildere, wie es dazu kam, dass die Beklagte in die Dienste der Königin genommen wurde, und warum sie verdächtigt wird, sie zu bespitzeln«, entgegnete Rupert.

Eine Geste des Kaisers erlaubte ihm fortzufahren, und obwohl er Alizas Verteidigung anders geplant hatte, begann er mit deren Tanz in Würzburg, mit dem sie seine Aufmerksamkeit so nachhaltig gefesselt hatte.

Im Verlaufe der Schilderung reagierten die Zuhörer höchst unterschiedlich. Die einen ungläubig, andere mit Empörung. Die Arme verschränkt, die Miene steinern, folgte Barbarossa konzentriert Ruperts Bericht. Selbst die unverblümte Offenlegung der Tatsache, dass Aliza sich ihm zur Mätresse andienen sollte, um ihn politisch zu beeinflussen, entlockte ihm keine sichtbare Gefühlsregung.

Als Rupert zum Ende kam, war es ausgerechnet Heinrich der Löwe, der sich als Erster äußerte – mit einem lauten Lachen. Berthold, dessen Gesicht deutlich an Farbe verloren hatte, beließ es bei einem vorsichtigen Kopfschütteln.

»Welch eine Geschichte, wahrhaftig!«, dröhnte Heinrich. »Zugegeben, wenn die Beklagte das Ägypterweib ist, das ich in Regensburg ebenfalls kennengelernt habe, so ist sie verführerisch genug, um eine Gefahr für jeden Ehefrieden darzustellen, aber was soll diese Verschwörungstheorie? Ihr macht Euch lächerlich, Urach.«

»Gestattet! In Donaustauf wurden mehr als zwei Dutzend Unschuldige hingeschlachtet, was ist daran lächerlich, Euer Gnaden?«

»Wir werden dieses Unrecht ahnden«, fuhr Barbarossa dazwischen. »Was habt Ihr im Übrigen vorzubringen, Herzog? Bleibt bitte sachlich.«

»Es sind Hirngespinste, mein Kaiser«, kam Berthold seinem Schwager zuvor. »Ich bin außer mir. Nie zuvor hat mich ein eigener Vasall derart verleumdet. Nie habe ich den Befehl gegeben, die Ägyptersippe abzuschlachten. Und dass ich dieses Weib, das ich nicht einmal kenne, zu Hurendiensten verpflichtet haben soll, könnt Ihr ernsthaft nicht glauben. Auch habe ich dazu keinen Auftrag gegeben. Leider kann Kuno von Vohburg sich nicht mehr gegen diese Lügen verteidigen. Ich weiß nicht, was sich Urach von dieser wirren Geschichte erhofft. Wiederholt bedrängte er mich, ihm größere Ländereien zu überlassen und mehr Macht. Ich habe das immer abgelehnt, weil ihm das Format dazu fehlt. Vielleicht erhofft er sich von Euch, was ich ihm mit gutem Gewissen nicht geben kann. Die Ägypterin ist seine Spießgesellin. Glaubt kein Wort!«

Die perfide Verdrehung der Tatsachen ließ Rupert nicht an sich halten. »Kuno von Vohburg mag eines gewaltsamen Todes gestorben sein, aber er ist kein Märtyrer. Er hat Alizas Schwester gezwungen, Zeugin der Morde an ihrer Familie zu sein. Dass sie darüber den Verstand verlor und sich blutig an ihm rächte, ist allein seine Schuld.«

»Und Wolf von Rheinau? Womit hat er den Tod verdient?«

»Das müsst Ihr Gott fragen. Ich weiß nicht, warum er es zugelassen hat, dass ein kampferprobter Kreuzfahrer an einem irregeleiteten Messerstich verblutet.«

Rupert glaubte, seine Sache so gut wie möglich vertreten zu haben, das Lächeln allerdings, mit dem der Erzkanzler das Ende des Disputs quittierte, ließ keinen Zweifel, dass er auf aussichtslosem Posten stand. Er musste erkennen, dass seine Gegner durch Macht und Einfluss im Vorteil waren.

Beatrix bewahrte die Ruhe nur mit Mühe. Die Überzeugung setzte sich fest in ihr, dass allein Aliza ihre Sache vertreten konnte. Doch welche Chance würde sie haben gegen das »Triumvirat« aus Berthold, Clementia und Heinrich?

»Rupert von Urach.«

Der Kaiser brach das lähmende Schweigen.

»Wir haben Eure Anklagen gehört. Wir sind zu der Überzeugung gekommen, dass auch Ihr selbst als Lehnsmann des
Zähringers nicht frei von Schuld seid. Darüber wird ebenso
verhandelt werden müssen wie über die Schuld der Ägypterin
und den Tod ihres Stammes. Bis Wir über alles Klarheit haben, erhaltet Ihr Gelegenheit, Euer Gewissen zu erforschen
und Eure Vorwürfe zu überdenken. Herr Erzkanzler, Ihr sorgt
dafür, dass der Ritter Quartier im Gefängnisturm nimmt. Ich
wünsche, dass er in strenger Abgeschiedenheit gehalten wird,
bis alle Fakten zusammengetragen sind.«

Rupert verneigte sich stumm. Einen Lidschlag lang hatte er
den Eindruck, Barbarossa wolle noch etwas sagen. Da erschienen die Wachen, und der Erzkanzler instruierte sie knapp.
Gesenkten Hauptes ergab er sich.

Königin Beatrix
Villa Lutra, 9. Januar 1157

Beatrix war sich so sicher gewesen, dass Ruperts rücksichts-
lose Offenlegung Friedrich überzeugen würde, dass sich
ihr sein Verhalten völlig verschloss.

Er hatte Rupert in den Kerker verbannt und ihres Wissens
auch keinen Befehl erteilt, Aliza freizusetzen. Was hatte er
vor? Und was konnte sie unternehmen?

Sie war allein.

Der Löwe hatte nur Hohn für die Anklage übrig gehabt, Berthold log, nicht einmal der Erzkanzler stand noch auf ihrer

Seite. Sicher vermutete er, wer Rupert zu seinen Aussagen veranlasst hatte. Schlimmer als das alles war jedoch die Tatsache, dass Friedrich sich bisher mit keinem Wort zu Ruperts Anklagen geäußert hatte.

Beatrix kämpfte gegen das Aufbegehren. Sie wusste, dass Zorn blind macht, dass es nur ein Zeichen von Unreife wäre, ihm nachzugeben. Freundliche Gelassenheit erwartete man von der Königin.

Ihr Hofstaat wartete, dass sie ihn entließ. Erst als nur noch die Frauen im Raum waren, die ihr beim Auskleiden halfen, entspannte sie sich, legte die Ringe ab. Der Saphir aus Regensburg war darunter. Sie hatte ihn in der Hoffnung angelegt, er würde ihr Glücksbringer sein.

Ein Irrtum.

»Die Mägde sollen den Bliaut ausbürsten und danach mit den nötigen Kräutern in eine Truhe packen. Ich will das Übergewand nicht mehr sehen und tragen.« Mit einem langen Schritt trat sie aus dem Stoffkreis zu ihren Füßen.

»Wie schade, es steht Euch besonders gut, Majestät.«

Die jüngste der Ehrendamen hatte protestiert.

»Ich stimme zu, Beatrix.«

Friedrich war eingetreten.

Nur mit dem Hemd bekleidet, begrüßte Beatrix ihn steif und griff hastig nach einem Hausmantel. Sie zeigte mehr Nacktheit, als ihr gerade lieb war. Sie wusste, dass es Friedrich gefiel, aber ihn zu verführen, war das Letzte, was sie heute Abend im Sinn hatte. Sie schnürte den Gürtel, bemerkte kaum, dass er ihren Frauen bedeutete, sie alleine zu lassen.

»Du wirst dich zweiteilen, wenn du so weitermachst«, kommentierte er belustigt ihr Tun. »Bekommst du überhaupt noch Luft?«

Ihr Schweigen sagte Friedrich, das ihr zum Scherzen nicht zumute war.

»Du zürnst mir«, stellte er ruhig fest.

Sie wollte nicht lügen, aber die Wahrheit würde ihm nicht gefallen, also presste sie die Lippen aufeinander.

»Weshalb, Beatrix? Willst du es mir nicht verraten?«

»Legst du Wert auf die Wahrheit? Verzeih, dass ich nicht den Eindruck habe.«

Er legte ihr die Hände auf die Schultern und wartete geduldig, bis sie offenkundig widerstrebend seinem Blick begegnete.

»Sag mir, was dich bewegt. Es gefällt mir nicht, wenn Unausgesprochenes zwischen uns liegt.«

»Gut, wenn du mich ermunterst, offen zu sprechen: Ich bitte dich, lass andere nicht für meine Fehler büßen, Friedrich. Weder Rupert von Urach noch Aliza haben Unrecht begangen. Ich habe gesehen, wie Aliza mit gelöstem Haar deine Blicke auf sich gezogen hat ... Ich war eifersüchtig und habe ihre Verhaftung ohne nachzudenken gefordert. Die Eifersucht, nicht die Empörung über Spitzeldienste, hat sie in den Kerker gebracht. Inzwischen weiß ich, dass sie nicht freiwillig in meine Dienste getreten ist. *Ich* muss gegen meine Eifersucht ankämpfen, nicht eine Unschuldige. Gib Befehl, dass man sie freilässt. Noch heute.«

»Das kann und werde ich nicht tun, Beatrix.«

Ungläubig starrte sie ihn an, als stünde sie einem völlig Fremden gegenüber.

»Erkläre mir deine Gründe«, bat sie schließlich. Dabei sah sie angestrengt an ihm vorbei auf die Jagdszenen eines Wandteppichs. Sie verströmte so viel gekränkte Würde, dass Friedrich die Maske des Kaisers fallen ließ, hinter der er seine Empfindungen für sie so oft verbarg.

»Es müssen alle zur Rechenschaft gezogen werden, darauf hast du einen Anspruch. Ihn durchzusetzen ist nicht nur meine Pflicht, ich tue es auch aus Zuneigung.«

»Ich danke dir.«

Beatrix beherrschte ihre Gefühle und blieb sachlich. »Ich glaubte, Berthold bräche unter den Vorwürfen zusammen und bekennte sich schuldig. Ich habe mich getäuscht. Er wie seine Schwester würden nie eingestehen, dass Rupert und Aliza die Wahrheit sagen. Und wenn sie auch nur der Anflug eines Gewissens plagte, würde Heinrich dafür sorgen, dass sie den Mund halten. Er duldet keinen Rost auf seinem Schwert, habe ich recht?«

»In der Tat.« Friedrich nickte bestätigend. »Ich sehe, du verstehst mich. Aber ich sehe dir auch an, dass du nicht glücklich dabei bist.«

»Wie könnte ich das sein? Du vergisst die beiden im Gefängnisturm. Du hast einen Ritter einkerkern lassen, der sich nur der Wahrheit verpflichtet sieht, und weigerst dich, eine Frau in die Freiheit zu entlassen, der man höchstens vorwerfen kann, dass sie die Ihren um jeden Preis schützen wollte. Keiner von ihnen hat verdient, was ihm angetan wurde.«

Zum Ende hin war ihre Stimme anklagend geworden.

»Dann hör mir zu und urteile nicht, ehe du nicht meine Gründe und meine Pläne kennst und geprüft hast.«

»Entschuldige. Aber ich kann nicht begreifen, warum du so unversöhnlich bist. Erklär es mir, damit …«

Er wartete vergeblich, dass sie den Satz beendete. Als dies nicht geschah, griff er nach ihren Händen und küsste sie auf die Stirn.

Ihr sprödes Zurückweichen entlockte ihm ein lautstarkes »Zum Henker, Beatrix!«.

Die Augen geweitet, bestaunte sie wortlos diesen Ausbruch ungewohnter Gereiztheit. Seit wann fluchte er in ihrer Gegenwart?

»Noch einmal zum Henker. Du hast ja recht damit, meine eigensinnige Beatrix, dass ich nur einen Mann verurteilen darf, dessen Schuld zweifelsfrei erwiesen ist. Entweder, weil er selbst seine Verfehlung zugibt oder weil es gesicherte Beweise dafür gibt. Bezichtigungen allein sind keine Beweise.«

»Insbesondere, wenn sie von einer fahrenden Tänzerin und einem abtrünnigen Lehnsmann gegen einen Fürsten erhoben werden«, nickte Beatrix einsichtig. »Das Recht ist gerne auf Seiten der Mächtigen, ich weiß. Was kannst du tun, diese blinde Überheblichkeit in sehende Gerechtigkeit zu verwandeln?«

»Was jeder kluge Jäger tut, wenn er ein besonders scheues Wild erlegen möchte. Er stellt Fallen.«

Auffordernd sah er sie an. Beatrix verstand. Sie sollte seine Gedankengänge nachvollziehen, so wie er nachvollzogen hatte, was sie bewegte.

Geistesabwesend nach der Nase greifend, kam sie mit ihren Überlegungen allerdings zu einem Schluss, der ihr wenig behagte.

»Lass mich raten. Du lässt Aliza im Kerker, weil auch du sie zum Lockvogel machen willst? Du glaubst, Berthold müsse um seiner Sicherheit willen versuchen, sie zum Schweigen zu bringen, sobald sich ihm eine Gelegenheit dafür bietet?«

»Sie hätten dich Sophia, die Weise, nennen sollen.«

»Ich bin lieber Beatrix, die Glückliche«, entgegnete sie.

»Das ist ein gefährlicher Plan, der Aliza in Lebensgefahr bringen wird.«

»Der Erzkanzler hat Befehl, die nötigen Vorkehrungen zu treffen. Für morgen ist eine Wildschweinjagd angesagt, an der Berthold unter den gegebenen Umständen sicher nicht teilnehmen wird. Wenn alle Fürsten und der Kaiser im Forst sind, hat er freie Bahn in der Pfalz.«

»Er könnte Aliza auch von einem Helfershelfer ermorden lassen. Dann würde er selbst erneut ungeschoren davonkommen.« Beatrix brachte es kaum über die Lippen.

»Eine Tote würde zu viele Fragen aufwerfen. Nein, er muss sie aus der Pfalz schaffen und ihre Flucht vortäuschen. Die Wachen im Gefängnisturm sind gegen meine Männer ausgetauscht worden. Sie sind erfahren genug, ihre Rollen zu spielen und im richtigen Moment zuzuschlagen. Sie werden Berthold auf frischer Tat ertappen, bevor er ihr auch nur ein Haar krümmt.«

»Und wenn nicht alles nach Plan geht?«, forschte Beatrix immer besorgter.

»Du vergisst, dass wir uns seit vielen Jahren kennen. Wenn Berthold nicht auf diesen Gedanken kommt, dann wird Heinrich ihn darauf bringen. Dem liegt noch mehr daran, die Angelegenheit unter den Teppich zu kehren.«

»Wegen Clementia, weil sie sich so stark ihrem Bruder verpflichtet fühlt, meinst du?«

»Warum nimmst du eigentlich an, dass der Löwe nichts von der Hinterlist gewusst hat?«, wunderte er sich.

»Sein Lachen verriet es. Er wollte die Situation entspannen und Zeit zum Nachdenken gewinnen. Er ist kein Kuno von Vohburg, der Vergnügen daran findet, andere zu demütigen und zu bedrohen. Im Grunde liegt ihm wie dir daran, das Gleichgewicht der Kräfte zu wahren. Es ist schwer, die wahren Schuldigen angemessen zu bestrafen. Sizma ist dir bei Kuno von Vohburg zuvorgekommen und hat mit ihrem Leben dafür bezahlt. Muss Aliza vielleicht mit ihrem Leben dafür zahlen, dass Berthold gerichtet werden kann?«

»Die Parteinahme Clementias für ihre Vaterfamilie wird Heinrich noch teuer zu stehen kommen. Sie liefert mir den Grund, Verhandlungen über den Tausch ihres Heiratsgutes aufzunehmen. Er wird einsehen müssen, dass ich keine Allianz mit Zähringen dulden werde.«

»Und was hast du am Ende für Berthold im Sinn? Auch ihn kannst du nicht öffentlich demütigen.«

»Ich nehme an, ich werde ihm eine Klostergründung oder Ähnliches auferlegen. Vielleicht in deinem geliebten Burgund, was hältst du davon? Damit kann er nach außen das Gesicht wahren. Wir werden vor allem dafür sorgen, dass er seine Schatztruhen weit aufmacht. Es wird ihn hart treffen. Er ist ein sparsamer Mensch und gibt nicht gerne etwas ab. Vielleicht bitten wir ihn zusätzlich noch um einen besonders prächtigen Reliquienschrein für die Pfalzkapelle von Villa Lutra. Immerhin wurde in diesen Mauern das Komplott aufgedeckt, und Unschuldige haben ihr Blut vergossen.«

Er verströmte solche Siegesgewissheit, dass Beatrix keinen Zweifel daran hatte, dass er seinen Willen durchsetzen würde.

»Es macht dir Vergnügen«, erkannte sie. »Die Versöhnungsfeier vom Dreikönigstag bereitete dir nicht halb so viel Genugtuung wie dieses Intrigenspiel. Du hast auch Rupert von Urach nicht festgesetzt, um ihm Gelegenheit zur Einkehr zu geben, sondern um ihn an unbedachten Aktionen zu hindern, die deine Pläne durchkreuzen könnten.«

»Er ist so von der Ägypterin eingenommen, dass ich ihm jede Dummheit zutraue. Dabei könnte er uns versehentlich in die Quere kommen. Ein paar Nächte voller Selbstzweifel haben noch keinem Hitzkopf je geschadet.«

»Du hast alles geplant.«

»Gewiss. Hattest du je Zweifel daran? Ich regiere, weil mich weder Heinrich noch Berthold ins Joch zwingen können. Schwäche würde mich die Krone kosten.«

Aliza
Villa Lutra, 9. Januar 1157

Verzweifelt bemüht, bei klarem Verstand zu bleiben, kauerte Aliza auf dem Stroh, das man ihr in eine Ecke des Kerkers geworfen hatte. Wenn sie dem Elend nachgab, das sie empfand, würde sie noch den Rest ihrer Menschenwürde verlieren. Kälte, Dunkelheit und Stille waren die einzigen Zeugen ihres Ringens um Standhaftigkeit.

Gegen Hunger und Durst brachte ihr ein Kerkerknecht altes Brot und Wasser, aber er war schon seit Ewigkeiten nicht mehr erschienen.

Im gnadenlosen Biss der Kälte hatte Gleichgültigkeit sie befallen, doch inzwischen hatte sie einen nahezu euphorischen Zustand erreicht. War dies ein neuer Anfang oder ein Ende in Dunkelheit und Schrecken? War es die gerechte Strafe für das Teufelsbalg oder der Weg durch das Fegefeuer in die Erlösung, wie es das Christentum verhieß?

Kein noch so schwacher Lichtschimmer oder auch nur die Andeutung eines Geräusches halfen ihr, die Zeit zu messen. Das Gefühl für Tag und Nacht, das sich unter freiem Himmel so leicht einstellte, verlor sich in diesen Mauern. Bilder und Gesichter verschwammen. Sie wusste nicht mehr, ob sie die Augen offen oder geschlossen hielt. Hände, Füße starben ab.

Als sich die Pforte quietschend in den Angeln bewegte, hielt sie es für einen Trugschluss ihrer verwirrten Sinne. Auch die Worte, die geflüstert an ihr Ohr drangen, schienen ihr fern.

»Ist sie noch am Leben?«

»Keine Sorge. Seht doch, sie atmet.«

»Aber sie ist kalt wie Eis.«

»Ihresgleichen ist Kälte gewöhnt.«

Das Rütteln an Alizas Schulter wollte ebenso wenig aufhören wie das Raunen menschlicher Stimmen. Verwirrt blinzelte sie in grelles Licht und schloss die Lider sofort wieder. Das Leuchten war nach Tagen der Dunkelheit pure Folter.

»Aliza! Komm zu dir. Es eilt.«

Tonfall und Stimme kamen Aliza bekannt vor.

Clementia?

Langsam zeichneten sich Umrisse vor ihren Augen ab. Zwei Menschen. Die Herzogin und ein Mönch.

»Was …«, stammelte Aliza.

»Fragen kannst du später stellen. Hat man dich gefoltert?«

»Keine Sorge, sie scheint unverletzt. Was wie Blut aussieht, ist Schmutz.«

»Was … wollt Ihr von mir …?«

»Wir holen dich aus diesem Loch. Kannst du auf eigenen Beinen stehen? Helft ihr hoch, Bruder Diebold!«

Steifgefroren und schwach, fehlte Aliza jeder Funke Kraft.

»Von wegen, an Härte gewöhnt. Jede neugeborene Katze ist schneller auf den Beinen. Was fehlt ihr?«

»Das Übliche, Herrin. Kälte, Hunger und Durst lassen die Kräfte schwinden.«

Verachtung schwang in der Stimme des Mönchs. Aliza erkannte in ihm Clementias Hauskaplan, einen Benediktinermönch, der das Gesinde stets mit herablassender Gleichgültigkeit behandelte. Was ausgerechnet er hier suchte? Geistlichen Zuspruch erteilte er nur den hohen Herrschaften.

Verbissen kämpfte sich Aliza aus eigener Kraft in den Stand. Was immer Clementia mit ihr im Sinn hatte, sie würde es nicht widerstandslos über sich ergehen lassen.

»Vielleicht hilft das fürs Erste.« Der Mönch griff in eine Stofftasche und brachte ein Tongefäß zum Vorschein.

»Der Messwein wird ihr Blut erwärmen und sie wenigstens für kurze Zeit beleben.«

»Sehr gut«, lobte Clementia, während der Bruder auch noch einen Becher in der Tasche fand.

Clementia hielt ihr den Wein an die Lippen. »Trink langsam, damit du dich nicht verschluckst.«

Alizas Gaumen schmeckte das volle Aroma sorgsam gekelterter Trauben. Weich rann ihr der Wein durch die Kehle und hinterließ eine Spur von Wärme.

»Knie nieder und beug den Kopf«, kommandierte Clementia, sobald der Becher leer war. »Ich muss mich um dein Haar kümmern.«

Der Wein hatte Alizas Lebensgeister geweckt.

»Bin ich etwa verurteilt?«

»Der Himmel bewahre uns davor«, entgegnete Clementia. »Es darf weder zu einem Prozess noch zu einer Verurteilung kommen, wenn sich der Skandal in Grenzen halten soll. Du musst so schnell wie möglich hier weg. Aber lass uns einen Schritt nach dem anderen tun. Erst dein Haar.«

»Ich will es flechten«, schlug Aliza vor und versuchte die verdreckten, verfilzten Zoten in drei Stränge zu teilen.

»Der Schweif eines Karrengauls ließe sich leichter in eine Frisur verwandeln«, kommentierte Clementia verächtlich.

Sie griff an den Gürtel unter ihrem Umhang nach einem scharf geschliffenen Silberdolch.

»Das Haar muss ab. Mach schon, beug den Nacken.«

Sie drückte sie an der Schulter zu Boden, griff ihr ins Haar und riss ihr den Kopf nach vorne.

»Was tut Ihr?«, ächzte Aliza. »Ich bin keine Dirne. Ihr könnt mich nicht an den Pranger stellen!«

»Das hat niemand vor. Du sollst mich begleiten, in einer Mönchskutte und hoffentlich mit so sicherem Schritt, dass man dich im Dunkel der Nacht für Bruder Diebold halten kann.«

»Halbnackt? In diesen Lumpen?«

»Bruder Diebold trägt zwei Kutten übereinander. Eine ist für dich. Und nun Schluss mit dem Gerede.«

Im Schein der Laterne fielen Alizas lange Haare von ihr ab. Kahl und stoppelig spürten ihre tastenden Finger den Schädelknochen, als wäre sie eine Greisin.

»Runter mit diesem Kittel. Er stinkt nach Kerker.«

Clementia setzte kurz entschlossen die Dolchspitze in den Halsausschnitt und durchtrennte das grobe Gewebe. Haltlos rutschte das Hemd über Schultern und Leib. Mit einem Aufschrei versuchte Aliza Brust und Scham mit Armen und Händen zu verbergen, doch da warf ihr die Herzogin schon die Kutte über, die Bruder Diebold in der Zwischenzeit ausgezogen hatte.

»Es ist ein Segen, dass du halbwegs groß geraten bist. Mit gesenktem Kopf gleichst du Bruder Diebold im Dunkeln einigermaßen. Die Kapuze ziehst du weit in die Stirn, den Kopf senkst du. Keiner wird dir näher ins Gesicht sehen.«

»Was passiert mit Bruder Diebold, wenn ich statt seiner mit Euch komme?«

»Das lass unsere Sorge sein.«

Wie eine Kammerfrau nestelte Clementia beflissen an der Kutte herum, die Aliza inzwischen bis zu den nackten Füßen hinunter einhüllte.

»Deine Hände verbirgst du nach Mönchsart in den Ärmeln. Sie verraten am ehesten, dass du kein Mann bist. So müsste es gehen. Was sagt Ihr, Bruder Diebold?«

»Es ist die Stunde der Prim, Herrin. Ihr werdet keine Schwierigkeiten haben. Draußen nimmt jeder Wächter an, der Mönch sei auf dem Weg zur Kapelle.«

»Das will ich hoffen, Bruder Diebold.«

»Der Allmächtige schütze Euch.«

»Gehen wir. Und merke dir eines, Aliza: Was immer du auf unserem Weg auch siehst oder hörst, bis wir in meinem Haus in Sicherheit sind, vernehme ich keinen Laut von dir, sonst war alles vergeblich und wir landen beide gemeinsam in diesen Gewölben.«

Aliza nickte stumm.

»Komm«, zischte Clementia und ging voraus.

Aliza folgte ihr schwerfällig. Im Vorraum loderte eine Pechfackel an der Wand. Sie beleuchtete das Kerkergitter eines größeren Kerkers. Pritschen standen an seiner Wand. Auf einer von ihnen hockte Rupert.

Da sie, wie befohlen, den Kopf gesenkt hielt, sah Aliza nur kräftige Beine und Lederstiefel. Erst als er Clementia im Vorbeigehen ansprach, erkannte sie die Stimme.

»Wenn Ihr ein Herz habt, sagt mir, was mit Aliza geschieht. Der Kaiser muss sie freilassen. Sie ist unschuldig. Ihr wisst das so gut wie ich. Antwortet mir. Werdet Ihr Euch zu Ihren Gunsten verwenden?«

»Du bist ein Narr, Rupert von Urach. Du hättest besser mein Angebot angenommen.«

Clementia strebte ohne Halt der Treppe entgegen. Aliza eilte schwankend hinter ihr her, nicht ohne doch einen verstohlenen Blick an der Kante ihrer Kapuze vorbei in Ruperts Richtung zu werfen. Im Fackelschein wirkte sein Gesicht bleich und schweißbedeckt. Das Haar klebte ihm dunkel an den Schläfen, Bartstoppeln auf Wangen und Kinn machten ihn älter. Warum war er hier?

»Kommt, Bruder!«, fauchte Clementia wütend, und Aliza stolperte weiter.

Bis sie die Wachstube erreichten, wo das übliche Würfelspiel im Gange war, hatte sie jedoch solche Mühe, sich überhaupt aufrecht auf den Beinen halten, dass sogar der Schock, Rupert im Kerker zu sehen, in den Hintergrund gedrängt wurde.

Clementia schritt ohne jedes Wort an den Spielern vorbei. Niemand hielt sie auf.

Unter freiem Himmel kroch die Kälte der Winternacht unverzüglich in die Falten der Mönchskutte. Kieselsteine drückten sich in die nackten Fußsohlen. Aliza hielt kurz inne, aber Clementia stieß ihr augenblicklich einen Ellbogen in die Seite und drängte vorwärts. Erst als sich die Tür ihres Quartiers vor ihnen auftat, gestattete sie ihr, stehen zu bleiben.

In Clementias Schlafgemach erwartete Hildburg sie händeringend.

»Warum ist Rupert von Urach im Kerker?«, waren Alizas erste Worte nach dem verordneten Schweigen.

Clementia lachte freudlos und nahm den Würzwein entgegen, den Hildburg ihr sogleich eingegossen hatte.

»Hast du's nicht gehört? Weil er ein Narr ist.«

»Wollte man alle Narren immer gleich einsperren, hätte der Kaiser leichtes Regieren«, schlaumeierte Hildburg.

»Hast du alles vorbereitet?«

Den Becher abstellend, löste Clementia die Bänder ihres Umhanges und sank in einen gepolsterten Scherenstuhl. Linien der Anspannung verrieten in ihren Mundwinkeln, dass sie nicht so ruhig war, wie sie sich gab.

»Sobald die Tore der Pfalz geöffnet werden, wirst du dich mit Aliza und den Knechten wie besprochen auf den Weg machen.«

»Mit mir? Wohin?«

»Nach Sachsen. Ins Kloster der Benediktinerinnen auf der Cyriaksburg in Erfurt. Es wird dir gefallen.«

»In ein Kloster?«, wiederholte Aliza völlig entgeistert. »Was soll ich dort? Niemals würde mich eine Ordensgemeinschaft frommer Frauen aufnehmen. Für sie sind Frauen des fahrenden Volkes die Verkörperung von Sünde und Ausschweifung.«

»Nicht du. Du wirst willkommen sein. Du hast ein Empfehlungsschreiben der Herzogin von Sachsen und eine ordentliche Mitgift aus ihrer Schatulle mit dir. Die Mutter Äbtissin ist mir verpflichtet. Ihr Kloster ist genau der richtige Ort für dich. Du kannst deine Tage dort mit sinnvoller Arbeit füllen. Dein Kräuterwissen wie auch deine Fähigkeiten mit der Nadel werden dich zu einem geschätzten Mitglied der Gemeinschaft werden lassen, dessen bin ich sicher.«

Aliza leistete mit allen ihr zur Verfügung stehenden Worten Widerstand.

»Dein Wille zählt nicht«, antwortete Clementia schroff. »Sei froh, dass ich mich um dich kümmere. Wenn es die Männer tun, ist es um deine Freiheit und deine Unversehrtheit geschehen. Du solltest mir dankbar sein, statt mir zu widersprechen. Meine Hilfe ist uneigennützig.«

Aliza musste sich an der Tischkante festhalten, dennoch

flammten ihre Augen gerötet und wütend im Dunkel der Mönchskapuze.

»Hilfe, die mir nur zuteil wird, wenn ich sklavisch gehorche und mich selbst aufgebe, will ich nicht. Auch habt Ihr mir meine Frage nicht richtig beantwortet. Weshalb ist Rupert von Urach im Kerker?«

Im Gegensatz zu Hildburg, die vor Entsetzen über so viel Aufsässigkeit nach Luft schnappte, bewahrte Clementia kühle Überlegenheit.

»Wenn du so viel Wert auf die Wahrheit legst, sollst du sie hören. Aber beschwer dich nicht darüber, wenn sie dir missfällt«, entgegnete sie gefährlich leise. »Der Uracher ist unter Arrest, weil er vor dem Kaiser Klage gegen Berthold von Zähringen geführt und dessen Pläne verraten hat. Er hat seinen Lehnseid gebrochen und seine Ritterehre verspielt. Die Tat eines wahren Narren. Ist dir klar, dass er seine Zukunft für dich verspielt hat?«

Aliza hatte sie keinen Lidschlag lang aus den Augen gelassen und dabei etwas völlig Unerwartetes entdeckt.

»Ihr zürnt ihm nicht, weil er das getan hat, sondern weil er es für mich getan hat.«

»Bist du verrückt?« Clementia stützte sich auf die Armlehnen des Stuhls und richtete sich hoheitsvoll auf.

»Du kommst dir wohl sehr schlau vor, Mädchen. Lass dir eines gesagt sein: Du magst ihn dazu gebracht haben, dass er sich wie ein Dummkopf gebärdet, aber willst du ihn etwa fürs Leben? Er hat deine Schwester ermordet, meine Liebe. Sizma wurde durch sein Schwert getötet. Gefällt dir, was er da für dich getan hat?«

Im Schutze ihrer Kapuze schloss Aliza die Augen und senkte den Kopf. Sizma war tot? Gestorben von Ruperts Hand? Sie wartete auf das Entsetzen, die Trauer, aber in ihr war nur Kälte. Eis.

Hinter ihr ging im selben Moment die Tür auf, krachte gegen die Wand, und eine dröhnende Männerstimme übertönte den Lärm: »Was zum Henker hat das zu bedeuten? Was tut der Mönch um diese Zeit in deinem Schlafgemach?«

Etwas fiel hart auf Alizas Schulter, dann schlossen sich Hände um ihren Hals und drückten unvermittelt zu. Sie bekam keine Luft mehr. Vor ihren Augen verschwamm die Umgebung.

Zwölftes Kapitel

✦

ERINNERUNGEN

Rupert von Urach
Villa Lutra, 10. Januar 1157

Zischend erlosch die Fackel. Rupert senkte die Stirn gegen das Gitter.

Ewig konnte ihn der Kaiser nicht ohne förmliche Anklage einkerkern. Obwohl seine Vernunft ihm dies sagte, brach ihm in der Dunkelheit der Schweiß aus. Sein Herz begann zu rasen. Der Kampf begann.

Er hätte nicht sagen können, ob Stunden oder Tage verstrichen waren, bis sich die Gittertür auftat und zwei Bewaffnete ihn ergriffen, weil er in der ersten Überraschung nicht fähig war, einen Schritt zu tun. Beschämt versuchte er unterwegs, sich von Stroh und Staub zu säubern und das Haar mit den Fingern aus dem Gesicht zu kämmen.

Der Erzkanzler erwartete ihn zu ebener Erde. Ein wortloses Nicken war sein Gruß, und auf eine Erklärung wartete Rupert vergeblich.

Zu seiner Überraschung war es früher Morgen, als er, bewacht von zwei Reisigen, hinter ihm ins Freie trat. Die endlose Qual der Nacht hatte in Wirklichkeit nur wenige Stunden gedauert. Er konnte es kaum fassen.

In dieser Zeit war das Wetter umgeschlagen. Es taute. Aus allen Wasserspeiern tropfte es leise plätschernd. Auf dem Hof hatten sich bereits große Pfützen gebildet. Böiger Westwind fegte um die Ecken.

Gierig sog Rupert die feuchte Luft in die Lungen. Dankbar spürte er dem Wind nach, der ihm das Haar aus der Stirn blies. Insgeheim wappnete er sich für die Auseinandersetzung, die ihm zweifellos bevorstand. Dass sie nicht zum Palas der Pfalz gingen, sondern in Richtung der Burgmannenhäuser und dort zur vorübergehenden Residenz Heinrichs des Löwen, deutete auf eine neuerliche Konfrontation mit allen Beteiligten hin.

Gleichen Weges begegneten sie dem Kaiser und der Königin, begleitet von einem Dutzend Bewaffneter.

»Wir wünschen, dass Ihr teilhabt an Unserer Urteilsfindung, Ritter von Urach. Wir sehen, Ihr seid auf dem Weg.«

»Zu Euren Diensten, Majestät«, entgegnete Rupert.

Barbarossas Miene ließ nicht erkennen, wie das Urteil ausfallen würde. Beatrix hingegen schien ihm deutlich blässer als sonst.

»Öffnet die Tür!«

Die doppelflügelige Pforte des Burgmannenhauses wurde so hart aufgestoßen, dass die Schläfer in der Halle von ihren Strohlagern aufgescheucht wurden. Das Gesinde sprang beflissen zur Seite. Knappen und Ritter des Herzogs erstarrten beim Anblick des Kaisers, mitten im Griff nach ihren Waffen. Ein knapper Befehl ließ einen Teil der Begleitung in der Halle zurück, während der Rest mit ihnen auf eine Tür zuhielt, vor der bereits zwei Wächter mit gekreuzten Lanzen standen. Ihre Waffenhemden zeigten das Wappen des Kaisers.

Die streitenden Stimmen im Gemach verstummten wie abgerissen, als die Tür unerwartet aufschwang. Da er ein gutes Stück größer als der Kaiser und Beatrix war, bot sich Rupert der beste Überblick.

Heinrich der Löwe und Berthold von Zähringen stritten auf das heftigste miteinander. Clementia stand im Hintergrund. Zu ihren Füßen kauerte, als Aliza nicht erkennbar, eine Gestalt im Mönchsgewand, die Kapuze tief in die Stirn gezogen. Neben ihr Hildburg.

»Ich würde Euch einen guten Morgen wünschen, aber Wir

vermuten, dies ist kein guter Morgen. Für keinen von uns«, grüßte Barbarossa. Er bedeutete seinen Bewaffneten, die Tür zu schließen und dahinter Aufstellung zu nehmen, damit niemand sie störe.

»Was soll dieser Überfall bedeuten, Vetter Friedrich?« Heinrich der Löwe gab sich empört. »Gedenkst du dich jetzt regelmäßig in unsere Familienstreitigkeiten zu mischen?«

»Ich komme nicht als Vetter, sondern als Kaiser, Heinrich«, stellte Barbarossa richtig. »Deine Familienstreitigkeiten bedrohen die Sicherheit des Reiches, wie du weißt. Und das kann ich nicht dulden.«

»Misst du der Sache nicht eine Wichtigkeit bei, die übertrieben ist, Friedrich?« Hartnäckig blieb der Löwe beim verwandtschaftlichen Tonfall. »Wir beide wissen, dass es um eine Frauenintrige geht. Die Loyalität der Frauen folgt anderen Gesetzen als die der Männer. Das Geschlecht ist schwach und leichtsinnig. Sie finden das Heil nur durch die Kinder, das sagte schon Johannes Chrysostomos vor vielen hundert Jahren.«

»Den Versuch, seine Entscheidungen durch heimtückische List zu beeinflussen, kann der Kaiser nicht ungesühnt lassen«, entgegnete Barbarossa, ohne die plumpen Äußerungen des Löwen zu kommentieren.

Er fasste Berthold von Zähringen ins Auge.

»Wo ist die Beklagte, die Ihr aus dem Kerker entführen ließet, in der Meinung, meine Männer seien einfältig genug, ein solches Manöver nicht zu durchschauen?«

»Das müsst Ihr meine Schwester fragen, Majestät«, entgegnete Berthold. »Sie war es, die eigenmächtig und ohne Rat einzuholen gehandelt hat.«

»In bester Absicht und um Ärger aus der Welt zu schaffen«, riss der Löwe das Wort an sich. »Je eher das Frauenzimmer hinter Klostermauern verschwindet, umso besser. Wem nützt es, das Knäuel aus falschen Verdächtigungen und wilden Vorwürfen zu entwirren? Die Herzogin hat bereits dafür gesorgt, dass sie in Erfurt bei den Benediktinerinnen einen Platz findet. Sie wird sie aus ihrer eigenen Schatulle ausstatten.«

Er wollte Aliza mundtot machen und gleichzeitig die Einkünfte der Herzogin schmälern! Rupert fiel es schwer, hinter dem Berg zu halten.

»Und deshalb habt Ihr das Mädchen vorausschauend in eine Kutte stecken lassen?«, erhob Barbarossa indessen die Stimme und streifte Aliza die Kapuze vom Kopf.

Alizas Anblick verursachte lähmende Stille. Sogar der Kaiser wich erschrocken zurück.

Die Augen geweitet. Zerbissene Lippen. Das Schermesser hatte gerötete Striemen am Kopf hinterlassen, Schorf von Scherwunden verunstaltete den Schädel, bläuliche Würgespuren den Hals.

»So sieht also ein Opfer Eurer besten Absichten aus«, stellte Barbarossa sarkastisch fest.

»Zum Henker, wie würdest du reagieren, Friedrich, wenn du im Schlafgemach deiner Königin einen vorfindest, der sich an ihren Gewändern zu schaffen macht? Ein Mönch macht einen Welfen nicht zum Hahnrei! Sie kann froh sein, dass ich sie nicht erwürgt habe.«

Rupert suchte Clementias Blick. Man sah ihr an, dass auch sie Heinrichs Zorn zu spüren bekommen hatte. Bislang hatte Rupert Heinrich Respekt gezollt, aber nun revidierte er sein Urteil.

»Steht auf, Mädchen.«

Der Kaiser reichte Aliza die Hand. Sie zögerte, tauschte einen Blick mit ihm, nahm seine Hilfe an, gab seine Hand jedoch so schnell wieder frei, dass sie um ihr Gleichgewicht kämpfen musste. Dass sie danach vor dem Kaiser wieder in die Knie fiel, schien jedoch keine Schwäche zu sein, sondern Absicht. Den Kopf demütig gesenkt, wollte sie sich allein seinem Urteil unterwerfen.

»Lasst bitte nicht zu, Majestät, dass man mich in einem Kloster einsperrt. Wollt Ihr mich strafen, lasst mich besser hinrichten«, bat sie.

»Niemand wird hingerichtet. Einen Umhang für das Mädchen.«

Der Kaiser streckte auffordernd die Hand aus, ohne sich darum zu kümmern, wer den Befehl befolgte.

Hildburg reichte ihm den fellgefütterten Wollmantel der Herzogin.

Behutsam half der Kaiser Aliza zu einem Scherenstuhl und hieß sie Platz zu nehmen. Dann verschränkte er die Arme vor der Brust und wandte sich an Berthold von Zähringen, der einen völlig verstörten Eindruck machte.

»Was setzt Euch zu? Das schlechte Gewissen?«

»Nein, Majestät. Nein. Es ist das Mal – seht Ihr nicht das Blutmal, das sie im Nacken trägt?«, stammelte Berthold kreidebleich.

Clementia kam ihm zu Hilfe. Auch sie erschütterter als je zuvor. Im diffusen Licht des Kerkers war ihr das Mal entgangen.

»Es ist das Mal der Zähringertöchter«, erklärte sie. »Auch ich trage es. Es ist das Erbmal aller Töchter aus Zähringens Blut. Nur sie sind damit gezeichnet.«

»Es hat nichts mit Zähringen zu tun«, widersprach Aliza müde. »Ich bin eine Tamara. Die Ziehtochter Leenas. Ich wurde mit dem Zeichen des Blutfluchs geboren. Er bringt Verhängnis und Verderben über alle Menschen meines Lebenskreises. Seht die Toten, die meinen Weg säumen. Braucht ihr weitere Beweise?«

Berthold trat wie magisch angezogen auf Aliza zu.

»Ziehtochter? Wo haben die Ägypter dich aufgenommen? Wo bist du geboren? Wie alt bist du?«, schrie er sie unvermittelt an.

»Geboren bin ich in Burgund, in Besançon. Ich bin neunzehn, glaube ich …«

»Bist du von dem fahrenden Gesindel geraubt worden? Immer wieder gibt es Gerüchte, dass sie Kinder entführen.«

Furchtlos schrie Aliza zurück.

»Lügen! Das sind Lügen! Genügt es Euch nicht, dass alle tot sind? Müsst Ihr uns noch über das Grab hinaus mit Schmutz bewerfen? Was haben wir Euch getan? Auch meine leibliche Mutter Adeliza ist tot. Sie hat sich nach meiner Geburt in den Fluss gestürzt, weil ich dieses Zeichen trug. Sie wurde das erste Opfer des Blutfluchs.«

»Adeliza? Behauptest du, der Name deiner Mutter sei Adeliza?«

»Adeliza Cornet, wenn Ihr es genau wissen wollt. Was ist seltsam daran?«

Ruperts Augen wechselten von Berthold zu Aliza und wieder zurück. Fand sich hier die Erklärung für sein Gefühl, er kenne Aliza von jeher? Fürchtete er deshalb ihren Stolz und sah viele ihrer Reaktionen voraus? Bertholds Antwort war letztlich keine Überraschung mehr für ihn.

»Ich bin dein Vater, Mädchen.«

Aliza
Villa Lutra, 11. Januar 1157

*E*r mein Vater? Niemals! Er mag Adeliza gekannt haben, aber ist das ein Beweis? Und wer sagt, dass das Blutmal die Abstammung belegt? Es ist ein Fluchmal, mit dem auch eine Zähringerin gezeichnet sein kann. Auch kein Beweis. Und wenn doch? Nein!

Vom Wirbel der eigenen Gedanken überfordert, bat Aliza Gott, er möge Berthold nicht ihren Vater sein lassen, während auch der Kaiser seine Zweifel äußerte.

»Seid Ihr sicher? Wie könnt Ihr das allein anhand eines Males behaupten? Viele Kinder kommen mit ähnlichen Hautveränderungen zur Welt.«

»Ähnlich vielleicht, aber dieses Mal ist unverwechselbar. Aber lasst mich alles erklären …« Berthold ließ Aliza keinen Atemzug lang aus den Augen. »Adeliza Cornet ist mir wohl bekannt. Sie ist Tochter eines Magistratsherrn aus Besançon. Nach dem Tod ihrer Eltern lebte sie im Haus ihres Onkels. Mein Vater war Rektor von Burgund in jener Zeit. Er nahm mich auf eine Reise dorthin mit. Ich begegnete Adeliza bei einem Empfang und begehrte sie auf den ersten Blick. Wie Aliza hier hatte sie rotes Haar und grüne Augen. Ich versprach ihr die Ehe, als ich sie verführte. Ich war sechzehn, jung und kopflos vor Verlangen. Mein Vater lachte, als er es erfuhr. Er hatte andere Pläne mit mir. Wir wurden getrennt, und ich nahm an, Adelizas Familie sei ebenso zu der Überzeugung gekommen, dass eine Verbindung ihrer Tochter mit mir nicht das Richtige sei.«

Die nüchterne Schilderung schien Barbarossa glaubwürdig.

Aliza zeigte sie, dass der Widerling, der sich als ihr Vater entpuppte, nicht viele Gedanken an seine Geliebte und an die
Folgen seiner Leidenschaft verschwendet hatte. Ihre Mutter
hatte sich blenden lassen von ihm und ihren Leichtsinn mit
dem Leben bezahlt.

»So hegt Ihr keinen Zweifel daran, dass Aliza Eure Tochter
ist?«, fragte der Kaiser.

»Nicht den geringsten«, bestätigte Berthold. »Ich hatte die
Torheit der Jugend längst aus meiner Erinnerung getilgt, doch
die Ähnlichkeit ist verblüffend. Ich nehme sie erst jetzt richtig wahr. Anfangs hatte ich kurz das Gefühl, als erinnere sie
mich an jemanden, doch ...«

»... doch Ihr wolltet alle Zeugen Eurer Vergangenheit besei-
tigen und habt befohlen, meinen ganzen Stamm zu ermorden.
Habt Ihr deswegen auch Sizma töten lassen, nachdem Euer
Handlanger sie zur Hure gemacht hat?«

Aliza fuhr Berthold mit solchem Feuer an, dass sogar der Kaiser erschrak.

»Muss ich der Königin dankbar sein, dass sie mich in den Kerker werfen ließ, weil ich sonst Euer nächstes Opfer geworden
wäre? Und: Hätte ich das Kloster je erreicht, oder hätte man
mir hinter der nächsten Straßenkreuzung die Kehle durchge-
schnitten?«

»Ist das wahr?« Befehlsgewohnt übertönte der Kaiser alle
Ausrufe des Schreckens im Raum.

»Natürlich nicht!« Berthold verteidigte sich zunehmend er-
regter. »Wie könnt Ihr mir solche Schurkerei unterstellen?
Wenn, dann habe ich mich dadurch schuldig gemacht, dass ich
dem falschen Mann vertraut habe. Woher sollte ich wissen,
zu welcher Grausamkeit Kuno von Vohburg fähig ist? Er sollte
lediglich dafür sorgen, dass die Ägypter Donaustauf verlassen.«

Seine Unschuldsbeteuerungen brachten Aliza vollends gegen ihn auf. »Das macht Euch nicht unschuldig. An Euren Händen klebt Blut!«

»Wessen Blut? Nicht einmal den Tod deiner vermeintlichen Schwester kann man mir anlasten, und auch Kuno ist unschuldig daran. Sie erhob die Waffe gegen ihn und Wolf von Rheinau. Dass sie dabei den Tod gefunden hat, ist allein ihre Schuld.«

Ein Wort gab das andere, doch Aliza fiel auf, dass Berthold Rupert des Mordes an Sizma nicht beschuldigte.

»Du bist meine Tochter, ob du es hören willst oder nicht«, stellte er am Ende resignierend fest. »Mein einziges Kind bislang.«

»Du wirst sie nicht anerkennen, Bruder!« Clementia vergaß sich und ergriff, ohne aufgefordert zu sein, das Wort. »Bedenke den Skandal!«

»Ich bin und bleibe eine Tamara«, verweigerte auch Aliza die Verwandtschaft. »Ich will nichts mit den Zähringern zu schaffen haben.«

Niemand beachtete ihre Worte, denn der Streit zwischen Berthold und seiner Schwester wurde mit jedem Argument beleidigender. Beider Familienstolz überstieg das Maß der Vernunft.

Aliza sah den Kaiser den Kopf schütteln und Beatrix erstaunt die Brauen heben.

Mit zunehmendem Schrecken stellte sie sich vor, wie es wäre, von den Zähringern einverleibt zu werden. Sosehr sie familiäre Geborgenheit vermissen würde, nachdem die Ihren alle tot waren, zu Berthold und Clementia zog es sie nicht hin. Sie waren Dämonen, von Ehrgeiz und Standesdünkel zerfressen.

Seit sie aus dem Würgegriff des Löwen wieder zu sich gekommen war, wurde Aliza Zeugin, wie sie sich in den Haaren lagen. Wenn Clementia dann einmal die Familienehre angemahnt hatte, zeigten sich weder ihr Mann noch ihr Bruder ihren Argumenten zugänglich. Nicht weil die Argumente falsch oder einfältig gewesen wären, nein, einfach weil sie von ihr kamen. Und wo blieben Clementias lautere Motive? Sie hatte sie nur aus dem Kerker befreit, um ihren Bruder zu schützen.

Der Löwe wiederum hatte Clementia mit Vorwürfen überhäuft, als wäre sie schuld, dass er in seiner Eifersucht einen Mönch für den Liebhaber seiner Frau gehalten und ihn um ein Haar erwürgt hätte. Verärgert darüber, dass sie mit ihrem Bruder paktierte, hatte nur Bertholds Auftauchen ihn davon abgehalten, seine Frau auch noch mit dem Gürtel zu züchtigen.

Aliza zitterte inzwischen nicht mehr am ganzen Körper, aber noch immer hatte sie Schmerzen und bot ein Bild des Jammers. Das Entsetzen in Ruperts Zügen, der sie dauernd beobachtete, ließ daran keinen Zweifel.

»Schluss!«, brachte der Kaiser die Streitenden jetzt nachdrücklich zum Schweigen. »Der jungen Frau ist Unrecht geschehen von Euch allen. Dass Ihr sie als Tochter erst heute erkennt, Berthold, erscheint Uns völlig unglaubwürdig bei all den Ähnlichkeiten, die Ihr so plötzlich entdeckt haben wollt. Aber sei es, wie es ist. Wir erwarten von Euch, dass Ihr Buße tut. Gründet im Burgundischen einen Frauenkonvent. Eine Zufluchtsstätte, in der Töchter und Witwen ein gottgeweihtes Leben in Frömmigkeit und Keuschheit führen können. Zudem werdet Ihr dieses Euer Kind, das, wie Wir vernommen haben, ein Klosterleben nicht anstrebt, mit einem ehrbaren Namen ausstatten und einer reichen Mitgift. So reich, dass sich ein Ehemann für sie findet, der keine Fragen nach ihrer Vergangenheit stellt. Unser Erzkanzler wird die entsprechenden Urkunden ausfertigen lassen, damit Wir sie siegeln können.«

Aliza erkannte an Bertholds Kinnbewegung, dass er mit den Zähnen knirschte. Clementias Lippen bildeten einen schmalen Strich. Heinrich tat einen schweren Atemzug. Ehe er jedoch das Wort ergreifen konnte, traf auch ihn der Bannstrahl des Kaiserzorns.

»Was Euch betrifft, Vetter: In Anbetracht der Umstände halten Wir es für angebracht, dass Eure Gemahlin eine Zeit der Einkehr und Besinnung bei den Benediktinerinnen von Erfurt verbringt. Gebet und Bußübungen sind geeignet, das hitzigste Blut zu kühlen und Missverständnisse zu klären. Ihr habt die Erlaubnis, Eure Herzogin dorthin zu begleiten. Das gibt Euch Zeit, die Dinge zwischen Euch ins Reine zu bringen. Wenn eine Frau nach jahrelangem Zusammenleben noch immer ihrer Vaterfamilie mehr zugeneigt ist als der ihres Ehemannes, so muss es dafür Gründe geben, die Ihr zu verantworten habt. Wir erwarten Euch zum Hoftag in Ulm zurück. Dort werdet Ihr Gelegenheit erhalten, Uns von Eurer uneingeschränkten Treue und Loyalität zu überzeugen.«

Heinrich beugte neben Berthold ehrerbietend das Knie, Clementia nahm stehend den Richtspruch des Kaisers zur Kenntnis. Das leise, in der Stille des Raumes überlaut vernehmbare Gegeneinanderklacken der Goldkugeln an den Enden ihres Gürtels verriet ihre Anspannung.

Der Kaiser wandte sich an Rupert.

»Ihr habt gut daran getan, Uns die Causa vorzutragen, von Urach. Sicher geht Ihr darin einig mit Uns, dass sie eine …

Familiengeschichte ist, deren Klärung allein den Beteiligten überlassen bleiben sollte. Wir danken Euch und wünschen, dass Ihr Uns auch künftig mit Umsicht und Klugheit dient. Berthold entlässt Euch auf Unseren Wunsch aus Zähringer Diensten. Erwartet Unsere Anordnungen.«

»Begleitet uns nun zur Morgenandacht.«

Galt die Aufforderung des Kaisers auch ihr? Aliza erhob sich zögernd, blieb jedoch vor dem Stuhl stehen.

Alle waren mit sich selbst beschäftigt. Der Kaiser gab dem Erzkanzler Anweisungen. Die Königin winkte die Kammerfrau Hildburg zu sich, Berthold sprach mit Rupert. Erst als alle Männer auf Befehl des Kaisers den Raum verlassen hatten und sie mit Beatrix, Clementia und Hildburg allein zurückblieb, beantwortete sich Alizas Frage. Liebenswürdig, aber jeder Zoll eine Königin, wandte sich Beatrix an die Herzogin und streckte ihr geradezu freundschaftlich die Hände entgegen.

»Ich wünsche Euch eine gute Heimreise, Clementia. Seid gewiss, dass ich Euch nichts nachtrage. Ihr habt nach bestem Wissen und Gewissen gehandelt.«

Clementia entbot Beatrix die Reverenz, die sie dem Kaiser noch vor wenigen Augenblicken verweigert hatte.

Als Aliza eine Geste machte, den Mantel zurückzugeben, schüttelte sie den Kopf und zog sich zurück. Zu gerne hätte sie erfahren, ob das Kleidungsstück ein Geschenk sein sollte oder ob Clementia es ablehnte, weil es von ihr getragen worden war. Sie würde es wohl nie erfahren.

Beatrix und Aliza blieben mit Hildburg allein.

»Was wisst Ihr vom Tod meiner Schwester?«

Die Frage, die Aliza drängend bewegte, wollte sich nicht länger unterdrücken lassen. »Stimmt es, dass Rupert von Urach schuld ist an ihrem Tod?«

»Wer behauptet das?«

»Clementia.«

Beatrix' Züge verhärteten sich unmerklich. »Lass uns über alles reden, wenn du dich wieder besser fühlst. Geh inzwischen mit Frau Hildburg, du brauchst ihre Dienste.«

Dass Beatrix ihr die Antwort verweigerte, war für Aliza Antwort genug.

Königin Beatrix
Villa Lutra, 13. Januar 1157

Bis zum Aufbruch aus Villa Lutra blieben nur noch wenige Tage.

Zwar hatte Beatrix gewusst, dass die Zeit in der Pfalz bemessen sein würde, aber sie hatte nicht damit gerechnet, dass sie noch im Winter aufbrechen würden. Reisen im Januar bedeuteten, Wind und Wetter nahezu schutzlos ausgesetzt zu sein. Auch die prächtigen Zelte des Kaisers boten nur unzureichend Schutz vor dem Frost. Über rauchenden Kohlebecken trockneten kaum die Mäntel bis zum nächsten Aufbruch. Bis Ulm würde die Hälfte aller Reisenden erkranken.

»Was beschäftigt deine Gedanken, Beatrix?«

Friedrichs Frage brachte ihr zu Bewusstsein, dass sie seit geraumer Zeit die Feder nicht mehr ins Tintenfass getaucht hatte, nur gedankenverloren in die Kerzenflammen starrte. Sie legte den Gänsekiel ab.

»Der Reichstag in Ulm. Muss er wirklich in solcher Eile abgehalten werden? Den Mägden bleibt kaum Zeit, alles reisefertig zu machen.«

Wie üblich ließ Friedrich sich Zeit und holte dann weit aus, um sich zu erklären.

»Du kennst die Situation im Reichsgebiet südlich der Alpen?«

Beatrix entsann sich der letzten Kurierbotschaften.

»Du hast Kapellan Balduin beauftragt, Piacenza auf deine Seite zu ziehen. Piacenza bewacht den wichtigen Po-Übergang und bildet ein Gegengewicht zu Mailand, das seine kaiserfeindliche Politik unbeirrt fortsetzt. Du stärkst Piacenza, indem du der Stadt das Sonderrecht einräumst, Zölle und Wegabgaben für die Flussüberquerung zu verlangen.«

Friedrich nickte. »Der Reichstag in Ulm muss die Rechte der Piacentiner bestätigen. Da bisher das Reichskloster St. Guilia zu Brescia diese Regalien besessen hat, ist die förmliche Übertragung nötig. Sonst könnte Mailand erneut Zwietracht stiften.«

»Deshalb die Eile? Du hast Mailand gebannt.«

»Aber das genügt nicht. Ich muss Mailand in die Knie zwingen, Beatrix. Will ich meine Herrschaft im Süden stärken und ausbauen, so ist es zwingend erforderlich, Mailand niederzuwerfen. Auf einem der nächsten Hoftage werde ich zu einem neuen Feldzug gegen die Mailänder aufrufen. Bis dahin müssen wir Verbündete gewinnen und unsere Truppen vergrößern und bewaffnen. Ja, deshalb die Eile. Es wird eine beschwerliche Reise, aber ich sehe keine andere Möglichkeit. Allerdings stellt sich die Frage, ob du mich wirklich begleiten musst.«

»Du willst mich allein in Villa Lutra lassen?«

»Ich sehe doch, wie gerne du hier lebst. Du bist förmlich aufgeblüht in den vergangenen Wochen.«

»Vielleicht weil mich der Fluss und die Burg an meine Heimat erinnern, aber das ist kein Grund, dich allein nach Ulm ziehen zu lassen, Friedrich. Wenn du es erlaubst und mich gerne in deiner Gesellschaft weißt, werde ich dich begleiten.«

Friedrich zeigte ihr seine Zuneigung durch einen Kuss auf die Stirn.

»Du weißt, dass du das Licht meiner Tage bist, Beatrix. Aber gerade deshalb will ich dich den Strapazen der Reise nicht aussetzen. Du könntest schwanger sein.«

»Leider gibt es kein Anzeichen dafür«, erwiderte Beatrix.

»Auch ein Grund, dich zu begleiten.«

In wortlosem Einverständnis nahm Friedrich sie in die Arme. Ehe sie sich wieder dem Schreiben zuwendete, brachte sie aber noch die Sprache auf Aliza.

»Ehe ich Villa Lutra verlasse, muss ich mich um Aliza kümmern. Ich schulde es ihr. Sie weigert sich, den Namen ihres Vaters anzunehmen. Dabei steht sie nach Recht und Gesetz als Tochter unter seiner Munt und muss ihm in allen Dingen gehorchen.«

»Als Bastard-Tochter steht sie unter seiner Munt«, korrigierte Friedrich nüchtern, ehe er sie mit einem Vorschlag überraschte. »Das Beste wäre, sie mit Rupert von Urach zu verheiraten und beide nach Burgund zu schicken. Je weniger Aufsehen sie in der nächsten Zeit erregen, desto eher gerät der öffentliche Auftritt in Vergessenheit. Durch unsere Heirat gehört Burgund zum Reich und ist kein Streitobjekt mehr. In Burgund könnte sich der Uracher Meriten erwerben, die seine Vergangenheit als Zähringer-Gefolgsmann in Vergessenheit geraten lassen.«

»Du vergisst, dass er das Leben von Alizas Schwester auf dem Gewissen hat«, gab Beatrix zu bedenken. »Niemals wird sie ausgerechnet Sizmas Mörder zum Mann nehmen.«

»Steh mir bei und überzeuge die junge Frau mit Vernunft-
gründen. Sie hat nur die Wahl zwischen Kloster und Ehe.
Und Urach? Er wird weder bei Heinrich noch bei Berthold
wieder zu Ehren und Ansehen kommen. Da beide einfluss-
reiche Reichsfürsten sind, auf deren Unterstützung ich nicht
verzichten kann, muss *er* weichen. Erleichtern wir ihm die
Entscheidung. Geben wir ihm ein Rittergut im Burgundischen. In den Bergen hinter Besançon, an den Ufern des
Doubs, gibt es ohnehin zu wenig Wehrhaftigkeit. Mit der
Zähringer Mitgift kann er dort eine gerüstete Burg errichten
und eine Familie gründen. Niemand wird in dieser Gegend
nach der Herkunft der Frau an seiner Seite fragen.«
Obwohl Beatrix inzwischen Friedrichs pragmatische Art kannte, blieb ihr der Mund offen stehen.
»So viel Vernunft stellt Alizas Temperament nicht in Rech-
nung, Friedrich.«
»Es geht nicht an, dass sie weiterhin das Leben einer Land-
streicherin führt, Beatrix. Sie muss dem Uracher nachsehen
können, dass er nur das Leben eines Freundes zu retten versuchte. Ich verlasse mich darauf, dass du die richtigen Worte
findest, sie zu überzeugen.«
Nach diesen Worten suchte Beatrix, als sich Aliza kurz vor
der Vesper bei ihr einfand. Geziemend gekleidet in ein Gebände, das nur ihr Gesicht freiließ, deutete ihre Blässe noch
immer darauf hin, dass Schweres hinter ihr lag.
»Ihr habt nach mir schicken lassen, Majestät.«
»Wir müssen etwas besprechen, Aliza«, begann sie vorsichtig,
ein Hin und Her der Fragen und Antworten zu ihrem Befinden überspringend. »Der Kaiser bricht in Kürze zum Hoftag
nach Ulm auf, und ich werde ihn begleiten. Deswegen müssen wir heute Vorsorge für deine Zukunft treffen. Berthold hat

dich als seine Tochter anerkannt, wenngleich nicht als eheliches Kind. Dir ist klar, was das für dich bedeutet?«

»Ich will nichts mit ihm zu schaffen haben«, antwortete Aliza eigensinnig.

»Es geht nicht nach deinem Willen, es geht nach dem Gesetz.« Beatrix räusperte sich. »Berthold von Zähringen ist der *pater familias* des Hauses Zähringen. Nachdem er dich mit Siegel und Urkunde als seine Tochter anerkannt hat, stehst du unter seiner väterlichen Munt. Er sorgt und haftet für dich, bis er einen Ehemann findet, der diese Pflicht von ihm übernimmt.«

»Wer sollte mich heiraten wollen?«, murmelte Aliza.

Immerhin war dies keine strikte Ablehnung einer Ehe, stellte Beatrix für sich fest.

»Steht dir denn der Sinn nach einem eigenen Hausstand? Nach einem Ehemann und Kindern?«

Aliza stutzte kurz und begriff. »Heißt das, ich muss heiraten?«

»Wenn du nicht ins Kloster willst, ist es die einzige Möglichkeit, Bertholds Hausstand zu entkommen«, antwortete Beatrix unverhohlen.

Ein Schatten huschte über Alizas Gesicht.

»Dafür würde ich fast alles geben. Aber – Ihr sagt das so – wen soll ich denn eigentlich heiraten? Was erwartet mich in einer Ehe? *Wer* erwartet mich?«

»Keine Sorge, ein Fremder wird es nicht gerade sein«, wand sich Beatrix. »Der Kaiser hat einen ansehnlichen jungen Mann für dich im Auge, der ohne sein Zutun in Schwierigkeiten geraten ist. Bei Hof ist sein Bleiben nicht länger vonnöten. Deswegen überträgt ihm Friedrich eine verantwortungsvolle Aufgabe an anderer Stelle des Reiches, die eine tüchtige Frau an seiner Seite erfordert. Und zu deiner anderen

Frage: Es erwarten dich Mutterschaft und Familie nach dem göttlichen Wollen.«

Aliza durchschaute die lange Rede als Verzögerungstaktik.

»Heilige Mutter Gottes. Wollt Ihr mir nicht endlich sagen, wen ich zum Mann nehmen muss?«

Beatrix sah ihr an, dass sie schlimmste Befürchtungen hegte, weil sie ein solches Geheimnis aus dem Namen machte. Sie gab die Ausflüchte auf.

»Es ist Rupert von Urach. Still. Ich weiß, was du sagen willst. Er hat Sizma getötet und war daran beteiligt, dich zu erpressen. Aber bedenke, er wollte das Leben seines Freundes retten. Sie hat den Vohburger erstochen und Wolf von Rheinau tödlich verletzt.«

»Ich will nichts davon hören«, wehrte Aliza sich gegen die schrecklichen Einzelheiten. »Doch warum ist sein Bleiben am Hof nicht länger erwünscht, wie Ihr sagt?«

»Weil er sich mit den falschen Leuten angelegt hat.« Beatrix dämpfte die Stimme, obwohl niemand in Hörweite war.

»Auf dem Gerichtstag des Kaisers hat Urach deine Festsetzung als himmelschreiendes Unrecht angeprangert und deine Freilassung aus dem Kerker gefordert. Der Erzkanzler konnte eben noch einschreiten und verhindern, dass Berthold vor aller Welt Urach den Lehnseid aufkündigt und ihn einen Lügner und Mörder nennt. Er musste die Nacht im Kerker verbringen, damit wenigstens ein Anschein von Ordnung gewahrt werden konnte.«

Aliza zeigte keinerlei Anteilnahme. Begriff sie nicht, dass Urach dies alles für sie riskiert hatte?

»Der Kaiser unterstellt Urach bei allem«, fuhr Beatrix fort, »dass er aus ehrenhaften Gründen gehandelt hat, und will ihm eine Gelegenheit geben, sich in seinen Diensten zu bewähren. Er soll eine Burg in Burgund errichten und eine Siedlung am Ufer des Doubs gründen. An seiner Seite wirst du ganz in der Nähe von Besançon leben.«

»Wenn der Kaiser so großzügig ist, warum verlangt er dann von ihm, mich zur Frau nehmen zu müssen? Es gibt doch sicher genug begüterte Töchter von Stand, die besser zu ihm passen würden.«

Alizas hartnäckiges Fragen forderte die Geduld in einer Weise, dass Beatrix sie nur deswegen nicht verlor, weil sie Friedrich keinesfalls enttäuschen wollte. Darüber hinaus kam sie immer mehr zu der Erkenntnis, dass es klug und für alle Beteiligten das Beste war, die Probleme auf diesem Weg zu lösen.

»*Du* bist seit zwei Tagen die Dame mit der reichsten Mitgift des ganzen Hofes«, erinnerte sie Aliza. »Zudem scheinst du ihm nicht gleichgültig zu sein. Hast du vergessen, was er für deine Freilassung riskiert hat?«

Sie sah ihr an, dass sie sich dieser Tatsache nicht voll bewusst war, trotzdem fasste sie nach.

»Der Uracher wird sich glücklich schätzen, dass er dich bekommt. Und du, dass du ihn bekommst. Du wirst ein gutes Leben haben, ein besseres, als du je zu träumen gewagt hast. Halten wir uns also an die Tatsachen: Der Kaiser wünscht, dass du den Uracher zum Mann nimmst und ihn nach Burgund begleitest. Auch wenn dies nicht deinen Vorstellungen entspricht, musst du gehorchen. Nichts anderes kann ich dir raten.«

»Und was sagt der Ritter zu diesem Befehl?«

»Der Uracher? Wenn er halbwegs bei Verstand ist, wird er sich dem Kaiser zu Füßen werfen und ihm für seine Gnade danken. Nur wenige Menschen erhalten die Möglichkeit, ein neues Leben zu beginnen. Höre auf meinen Rat und reich ihm die Hand.«

Aliza lächelte nicht.

»Ich will darüber nachdenken, Majestät.«

»Aber nicht zu lange. Unsere Abreise steht unmittelbar bevor.«

»Sehr wohl, Majestät.«

War das jetzt ein Ja oder ein Nein? Beatrix konnte sich nicht überwinden weiterzudiskutieren. Sie erlaubte Aliza, sich zu entfernen.

Woher nur nimmt Friedrich die Gelassenheit, mit der er unangenehme Aufgaben erledigt?, fragte sie sich.

Dreizehntes Kapitel

AUFBRUCH

Rupert von Urach
Villa Lutra, 14. Januar 1157

Rechteckig und glatt schloss die Steinplatte das Grab an der Kapellenmauer ab. Bisher hatte noch kein Steinmetz Wolfs Namen und seine Lebensdaten eingraviert. Rupert bezweifelte, dass es je dazu kommen würde. Berthold hatte andere Sorgen.

Das Gotteshaus hatte mit dem Bau der neuen Palas-Kapelle zwar an Bedeutung eingebüßt – es war dem Gesinde und der Burgbesatzung überlassen worden –, aber das Ziegelgewölbe war meisterlich gefügt und atmete noch immer die Frömmigkeit zahlloser Gebete. Wolf hätte die Kapelle in ihrer Schlichtheit gefallen. Durch die Mauerschlitze fielen nur wenige Lichtbalken, aber das Ewige Licht über dem Altar glühte in beständigem Trost.

Rupert beendete sein stilles Zwiegespräch mit dem Freund, indem er sich bekreuzigte. Erst im Umwenden entdeckte er Aliza, die ihn offensichtlich beobachtet hatte. Dunkel gekleidet, stand sie schmal vor einem massigen Pfeiler.

Wie es aussah, war es ihr Wunsch, mit ihm zu sprechen. Da er ihr das kaum verweigern konnte, ging er langsam auf sie zu. Sizmas Tod stand zwischen ihnen. Es galt jedes Wort sorgsam zu prüfen.

Die Welt um ihn herum wurde mit jedem Schritt kleiner, bis nur Aliza und er übrig blieben. Ein Mann und eine Frau, vom Schicksal zu Feinden gemacht, obwohl jeder im Grunde seines Herzens dem anderen zugeneigt war.

Auch sie kam ihm entgegen, blieb in einem Lichtstreifen schließlich vor ihm stehen.

»Ich grüße Euch, Adeliza von Zähringen«, sprach er sie an. So fiel es ihm leichter, Abstand zu wahren.

Sie antwortete mit einer Handbewegung, die Ärger über seine Förmlichkeit andeutete.

»Ihr habt ein Grab, an dem Ihr beten könnt«, sagte sie mit unterdrücktem Vorwurf in der Stimme. »Wolf von Rheinau war ein aufrechter Mann. Ich bedaure seinen Tod.«

»Du weißt, dass ich ihn gerächt habe.« Die vertraute Anrede stellte sich wie von selbst wieder ein.

»Man hat es mir berichtet.«

Mehr sagte sie nicht, obgleich sich das Schweigen zwischen ihnen dehnte. Rupert hatte mit offener Abneigung gerechnet, mit Hass und Vorwürfen, gegen die er sich nicht zur Wehr hätte setzen können. Ihre Ruhe wurde ihm zunehmend unheimlicher.

»Ich verstehe, dass du mich hasst«, zwang er sich auszusprechen, was gesagt werden musste. »Mein Anblick allein schon muss dir Kummer bereiten, doch du musst mich nicht länger ertragen. Ich werde Villa Lutra schon morgen verlassen.«

»Ihr geht nach Burgund?«

»Was weißt du von Burgund ...« Er unterbrach sich für den einzig möglichen Schluss. »Beatrix hat dasselbe Gespräch mit dir geführt wie der Kaiser mit mir?«

Ihr Nicken entlockte ihm einen Fluch.

»Ich hätte es wissen müssen. Keiner von beiden überlässt etwas dem Zufall. Doch keine Angst, Aliza. Ich werde abreisen, ehe sie dich zu einer Ehe mit mir zwingen können. Mich darum zu bitten, hast du mich gesucht, nicht wahr?«

»Ich bin wegen Sizma hier. Ich muss herausfinden, ob sie beerdigt wurde oder ob man sie den Raben zum Fraß vorgeworfen hat.«

»Sie wurde in allen Ehren bestattet«, erwiderte Rupert eilig. »In Donaustauf hast du mir erzählt, wie ihr die Toten ehrt und dass es euch wichtig ist, sie in geweihte Erde zu betten. Clementias Kammerfrau hat Sizma gewaschen, gekleidet und ihr den Schmuck angelegt, den Wolf für sie bewahrt hatte.«

»Und wo kann ich ein Gebet für sie sprechen?«

»Komm mit.«

Aliza folgte ihm, erstaunt, dass er sie nicht in Richtung Ausgang, sondern zurück zum Altar geleitete. Vor dem schlichten Steintisch, der das Allerheiligste trug, wandte er sich nach links und wies stumm zu der Steinplatte, vor der er gebetet hatte.

»Das ist unmöglich. Ihr spottet über mich. Kein Kirchenmann würde eine Tamarafrau neben Wolf von Rheinau zur letzten Ruhe betten. Schon gar nicht in der Pfalz des Kaisers«, zischte Aliza erregt. »Das ist niemals ihr Grab.«

»Das ist Wolfs Grab, und sie liegt an seiner Seite«, entgegnete Rupert geduldig. »Ich hoffe, die beiden finden sich im Jenseits glücklicher vereint als auf Erden. Du hast es Clementia zu verdanken, dass Sizma weder beleidigt noch geschändet wurde. Ihr war zwar zum Selbstschutz zuvörderst daran gelegen, den Skandal in Grenzen zu halten, aber sie wollte auch Wolf und Sizma den letzten Respekt nicht verwehren. Wolf hat Sizma über Standesgrenzen hinweg geliebt. Es war Kuno von Vohburg, der sich über alle Befehle hinwegsetzte und ...«

»Ich weiß«, fiel Aliza ihm seltsam gereizt ins Wort. »Clementia tut Gutes stets auf eine Weise, die es einem schwer macht, ihr dafür zu danken.«

»Vielleicht weil sie nicht daran gewöhnt ist, dass man ihr dankt«, antwortete Rupert spontan. »Sie führt kein leichtes Leben an der Seite des Löwen.«

Aliza beugte sich und strich mit den Fingerspitzen sanft über den namenlosen Stein. Kein Laut drang über ihre Lippen. Rupert fühlte sich gedrängt, auch die letzte traurige Wahrheit preiszugeben.

»Wolfs Name wird allein auf dem Stein stehen müssen, Aliza.«

»Ich weiß. Die Priester taufen unseresgleichen, aber wenn wir die Erde verlassen, verschließen sie ihre Gottesäcker für uns. Von mir wird niemand erfahren, wo Sizma ihre letzte Ruhestätte gefunden hat. Es genügt, wenn ich es weiß.«

Sie sah traurig aus, aber nicht zornig, als sie sich an die Tote wandte. »Ich wünsche dir von Herzen, dass du Frieden findest, Sizma. Wenn ich dir Unrecht getan oder Leid zugefügt habe, so bitte ich um Vergebung. Der Blutfluch musste sich erfüllen.«

»Vergiss diesen abergläubischen Blutfluch.« Rupert klang grimmig. »Es war Sizmas ungestümes, feuriges Temperament, das sie in den Tod getrieben hat.«

»Ja, sie brannte wie ein Feuer und wurde gelöscht. Ihr habt ihr zum ewigen Frieden verholfen. Sie müsste Euch dafür danken.«

»Sie ... sie hat es getan«, entschied sich Rupert, Sizmas letzte Seufzer preiszugeben. »*Ich habe den Tod ersehnt, danke*, waren ihre Worte. Aber das ändert nichts daran, dass es mein Schwert war, das ihr Leben ausgelöscht hat. Die Schuld wird immer auf meinem Gewissen lasten.«

»Und ihr Unglück auf dem meinen.«

Mit einer fließenden Bewegung erhob sich Aliza und trat vor Rupert.

»Sie hat mir zu Recht immer die Schuld daran gegeben, dass man uns beiden die Stammeszeichen einer Tamara-Frau verweigerte. Es machte uns inmitten der anderen Mädchen zu Außenseiterinnen. Dabei wollten wir immer nur das eine: dazugehören.«

Rupert hob unwillkürlich die Hand zu einer Berührung des Trostes. Im letzten Moment entschied er sich dagegen, weil er fürchtete, sie würde zurückschrecken. Stattdessen versuchte er Trost mit Worten zu geben.

»Du bist keine Außenseiterin mehr. Du bist jetzt Adeliza von Zähringen.«

»Denkt Ihr, daran liegt mir etwas? Bin ich nicht als Adeliza von Zähringen mehr Außenseiterin als je zuvor? Denkt Ihr, man würde mich am Hof je als eine von Zähringen akzeptieren?«

Rupert musste ihr zustimmen und blieb ihr die Antwort darauf schuldig.

»Wie also stellst du dir dein Leben vor?«, fragte er stattdessen.

»Ein Kloster hast du ebenfalls abgelehnt. Wo willst du deine Tage verbringen?«

»In Burgund.«

Sprachlos suchte Rupert in ihren Augen nach Gründen für diesen unerwarteten Sinneswandel.

Mit sich überschlagenden Worten erklärte sie ihren Entschluss.

»Die Königin sagt, dass Ihr dort für den Kaiser eine Festung und eine Siedlung anlegen sollt. Ich weiß nicht, wie man Burgen baut und Land besiedelt, aber mein Verstand sagt mir, dass viele Hände dafür nötig sind. Ich biete Euch die meinen an. Ihr werdet als Erstes sicher Unterkunft für Euch und die Männer brauchen, die Ihr anwerbt. Dann müssen Frauen in Euren Lagern kochen, die Kleidung in Ordnung halten, Vorräte anlegen und verwalten, sich um Kranke kümmern.

Lasst mich das organisieren. Bekümmert Euch nicht um den Wunsch des Kaisers, mich zur Frau zu nehmen. Wenn die Burg steht, werdet Ihr eine Frau nehmen, die dort als Herrin einzieht. Mir gewährt eine kleine Unterkunft mit ein wenig Grund auf Euren Ländereien zum Lohn für meine Hilfe. Alles, was ich suche, ist ein Ort, an dem ich bleiben kann. Ich will nicht mehr vertrieben werden.«

»Du willst wirklich mit mir kommen?« Ihre Erklärung ließ keinen Zweifel daran, doch musste Rupert es selbst formulieren, um es glauben zu können.

»Ja.«

Sie hatte einen Entschluss gefasst, vor dem sie im Grunde ihres Herzens zurückscheute. Sie sah offensichtlich keinen anderen Ausweg, als mit ihm zu gehen.

Was all dies ihm bedeutete, würde sie noch früh genug erfahren. Zuerst klärte er sie über die unabdingbare Voraussetzung für einen gemeinsamen Weg auf.

»Wenn du mit mir kommen willst, kannst du dies nur als meine Ehefrau tun. Wir können den Kaiser nicht hintergehen. Er besteht aus vielen Gründen auf unserer Heirat. Auch erhalte ich die Ländereien und das Baurecht für die Burg nur unter der Bedingung, dass ich die burgundische Tochter des Zähringers zur Frau nehme. Du siehst, meine Zukunft liegt allein in deiner Hand.«

»Eben noch wolltet Ihr morgen aufbrechen, ohne mir dies zu gestehen«, erinnerte ihn Aliza. »Warum?«

»Eben hielt ich es noch für völlig ausgeschlossen, dass wir eine Zukunft in gemeinsamer Übereinstimmung haben könnten.«

Er sah sie zögern.

»Ich muss Euch ehrlicherweise warnen. Ich bin nicht die richtige Frau für Euch. Keine Edeldame wie die Herzogin. Es mangelt mir an Erziehung, Beherrschung und höfischen Sitten«, sagte sie nach langem Schweigen. »Anzunehmen, ich würde vergessen, wie ich aufgewachsen bin und was ich erlebt habe, wäre töricht. Es hat mich gezeichnet. Und wer kann schon sagen, ob ich einem Ehemann nicht das gleiche Unglück brächte wie den Tamara? Wollt Ihr das riskieren?«

Welch eine Frage! Nur mit Mühe verbarg Rupert den Aufruhr seiner Gefühle vor Aliza. Es hätte sie erschreckt, zu erfahren, wie viel es ihm bedeutete, dass sie sich aus freiem Willen für ihn entschied. Für sie hatte er auf seinen Lebenstraum verzichten wollen. Dass sie nun vor ihm stand und diesen Traum zurück in seine Hände legte, ließ ihn nach Worten suchen.

»Über Glück oder Unglück bestimmen nicht wir, beides wird uns vom Schicksal zugeteilt. In Burgund wirst du wenig Muße haben, darüber zu grübeln«, sagte er schließlich und konnte seine Begeisterung doch nicht ganz verbergen. »Es erwartet uns dort endloser Wald. An den Ufern des Doubs müssen wir in schützender Höhe einen Bauplatz von ausreichender Größe für die Burg finden. Eine Burg, die Land und Leute schützt, zieht Siedler jeder Art an und wird so zur Keimzelle für Dörfer und Städte. Da dem Kaiser daran liegt, das burgundische Grenzgebiet besser zu befestigen, zeigt er sich bei der Zuteilung der Gebiete besonders großzügig. Die erste Zeit werden wir vermutlich in Andrieu, einem kleinen Weiler, wohnen und das einfache Leben der Jäger und Köhler teilen. Auch müssen wir Baumeister und Handwerker unter den Einheimischen suchen. Geschickte Männer, die um die Tücken des Geländes wissen. Gut ist, dass du mit ihrer Sprache aufgewachsen bist.«

Er hatte die richtigen Worte gefunden, auch wenn sie nur ein armseliger Abklatsch dessen waren, was er in Wirklichkeit fühlte.

»Das klingt aufregend. Die Königin sagte, die Gebiete lägen in der Nähe von Besançon …«

Rupert glaubte zu ahnen, was sie bewegte.

»Fürchtest du die Nähe Besançons wegen der Menschen, die deine Mutter in den Tod getrieben haben? Das musst du nicht. Du wirst als Herrin unserer Burg jeden Schutz genießen.«

Hatte er sie überzeugt? Nicht einmal in der Nacht vor seiner Schwertleite war Rupert so aufgewühlt und rastlos gewesen wie in diesem Moment. Ihre Antwort zeigte ihm jedoch, dass ihr Entschluss tatsächlich unwiderruflich feststand.

»Wann werden wir aufbrechen?«

»Sobald uns der Kaiser die Erlaubnis erteilt, das heißt, sobald wir verheiratet sind und die Tinte auf den Urkunden getrocknet ist. Es wird schnell gehen, der Hoftag in Ulm steht bevor.«

»Gut. Es klingt gut, Rupert. Wir wollen es wagen. Ich werde zur Königin gehen und ihr Bescheid geben.«

Sie ließ ihn, von seinen Gefühlen hin- und hergerissen, in der Kapelle zurück. Vor Wolfs Grab sank er zu Boden. Halb, weil ihn der Gefühlssturm in die Knie zwang, halb, weil ihm ein Dankgebet angemessen erschien. Am Ende wurde es eine Fortsetzung des Zwiegesprächs mit seinem Freund.

»Im Grunde muss ich Aliza danken. Sie macht mich reich, erlöst mich aus Zähringer Diensten, macht mich zum freien Kronvasallen, und sie macht mich überglücklich. Sie wird ihr Leben mit mir teilen.«

Wolfs Antwort wäre zu seinen Lebzeiten von Vernunft geprägt gewesen. »Bist du sicher, dass sie es aus Liebe tut?«, hätte er gesagt. »Vielleicht teilt sie ihr Leben nur mit dir, weil sie keinen anderen Ausweg sieht.«

Aber der Wolf, der seine letzte Ruhe mit einer Tamara-Tänzerin teilte, war nicht länger der Kreuzritter, der das Leben nüchtern betrachtete und der Vernunft das Wort redete.

Deutlich entsann sich Rupert der Ratlosigkeit des Medicus, der Wolfs Wunde versorgt hatte und an dessen Totenbett sein Scheitern eingestehen musste. »Er kämpft nicht um sein Leben. Er gibt sich auf. Ich kann nichts mehr für ihn tun. Weiß der Himmel, warum er es mir so schwer macht.«

Rupert kannte den Grund. Sizma.

»Ich werde kämpfen«, schwor er dem Freund. »Um das Leben, um Aliza, um unsere Zukunft.«

Königin Beatrix
Villa Lutra, 14. Januar 1157

Eine Spur zu lange schwebte der Siegelstempel über dem Wachs, das sich bereits verfestigte. Doch dann hieb Berthold den Stempel so heftig in die Masse, dass die Geste trotzig wirkte.

Ein Dokument mit dem Siegel des Kaisers zu versehen, war ein feierlicher Akt. Das beschriebene Pergament, am unteren Ende mit Bändern versehen, wurde präsentiert und verlesen. Danach breitete es ein Ministerialer auf einem Tisch vor dem Kaiser aus und legte einen Ring – aus Eisen glatt und fugenlos geschmiedet – quer über das erste Band. In dieses Rund wurde flüssiges Wachs gegossen, damit der Kaiser sein Siegel in die erstarrende Masse setzen konnte. Mit einem zweiten Siegel am zweiten Band bekundete der Erzkanzler oder ein anderer Reichsfürst seine Zeugenschaft.

Beatrix sah zu Aliza hinüber, die hartnäckig vermied, den Blick ihres Vaters zu kreuzen. Den Kopf mit einer Bundhaube bedeckt, die den Verlust ihres Haares verbarg, zog sie alle Augen auf sich. Ohne die Ablenkung der roten Locken trat zwischen ihr und dem Zähringer eine Ähnlichkeit in Haltung und Gestik zutage, die ihre Verwandtschaft verblüffend unterstrich.

Der Kaiser überreichte Rupert die Urkunde. Sie machte aus einem edelfreien Dienstmann der Zähringer einen direkt dem Kaiser unterstellten Reichsritter, der nicht länger seine Heimat in Urach, sondern in Burgund hatte. Früher oder später würde er sich, wie es allgemein Sitte war, nach dem Sitz seiner Burg benennen.

»Folgt Uns in die Kapelle, damit gesegnet wird, was Wir in bestem Wissen zusammenfügen wollen«, forderte Friedrich die Hochzeitsgruppe auf. »Führt Eure Braut vor den Altar, Rupert.«

Friedrich ergriff Alizas Rechte und legte sie in Ruperts Hand. Mit Beatrix zusammen geleitete er das Paar zum Traualtar.

Beatrix verfolgte den feierlichen Akt der so eilig anberaumten Trauung mit zwiespältigen Gefühlen. Sie hatte sich angefreundet mit der Tatsache, dass Aliza den Hof verließ. Die merkwürdige Fügung, die sie für kurze Zeit zu Vertrauten hatte werden lassen, beschäftigte ihre Gedanken. Sie versuchte sich Alizas Zukunft auszumalen. Würde es eine glückliche Ehe werden, bei allem, was sie mit sich schleppte? Würde es eine kinderreiche Ehe sein, im Gegensatz zu ihrer?

Ihre Kinderlosigkeit. Auch das Festmahl, das Berthold von Zähringen anschließend für den scheidenden Rupert und seine neu gewonnene Tochter ausrichtete, trug nicht dazu bei, sie auf andere Gedanken zu bringen.

Sie fand sich vom Erzkanzler beobachtet, der zu ihrer Rechten saß. Seit der Aufdeckung des Skandals um Aliza beschränkten sich ihre Gespräche auf höfliche Bemerkungen. Jetzt hob er den Becher zu ihren Ehren, und sie erwiderte die Geste.

»Ihr zürnt mir, nicht wahr?« Müde der diplomatischen Umwege, stellte Beatrix die direkte Frage.

»Nein, Ihr habt mich überrascht, Majestät. Ihr habt mir gezeigt, dass Ihr eigene Wege kennt, die Dinge in eine dem Kaiser gefällige Ordnung zu bringen. Das verdient Hochachtung, nicht Zorn.«

»Ihr schmeichelt mir.«

»Nein. Auch das nicht. Ich stelle eine Tatsache fest. Alles ist bestens geordnet, wenn auch anders, als ich gedacht hätte. Trotzdem sehe ich Euch nicht heiter. Sagt mir, was Euch bewegt.«

»Wenn Ihr so fragt, Eminenz. Was mir alle Welt mehr oder weniger laut vorwirft, bewegt mich. Obwohl ich besten Gewissens sagen kann, dass ich alle Ratschläge, die mir zuteil werden, befolge, will es mir nicht gelingen, endlich schwanger zu werden.«

»Dann ist es vielleicht ein Problem, das der Medicus des Kaisers lösen kann?«

»Nach dem dritten Aderlass schien es mir ratsam, keine weiteren Bitten an ihn zu stellen.«

»Hm ...« Der Erzkanzler räusperte sich und schien das Thema zu wechseln.

»Habt Ihr schon einmal von der Äbtissin des neuen Frauenklosters auf dem Rupertsberg zu Bingen an der Nahe gehört? Mutter Hildegard hat sich dort mit fünfzig Nonnen ihre eigene Enklave geschaffen, um sich dem Einfluss der Disibodenberger Mönche zu entziehen, unter deren Ägide sie viele Jahre lang gelebt hat.«

»Ich kenne einige ihrer Marienlieder, die den Weg nach Burgund gefunden haben«, antwortet Beatrix verwundert über sein vermeintliches Abschweifen.

»Die Talente der Mutter Äbtissin erschöpfen sich nicht im Verfassen frommer Lieder, Majestät. Sie veröffentlicht auch kluge Schriften und korrespondiert mit dem Kaiser, der großen Wert auf ihre Ansichten legt. Weshalb ich auf sie zu sprechen komme, ist, dass sie sich angelegentlich mit der Naturwissenschaft befasst. Niemand vor ihr hat sich in unseren Breiten je der Mühe unterzogen, das Wissen der Kloster- und das der Volksmedizin zu sammeln, aufzuzeichnen und zu vergleichen. Sie hat sowohl ein Buch über die Entstehung und Behandlung der verschiedensten Krankheiten verfasst wie eines, das sich der Beschaffenheit und Heilkraft einzelner Kreaturen und Pflanzen widmet. Dass sie bei diesen Studien den Krankheiten des weiblichen Organismus besondere Aufmerksamkeit schenkt, ist in einem Frauenkloster wohl verständlich.«

»Ich fühle mich keineswegs krank«, warf Beatrix ein.

»Aber eine Störung Eures Wohlbefindens könnte dennoch die Ursache des Problems sein. Wenn ich Mutter Hildegard richtig verstehe, kann ihrer Meinung nach eine solche auch entstehen, wenn der Mensch im Missklang mit bestimmten Elementen, Metallen oder Pflanzen lebt. Große Veränderungen, Aufregungen und Ortswechsel können Störungen ebenso bewirken wie der Umstand, dass der Körper eine neue Entwicklungsstufe erreicht. Wobei sie nie verhehlt, dass Heil und Heilung eines Kranken auch von der Hinwendung zum Glauben beeinflusst werden können. Eine maßvolle Lebensführung, von Gebeten und guten Werken bestimmt, trägt ebenfalls zur Gesundung bei. Mutter Hildegard hat große Erfolge bei Hilfesuchenden.«

Beatrix hatte zunehmend interessierter gelauscht. Sie hatte schon einmal daran gedacht, die Mutter Infirmaria des Klosters in Dôle zu Rat zu ziehen, sich aber schließlich dagegen entschieden. Die Äbtissin des Benediktinerinnenklosters zu Bingen schien gegen sie eine fundierte Gelehrte zu sein.

»Ich glaube gehört zu haben, sie sei krank und zudem in endlose Streitigkeiten mit den Mönchen von Disibodenberg und dem Bischof von Mainz verwickelt«, entsann sie sich eines Gesprächs mit Friedrich, in dem Hildegards Name gefallen war.

»Weder das eine noch das andere kann Mutter Hildegard in ihrem Tatendrang bremsen«, entgegnete der Erzkanzler. »Ihr solltet in Verbindung mit ihr treten. Ich will gerne dafür sorgen, dass sie Eure Botschaft im Vertrauen erhält, damit es keine Gerüchte gibt.«

Beatrix zögerte nicht.

»Seid bedankt für Euren Rat und Eure Hilfe, Eminenz. Ich will den Kaiser fragen, ob er einverstanden ist, dass ich mich an Mutter Hildegard wende. Ich will Euch dann gerne einen Brief für sie übergeben.«

»Ich bin sicher, Mutter Hildegard findet einen Weg, Euch zu helfen.«

Ein Funke Hoffnung glomm in Beatrix auf. »Etwas sagt mir, Eminenz, dass Ihr vielleicht recht haben könntet. Aber jetzt will ich sehen, dass wir dieses Hochzeitsfest in allen Ehren beenden können.«

Beatrix begleitete eine sehr stille Aliza ins Brautgemach, das in aller Eile von ihren Mägden vorbereitet worden war.

Nach einem prüfenden Blick wandte sie sich an Aliza, der die Kammermagd eben das Übergewand aufschnürte.

»Dein Mann hat darum gebeten, auf die Segnung des Brautbettes durch einen Priester zu verzichten, Aliza. Er will es dir ersparen, sich unbekleidet vor aller Augen ins Ehebett begeben zu müssen. Es ist gegen jede Sitte, aber in diesem Falle verständlich. Ich bin sicher, Eure Verbindung wird auch ohne dieses Spektakel gesegnet sein. Ich wünsche dir Glück für dein neues Leben.«

Anteilnehmend umarmte sie Aliza heftig und verließ mit der Kammermagd das Gemach. Ihr Gefolge, das vor der Tür auf sie gewartet hatte, tuschelte leise. Ein Blick brachte die Damen zum Schweigen.

Gerüchte über die hastige Hochzeit machten die Runde. Es war unerlässlich, dass Adeliza und Rupert Villa Lutra so schnell wie möglich verließen.

Friedrich empfing sie herzlich, als sie endlich unter vier Augen waren. Er hatte ein feines Gespür für ihre Stimmungen entwickelt.

»Ich weiß, was dich mit diesem Mädchen verbunden hat, Beatrix. Du hast mein Wort darauf, dass du dein Burgund in diesem Jahr wiedersehen wirst. Dann kannst du dich mit eigenen Augen davon überzeugen, dass wir das Richtige getan haben.«

»Sieht man mir meine Gefühle so sehr an? Eben dachte ich noch, ich wüsste mich zu beherrschen.«

»Ich weiß nicht, ob man es sieht. Ich sehe es, weil ich mich bemühe, mit dir zu empfinden. Es bedrückt mich zum Beispiel, dass mein Wanderleben Entsagungen von dir fordert.«

»Nein, Friedrich, das ist es nicht. Ich muss einfach lernen, überall glücklich zu sein, wo ich mit dir zusammen sein kann. Es wird mir gelingen, ich weiß es.«

»Du verlangst viel von dir, Beatrix, und ich danke dir sehr dafür. Ich wusste nicht, dass zwischen Mann und Frau so viel Einverständnis möglich ist.«

Beatrix begab sich bewegt in seine Umarmung.

Vielleicht war die Konsultation der Äbtissin vom Rupertsberg nach dieser Nacht gar nicht mehr nötig.

Aliza
Villa Lutra, 14. Januar 1157

Endlich allein! Voller Erleichterung lehnte Aliza sich gegen die Tür, die sie hinter sich geschlossen hatte.

Zum ersten Mal, seit sie Rupert gesagt hatte, dass sie mit ihm nach Burgund gehen wolle, hatte sie die Muße zur Besinnung.

Was ist nur alles geschehen?

Sie hob die Hand mit dem Ring und betrachtete ihn nachdenklich.

Ich bin verheiratet. Ich bin Adeliza von Urach, Frau des Rupert von Urach.

Noch konnte sie Namen und Person nicht in einen Zusammenhang bringen.

Es ist ein Geschäft auf Gegenseitigkeit, ein Neubeginn für jeden von uns. Was wird daraus werden?

Ehe sie sich Antworten geben konnte auf die Fragen, die sie bestürmten, wurde geklopft. Sie musste sich nicht fragen, wer um Eintritt bat. Sie spürte es förmlich durch die geschlossene Tür.

»Willkommen«, begrüßte sie Rupert, nachdem sie geöffnet hatte, und trat zur Seite, damit er das Gemach mustern konnte, das auf Befehl der Königin für sie so festlich geschmückt worden war.

»Ich danke dir«, antwortete er und wandte sich direkt an sie, ohne das Brautlager besonders zu beachten. »Ist es nicht unglaublich, dass wir unbehelligt und frei voreinander stehen können?«

»Es sei denn, die Geister der Vergangenheit behelligen uns. Werden wir sie zum Schweigen bringen können?«

»Dessen bin ich sicher«, antwortete Rupert, alle Bedenken unausgesprochen lassend, gewollt frohgemut.

Aliza widersetzte sich solcher Oberflächlichkeit.

»Du magst dir sicher sein, ich möchte aber dennoch etwas sagen«, bat sie. »Der Gedanke, ich müsste dir zürnen, wird dich immer wieder einmal einholen. Und da ist es wichtig, dass du weißt, dass in mir kein Zorn mehr ist. Keiner gegen dich und keiner gegen irgendjemand anderen. Wenn ich etwas empfinde, sollst du wissen, dann ist es Bedauern und Trauer um die Toten. Sie verdienen, dass wir uns in ihrem Namen um einen neuen Anfang bemühen. Sie dürfen nicht umsonst gestorben sein.«

Ob Rupert ahnte, wie viel ihre Worte sie kosteten?

»Darüber hinaus weiß ich, dass ich nicht die Frau bin, die dir vorbestimmt gewesen wäre, wäre ich nicht unfreiwillig in dein Leben getreten. Ich will dennoch mein Bestes tun, deine Sache zu vertreten und dir in allem zur Seite stehen, wie ich es vor dem Altar geschworen habe.«

»Und warum löschst du dafür die Lichter?«

Sie war bei der Kerze am Alkoven angelangt, und Rupert hielt sie davon ab, sie wie alle anderen zuvor zu löschen.

»Wir wollen die Brautnacht hinter uns bringen, wie es sich gehört«, sagte Aliza leise. »Wenn du erlaubst, lege ich meine Kleider und die Haube im Dunkeln ab. Ich will nicht, dass du mich ohne Haar siehst. Ohne Haar bin ich abstoßend. Ich hoffe, es wächst schnell nach.«

»Du misst einem vorübergehenden Makel zu viel Bedeutung zu«, widersprach Rupert sanft. »Lass die Kerze brennen.«

Sie gehorchte, streifte das Gewand ab, dessen Bänder die Magd bereits in Beatrix' Gegenwart halb gelöst hatte. Als sie nach dem Hemd fasste, gebot er ihr Einhalt.

»Ich habe dir versprochen, dass ich die ehelichen Pflichten im Alkoven nicht einfordere. Ich wäre ein Schuft, hielte ich mich nicht daran. Niemals werde ich dich zu etwas zwingen.«

Obwohl Aliza seine Ritterlichkeit nicht überraschte, empfand sie seine Zurückhaltung doch als Herabsetzung. Allein wie sollte er sie auch begehren, sagte sie sich. In Würzburg und in Regensburg hatte sie Verlangen in seinen Augen gelesen, aber damals war sie eben auch noch eine andere gewesen.

»Unser Bund wurde vor dem Altar gesegnet«, überwand sie ihre Kränkung dennoch aus gutem Grund. »Wir sind Mann und Frau, wir müssen diese Ehe vollziehen. Sie werden sich vergewissern. Geht es nach mir, wird Berthold keine Handhabe erhalten, mit der er meine Ehe für ungültig erklären lassen könnte. Unter seine Munt zurückzufallen, wäre das Allerschlimmste für mich.«

Rupert stieg das Blut in die Stirn.

»So wollte ich nicht mit dir zusammenkommen. Es ist unerträglich und demütigend, dass Berthold bis in unser Schlafgemach bestimmt, was geschehen muss.«

»Es ist egal«, versuchte Aliza seine Entrüstung zu besänftigen. »Lass uns zu Bett gehen und es tun, dann können wir ihm für immer den Rücken kehren.«

»Bist du sicher, dass du weißt, wovon du redest?«, protestierte er. »Was wir tun sollen, sollte Freude sein, Lust, keine lästige Pflicht.«

»Die Tamara legen zwar großen Wert auf die voreheliche Unberührtheit ihrer Frauen, aber das enge Zusammenleben der Sippe lässt wenig Raum für Geheimnisse. Ich weiß sehr wohl, was du tun wirst. Es ist nicht nötig, es mir zu erklären.« Zögernd nahm sie als Letztes die Bundhaube vom Kopf, kroch fröstelnd unter die Decke und wartete, dass Rupert ihr folgte.

Das Schattenspiel an der gegenüberliegenden Wand zeigte ihr, dass auch er sich entkleidete. Die Stiefel polterten zu Boden. Am Waffengurt klirrten Dolch und Kurzschwert, als er alles zusammen auf die Truhe neben der Tür legte. Je länger sie warten musste, desto unruhiger wurde sie. Ungeachtet der Bettdecke und der Pelze darüber wollte ihr einfach nicht richtig warm werden.

»Du lieber Himmel, du bist ahnungsloser, als du denkst, Aliza! Und so kalt wie ein Eiszapfen. Lass dich wärmen. Keine Angst, ich tu dir nicht weh.«

Rupert war zu ihr unter die Decke gekommen und hatte sie, gegen ihren Widerstand, eng in die Arme geschlossen. Dass er tatsächlich nicht mehr tat, als sie auf diese Weise zu halten und zu wärmen, begriff sie erst nach geraumer Zeit. Dann jedoch ließ ihre Anspannung nach. Das ungewohnte Gefühl, Haut an Haut zu liegen, drang in ihr Bewusstsein, unbekannt, wunderbar und verwirrend zugleich.

Sie spürte jeden seiner Atemzüge und wagte ihrerseits kaum

zu atmen. Weder Scham noch Angst bewegten sie, es war nie zuvor gefühltes Sehnen, das sie langsam erfasste. Begehren?

Wohltuend glitt ihr Ruperts Hand über den Rücken und löste auch die letzten verspannten Muskeln ihres Körpers. Die Stirn an seiner Schulter, hielt sie die Augen geschlossen und gab sich ganz der Berührung hin.

Als sie Ruperts Haut zwischen Schulter und Hals küsste, hielt seine Hand inne. Aliza murrte.

»Aliza!«

Das beruhigende Streicheln setzte langsam wieder ein. Mit festem Griff umfassten Ruperts Hände ihr Gesäß. Es gefiel ihr sehr, aber noch während sie sich bemühte, ihre Sinne beisammenzuhalten, widmete sich Rupert ihr ganz und gar. Sie vergaß zu denken.

Mit immer größerem Verlangen erwiderte sie seine Küsse und gab sich rückhaltlos der Leidenschaft hin, die er in ihr weckte. Beide sprachen sie nicht, sie misstrauten den Worten und ließen ihre Körper sprechen. Aliza verlor jedes Gefühl für Wirklichkeit und Zeit. In ihrer Vereinigung begrüßte sie sogar den Schmerz, denn er bewies ihr, dass sie lebte und nicht träumte. Tiefer Ernst stand in Ruperts Augen, die den ihren begegneten. »Du bist schön.«

Zweifelnd prüfte sie, was sie unter diesem intensiven Blick empfand. Wohlige Mattigkeit, tiefe Befriedigung und schließlich Befangenheit. Was musste Rupert von ihr denken?

»Ich … ich habe geschrien.«

»War es Schmerz oder Leidenschaft?«

Sie errötete.

»Leidenschaft, Hingabe, Sinneslust …«

»Du hast mir geschenkt, was du in deinen Tänzen versprochen hast.«

»Und was hast du empfunden?« Die Frage drängte über Alizas Lippen.

»All das und mehr.«

»Mehr?«

»Liebe.«

»Das ist Liebe?«

»Du bist die Liebe für mich, du weißt es. Du hast es immer gewusst. Schlaf, mein Herz. Morgen brechen wir nach Burgund auf.«

Epilog

Besançon, im Oktober 1157

Die Eröffnung des Hoftages zu Besançon war ein Ereignis von höchster Bedeutung. Was Rang und Namen hatte, drängte sich vor dem Thron des Kaisers. Wichtige Entscheidungen standen an.

Die Vorbereitungen für den Italien-Feldzug waren im Laufe des Sommers intensiviert worden. Auch hatte das Heer des Kaisers die Oder überschritten und die Polen gewaltsam befriedet. Herzog Wladislaw war von seinen Brüdern vertrieben worden, die dem Kaiser den üblichen Jahrestribut verweigerten. Barbarossa machte dem Aufstand ein Ende, und der polnische Herzog dankte ihm die Hilfe, indem er seine Teilnahme am Italien-Feldzug mehr oder weniger freiwillig zusicherte. Jetzt galt es, den burgundischen Adel von der Wichtigkeit des Unternehmens zu überzeugen.

Rupert hatte Aliza auf die bärtigen, finster dreinblickenden Polen aufmerksam gemacht. Unter dem Gefolge des Kaisers, inmitten des Adels und der hochrangigen Gesandten aus Byzanz, Dänemark, Ungarn, Italien, Spanien, Frankreich und England, wirkten sie fremd. Dennoch behaupteten sie in ungebrochenem Selbstbewusstsein ihren Platz.

Auch Aliza fühlte sich fremd im Kreise der führenden Familien Burgunds. Rupert hatte darauf bestanden, dass sie das Zähringer Geschmeide trug. »Offen gezeigter Reichtum bringt mehr Gerüchte zum Verstummen als jede Erklärung«, hatte er gesagt. »Wenn Berthold dir diese Juwelen schickt, dann nützt dir das mehr als jede Urkunde des Kaisers.«

Er hatte nichts davon hören wollen, dass sie auf Andrieu zurückblieb, während er der Einladung nach Besançon folgte. »Die Ernte ist eingebracht, und die Jäger brauchen unsere Hilfe nicht. Die Baustelle ruht bis zum Frühjahr. Wir haben keinen Grund, uns nicht zu zeigen.«

Wie üblich hatte er recht behalten. Wenn man ihnen mit Neugier und Zurückhaltung begegnete, dann nur, weil man sich fragte, warum der Kaiser ihn mit einem so großzügigen Lehen bedacht hatte.

Rupert strahlte Selbstvertrauen und Stärke aus. Dass er sich nicht scheute, selbst anzupacken, wo er es für nötig hielt, hatte seine Spannkraft erhöht und seine Muskeln gestählt. Seinen scharfen Augen entging kein noch so geringes Detail, was auch seine folgende Bemerkung bestätigte.

»Beatrix ist schwanger. Sieh sie dir an. Hab ich recht?«

Aliza musste sich auf die Zehenspitzen stellen. Sie pflichtete Rupert mit einem stummen Nicken bei.

Sie muss überglücklich sein, dachte Aliza und suchte, die Bestätigung zu finden.

Schöner denn je, wirkte Beatrix zerbrechlich zart und erschöpft. Kein Wunder. Erst Ende September war ein großer Hoftag in Würzburg zu Ende gegangen, und am sechsten Oktober war der Kaiser von dort aus nach Burgund aufgebrochen. Gleichgültig, ob Beatrix die Reise zu Pferd oder in der Sänfte zurückgelegt hatte, in Anbetracht der Entfernung und der Straßenverhältnisse musste sie für eine Schwangere äußerst anstrengend gewesen sein.

Sie muss sich schonen, dachte Aliza, während ein Hofbeamter mit hallender Stimme die nächsten Gesandten ankündigte.

»Seine Eminenz Kardinallegat Bernhard von San Clemente und seine Eminenz Kardinallegat Rolando Blandinelli von San Marco. Beide Herren Abgesandte seiner Heiligkeit des Papstes.«

»Jetzt gilt es.« Rupert neigte sich dichter an Alizas Ohr. »Sie werden im Namen des Papstes gegen die Gefangennahme des Erzbischofs von Lund klagen wollen, denke ich. Der Prälat hat auf der Heimreise von Rom nach Schweden leichtsinnigerweise seinen Weg über Burgund genommen. Der Papst hat ihm das Primat über den Norden verliehen und damit die Rechte von Hamburg und Bremen verletzt. Wenn er wirklich erwartet hat, dass Barbarossa das einfach hinnimmt, wurde er inzwischen eines Besseren belehrt.«

Aliza sah die Würdenträger ein Schreiben des Heiligen Vaters überreichen, das nach einigem Hin und Her in den Händen des Erzkanzlers landete. Der brach das übergroße Siegel, begann das lateinisch abgefasste Dokument zu verlesen und übertrug es gleichzeitig in die deutsche Sprache, um es allen Anwesenden verständlich zu machen.

In Formulierungen, ebenso kompliziert wie weitschweifig, versicherte der Papst Hadrian Kaiser Friedrich seiner Zuneigung und bezeichnete ihn als Bruder seines Kardinalskollegiums. Danach forderte er ihn jedoch unmissverständlich auf, den Erzbischof freizulassen und dafür zu sorgen, dass in deutschen Diözesen den Legaten des Heiligen Vaters künftig Gastfreundschaft und nicht Gefangenschaft zuteilwerde. Mahnend wies er dabei auf die Wohltaten und Lehen hin, die der Kaiser aus seiner Hand empfangen habe.

Ehe Aliza dazu kam, sich über den strengen Ton des Schreibens zu wundern, brach Tumult aus. Flüche und Schreie mischten sich mit unverständlichen Ausrufen. Die Menschen drängten zum Thron. Edelmänner schüttelten erhobene Fäuste oder legten gar die Hand ans Schwert. Gemeinsam mit Rupert wurde sie in der Menge hin und her gestoßen.

»Was ist geschehen?«, rief sie verwirrt.

»Du hast es doch gehört«, erklärte Rupert gepresst. »Seine Heiligkeit behauptet, er habe dem Kaiser das Reich zum Lehen gegeben.«

»Von wem sonst«, erhob sich in diesem Moment die Stimme von Kardinal Blandinelli in akzentfreiem Deutsch über das allgemeine Geschrei. »Von wem, wenn nicht vom Papst, hat der Kaiser das Reich erhalten?«

Gewalt und Empörung lagen in der Luft. Aliza klammerte sich an Ruperts Arm und sah sich nach einem Fluchtweg um. Vergeblich. Die Menschenmauern schlossen sich dichter als zuvor um sie.

»Haltet ein!«

Der Kaiser erhob die Stimme und brachte seine empörten Anhänger zum Schweigen. Mit einer bloßen Handbewegung hielt Barbarossa Otto von Wittelsbach davon ab, das Schwert gegen Blandinelli zu erheben.

»Sagt seiner Heiligkeit«, wandte er sich dann majestätisch an den päpstlichen Gesandten, »die Allmacht Gottes hat Uns das Königreich und das Kaiserreich zur Herrschaft und den Frieden der Kirche zur Verteidigung durch die Waffen des Reiches anvertraut! Durch die Wahl der Fürsten kommen Uns allein von Gott dem Allmächtigen das König- und das Kaiserreich zu!«

Barbarossas Worten folgte eine Stille, die ebenso bedrohlich

wirkte, wie der Lärm zuvor. Aliza kam es vor, als sei die Luft im
Saal dünner geworden.

»Lasst sie gehen.«

Der Kaiserbefehl galt den Rittern, die sich, die Hand am
Schwert, um die Kardinäle geschart hatten. Nacheinander
traten sie zurück und gaben eine Gasse für die Kirchenfürsten
frei.

Aliza rang nach Atem. In ihrem Kopf breitete sich eine selt-
same Leere aus, während sie gleichzeitig ein Gefühl erfasste,
als befreie sich ihr Geist aus dem Gefängnis ihres Körpers. Sie
taumelte.

»Beruhigt Euch, mein Freund, es kommt alle Tage vor, dass
Frauen ohnmächtig werden. Macht Platz, damit der Seigneur
von Andrieu seine Frau hinausgeleiten kann.«

»Agnes von Tennenburg!«

»Die Königin hat mich angewiesen, Euch ein Gemach zu-
zuweisen. Das kommt Euch jetzt sicher gelegen. Lasst uns
gehen, damit Eure Gemahlin sich dort in aller Ruhe erholen
kann.«

Aliza schlug endlich die Augen wieder auf und begriff, dass sie
in Besançon und nicht zu Hause war. Beschämt errötete sie
und versuchte sich aufzusetzen.

»Es tut mir leid ...«

»Bleibt liegen«, kommandierte Agnes energisch.

Auch Rupert drückte sie an den Schultern in die Kissen zurück, während Agnes mit der Sicherheit einer Frau, die wusste, wovon sie sprach, hinzufügte:

»Ihr seid schwanger. Die Diagnose ist nicht schwer. Wisst Ihr
es nicht, dass Ihr so unvorsichtig seid?«

»Du bist ...«

Rupert verlor sich in angefangenen Sätzen, und Aliza erging es in ihrer Verblüffung nicht besser. Nicht die kleinste Beschwernis hatte sie darauf vorbereitet. Das Ausbleiben ihrer Mondzeit hatte sie im vergangenen Monat auf die Anstrengung der letzten Erntetage und die Mühen des Lebens auf der Baustelle geschoben.

Unwillkürlich berührte sie mit den Handflächen ihren Körper und suchte Ruperts Blick. In ihr wuchs Leben. In diesem Augenblick gab es keinen Machtkampf zwischen Papst und Kaiser, keinen drohenden Krieg und keine Schwierigkeiten des Alltags. Nur Glück und Hoffnung.

Agnes brach den Bann.

»Ihr solltet eine Kleinigkeit zu Euch nehmen, dann werdet Ihr Euch sofort besser fühlen. Ich schicke einen Pagen …«

Beide beachteten ihn kaum, als er wenig später Wein und einen Imbiss brachte. Sie hätten auch nicht sagen können, wie viel Zeit verging, bis die Königin erschien.

»Ich sehe, Burgund bekommt Euch gut«, scherzte Beatrix, umarmte Aliza und reichte Rupert die Hand zum Kuss. »Ich freue mich sehr, Euch wiederzusehen.«

»Wir sind Euch zu größtem Dank verpflichtet.« Rupert verharrte in seiner Reverenz, um seine Worte zu unterstreichen.

»Der Aufruhr im Saal wäre Aliza fast zum Verhängnis geworden. Haben sich die Gemüter wieder beruhigt?«

»Zur beiderseitigen Zufriedenheit«, antwortete Beatrix. »Wenngleich das Kräftemessen damit erst begonnen hat. Zu einem Bruch zwischen dem Kaiser und seiner Heiligkeit muss es nicht kommen. Vielleicht wollte der Papst mit seiner Provokation nur herausfinden, welche deutschen Kirchenfürsten unbeirrbar auf Seiten des Kaisers und welche auf Seiten des Heiligen Stuhles stehen.«

»Sind denn Kaiser und Papst nicht einer Meinung?«, fragte Aliza verwirrt.

»Das waren sie noch nie, meine Liebe«, entgegnete Beatrix und bedeutete Rupert mit einer Geste, endlich aufzustehen. »Seine Heiligkeit kämpft um die Unabhängigkeit seines Kirchenstaates – aber lassen wir die Politik. Erzählt mir von Euch, vom Leben in Burgund.«

Im Austausch der Neuigkeiten erfuhren Aliza und Rupert, dass Berthold im Frühjahr mit dem Kaiser nach Italien ziehen würde, dass Heinrich der Löwe seine Gemahlin nicht mehr an den Hof brachte und dass deren Hoffnung auf einen Sohn und Erben sich noch immer nicht erfüllt hatte.

»Wenn Gott uns gnädig gesinnt ist, werde aber ich um die Weihnachtszeit dem Kaiser endlich einen Sohn schenken können«, endete Beatrix zufrieden.

»Ich werde für Euch beten«, versprach Aliza. »Werdet Ihr länger in Burgund bleiben?«

»Der Kaiser plant nach dem Hoftag einen Umritt durch das nördliche Burgund, vielleicht auch ein Treffen mit dem französischen König. Das Weihnachtsfest werden wir wohl in diesem Jahr in Magdeburg feiern.«

»Und der Kriegszug nach Süden?«, fragte Rupert.

»Ist erst für Frühsommer des nächsten Jahres geplant«, antwortete die Königin. Sie glaubte, den Grund für die Frage zu kennen.

»Ihr sichert die burgundische Grenze für das Reich und errichtet dort dringend benötigte Bollwerke und Siedlungen, dafür seid Ihr vom Zwang zur Heerfahrt befreit. Am Ufer des Doubs könnt Ihr mehr für das Kaiserreich bewirken als auf dem Schlachtfeld.«

In ihrer Erleichterung vergaß Aliza etwas Wichtiges. Erst in der Nacht nach dem Festbankett schreckte sie noch einmal hoch.

»Ich habe vergessen, Beatrix zu sagen, dass sie sich besser schonen muss. Sie wird auch dieses Kind verlieren, wenn sie jede Stunde des Tages an Barbarossas Seite sein will.«

Sie spürte Ruperts Kuss auf ihrer Stirn ebenso wie sein Kopfschütteln.

»Sie hätte ohnehin nicht auf dich gehört. Die Mächtigen hören so gut wie nie auf die Stimme der Vernunft.«

ENDE

Anhang

ÄGYPTER – FAHRENDES VOLK

Die neuere Geschichtsforschung geht davon aus, dass die Eroberungsfeldzüge afghanischer Feldherren, um das Jahr 1000 nach Christus für den Exodus der Roma – wie sie heute genannt werden – verantwortlich sind. Zu jener Zeit fliehen große Teile der Stämme des Punjab im indischen Nordwesten, an der östlichen Grenze von Pakistan, aus ihrer Heimat, um nicht unter muslimische Herrschaft zu geraten oder als Sklaven verkauft zu werden. Ihre Suche nach einer neuen Heimat führt sie über die Balkanstaaten bis nach Deutschland, Italien, Frankreich und Spanien. Verlässliche Dokumente darüber gibt es jedoch erst ab dem 15. Jahrhundert. 1423 stellt ihnen König Sigismund einen ersten Schutzbrief aus. In dieser Zeit setzt sich auch die Bezeichnung Zigeuner, Gipsy oder Gitano für die wandernden Stämme durch.

Nach der Flucht aus ihrer indischen Heimat vermischen sich die Glaubensvorstellungen der Roma immer mehr mit den Religionen jener Völker, in deren Machtbereich sie leben. Sowohl Spuren des Islam wie des Christentums prägen ihre Glaubenswelt. In Sitten, Gebräuchen und gesellschaftlichem Leben haben sich bis heute Teile des indischen Kastensystems erhalten. Zwar sind die Lebensumstände der Flüchtlinge hart und ärmlich, aber innerhalb der Stammesgemeinschaft sind Feindseligkeit, Grausamkeit und Gewalt verpönt. Die Angst davor, die Seele eines Ermordeten zu erben und mit ihr das eigene Leid zu vergrößern, macht Gewaltverbrechen zur Ausnahme. Zwar werden die Roma und Sinti im Laufe ihrer Geschichte immer wieder die Opfer von Gewalt und Verfolgung, sie selbst führten jedoch nie Krieg.

Die Roma besitzen eine eigene Sprache: Romanes. Ihre Wurzeln lassen sich in das indische Sanskrit zurückverfolgen. Sowohl Geschichte wie auch Sprache der Roma werden jahrhundertelang ausschließlich mündlich von einer Generation zur nächsten weitergegeben. »Sinti« ist der Stammesname der deutschen Roma und leitet sich vermutlich von der indischen Provinz Sind und dem Fluss Sindhu ab. Man geht davon aus, dass heute etwa 70 000 Sinti in Deutschland leben.

BEATRIX VON BURGUND

Das genaue Geburtsdatum der burgundischen Erbin ist nicht überliefert, aber sie muss irgendwann um das Jahr 1140 zur Welt gekommen sein. Acerbus Morena, ein zeitgenössischer Chronist, hinterlässt eine detaillierte Beschreibung ihrer Person: »Beatrix … hatte glänzendes und goldenes Haar, ein sehr schönes Antlitz, weiße, schön gebildete Zähne; sie ging aufrecht, hatte einen kleinen Mund, züchtigen Blick, leuchtende Augen, war zurückhaltend bei freundlichen und verführerischen Reden, besaß sehr schöne Hände und einen schlanken Körper; ihrem Mann war sie völlig ergeben, fürchtete ihn als Herrn und liebte ihn in jeder Weise als ihren Mann, sie war gebildet und verehrte Gott …«

Andere Geschichtsschreiber äußern sich ähnlich positiv, und das zierliche Skelett, das im Dom von Speyer in ihrem Sarkophag ruht, bestätigt deren Aussagen. Beatrix schenkt Barbarossa acht Söhne und zwei Töchter. Tochter Beatrix ist das erste Kind, dessen Leben von 1162/63 bis ca. 1174 belegt ist. Sicher stehen damit die ersten sechs Ehejahre des Kaiserpaares unter dem Schatten drohender Kinderlosigkeit. In der Zeit vor 1162 ist ein Brief belegt, den fünf burgundische Äbte an Hildegard von Bingen richten. Darin ist von einer »adeligen Frau und Gattin eines geliebten Mannes« die Rede, die unfruchtbar ist, obwohl sie zu Beginn ihrer Ehe einigen Knaben das Leben schenkte, die nach kurzer Zeit wieder verstarben. Sie hoffe auf die Hilfe Hildegards »dass sie noch fruchtbar werde und sie die gesegnete Frucht ihres Leibes zur Fortpflanzung ihres Geschlechts Christus darbieten könne«. Obwohl Beatrix' Name nicht fällt, gehen die Historiker davon aus, dass sie diese adelige Frau ist.

Am 1. August 1167 zur Kaiserin gekrönt, stirbt sie am 15. November 1184 im Alter von gut vierzig Jahren. Geschichtsforscher sind sich darin einig, dass Beatrix und Barbarossa eine sehr enge Beziehung hatten, die von gegenseitigem Vertrauen und Zuneigung geprägt war.

KÖNIGSPFALZ

Das Heilige Römische Reich Deutscher Nation besitzt keine Hauptstadt. Seine Herrscher reisen durch das Land und regieren das Volk auf regionalen Hof- und Gerichtstagen. Schon im frühen Mittelalter kristallisieren sich dabei gewisse Orte und Gegenden als besonders wichtig heraus. Reichsfreie Städte, Bischofssitze, Klöster, aber auch freie Landstücke inmitten von Königsgütern. An diesen Orten werden sogenannte Pfalzen errichtet. In der Regel bestehen sie aus einem Palas, einem Gotteshaus und angeschlossenen Gutshöfen. Letztere sind besonders wichtig, denn der reisende Hof und das kaiserliche Gefolge umfassen oft mehrere hundert Personen. Sie alle müssen mitsamt ihrer Habe und ihren Reittieren untergebracht und verpflegt werden. Während Barbarossas Regierungszeit entsteht ein Netz von Königspfalzen, die größtenteils nur einen Tagesritt voneinander entfernt liegen, das entspricht etwa 30 Kilometern. Als Kaiserpfalz werden diese Anlagen erst seit dem 19. Jahrhundert bezeichnet.

VILLA LUTRA

Hinter dem klingenden Namen verbirgt sich Kaiserslautern, das im Jahr 830 nach Christus als »villa Luthra« im Güterverzeichnis des Klosters Lorch zum ersten Mal urkundlich erwähnt wird. In karolingischer Zeit ändert sich die Schreibweise zu *Villa Lutra*. Man geht davon aus, dass sich Lutra auf das althochdeutsche Wort *luttar* bezieht, das so viel wie *klar* oder *hell* bedeutet, sowie auf *aha, Wasser*. 1152 beginnt Barbarossa mit dem Ausbau der Pfalz von *Villa Lutra*, deren Ruinen Kaiserslautern bis zum heutigen Tage den Titel einer Barbarossa-Stadt sichern. 1276 erhält Lautern die Stadtrechte, und seit 1375 heißt das alte Villa Lutra ganz offiziell »Kaiserslautern«.

HOFTAGE

Von 1152 bis 1189 hält Barbarossa im Deutschen Reich 156 Hoftage ab. Obwohl diese Zusammenkünfte den Fürsten ursprünglich die Möglichkeit bieten sollten, ihrem Herrscher mit Rat und Tat zur Seite zu stehen, leiteten diese binnen kurzem das Recht daraus ab, dass sie in wichtigen Dingen, die das Reich betrafen, gehört werden *müssen*. Sei es, dass es um den Beschluss einer »Reichsheerfahrt« geht, was nichts anderes als Krieg bedeutet, oder um die Verteilung von Reichsgütern. Obwohl die Fürsten einer »Hoffahrtpflicht« unterliegen, gibt es immer wieder weltliche und kirchliche Würdenträger, die ihr nicht nachkommen. Hohe Geldstrafen sollen dafür sorgen, dass sich die hohen Herren auch dann einfinden, wenn es nicht um die eigenen Interessen geht. Dennoch muss der Kaiser immer wieder Einladungen in einen förmlichen Befehl verwandeln, wenn ihm daran liegt, dass ein bestimmter Fürstbischof oder Graf zum Hoftag erscheint.

CLEMENTIA VON ZÄHRINGEN

Am 23. November 1162 löst der Hoftag in Konstanz die Ehe zwischen Heinrich dem Löwen und Clementia von Zähringen auf. Obwohl Clementia in fünfzehn Jahren drei lebende Kinder zur Welt gebracht hat, von denen eine Tochter zu diesem Zeitpunkt noch am Leben ist, genehmigt die Kirche die Scheidung wegen zu naher Verwandtschaft. Schon vier Jahre zuvor, 1158, hatte Heinrich Clementias Mitgift Badenweiler gegen die Reichsbesitzungen Herzberg, Scharzfeld und Pöhlde im Harz eingetauscht. Bei der Trennung wird jedoch weder das

Heiratsgut zurückgegeben noch eine Entschädigung für den Tausch geleistet. Clementia verlässt Konstanz und zieht nach Zähringen zu ihrem Bruder. Im Jahre 1173 geht sie eine neue Ehe mit Graf Humbert III. von Maurienne ein, um Zähringens Einfluss in Savoyen zu stärken. In dieser Ehe empfängt sie zwei Töchter.

Besonders bedanken ...

... möchte ich mich beim Medienbüro für Rat und Hilfe, für Lektorat und Unterstützung.

Dank gilt auch Heinz Forderer für die Suche nach den Resten der Burg Zähringen, die vor den Toren von Freiburg in den reinsten Dornröschenschlaf verfallen ist. Erst die Broschüre des Vereins für Heimatgeschichte Gundelfingen und Wildtal e. V. hat manche Rätsel gelöst.

Alle historischen Romane von

Marie Cristen

im Knaur eBook

Sisi – Ein Traum von Liebe

Maria Theresia – Zwischen Thron und Liebe

Turm der Lügen

Die Flandern-Tetralogie:

Beginenfeuer

Die Stunde des Venezianers

Das flandrische Siegel

Der Damenfriede

»Ein dichtes Gewebe an Geschichten,
denen man atemlos folgt.
So sollte ein historischer Roman sein!«
Wiener Zeitung

Der erste Roman um ein erstaunliches Stück Historie –
der »Damenfriede von Cambrai«

Marie Cristen

DER DAMENFRIEDE

Roman

Paris 1529. Frankreich braucht dringend Frieden; und so ringt sich die Mutter des Königs durch, unter größter Geheimhaltung mit ihrer Habsburger Erzfeindin zu verhandeln. Die junge Venezianerin Simona Contarini, die zufällig am Pariser Hof weilt, soll die unverdächtige Botschafterin sein – und muss bald schon erbittert um ihre Freiheit, ihre Überzeugungen und ihre große Liebe kämpfen …

»Hier verschränken sich Liebeswirren, höfischer Pomp,
große Politik und weibliche Diplomatie
auf höchster Ebene.«
Radio Niedersachsen

Rainer M. Schröders

spannende Florenz-Krimireihe
um Pater Angelico

DIE FARBEN VON FLORENZ

1489 im Florenz der Medici. Seit Wochen bangt der Fresken-
maler Pater Angelico um eine Lieferung Lapislazuli, die er zur
Herstellung der kostbaren Farbe Ultramarin benötigt. Doch
dann findet Angelico seinen Lieferanten erhängt auf. Selbst-
mord? Der streitbare Dominikanermönch beginnt zu ermit-
teln ...

DER TODESENGEL VON FLORENZ

Drei grässliche Morde hat Florenz zu beklagen. Das erste Opfer ist ein Priester – verstümmelt und mit Zeichen versehen,
die nahelegen, dass der Tote der Sodomie frönte. Auch die
anderen Leichen weisen auf die sieben Todsünden hin. Pater
Angelico soll die Sache im Sinne des Klosters schleunigst ins
Reine bringen ...

DIE BLUTMESSE VON FLORENZ

In einer kalten Februarnacht stößt Pater Angelico auf eine
Leiche, die splitternackt kopfunter von einem Baum hängt.
Schon bald drängt sich eine blutige Verbindung mit den Vor-
fällen einer lang vergangenen Ostermesse auf – und wieder
kann der Pater es nicht lassen, seine Nase allzu tief ins Geschehen zu stecken.